A lista de leitura para corações solitários

"Um livro muito cativante, delicioso e surpreendente." – Shondaland

"Uma carta de amor para os livros e seu poder de conexão...
Uma bela leitura." – Ruth Ware, autora de *A mulher na cabine 10*

"Uma estreia marcante e comovente sobre o poder da ficção."
– Popsugar

"Uma narrativa deliciosa que nos lembra por que lemos e por que as bibliotecas e livrarias são tão importantes." – Library Journal

"Uma linda história sobre como a literatura nos transporta para outro mundo e nos aproxima uns dos outros." – Toronto Star

"Um olhar delicado e sensível sobre a solidão, o senso de comunidade e os benefícios da leitura. Prato cheio para os amantes de livros."
– Kirkus Reviews

"Um comovente romance de estreia que ilustra como um livro pode despertar a empatia, unindo pessoas em torno de uma comunidade."
– BookPage

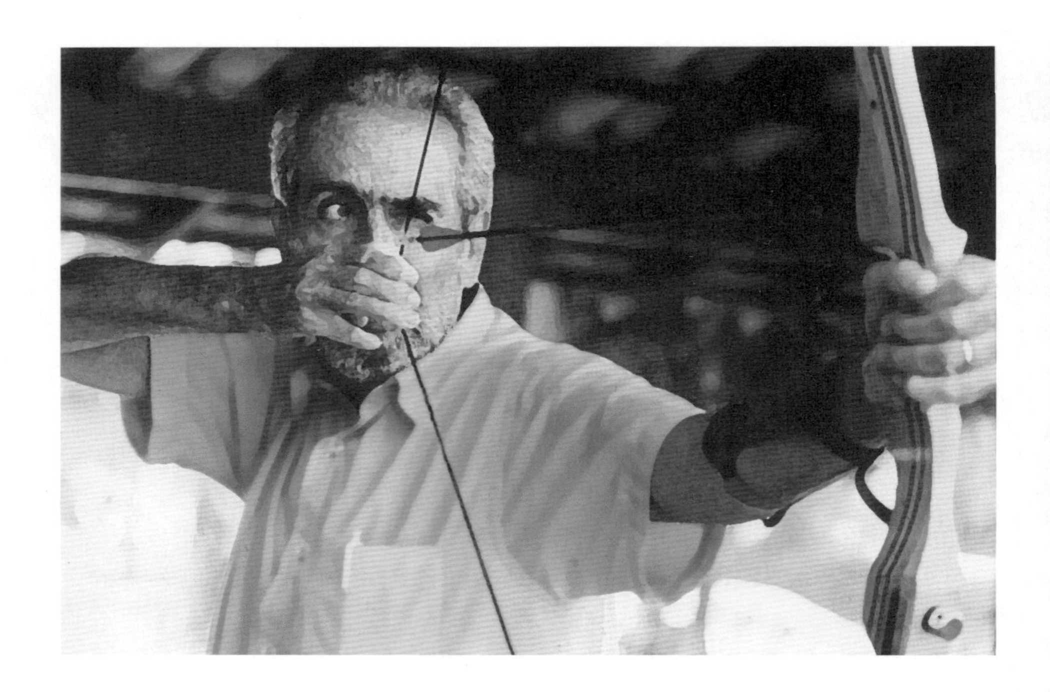

O Arqueiro

Geraldo Jordão Pereira (1938-2008) começou sua carreira aos 17 anos, quando foi trabalhar com seu pai, o célebre editor José Olympio, publicando obras marcantes como *O menino do dedo verde*, de Maurice Druon, e *Minha vida*, de Charles Chaplin.

Em 1976, fundou a Editora Salamandra com o propósito de formar uma nova geração de leitores e acabou criando um dos catálogos infantis mais premiados do Brasil. Em 1992, fugindo de sua linha editorial, lançou *Muitas vidas, muitos mestres*, de Brian Weiss, livro que deu origem à Editora Sextante.

Fã de histórias de suspense, Geraldo descobriu *O Código Da Vinci* antes mesmo de ele ser lançado nos Estados Unidos. A aposta em ficção, que não era o foco da Sextante, foi certeira: o título se transformou em um dos maiores fenômenos editoriais de todos os tempos.

Mas não foi só aos livros que se dedicou. Com seu desejo de ajudar o próximo, Geraldo desenvolveu diversos projetos sociais que se tornaram sua grande paixão.

Com a missão de publicar histórias empolgantes, tornar os livros cada vez mais acessíveis e despertar o amor pela leitura, a Editora Arqueiro é uma homenagem a esta figura extraordinária, capaz de enxergar mais além, mirar nas coisas verdadeiramente importantes e não perder o idealismo e a esperança diante dos desafios e contratempos da vida.

A lista de leitura para corações solitários

Traduzido por
Jaime Biaggio

Título original: *The Reading List*

coordenação editorial: Gabriel Machado
produção editorial: Carolina Vaz
preparo de originais: Priscila Cerqueira
revisão: Guilherme Bernardo e Mariana Bard
diagramação: Ana Paula Daudt Brandão
capa: Constance Clavel
adaptação de capa: Miriam Lerner / Equatorium Design
ilustração de capa: © Riccardo Gola / PEPE *nymi*
imagens de miolo: © Shutterstock
impressão e acabamento: Bartira Gráfica

CIP-BRASIL. CATALOGAÇÃO NA PUBLICAÇÃO
SINDICATO NACIONAL DOS EDITORES DE LIVROS, RJ

A176L
Adams, Sara Nisha
A lista de leitura para corações solitários / Sara Nisha Adams ; tradução Jaime Biaggio. - 1. ed. - São Paulo : Arqueiro, 2025.
352 p. ; 23 cm.

Tradução de: The reading list
ISBN 978-65-5565-761-6

1. Ficção inglesa. I. Biaggio, Jaime. II. Título.

24-95413 CDD: 823
CDU: 82-3(410.1)

Gabriela Faray Ferreira Lopes - Bibliotecária - CRB-7/6643

Editora Arqueiro Ltda.
Rua Artur de Azevedo, 1.767 – Conj. 177 – Pinheiros
05404-014 – São Paulo – SP
Tel.: (11) 2894-4987
E-mail: atendimento@editoraarqueiro.com.br
www.editoraarqueiro.com.br

À memória de Vovó, Vovô, Ba e Dada.
E aos meus pais.
Amo muito vocês.

Prólogo

A lista de leitura

2017

As portas são novas, automáticas, mais chiques do que quando Aidan esteve ali da última vez. Assim que entra, ele logo repara nas fileiras esparsas de livros. Quando era mais novo, *menor*, as prateleiras pareciam não ter fim, repletas de volumes de todos os formatos e tamanhos. Mesmo na adolescência, quando trabalhava ali nas férias de verão, considerava aquele lugar uma espécie de santuário e, ainda que nunca admitisse para os amigos, adorava se perder entre pilhas e pilhas de exemplares. Agora talvez esteja só floreando as próprias lembranças, imaginando um paraíso literário que nunca existiu. Aos 22 anos, porém, já não mais um menino, ali está ele de novo à procura de um lugar para se esconder – do mundo, dos amigos, da própria família.

A bibliotecária ergue os olhos por um momento ao vê-lo entrar. Ela sorri. Aidan é recebido pelo silêncio. Em sua lembrança, *nunca* fazia silêncio naquele lugar. É óbvio que não haveria barulho numa *biblioteca*... mas sempre havia um ruído de passos, crianças sussurrando para as mães, gente virando páginas, movendo cadeiras, tossindo, fungando. Desta vez mal se ouve um som sequer. Alguém digita uma mensagem no celular. A bibliotecária aperta sem piedade as teclas velhas de um computador. E só. Ultimamente ele tem visto cartazes de apoio às bibliotecas de Brent pendurados em murais de lojinhas de conveniência, na academia, nas estações de metrô, anunciando manifestações, petições e eventos beneficentes. Mas nunca lhe havia passado pela cabeça que a Biblioteca da Harrow Road, tão popular e querida, precisasse ser salva. Agora que está ali, no entanto, seu coração começa a ficar apertado. Talvez a Harrow Road seja a próxima a fechar as portas.

Ele perambula até as prateleiras de ficção, na seção de romances policiais, e corre os dedos pelas lombadas, detendo-se em *Black Water Rising*, de Attica Locke. Já o leu alguns anos atrás, talvez até mais de uma vez. Ao começar a virar as páginas em busca de uma válvula de escape, jorram as lembranças... da Houston de Attica Locke, a cidade viva, vibrante, sombria, recheada de contradições e contrastes. Ele precisa desse tipo de familiaridade. Precisa adentrar novamente um mundo onde haja sustos, reviravoltas, guinadas, mas onde saiba como tudo vai terminar.

Precisa saber como *alguma coisa* vai terminar.

A mesa à qual ele costumava se enroscar na infância não está mais ali. Tudo mudou de lugar. Nada continuará a ser como era só para agradá-lo, não nessa vida. É mais um verão ruim. No entanto, a narrativa o inunda conforme ele acompanha as frases com a ponta dos dedos, tentando recriar a sensação de solidez, de ter raízes, de ser meramente um corpo lendo palavras, uma mente em devaneio. Ele sente a história arrebatá-lo, levá-lo para longe. Seus pensamentos, suas preocupações, sua voz interior começam a zumbir em segundo plano e acabam por virar pouco mais que ruído indistinto.

Quando era pequeno, a mãe de Aidan o levava ali com a irmã mais nova dele, Aleisha. Sempre mais interessada em brincar, Aleisha esperneava, fazia manha, e Leilah precisava levá-la para fora. Aidan nunca conseguia ter mais que alguns minutos sozinho, mas aqueles minutos o acalmavam, faziam sua mente desacelerar, o ajudavam a respirar, a fugir... do jeito que ele mais precisasse.

Um barulho denuncia a presença de alguém a seu lado. Aidan baixa a cabeça e gruda os olhos na página, relutante em deixar que alguém quebre aquele encanto. De soslaio, repara numa pilha de livros sobre a mesa. Uma barricada.

Uma cadeira é arrastada e pedaços de papel são retirados de uma bolsa e colocados na mesa, formando uma massa branca e disforme de recibos amassados, uma ficha de biblioteca, uma página de palavras cruzadas.

Ele prende a respiração quando a pessoa começa a balbuciar algo quase inaudível. Não dá para identificar se é uma canção, um assovio ou sons totalmente aleatórios. Ele avista a ponta de uma caneta repousada sobre um papel e vai acompanhando o rabisco ritmado da esferográfica.

Aidan volta a olhar para o próprio livro e examina as palavras na página, sorvendo-as, buscando capturar a sensação da última vez que as leu naquela ordem.

Por alguns minutos, porém, ele se permite desviar o foco do livro para o interior da biblioteca, depois para a rua, para Wembley. Imagina como estará sua mãe neste momento. Será que Aleisha deu pela falta do irmão? Ele puxa a mente de volta para a biblioteca, para a pessoa sentada a seu lado, que rabisca como se sua vida dependesse disso.

De repente a pessoa se ergue, deixando na mesa um amontoado de papéis dobrados. Pelo canto do olho ele observa um dedo enfileirar cada um dos papeizinhos, como em câmera lenta... *Um, dois, três, quatro, cinco, seis, sete, oito...* Os papéis são então acomodados dentro do primeiro livro, no alto da pilha – que agora ele percebe ser *O sol é para todos*.

As mãos da pessoa repousam por um momento na capa do livro, e Aidan se dá conta de que está parado na mesma página já faz algum tempo. Imagina se a pessoa percebeu que está sendo observada. Questiona-se por que a observa, afinal. Então, após um instante, braços cobertos por um grosso suéter preto puxam os livros para si. Com um ruído suave, a pilha de livros sai do campo de visão de Aidan e ele ouve o arrastar dos sapatos pelo tapete puído da biblioteca a caminho do balcão. Sua mente pode, enfim, retornar à história.

Quando por fim se levanta da cadeira, a luz do entardecer está entrando pela janela e o local assume a exata aparência que ele lembrava: pura magia. Parece até um milagre, embora ele nunca tenha acreditado nesse tipo de coisa. O sol projeta longas sombras sobre a biblioteca desordenada, cobrindo-a de um brilho caloroso de âmbar, como se a esculpisse em ouro. Ele recoloca a cadeira no lugar com cuidado, tentando não fazer barulho, apesar de já não haver quase ninguém em volta.

Então avista um único pedaço de papel dobrado sobre a mesa ao lado da sua – uma página de palavras cruzadas.

Ele olha para um lado, para outro e, lentamente, para trás. Ninguém está prestando atenção. Estica o braço, apanha o papel e o desdobra, uma face de cada vez. Seus dedos o tratam com toda a delicadeza; é quase tão fino quanto papel de seda. Não quer rasgá-lo. Pensa na pessoa desconhecida que, momentos antes, rascunhava e escrevia com convicção naquela mesa.

Quando afinal desdobra a página por completo, o mistério se revela. A caligrafia no verso da folha é precisa, arredondada, calorosa e convidativa.

<u>Para o caso de você precisar:</u>
O sol é para todos
Rebecca
O caçador de pipas
As aventuras de Pi
Orgulho e preconceito
Mulherzinhas
Amada
Um rapaz adequado

O sol é para todos – o primeiro livro da grande pilha. Aidan corre os olhos pela lista, que não tem significado algum para ele: são só palavras rabiscadas. Ainda assim, por um momento, ele cogita enfiar a lista no bolso. Mas se detém. Aquela pequena página, dobrada de forma tão meticulosa, nada mais é que a lista de leitura de um desconhecido. Para que ele precisaria de algo assim?

Coloca o papel de volta na mesa, pega seu livro, agradece internamente a Attica Locke e o devolve à prateleira dos romances policiais para que outra pessoa possa desfrutá-lo. Sai da biblioteca, as portas se fechando sozinhas atrás dele. Vira-se mais uma vez e vê o papel bem onde o deixou. As sombras da biblioteca se estreitam às suas costas, uma barreira de livros lidos e não lidos o separando daquela lista. Ao ir embora, sente a paz e o silêncio se afastarem enquanto toma o rumo das luzes e dos sons da cidade que chama de lar.

PARTE I

A MULHER DO VIAJANTE NO TEMPO

de Audrey Niffenegger

Capítulo 1

MUKESH

2019

BIP. “Oi, papai, é a Rohini. Desculpa por ligar de novo, mas sabe como eu fico preocupada quando você não atende nem retorna minhas ligações. A gente vai te visitar na sexta-feira, eu e a Priya. Me avisa se quiser que eu leve alguma coisa para comer ou beber. Estou achando que essa comida que você faz não é muito nutritiva nem balanceada… Você precisa comer algo que não seja feijão moyashi. E não esquece que hoje é dia de coleta de lixo orgânico. É o da lixeira preta. Aproveita e vê se come feijão preto também, pra combinar, há-há-há. Semana que vem é o reciclável, da lixeira verde, aí você come vagem até não poder mais. Mas, falando sério, chama o Param da casa 87 se precisar de ajuda. Sei que suas costas andam travadas.”

BIP. “Pai, é a Dipali. Rohini pediu pra te ligar porque você não deu notícias. Ela mandou avisar que hoje é dia de coleta de lixo. Vê se não esquece, para não ter que sair correndo de roupão pela rua como da última vez! Me liga mais tarde, tá? Estou indo trabalhar agora. Até logo. As meninas estão mandando um beijo também.”

BIP. “Oi, papai, é a Vritti. Tudo bem? Queria saber como você anda. Me avisa se precisar de alguma coisa. Posso dar uma passada aí logo mais, é só me avisar quando estiver livre. As próximas semanas vão ser corridas, mas eu dou um jeito, ok?”

E foi assim que o dia de Mukesh teve início, igual a quase todas as outras quartas-feiras: com três recados idênticos das filhas na secretária eletrônica, no horário ingrato das oito da manhã, antes do começo do expediente delas. Mukesh nem costumava estar de pé àquela hora.

Fosse outro dia da semana, talvez tivesse ligado para cada uma e avisado que estava ciente da coleta, mesmo que não estivesse, e que não fazia ideia de quem era o Param da casa 87, embora fizesse – gostava de brincar com elas. Mas hoje não tinha tempo para isso.

Era seu dia de fazer compras. Naina sempre se encarregara disso nas quartas – fugir à rotina agora seria errado. Antes de mais nada, checou a geladeira e os armários, organizados exatamente como Naina teria preferido: numa total desordem. Como suspeitava, o quiabo e o feijão moyashi haviam acabado. *Amava* feijão moyashi e continuaria comendo-o, a despeito do que Rohini dissera. Nunca havia cozinhado muito quando Naina era viva, a não ser nos meses derradeiros, mas sabia algumas receitas de cor. Era o que o mantinha de pé. Para que esquentar a cabeça com alimentação "nutritiva e balanceada" a essa altura da vida?

Quando abriu a porta e botou os pés fora de casa, o calor do auge do verão o atingiu em cheio. Tinha se vestido demais *de novo*. Já havia virado piada para os outros idosos do templo – quando eles sentiam frio, Mukesh sentia calor. Ficava constrangido com as marcas de suor nas axilas, embora os companheiros lhe dissessem: "Mukeshbhai, por que se preocupar com isso? Já estamos velhos. Quem se importa?"

Mas Mukesh não queria ser velho e, se parasse de se preocupar com manchas de suor, com arrotos em público, com esse tipo de coisa, talvez parasse de se importar também com coisas mais significativas.

Ajustou a boina, que usava em qualquer clima, para proteger os olhos do sol. Tinha aquela boina havia cinquenta anos. Estava gasta, puída, mas ele a amava. Já durara mais do que seu casamento, e, embora não quisesse ser pessimista, se a perdesse seria como perder outra parte fundamental de si mesmo.

A cada semana, a curta ladeira de casa até a rua principal ficava um pouco mais desafiadora, sua respiração se tornava um pouco mais ofegante, e um dia seria preciso pegar uma condução para fazer o percurso de cinco minutos. Quando enfim chegava ao topo da rua e virava à esquerda, ele respirava fundo, apoiado num poste, ajustava no ombro a sacola de lona com o símbolo do mandir, o templo, e seguia em frente rumo à mercearia de sempre, na Ealing Road.

A Ealing Road era um pouco mais tranquila às quartas-feiras, por isso Naina havia escolhido aquele dia para fazer compras. Sempre dizia que assim reduzia o risco de esbarrar com algum conhecido, o que poderia transformar uma ida de dez minutos ao mercado num papo de uma hora só para colocar os assuntos em dia.

Algumas pessoas até entravam e saíam das lojas que exibiam nas vitrines belos manequins adornados por joias e tecidos brilhantes, mas a maioria frequentava as barracas de frutas, legumes e verduras ou circulava pelas proximidades da mesquita central de Wembley. Mukesh acenou para seu vizinho Nasim e a filha dele, Nur, que dividiam um pacote de salgadinhos de aipim sentados numa mureta. Não haviam conversado por mais do que uns poucos minutos desde a morte de Naina, mas, sempre que ele via Nasim e Nur, ganhava o dia.

Mukesh chegou, enfim, ao seu mercado favorito, atulhado de legumes e verduras de todos os tipos, frescos e cheirosos, protegidos do sol pelo toldo. Estava apinhado de clientes, carrinhos de bebê e crianças. Mukesh sentiu uma pequena onda de pânico lhe subindo pela garganta. Nikhil, plantado na entrada, parecia estar especificamente à sua espera.

– Ei, Mukesh!

Nikhil tinha 30 anos e era filho de um conhecido do templo. Deveria, portanto, tê-lo chamado de "Mukesh*fua*", como sinal de respeito a um tio, mas Mukesh deixou passar, como sempre fazia. Não queria ser o *fua* daquele rapaz que ainda tinha todos os fios de cabelo, todos os dentes originais e que levaria tempo até cultivar a barriga flácida que Mukesh ostentava havia dez anos, conquistada graças a uma dieta de arroz, feijão moyashi e kadhi, o curry vegetariano. Gostava de se sentir um amigo de Nikhil, e não um tio velho e capenga.

– *Kemcho*, Nikhil – cumprimentou Mukesh. – Me vê uma boa quantidade de feijão moyashi. Um pouco de bhindi também.

– Quiabo? Fico só imaginando o que vai cozinhar hoje, Mukesh!

– Você sabe o que vai ser.

– Claro. Mas sabe que moyashi e quiabo nem combinam, não é? Faz algo diferente. *Uma vez* na vida, Mukesh. – Nikhil revirou os olhos de brincadeira, com um sorriso cheio de dentes no rosto.

– Rapaz, você sabe que deveria me chamar de *fua*! Vou ter que conversar com sua mãe sobre essa sua falta de educação.

Mukesh riu sozinho. Nem que tentasse, jamais conquistaria o respeito que Naina um dia tivera. Ela havia sido a figura pública daquele casamento. Organizava satsangs no templo aos sábados e conduzia as bhajans, as canções rituais. Tanto pessoas mais jovens quanto de sua idade se inspiravam nela.

Ele observou Nikhil se esgueirar por entre os clientes até finalmente lhe trazer uma sacola azul recheada de verduras. Quiabo e moyashi aos montes, mas muitos outros itens também. O lugar não se chamava Variety Foods à toa.

Mukesh agradeceu com discrição e, abrindo caminho por entre os fregueses, saiu à rua, onde carros buzinavam com as janelas abertas e música de todo tipo se ouvia nas alturas.

Ao chegar à esquina, acelerou o passo com o embalo da descida, abriu a porta de casa e foi com dificuldade até a cozinha guardar as compras (itens extras do dia: espinafre, coentro e um ou dois pãezinhos, combinação perfeita para um pav bhaji, que Mukesh não fazia a menor ideia de como preparar). Por fim, sentou-se em frente à TV.

Às quartas-feiras ele geralmente guardava as compras e sentava-se em sua poltrona, com os pés para cima, tomando chai quente e doce na medida certa, do jeito que Naina costumava preparar (agora comprado em saquinhos com a mistura pronta). Esparramava-se em frente à Zee TV ou ao noticiário, para evitar contemplar a poltrona vazia a seu lado, a de Naina – e para preencher os ouvidos com sons, risadas e conversas austeras, grandes questões mundiais, distraindo a mente do silêncio ensurdecedor que o recebia em casa todos os dias havia dois anos.

Após a morte de Naina, Mukesh não fora capaz de dormir na própria cama por meses. Estar sozinho nela era como estar na casa de outra pessoa.

– Papai, leve o tempo que precisar – dissera Rohini a princípio, e Vritti arrumara uma cama para ele no sofá da sala.

– Ele não pode dormir assim para sempre, vai ferrar com as costas – cochichara Dipali para as irmãs depois de cobrir o pai com o edredom.

Essa estranha troca de papéis o deixara imensamente envergonhado. Como poderia se sentir inteiro de novo se sua metade partira para sempre?

– Ele vai ficar bem – cochichara Rohini em resposta. – Está de luto. Eu não tenho coragem de entrar no quarto, mas vamos ter que tirar as coisas da mamãe. Ela deixou tudo uma bagunça!

Deitado no sofá da sala, Mukesh havia fechado os olhos na esperança de abafar o som do riso delas. Riso suave, reconfortante. Era ele o pai; ele é quem deveria estar cuidando das filhas. Mas não conseguia. Sem Naina, não sabia como.

Um ano se passou e teve início o Período de Quietude Eterna de Mukesh Patel, aquele estágio silencioso e solitário em que se é a única pessoa que ainda não superou o luto. Foi quando Rohini, Dipali e Vritti insistiram em finalmente retirar os pertences de Naina do quarto.

– Papai, não vamos mais deixar você adiar isso. É hora de seguir em frente.

Elas se puseram, então, a remexer detalhes e destroços da vida da mãe, a reorganizar o caos organizado onde Naina reinava. Dipali, acometida por uma conveniente alergia a poeira, preferiu fazer o almoço para todos. Só por aquele dia, a casa se encheu de vida novamente – mas pelas razões erradas. Enquanto ouvia Dipali preparar a massa de panqueca na cozinha, Mukesh prostrou-se na porta do quarto que fora dele e de Naina e ficou observando Vritti e Rohini. Mukesh era silencioso e invisível na própria casa, um fantasma de si mesmo.

Rohini comandava o processo, gritando instruções para Vritti enquanto ela própria zanzava pelo quarto, pondo uma escova de volta no devido lugar numa caixa de sapatos em cima do armário, dobrando xales e arrumando-os dentro de uma grande mala com rodinhas, guardando punhados e mais punhados de pulseiras. Mukesh as viu puxar caixas e mais caixas de baixo da cama. Vritti, ajoelhada no chão, o rosto grudado no carpete, esticava a mão para a esquerda, depois para a direita.

De repente, uma barulheira de sons tilintantes.

– Ai, meu Deus! O que você fez? – grunhiu Rohini, encarando a irmã.

Vritti puxou a caixa, revelando um pote de iogurte com brincos misturados, agora meio vazio. Depois veio a caixa de sapatos da Clarks com fotografias que haviam distraído as meninas por horas quando eram pequenas, quando faziam perguntas no colo de Naina ou de Mukesh sobre suas roupas com estampas de caxemira e suas vistosas calças boca de sino. Mukesh sempre as achara muito estilosas. As meninas riam daquilo.

Em seguida apareceram vários potes vazios. Por fim, um único livro, um exemplar empoeirado de biblioteca.

Vritti desacelerou o ritmo por um instante e o pegou, enquanto Rohini se ajoelhava ao lado da irmã.

– Papai, corre aqui! – chamaram, sem notarem a presença dele a poucos metros.

Dipali viera correndo ao quarto também.

– Um livro da mamãe... Quer dizer, da biblioteca – disse Rohini. – Achava que eu tinha devolvido todos, mas devo ter esquecido esse.

Ela ergueu o volume para lhe mostrar e ele se aproximou, meio incrédulo. Como se aquele exemplar empoeirado, encardido, grudento, fosse alguma miragem. Ao ver as outras relíquias da vida da esposa, não sentiu nada. Mas naquele momento, ao ver o livro, o pó acinzentado formando manchas no encapamento de plástico, era como se Naina estivesse com elas no recinto. Ali, com as três filhas e uma das obras adoradas da esposa, por um instante, apenas por um instante, ele não se sentiu tão só.

Houvera um tempo em que livros da biblioteca se amontoavam sobre a mesa de cabeceira de Naina. Fizeram companhia a ela no último ano, quando lera e relera os mesmos títulos. Seus "favoritos". Mukesh agora desejava ter perguntado sobre o que eram, o que ela amava neles, por que sentira necessidade de ler e reler sempre os mesmos. Desejava tê-los lido junto com a esposa.

E então lhe restara aquele único exemplar da biblioteca: *A mulher do viajante no tempo.*

Naquela noite, no quarto despido da bagunça de Naina, Mukesh abriu o livro, forçando a lombada, sentindo-se um intruso. O livro não era dele, não havia sido escolhido para ele, e talvez Naina nem quisesse que ele o lesse. Forçou-se a ler uma página, mas teve que parar. As palavras não faziam sentido. Estava tentando transformar as letras pretas e as páginas amareladas numa carta de Naina para ele. Mas não havia mensagem alguma.

Na noite seguinte tentou de novo. Acendeu a lâmpada de leitura de Naina e uma vez mais se voltou para a primeira página. Folheou as seguintes procurando ser delicado, tentando ao máximo não deixar sua marca no livro. Queria que ele fosse de Naina, e apenas de Naina. Vasculhou-o com olhar investigativo, em busca de uma pista – um vestígio em alguma página, uma gota de chai, uma lágrima, um cílio, o que fosse. Disse a si mesmo que um dia precisaria devolvê-lo à biblioteca – Naina teria querido assim.

Mas não conseguia desapegar. Não ainda. Aquela era sua última chance de trazer Naina de volta.

Absorveu página por página, capítulo por capítulo. Conheceu Henry, um personagem capaz de viajar no tempo. Por meio desse dom, ele conseguia encontrar uma versão passada ou futura de si mesmo e, o mais importante, também havia sido assim que conhecera Clare – viajara no tempo para encontrá-la quando era só uma menina, retornando repetidas vezes ao longo dos anos. O amor de sua vida. E Clare não tinha escolha senão amá-lo, pois ele era tudo que ela havia conhecido.

Mukesh começou a encarar os personagens não como Henry e Clare, mas como o próprio amor – amor daquele tipo que parece fadado a ocorrer, inescapável. Como o dele com Naina. Em dado momento da história, Henry dá um salto para o futuro e descobre que vai morrer. Conta a Clare que sabe quando isso acontecerá, quando serão separados para sempre.

Enquanto lia sobre a tragédia de Clare e Henry, o telefone a seu lado começou a tocar. Era Dipali. Ele não conseguiu falar nada, só chorar.

– Eu sabia que ela ia morrer, minha *beta* – disse à filha quando a voz enfim saiu. – Assim como Clare sabia que Henry ia morrer naquele livro. Quase conseguiam contar quantos dias ainda teriam juntos. Eu tive esse alerta também. Mas será que fiz o bastante? Será que tornei felizes os últimos meses dela?

– Pai, do que você está falando?

– Do livro da sua mãe. *O viajante no tempo*.

– O que tem ele, pai? – A voz dela saiu suave, o tom de pena perceptível.

– Henry e Clare... Sabe... Eles se amavam desde muito novos, assim como eu e sua mãe. E sabiam quando ele ia morrer. E viveram da melhor forma que puderam, aproveitando cada instante ao máximo. Mas não sei se fiz o mesmo.

– Pai, a mamãe te amava e sabia que era amada. Isso basta. Olha só, já está tarde. Vai dormir, ok? Não se preocupa com isso. Você deu a ela uma boa vida e ela te deu uma boa vida também.

Naina havia morrido. Mas aquele livro parecia um olhar fugidio para dentro da alma dela, para o amor deles, para a vida que haviam compartilhado. Um flagrante do início do casamento, quando ainda eram praticamente dois estranhos. Casados, sem terem ideia de como era o outro de fato. Naina fazia tudo: cozinhava, limpava, ria, chorava, cerzia, consertava e, no fim da noite, lia. Acomodava-se na cama como se tivesse tido o mais relaxante dos dias e lia. Desde as primeiras semanas como casal, ele sabia que a amava e que a amaria para sempre.

Você nunca vai me perder, Mukesh, disse Naina enquanto ele segurava bem firme o livro. Ele ouviu as palavras. A voz dela. A história a trouxera de volta, ainda que apenas por um momento.

Ao pegar o controle remoto, seguindo a rotina do dia, a mão de Mukesh esbarrou num livro. *A mulher do viajante no tempo* o observava da mesinha de centro. *Hora de ir à biblioteca, sem mais desculpas*, lhe sussurrou o livro com uma voz estranhamente parecida com a de Naina. Hora de seguir em frente.

Depois de respirar fundo algumas vezes e esticar um pouco as pernas, ele se ergueu, enfiou o livro na sacola de lona, procurou o vale-transporte nos bolsos e saiu decidido de casa, subindo a rua. Atravessou no sinal para chegar ao ponto de ônibus mais próximo. Ficou à espera, com dificuldade para ler os horários.

Uma moça estava parada ao seu lado, com um coque desgrenhado e um celular enorme, que segurava com ambas as mãos.

– Com licença. Para que lado fica a biblioteca e que ônibus eu pego para chegar lá, por favor?

A jovem suspirou e começou a digitar algo. Ele a havia irritado, teria que se virar de outro jeito – mas, mesmo forçando a vista, não conseguia enxergar os detalhes do mapa. Ficaria ali o dia inteiro.

– Daqui você pega o 92 – disse a moça de repente, assustando Mukesh. – É no Centro Cívico.

– Ah, *não*! Deve ter outra. O Centro Cívico vive tão cheio de gente... Cheio demais para mim. Pode checar de novo?

A jovem mascava seu chiclete ruidosamente, de mau humor. Olhou para o celular.

– Sei lá. As bibliotecas estão todas fechando por aqui, não estão? – respondeu, respirando fundo antes de acrescentar: – Ah, sim, tem a da Harrow Road, que é logo ali. É o mesmo ônibus, mas no sentido contrário.

– Obrigado, obrigado. Fico muito grato.

Sorriu para ela e, contra todas as expectativas, ela sorriu de volta.

Desceu o meio-fio com entusiasmo, esquecendo como suas pernas eram lentas, e sentiu uma dor lancinante no joelho. A jovem o agarrou com uma firmeza delicada.

– Calma, tem que olhar para os dois lados antes. – Ela olhou para a direita, para a esquerda, para a direita de novo e lhe fez um aceno de cabeça quando o caminho estava livre.

Já do outro lado da rua, ele se virou na direção da moça, a mão erguida num aceno. Mas o ônibus dela havia chegado e Mukesh já fora esquecido.

Quando o 92 parou no ponto, ele escalou os degraus, subindo com muito esforço, e passou o cartão na leitora.

– Com licença – disse ao motorista. – Pode me dizer onde saltar para ir até a Biblioteca da Harrow Road?

Ele enunciou essas palavras solenemente, como se estivesse se referindo a um lugar muito importante. O motorista o encarou com frieza.

– No ponto da Ealing Road – respondeu, afinal.

– Obrigado, meu amigo, obrigado. Hoje é um dia bem importante para mim.

Capítulo 2

ALEISHA

– Aleisha – chamou Dev da Garrafa Térmica, batendo de leve com a mão no balcão. – Estou encerrando por hoje. Vê se dá uma levantada nesse ânimo. Sei que aqui não é o Tiger Tiger, ou sei lá aonde a geração de vocês gosta de ir hoje em dia, mas as pessoas ainda esperam ser bem atendidas.

Aleisha estava debruçada sobre o balcão com a expressão que o irmão carinhosamente chamava de "megera em repouso". Ela ergueu o olhar para Dev da Garrafa Térmica, sem se dar ao trabalho de se endireitar. O Garrafa era seu supervisor. Um indiano alto, bem magro, que usava colete de tricô e às vezes era irritante, mas que inspirava nela um certo instinto de autoproteção. Na biblioteca, era ele quem mandava. Os funcionários orbitavam em torno dele tentando agradá-lo, mesmo quando estava sentado num canto bebendo da garrafa térmica (Aleisha sempre se perguntara se o conteúdo não seria alcoólico, já que havia na sala dos funcionários uma máquina de café estilosa – ou quase isso – e ele não tinha por que trazer café de casa). Fora dali, no entanto, imaginava que ele devia viver todo encolhido, pois o mundo exterior, Wembley em especial, não era lá muito receptivo a homens com garrafa térmica e colete de tricô metidos a chefão. Ela se perguntava se não gritavam com o Garrafa na rua por andar tão devagar ou se não esbarravam nele de propósito e derramavam seu "café".

– Fica tranquilo, chefe, hoje não tem movimento nenhum.

Ele ergueu as sobrancelhas em resposta, mas não tinha como discordar. Umas poucas crianças manhosas e birrentas estiveram ali mais cedo com seus pais desinteressados, que levaram um livro cada e prometeram pagar as multas atrasadas da próxima vez (multas de 20 e de 67 centavos, que provavelmente nunca seriam quitadas). Aleisha deixara para lá – não tinha desejo algum de bancar a fiscal. Aquele não era seu emprego dos sonhos (seria o de alguém?), só um trabalho temporário de verão. Havia terminado as provas em maio, e aquele estava sendo literalmente o verão mais longo de sua vida.

"Alguém ainda frequenta bibliotecas?", perguntaram seus colegas de escola quando ela conseguiu o emprego. Tudo tão silencioso... decadente... chato à beça. Ela tinha tentado um emprego na Topshop da Oxford Street, pelos descontos da loja e pela oportunidade de sair um pouco de Wembley, mas acabara indo parar ali.

– É um lugar de paz – dissera-lhe o Garrafa após a entrevista, de braços escancarados, refestelando-se com o silêncio opressivo do local. – Nos orgulhamos disso. Muitas bibliotecas fecharam nos últimos tempos, como você deve saber, e estamos fazendo de tudo para mostrar aos poderosos como este espaço é *vital* para a nossa comunidade. Muitos frequentadores cativos vêm em busca desse clima gostoso de companhia silenciosa, sabe? Seu irmão mesmo adorava isso, não adorava? Aliás, como ele está?

Aleisha limitara-se a um movimento de cabeça e um dar de ombros. Seu irmão mais velho, Aidan, havia trabalhado ali quando tinha a idade dela.

– As pessoas me fascinam *demais* – dissera ele ao saber pela irmã que ela conseguira o emprego. – Sabe, só de ver aqueles leitores sentados em silêncio, folheando o que seja, sem nem se dar conta de que estão sendo observados... Tipo... Sei lá... Numa biblioteca ninguém finge ser outra pessoa.

Aleisha não entendia aquela fascinação. Aidan sempre fora um leitor voraz: era dedicado e estudava pelo prazer de aprender. Já ela só estudava pelas notas e nunca se debruçava num livro com a mesma entrega que o irmão.

Quando eram pequenos, a mãe os levava de vez em quando até ali e Aleisha não suportava o silêncio. Esperneava, gritava, queria sair para brincar no parque. Já adolescente, Aleisha nunca havia retornado à biblioteca por conta própria, mas Aidan costumava ir depois da escola, às vezes para fazer o dever de casa, mas em geral por puro prazer.

Não à toa, assim que Aleisha comentou não ter passado na seleção da Topshop, Aidan sugeriu a pequena, tranquila e bolorenta Biblioteca da Harrow Road. Aleisha havia aceitado o emprego por ele, na esperança de deixá-lo ao menos um pouco orgulhoso.

– Também estou indo, Aleisha. Você segura as pontas por um tempinho?

Era Lucy, uma das duas voluntárias da biblioteca, esgueirando-se por entre as estantes. O Garrafa já havia falado sobre a falta de verba para contratar mais funcionários – não havia muito interesse em manter duas ótimas bibliotecas quando a do Centro Cívico era tão chique, então precisavam fazer de tudo para cortar custos e, ao mesmo tempo, prestar o "melhor serviço possível". Lucy vivia em Wembley fazia anos e a Harrow Road havia sido sua biblioteca de estimação na época em que tinha um orçamento mais polpudo. Ela adorava falar dos bons e velhos tempos, quando crianças apareciam aos montes nas férias de fim de ano.

– Esta biblioteca era tão cheia de gente e de vida, sabe, Aleisha? – dizia ela. – Gosto de vir aqui umas duas vezes por semana, pelas boas recordações. Foi aqui que meus filhos se tornaram leitores. – Lucy amava as suas lembranças. Já havia contado essa história a Aleisha no mínimo quinze vezes, sempre dizendo "Me avisa se eu estiver me repetindo". – Hoje em dia é mais parado. Acho que a garotada fica jogando Xbox, esse tipo de coisa... Mas meus filhos devoravam cada uma das páginas que tinham em mãos.

A filha de Lucy acabara abrindo seu próprio salão de beleza, depois mais dois ou três no mesmo bairro, e o negócio ia muito bem. Já o filho se formara em contabilidade e trabalhava para um escritório de advocacia no centro da cidade. Lucy não cabia em si de orgulho e sempre creditava o sucesso deles a "esta biblioteca".

– Que dia tranquilo, não é mesmo? – comentou Lucy enquanto olhava para os dois, vestida em seu cardigã, e se dirigia à porta. – Perfeito para relaxar com um livro – acrescentou, com uma piscadela. – Nos vemos semana que vem.

Ali era tranquilo mesmo. Tanto Lucy quanto Aidan tinham razão nesse aspecto. Mas a tranquilidade trazia consigo o tédio, e naquele dia Aleisha estava penando.

– Será que você consegue dar uma olhada na pilha de devoluções? – quis saber o Garrafa, voltando-se para ela já na porta. – Não deixa de tirar de dentro dos livros qualquer papelote, qualquer sujeira que encontrar. Alguns dos nossos frequentadores – *Alguns? Todos os cinco*, pensou Aleisha – reclamaram de encontrar sujeira grudada nas páginas. Tem luvas de látex na gaveta. Sei que Kyle gosta de fazer esse trabalho, mas ajudaria demais se você adiantasse isso hoje mesmo.

Óbvio que o certinho do Kyle adorava os trabalhos nojentos e meticulosos. Ela cogitou ignorar por completo aquele pedido... mas olhou ao redor, vasculhando o ambiente. Silêncio. Havia um sujeito lendo num canto, uma mãe com o filho pequeno na seção infantil, todos tocando as respectivas vidas. Ninguém precisava dela. Seu celular repousava sobre o balcão, sem mensagens novas. O velho relógio acima da porta apontava uma e meia. Ainda lhe restavam *muitas e muitas* horas e, sem nada para fazer, o tempo pareceria se arrastar. Assim, abriu a gaveta do balcão, pôs as luvas de látex que se agarravam à sua pele e iniciou o trabalho.

Dez minutos depois, já tinha formado duas pilhas. Para jogar fora: algumas passagens de trem, recibos velhos e o ingresso amarfanhado de um show do Stormzy de 2017. Para guardar: um solitário cartão de fidelidade de uma lanchonete com apenas um carimbo por completar. O pobre Kyle ficaria arrasado por ter perdido essa preciosidade.

Bem quando começava a inspecionar um exemplar particularmente encardido de *Guerra e paz*, avistou de relance um senhor do outro lado das portas de vidro da biblioteca. Estava tentando abri-las. Como não conseguia, agitava os braços.

Impressionante, pensou ela. *Tem um botão para apertar bem na frente dele*. Logo quando parecia que a deixariam em paz até o fim do expediente... Revirou os olhos e esperou o homem se virar sozinho. Com sorte ele desistiria e partiria para seu próximo compromisso.

O senhor persistiu, embora sem êxito. Continuava lá, uma das mãos às costas na altura da lombar, o pescoço tão esticado quanto possível, observando cada centímetro das portas em busca de uma pista. Seu olhar ia de um lado para outro – e a cabeça acompanhava o movimento, um instante depois.

Nada.

Aleisha ainda esperou um pouco, mas, quando ele começou a esticar as mãos até o alto das portas, ela se rendeu. A última coisa de que precisava era uma bronca do Garrafa por negligência caso o sujeito caísse ao tentar escalar até uma janela do andar de cima.

Retirou os fones de ouvido, caminhou até a entrada e apertou o botão para abrir as portas. Observou-as deslizar uma para cada lado.

– *Arrá!* – vibrou o homem do outro lado, encantado consigo mesmo.

– Eu apertei o botão. Tem um aí fora também.

– Ah, obrigado, mocinha – disse ele, com um aceno de cabeça.

Aleisha dirigiu-se de volta para o balcão e recolocou os fones nos ouvidos, as luvas de látex já a postos.

Quando, porém, ergueu o olhar novamente, o senhor continuava parado no mesmo lugar onde ela o havia deixado. Do lado errado das portas, que já haviam se fechado automaticamente atrás dela. Aleisha revirou os olhos e resolveu que dessa vez não iria ajudar.

– Mocinha, com licença!

Agora ele batia na porta com uma das mãos, apalpando-a freneticamente com a outra, à procura do botão. Aleisha não ganhava para isso.

Após trinta segundos batendo desajeitadamente na porta, o sujeito enfim conseguiu entrar quando uma mãe decidiu levar o filho para casa e saiu da biblioteca. Aproveitando a oportunidade, ele caminhou na direção de Aleisha no balcão. Ela fixou o olhar na pilha de papeizinhos, fingindo se concentrar, na esperança de que ele notasse que estava ocupada e a deixasse em paz.

Mesmo com música nos fones, ela o ouvia repetir: "Mocinha, com licença!" Ele começou a bater de leve no balcão. Quando seu dedo se insinuou na direção da campainha, ela enfim o encarou.

– Como posso ajudá-lo, senhor? – disse ela, com um doce sorriso e a voz educada de "Olha só, sou uma bibliotecária!".

– Eu queria devolver... – começou ele, mas, após um breve silêncio, seu rosto empalideceu. – Não, desculpe. Na verdade estou procurando alguns livros – corrigiu-se, meneando a cabeça.

Aleisha percebeu que ele trazia com firmeza uma pequena sacola de lona a tiracolo, como se sua vida dependesse disso.

– Está no lugar certo – respondeu ela, com um sorriso presunçoso.

– Mas preciso de ajuda. Poderia me ajudar, por favor?

Ela suspirou.

– Do que o senhor precisa?

– Eu... – A voz dele era trêmula, quase inaudível. Uma tênue coloração rosada se apossara do rosto do homem, e Aleisha reparava como suas orelhas estavam ficando escarlate. – Não sei bem... quais... livros... Posso ver algumas das histórias?

– Para isso tem o autoatendimento – respondeu Aleisha, apontando para os computadores nas mesas.

Ele olhou para as máquinas e depois para as próprias mãos.

– Não acho que eu vá saber usá-las.

– O senhor sabe que livros está procurando? – perguntou ela, com outro suspiro, voltando o olhar para a tela e minimizando a janela do Instagram depois de espiar a nova foto postada por seu ex, Rahul, e então abrindo o banco de dados.

– Não, eu preciso de ajuda nisso também.

Ela fazia um enorme esforço para não perder a paciência.

– Sinto muito, mas não tenho como ajudar se o senhor não souber que livros quer. Só o que eu tenho é uma ferramenta de busca.

– Mas você não conhece os livros? Bibliotecários sabem o que as pessoas querem ler. Eu sei mais ou menos. Quero livros que eu vá gostar de ler. De repente algo que eu possa indicar para a minha neta... Um clássico, talvez? Quem sabe um romance? Eu li *A mulher do viajante no tempo*. – A mão dele voou para dentro da sacola e agarrou o exemplar com força. – Gostei *muito* desse. Me ajudou demais.

– Nunca ouvi falar. Eu sinto muitíssimo, mas sou melhor com não ficção, leituras escolares, esse tipo de coisa. Livros que me *ensinam* algo. Não leio romances.

O homem parecia horrorizado. Estava de queixo caído.

– Você *deveria* conhecer romances. É o seu trabalho. Pode me dar alguma orientação? Qualquer que seja?

– Não, o senhor talvez precise usar o Google ou algo assim.

– Eu...

Ela se levantou da cadeira, as têmporas latejando. Voltou a pensar na noite anterior – sua mãe trancada no quarto, seu irmão caminhando pelo corredor, ouvidos atentos, checando como ela estava. A preocupação estampada no rosto dele. Os olhos de Aleisha doíam de cansaço, a cabeça pesava.

– Senhor, por favor – disparou, com os dentes cerrados. – Pode ficar *à vontade* para olhar as estantes se quiser encontrar algo para ler. Os romances estão ali – apontou, gesticulando de forma vaga.

Dito isso, ela se sentou e só observou o homem se encaminhar para as estantes, a passos lentos mas seguros. Por várias vezes ele se virou e a fitou com o cenho franzido. Ela mantinha o olhar fixo na tela, determinada a ignorá-lo. Sentia alguma coisa que talvez fosse culpa começar a subir pela garganta e fazê-la tossir. O que teria dado nela? Ligou mais uma vez os fones de ouvido e os colocou, decidida.

Ajustou uma das luvas de látex, esticando-a braço acima e sentindo-a puxar os pelinhos de sua pele. Estava disposta a esquecer os últimos minutos quando *outra* pessoa a abordou. Era um dos cinco frequentadores cativos do local: o Cara dos Policiais. Quase sempre dava para encontrá-lo na seção de romances policiais, sentado às mesas que davam para o parque. Eram um pouco mais afastadas das demais, escondidas, silenciosas. Às vezes, depois de a biblioteca fechar, Aleisha gostava de sentar ali ela mesma e apreciar a vista. Só por um ou dois minutos. Só para descansar um pouco antes de ir para casa. Um breve momento de preparação.

– Que foi? – deixou escapar, ciente da própria grosseria, mas sem energia para se importar.

– Opa, perdão – balbuciou ele.

Seu cabelo era longo – longo demais para um adulto, na opinião dela – e cobria boa parte do rosto. Ele gostava de camisetas com cores berrantes, mas quase sempre usava moletom grosso com capuz por cima. Só de olhá-lo naquele mormaço de verão, Aleisha já se sentia sufocada.

– Só queria devolver este livro – disse ele, segurando um exemplar de *O sol é para todos*.

Com seu dedo envolto em látex, ela apontou para a pilha de devolução.

– Põe ali que eu pego depois.

Ele fez que sim.

– Não é o tipo de história que eu costumo ler, claro. Mas é muito bom. Já li algumas vezes. Vivo relendo... Me ajuda a sair um pouco da minha cabeça... Bem, todas as histórias fazem isso, concorda? Este *lugar* tem esse efeito em mim.

Aleisha torceu o nariz; se ler sobre crimes era a válvula de escape dele, de que diabos ele estaria tentando escapar? Apenas meneou a cabeça em resposta. O Cara dos Policiais continuava falando, tímido e desajeitado.

– Sabe... Este livro... eu recomendaria. – Ele ergueu as sobrancelhas e fez um aceno de cabeça quase imperceptível para o idoso ladeado por prateleiras. Aleisha torceu o nariz de novo, e o Cara dos Policiais voltou a sacudir o livro na direção do idoso. – É um *clássico*... Um livro que *todo mundo* deveria ler.

Ele enfatizou cada palavra, então depositou o livro com cuidado junto às demais devoluções – como se fosse alguma dádiva preciosa – e foi se afastando do balcão.

Qual era o problema daquele cara? Estaria tentando flertar com ela?

Quando ele enfim foi embora, Aleisha pegou *O sol é para todos*, escaneou o exemplar para registrar o retorno no sistema e se pôs a sacudi-lo em busca de fragmentos ilegais a serem descartados. Quando um papelzinho caiu de dentro do livro, meio que esperava ser o número do celular dele, o perfil do Instagram ou algo assim. Mas, ao desdobrá-lo, viu se tratar de uma espécie de lista de compras. Ela suspirou, pensou em chamá-lo de volta e se queixar do trabalho que estava tendo. Foi quando olhou com mais atenção – a caligrafia era bonita, sinuosa nos lugares certos. Não era como ela imaginava que o Cara dos Policiais escreveria. Reexaminou as palavras: era uma lista de livros.

Uma lista de leitura.

Havia oito títulos ali. Começava com *O sol é para todos*, o livro que ela segurava nas mãos revestidas em látex.

<u>Para o caso de você precisar:</u>
O sol é para todos
Rebecca
O caçador de pipas
As aventuras de Pi
Orgulho e preconceito
Mulherzinhas
Amada
Um rapaz adequado

A princípio, ela o jogou na pilha do lixo. Ao encaminhar-se para despejar tudo na lata, no entanto, algo a deteve. Tirou uma de suas luvas e cuidadosamente correu os dedos sobre as delicadas palavras *O sol é para todos* antes de enfiar o pedaço de papel no verso da capa do celular, junto ao cartão de fidelidade da lanchonete.

Ergueu o livro, observando a capa e sentindo o peso de suas páginas.

Então se levantou e foi na direção do velho com o coração pulando no peito e "um livro que *todo mundo* deveria ler" buzinando na mente. Ali estava sua redenção.

Capítulo 3

MUKESH

Mukesh sentia os olhos da moça colados à sua nuca enquanto andava em direção às prateleiras. Não sabia por onde iniciar sua "busca por um romance" – as cores dos livros pareciam formar um grande borrão diante de seus olhos. Percorria as lombadas com as mãos, sentindo as diferentes texturas, geralmente macias e aveludadas. Pensava nos sáris de Naina, impecavelmente empilhados em casa. As palavras escritas nas lombadas o assoberbavam, fugiam e riam dele, como se soubessem que aquele não era seu lugar. Será que a garota ainda estaria observando? Ele circulava entre as estantes, tentando sair do campo de visão dela.

Escutou o sussurro de alguém. Não sabia de onde vinha, mas era como se o assunto fosse *ele*. Enrubesceu. Mais que depressa, pegou um livro da prateleira, qualquer um, na esperança de se esconder.

O Código de Trânsito e prova teórica para motoristas de carro. Bom, com certeza não era *aquilo* que ele estava procurando. Não era sequer um romance, ainda que pudesse vir bem a calhar para as provas de direção de sua neta Priya, dali a seis anos. Relutante em assumir a derrota, determinado a fingir que a orientação da bibliotecária não era mais necessária, sentou-se a uma mesa e começou a ler. "*Introdução: O Código de Trânsito é leitura essencial para todos.*"

– Ah, Naina! – exclamou ele. – O que estou fazendo aqui?

Um *Shhhhh* agressivo atravessou as prateleiras e o puxou de volta para a realidade. Por quanto tempo teria que esperar ali para não denunciar a própria gafe? Era óbvio que não faria prova de direção alguma! O que pensariam dele por estar em pânico daquele jeito? Leu a página do sumário inteira e parte da introdução, que era interessante mas completamente irrelevante para sua vida. Já havia desistido de dirigir fazia tempo. Agora suas filhas se encarregavam disso.

Sentia *A mulher do viajante no tempo* pesando em sua sacola de lona, chamando sua atenção. Sabia que, se devolvesse o livro agora, arranjaria um grande problema por ter ficado tanto tempo com ele. Talvez pudesse fugir para dentro das páginas, para afastar a mente daquele passeio terrível, desconfortável, constrangedor...

Antes que pudesse puxar da sacola *A mulher do viajante no tempo*, ouviu passos atrás de si, o único som a romper o silêncio, e mergulhou de novo em *O Código de Trânsito*. Ouviu um *clac-clac-clac* e olhou para trás, o mais discretamente possível. Seus olhos se arregalaram de terror ao ver que era a garota. Ela trazia um livro nas mãos – provavelmente para *zombar* dele. O *clac-clac-clac* vinha de suas unhas longas e pontudas batendo na capa.

– Senhor? – chamou ela.

Soava educada dessa vez, mas ele não confiava nela. Seu olhar se voltou de novo para as páginas. Queria ler aquele livro fascinante em paz.

– Senhor? – repetiu a moça. – Era isso que o senhor estava procurando? – Ela apontou para *O Código de Trânsito*. – Isso eu poderia ter achado se o senhor tivesse me dito.

– Não me chame de "senhor". Não sou "senhor" para você!

Mukesh se levantou, tomado pela raiva e pelo constrangimento. Pegou *O Código de Trânsito* e foi pisando firme até a porta o mais rápido que pôde, então pressionou o botão de abertura automática (nem de longe tão automática assim!) para sair. De cabeça erguida, ignorou os bipes dos detectores, sem se dar conta de que havia basicamente roubado um livro.

Ao chegar em casa, Mukesh abriu a porta para o vazio. Já estava mais calmo, mas seus olhos ardiam, marejados, e suas orelhas queimavam de vergonha. Ao tirar os sapatos junto à entrada, jogou a sacola de lona na poltrona da sala com uma força inesperada antes de checar os recados na secretária eletrônica. Havia um de Rohini, que terminava com "Papai, liga pra mim quando ouvir esse recado. Vou ao mercado amanhã e preciso saber o que cozinhar quando formos te visitar na sexta. Espero que esteja comendo direito".

Ele desabou no sofá. A mensagem de Rohini só serviu para acelerar o coração de Mukesh. Na semana anterior, Priya havia lhe implorado por algo para ler. Esquecera o livro dela em casa e não tinha nada para passar o tempo. Quando o avô sugeriu que vissem *Blue Planet* na TV, ela respondeu com um gemido.

– Queria que a Ba estivesse aqui! Ela tinha *tantos* livros.

Priya e Naina viviam cercadas por livros – faziam um forte com lençóis e almofadas no quarto do andar de baixo, sentavam-se juntas e liam. Ele as ouvia conversar sobre personagens como se fossem gente de verdade. Achava delirante, mas totalmente adorável. Era a mesma paixão que ele sentia ao ver documentários. Eram tão educativos quanto livros, porém mais agradáveis aos olhos. Queria muito que Priya amasse David Attenborough tanto quanto ele amava.

– Eu tenho um livro! – dissera Mukesh à neta, subindo a escada às pressas até o escritório.

A prateleira então ostentava apenas *A mulher do viajante no tempo*, com sua sobrecapa empoeirada.

Ao trazê-lo para a neta, estendido nas mãos, só o que vira no rosto de Priya fora ultraje.

– Olha aqui, Priya. Este *até eu* li. É uma história muito linda.

– Dada, isso é adulto demais pra mim!

Mukesh via a frustração estampada no rosto da neta.

– Queria que a Ba estivesse aqui. Ela ia saber. Você não entende de livros, Dada. – O lábio inferior dela começara a tremer e, por fim, a menina bufou. – Você não está nem aí!

Priya então derrubou o livro das mãos dele com um tapa, o que não era de seu feitio.

Para o avô, aquilo era como um soco no estômago, que partiu seu coração. Ele afastou o olhar, querendo ser levado para longe dali, onde pudesse ouvir mais uma vez a voz de Naina e senti-la sentada a seu lado.

Não. Ele não poderia *suportar* outra experiência assim. Havia se sentido tão envergonhado, tão *inútil* quando gritara "O que eu faço agora?" para a casa vazia... Naina teria ficado desapontada.

Não é hora de desistir, Mukesh.

Ele ficou imóvel, ciente da peça que sua mente estava lhe pregando, mas com a nítida impressão de ter ouvido a voz de Naina.

Todo mundo precisa pedir ajuda de vez em quando. Era a voz dela de novo, e Mukesh sentia os pelos da nuca se eriçarem. Ela tinha razão, como sempre.

Seu coração pesou ao pensar em Priya sentada numa poltrona ou aninhada na cama ao lado da Ba com um livro – a muitos quilômetros e mundos de distância dele.

– Ela gosta de vir me visitar? – perguntou Mukesh em voz alta.

Ele aguardou, torcendo para Naina responder, para lhe dizer que tudo ficaria bem. Mas nada ouviu além do silêncio.

Então se aboletou em frente à TV para ver *Blue Planet*. Geralmente a voz de David Attenborough, o azul intenso do mar e os ruídos engraçados das criaturas marinhas o ajudavam a relaxar. Nesse dia, porém, não conseguia se concentrar em David Attenborough, e pegou mais uma vez a sacola de lona, tirando de dentro *A mulher do viajante no tempo* e apertando o exemplar junto ao peito. Arrastou-se até o quarto e desabou na cama. Deixou o romance cair aberto nas mãos e se transportou de volta àquele mundo: o casal havia sido alertado com antecedência sobre a morte de Henry. Uma bênção e uma maldição, e o aviso mais categórico que alguém poderia receber. Clare e Henry sabiam que seus dias juntos estavam contados – estavam à espera do fim.

Mas, por experiência própria, Mukesh sabia que um alerta, por mais categórico que fosse, nunca trazia conforto; representava somente o lento gotejar do medo ao longo de todos os bons e maus momentos. O tique-taque de uma bomba-relógio. Ele se lembrava de quando o médico chamara Naina para conversar depois do último exame.

"Sinto muito, Sra. Patel", dissera o médico. A voz dele era firme, mas por trás disso Mukesh percebera um leve tremor. O doutor usava óculos, impecavelmente apoiados sobre a ponte do nariz. Era assim que Mukesh imaginava seu filho, se ele e Naina tivessem tido um menino. Aquela familiaridade, de alguma forma, piorava as coisas. Sempre haviam desejado ter um médico na família, para momentos assim, para poderem ouvir de um especialista: "Fique tranquilo, papai. Médicos volta e meia erram nessas coisas."

Tanto Naina quanto Mukesh sabiam que aquele médico não estava errado.

Rohini os buscara no hospital; bombardeara-os com fatos interessantes do noticiário, tentando reduzir a tristeza no carro, enquanto Mukesh e Naina ficavam em silêncio. O momento era *deles* (como quando Henry viajou para o futuro e presenciou a própria morte), ambos especulando quanto tempo tinham até aquele dia enfim chegar.

Por várias semanas, na escuridão da noite, com Naina adormecida ao seu lado, Mukesh rememorou aquelas palavras. *Sinto muito, Sra. Patel.*

– Naina – sussurrava para ela –, como posso trocar de lugar com você? Como dizer a Deus para me levar no seu lugar?

Mukesh sabia o que o esperava, assim como Henry, assim como Clare. Mas se recusava a admitir para si mesmo.

– Mukesh – dissera Naina certa manhã –, precisamos falar sobre os preparativos, para depois...

Suas palavras foram delicadas, mas pragmáticas. Isso o magoara. Henry nunca deixara Clare pensar nessas coisas, na morte dele. Ou deixara? Mukesh já não tinha mais certeza; a história do livro se misturava à sua vida. Henry era Naina e Mukesh era Clare. A pessoa que ficava para trás.

– Naina – respondia, sorrindo –, não se preocupe com isso. Vamos só curtir mais um dia lindo.

Dizia sempre aquilo, fosse sob uma tempestade ou um sol radiante.

– Precisamos falar das meninas – insistia ela –, do que vão precisar. Priya, Jaya e Jayesh também. Tem coisas que eu quero dar para elas, para quando forem mais velhas. Preciso mostrar a você.

Mukesh só balançava a cabeça e sorvia o chá.

– Naina, está tudo bem. Você precisa descansar. *Tudo isso* a gente faz outro dia. Vamos ver alguma coisa, um filme leve.

As palavras saíam atabalhoadas de sua boca, como uma cachoeira cuja correnteza pretendia arrastar a praticidade de Naina.

– Mukesh – dizia Naina com voz severa. Dia sim, dia não ela tentava tocar no assunto, e dia sim, dia não ele saía pela tangente. – Ganhamos algum tempo, temos que usar da melhor forma.

Apesar de tudo isso, ela nunca havia tentado falar com ele sobre como deveria se *sentir* depois que ela morresse, como deveria tocar a vida, como trazê-la de volta. Era só isso que lhe interessava.

Agora estava ali, sozinho, ainda sem a menor ideia do que fazer depois da partida da esposa, que o deixou numa casa sem vida, sem alma, sem livros – a casa que um dia foi o lar dos dois. Naina tinha dado personalidade àquele lugar, pendurado seu coração em meio aos sáris. Os seus pertences decoravam cada superfície; tecidos e cardigãs pousados sobre cada cadeira, livros empilhados em cada canto e joias penduradas na cabeceira da cama.

Ele largou o livro, saiu da cama e abriu alguns dos armários de Naina, retirando infinitos sáris, com menos delicadeza do que gostaria. Dizia a si mesmo estar à procura de livros, de algo que Priya pudesse ler, mas no fundo esperava que assim pudesse trazer Naina de volta. A cada sári que caía no chão, sentia o odor quente e pungente do perfume dela. O cheiro o envolvia feito uma nuvem. Por um momento, era como se ela tivesse voltado. Estava por toda parte.

Ele chafurdava na dor sem nenhuma razão. Se Rohini visse aquilo, teria lhe dado uma bela sacudida e dito "Papai, a vida tem que continuar. Com certeza a mamãe ia querer que você superasse".

Voltou a se acomodar na cama, olhando o teto, e se arrependeu na mesma hora. Seria capaz de se reerguer algum dia? Observou as rachaduras no teto aumentando a olhos vistos, as teias de aranha tomando cada lateral do quarto, enquanto as sombras projetadas pelo vidro da janela pareciam silhuetas pintadas de tinta preta, e ele esperava, esperava a tinta pingar nele, encobrindo-o por completo na escuridão. Voltou a pensar em Henry, em Clare e nos dias em que ter a esposa deitada a seu lado não era o mero desejo de um homem entregue ao luto.

A lista de leitura

CHRIS

2017

Ele se forçou a sair da cama, a cabeça pesada de sono. Já era um progresso: a primeira vez em *semanas* que acordava antes do meio-dia. Era sentir o espaço vazio a seu lado – o lado de Melanie na cama – para querer que o piso ou o colchão o engolissem e acabassem com a dor. No chão, uma pilha de romances policiais o encarava, provocante, acumulando uma fina camada de poeira.

Geralmente os livros bastavam para tirar Chris da fossa. Mas, ao pegar um romance pela primeira vez após a separação e se deparar com uma detetive inteligente, alta, elegante e linda... só conseguira pensar em Melanie. Ela era inteligente, alta, elegante e linda também. Frustrado, fechara o livro com força, ouvindo o estrondo das páginas se chocando. Ficara olhando para o teto, para o nada, e assim permanecera pelo resto da noite, com imagens dela percorrendo sua mente. Melanie feliz... Melanie triste... *Melanie, Melanie, Melanie.*

Nesse dia, no entanto, estava determinado a tirar a ex da cabeça. A timidez dele, a fragilidade, a incapacidade de "se conectar emocionalmente" com as pessoas – precisava guardar tudo isso numa caixinha de madeira, rezando para que algo mantivesse a tampa fechada. Precisava apenas de algumas horas para esquecer, para ser outra versão de si mesmo.

Então vestiu uma calça recém-lavada e uma camiseta nova, também recém-saída do armário, e foi para a Harrow Road. Não estava lendo nada ultimamente, mas, ainda assim, se forçava a ir todos os dias à biblioteca: um pequeno santuário naquela cidade solitária. Desde a separação, seu celular vivia apitando com mensagens de amigos: "Oi, você e a Melanie querem jantar com a gente hoje?", "Oi, Chris, que tal uma caminhada? Joanna está com saudade da Melanie e de você!", "Como você está? Como está indo o novo trabalho da Melanie? Espero que estejam bem. Saudade de vocês. Um beijo". *Melanie, Melanie, Melanie.* Todos a amavam; *ele* a amava. Na biblioteca ao menos conseguia respirar, fugir da torrente de mensagens e simplesmente *existir* por algum tempo.

Ao se sentar no local de sempre, ele viu algo – um livro largado na mesa. Havia gente descuidada que empilhava livros para "folhear" e nunca os devolvia ao lugar original, deixando todo o trabalho para os funcionários da biblioteca. Ele fazia a boa ação de retorná-los às prateleiras.

Ao pegar o livro, no entanto, viu uma nota adesiva colada ao tampo da mesa. Retirou-a com cuidado e a aproximou do rosto. Sua vista já não era mais a mesma depois de tantas horas de leitura num apartamento mal iluminado. O post-it estava preenchido por frases escritas à mão num monte de rabiscos elaborados.

Sei que você não costuma ler livros assim, mas li O sol é para todos *quando tinha 21 anos e estava passando por um momento difícil. Aprendi muito com a leitura naquela época e voltei a ver o mundo pelos olhos de uma criança – as partes boas e as ruins. Foi como uma válvula de escape. Eu me joguei naquele mundo, nas injustiças, nos personagens... Foi um respiro necessário, pois me ajudou a me importar de verdade com outras pessoas. Espero que possa ser uma válvula de escape e um respiro para você também. Às vezes os livros nos levam para um passeio e nos trazem de volta com uma nova perspectiva.*

Ele tirou o cabelo da frente dos olhos. Não havia nome no bilhete, não havia destinatário ou remetente – poderia ser para qualquer um. Mas, nesse caso, como explicar aquela súbita sensação de ter sido *compreendido*? Era como se tivessem lido a mente dele. Voltou a olhar para o livro e seus olhos se concentraram no título: *O sol é para todos*. Quem quer que tivesse escrito aquele recado, será que sabia que ele sentava naquele lugar dia após dia e desperdiçava horas sentindo pena de si mesmo?

Segurou o livro nas mãos com firmeza, como se o imaginasse ganhando vida e lhe explicando tudo. Nada aconteceu. Ninguém pulou de trás de uma estante para revelar que ele estava participando de um programa de humor, um episódio de *Chris e sua vida de merda*. Mas alguém, em algum lugar, entendia o que ele estava vivendo.

Pensou em deixar para depois e ler aquele livro num dia de chuva... mas havia prometido que iria se distrair.

O sol é para todos ardia em sua mão: *Me leia, me leia, me leia*. Não havia outra explicação: aquele livro era um sinal. Abriu a primeira página, alheio ao zumbido suave da biblioteca ao redor, e se espantou quando as palavras não saíram do lugar nem tentaram fugir dele. Ficaram bem onde estavam e logo se tornaram pouco mais que imagens. Enquanto a narradora, Scout Finch, apresentava Chris à sua casa de infância, à cidade de Maycomb, no Alabama, ele sentia o riso lhe subir pela garganta – as manias pitorescas do povo do lugarejo, a resiliência infantil de Jem, irmão de Scout, e de seu amigo Dill... Era outro mundo, e ele estava muito grato por isso. Ao chegar à página 27, o que aconteceu antes do que ele esperava, encontrou mais um bilhete aninhado ali: uma lista inteira de leitura, cujo primeiro item era *O sol é para todos*. Esse livro tinha barrado a entrada de Melanie em sua mente – mantendo-a na tal caixinha de madeira –, para que ele não precisasse sentir a dor e a dúvida em ebulição nas veias a cada minuto. Aquelas primeiras 27 páginas haviam lhe dado algo que não sentia desde a separação: esperança.

A lista era para Chris; ele sabia.

Pensou naquela mensagem assinalada no alto: *Para o caso de você precisar*. Sentia como se nunca tivesse precisado tanto de algo.

PARTE II

O SOL É PARA TODOS

de Harper Lee

Capítulo 4

ALEISHA

A caminhada de Aleisha da biblioteca até em casa era acompanhada pelos sons do parque: crianças brincando e jovens aos montes, fumando e rindo. Ela se perguntava se algum conhecido estaria ali. Estava louca para fumar um cigarro no parque, mas prometera à mãe que voltaria direto para casa e faria o jantar. Sabia que a mãe iria querer macarrão argola com torradas, seu prato favorito. Mas ela pedia aquilo todo dia havia duas semanas, e Aleisha *não aguentava mais* macarrão argola. Por ela, o jantar seria ensopado de cordeiro, a especialidade de seu tio Jeremy, ainda que fosse o auge do verão e estivesse um calor infernal.

Enviou uma mensagem para Rachel, sua prima, pedindo a receita (tio Jeremy era uma negação com o celular), e a resposta foi quase imediata: uma foto da receita do tio anotada nas páginas de um livro de culinária de Delia Smith. *Papai com certeza sabe mais que a Delia*, disse Rachel. A mãe de Aleisha *amava* o irmão Jeremy e *amava* a comida que ele fazia, e Aleisha esperava que a receita quebrasse um pouco a rotina de macarrão argola. O nervosismo subia por seu peito enquanto sua mente vislumbrava as melhores e piores possibilidades. Queimar o ensopado, o que acionaria o alarme de incêndio e a raiva, a angústia e a ansiedade de Leilah. Mas prepará-lo à perfeição também tinha seus inconvenientes. E se a mãe não admitisse que outra pessoa fizesse o ensopado do irmão? E se acabasse se isolando ainda mais? Aleisha respirou fundo, sentindo o ar quente do verão encher seus pulmões, e decidiu se concentrar na receita – uma coisa de cada vez.

Deu zoom nos garranchos do tio Jeremy, encontrou a lista de ingredientes e entrou no Variety Foods. Circulou pela loja, procurando os legumes de que precisava, checando e rechecando a lista enquanto tentava decifrar a caligrafia do tio.

Entregou o dinheiro ao homem atrás do caixa e saiu do estabelecimento digitando uma mensagem para Rachel: *Muito obrigada. Aposto que a mamãe vai amar – melhor que macarrão argola.*

Rachel começou a digitar uma resposta, parou, recomeçou, mas nada de surgir uma mensagem nova na tela de Aleisha, que olhava para o celular à espera. Então ela própria começou a digitar de novo – *Como você está?* – e ficou olhando as palavras na tela antes de deletá-las uma a uma. A prima devia estar ocupada, sem tempo para jogar conversa fora. Aleisha enfiou o celular de volta no bolso.

Depois que comprou a carne, ela seguiu pela movimentada rua principal, caminho que levava cinco minutos a mais. Em parte por odiar o atalho, ladeado por enormes contêineres transbordando lixo, que após um dia quente devia estar exalando um fedor asquerosamente adocicado. Mas, no geral, também porque tentava adiar a chegada em casa. *Casa.* Especulava o que a palavra significaria para outras pessoas.

Ao dobrar a esquina, viu que, como esperava, todas as janelas de sua casa estavam fechadas. Ao longo da rua, as outras janelas estavam todas escancaradas, propagando sons de TV, crianças jogando Xbox, eletrodomésticos ligados. Sua mãe devia estar derretendo, mas não suportava deixar o ar de fora entrar nem o de dentro sair.

Aleisha abriu a porta com cuidado, como se um movimento em falso pudesse desencadear um incêndio. Aidan já havia saído, provavelmente assim que o relógio marcara as seis da tarde, anunciando o fim do turno dele como babá da mãe. Às vezes, quando estava em casa, ele passava um tempo do lado de fora, na rua, ouvindo música alta nas caixas de som de seu conversível, comprado anos antes com o dinheiro emprestado por Leilah. Ela jamais se importava. Nem notava. Aidan era o seu queridinho. De vez em quando alguém gritava de alguma janela "Desliga essa bosta!", e ele gritava de volta dizendo "Quero ver me obrigar!", mas só se os amigos estivessem por perto. Quando não precisava impressioná-los, baixava voluntariamente o som até um volume razoável e seguia com o dia.

Aleisha deixou a sacola de compras na bancada da cozinha e subiu a escada para procurar a mãe, sabendo que ela estaria no mesmo quarto, na mesma posição em que a havia deixado pela manhã. Respirou fundo ao girar a maçaneta.

Leilah estava encolhida na cama, coberta por um grosso edredom de inverno. Só de ver a cena, Aleisha começou a suar. Os olhos da mãe estavam fechados, mas ela não estava dormindo. Era um mau dia, embora houvesse piores.

– Mãe, vou fazer ensopado de cordeiro, ok? Bem do jeito que o tio Jeremy faz.

– Está bem, meu amor.

Os olhos de Leilah continuavam fechados.

– Vamos abrir uma janela?

Leilah se encolheu ainda mais, sumindo em meio ao edredom, como se as palavras de Aleisha tivessem disparado agulhas em brasa contra sua pele.

– Pelo jeito não.

Aleisha saiu batendo a porta, subitamente acometida da conhecida dor nas têmporas. Desceu a escada depressa, sentindo-se mais uma vez refém daquele ambiente. Sua vontade era sair correndo de casa, entrar no conversível de Aidan e colocar uma música no último volume. Queria que os vizinhos gritassem com ela, que se queixassem. Queria responder a eles também aos gritos.

Em vez disso, entrou cabisbaixa na cozinha, despejou a sacola de plástico em cima da bancada e começou a organizar tudo com a calma de quem já tinha prática. Pensou em como Rachel e Jeremy sempre preparavam os ingredientes antes de começar a cozinhar, como se fossem chefs num programa de TV. Aleisha então se viu fatiando, picando, medindo, em ritmo cadenciado. Assim tinha algo com que se distrair. Olhou o relógio – já eram sete e meia. Logo abaixo do relógio avistou o prato de cerâmica com a ilustração de Pedro Coelho, de Beatrix Potter, em seu lugar de honra na parede da cozinha. Aidan o havia ganhado aos 10 anos por ter pintado um retrato (nem tão bom assim) de Pedro Coelho para a festa da escola. Estava pendurado ali desde então.

Com os dedos sujos de cebola, Aleisha deu um toque no celular para checar se havia alguma mensagem de Aidan sobre a hora em que chegaria em casa mais tarde. Nada de novo.

Jogou a cabeça para trás, frustrada, voltando a contemplar o sorridente e plácido Pedro Coelho, seu traseirinho empinando a caudinha felpuda.

– Aleisha! – A voz de Leilah era áspera, suplicante.

Aleisha sentiu um medo familiar se intensificando no peito.

– Que foi, mãe?

– Preciso que você venha aqui. Estou com cãibra nos pés.

– Não estaria se andasse um pouco – sussurrou Aleisha para si mesma.

– Por favor, vem aqui *agora*.

Aleisha subiu a escada.

– Mãe, você só precisa esticar as pernas – falou delicadamente, tentando disfarçar a impaciência.

– Não consigo. Como vou me esticar sozinha?

– Faz assim – disse Aleisha, entrando de mansinho no quarto da mãe.

Sentou-se no chão e demonstrou, alongando os pés e as pernas. Leilah a observou, imitando a filha lentamente, mas suspirou e jogou as mãos para o alto.

– Não consigo fazer isso.

Aleisha se levantou.

– Consegue, todo mundo consegue – disse, com um sorriso, a voz encorajadora. – É como ioga para *iniciantes*.

Prendeu a respiração por um momento, temendo ter exagerado, feito uma piada cedo demais.

Leilah franziu a testa.

– Você bem que podia tentar fazer uma aula de ioga – sugeriu Aleisha num tom alegre. Sentou-se no chão de novo e fez a pose mais uma vez. – Pra se alongar.

Leilah respondeu com um "Hum" ofegante, erguendo as sobrancelhas. Aleisha sentiu o coração se acalmar. Leilah imitou mais uma vez a pose da filha e seus braços e pernas de repente ganharam vida. Aleisha percebeu a hesitação no rosto de Leilah, incomodada com a cãibra, mas continuou se esticando. Uniu o polegar e o indicador num círculo e começou a murmurar "*Om*". Fechou os olhos, juntou as palmas das mãos e falou com uma voz suave de instrutor de ioga.

– Espero que tenha gostado do exercício de hoje.

Aleisha deu um tapa no próprio joelho, rindo da situação. Sua mãe jamais daria as caras numa aula de ioga. Ela se aboletou ao pé da cama enquanto Leilah relaxava a musculatura e soltava um sincero "Namastê".

– Que o exercício tenha desbloqueado seus chacras – disse Aleisha.

Leilah pegou o pé esquerdo e cutucou a sola algumas vezes.

– Sim, meus chacras estão bem agora.

– Então não vai precisar fazer o cachorro olhando para baixo.

Leilah começou a rir, os olhos bem fechados – já os de Aleisha estavam mais abertos que nunca. Ela riu também, para esconder sua surpresa. Em poucos instantes, estavam as duas gargalhando. O pescoço de Leilah relaxou e sua boca se abriu numa alegria quase adolescente. Aleisha a observava. O sol poente que entrava por uma fresta da cortina iluminava uma faixa do rosto da mãe. Sua pele ganhara viço, parecia brilhar suavemente. Ela parecia feliz. Aleisha fez um registro mental. Queria preservar aquele momento para sempre. Quando por fim pararam de rir, sentaram-se lado a lado em relativa paz, risadinhas ainda escapulindo aqui e ali.

Agora com tudo mais calmo, ela instintivamente tentou tocar a face da mãe. No entanto, Leilah se retraiu mais que depressa, antes que a pele de Aleisha encostasse na sua.

Na manhã seguinte, Aleisha ouviu seu irmão na cozinha, fritando algo. O cheiro de óleo penetrava o quarto dela pela fresta embaixo da porta. Ela se levantou cambaleante e esfregando os olhos. Sua cabeça doía e já dava para sentir a chegada do calor opressivo do dia. Olhou de relance o celular, tentando ignorar as muitas notificações do grupo da escola – provavelmente suas colegas compartilhando fotos das férias com drinques na praia. Pensou em mandar outra mensagem para Rachel, para agradecer pela receita – no fim, Leilah comera além do que ela esperava –, mas desistiu. Rachel não precisava de mais agradecimento. Era da família.

Foi encontrar Aidan na cozinha. Seus chinelos estalavam a cada passo no piso de linóleo.

– Oi, Leish. Não te vi ontem à noite. Como foi o trabalho?

– Uma bela merda, para ser sincera.

Aidan olhou para ela com as sobrancelhas levemente arqueadas, como quem diz: "Vamos lá, me fala."

– É só que... – disse Aleisha, com um suspiro, sem a menor vontade de reviver tudo. – Um velho entrou na biblioteca. Ele tinha literalmente uns 90 anos, juro, e queria recomendações de livros... Você *sabe* que eu sou a última pessoa indicada pra isso. – Ela olhou para Aidan, que não dava pistas do que pensava. – Perdi a paciência com ele.

– Aleisha!

– Eu *sei*. Não precisa piorar tudo.

– Olha, é assim mesmo. Quando eu trabalhava lá, devo ter irritado um monte de gente... Provavelmente não da *mesma forma* que você... Mas encara isso como uma lição. Como o tio Jeremy sempre fala, é só agir melhor da próxima vez.

– Para com isso. Você não é minha mãe... nem meu tio Jeremy. Não precisa dar sermão. – Reparando no avental, no roupão e nos chinelos de Aidan, ela perguntou, hesitante: – Vai ficar em casa hoje?

– Vou, hoje é seu dia de folga. Vai ver seus amigos. Eu fico aqui com a mamãe. Acho que ela teve uma noite ruim de novo, acordou um monte de vezes.

Aleisha se aproximou do prato ao lado de Aidan. Três gordas linguiças oleosas esfriavam sobre a louça. Ela pegou uma com as longas unhas, tentando manter a linguiça longe da pele, e a ergueu sobre a boca.

– Cuidado, Leish! Está pingando no chão! – Aidan pegou uma folha de papel-toalha e se abaixou para limpar as manchas amarelas de óleo. Seu avental dobrou, fazendo um ruído. – Olha, sai de casa hoje. Vai respirar ar puro.

– Não precisa, não tenho planos. Vou ficar de bobeira por aqui e ver TV.

– Não, Leish, mamãe não vai querer muito barulho hoje. Está com enxaqueca. – Aidan a observava com o semblante muito sério e profundas olheiras arroxeadas. – Vou estar aqui, fica tranquila.

Dando de ombros, Aleisha comeu a linguiça o mais rápido que pôde. Aidan a observava, enojado.

– Não tem problema – disse ela, ainda de boca cheia. – Sério. Não tenho ninguém pra visitar, então vou ficar aqui. Fico quietinha no meu quarto... como se eu não existisse.

De repente, Leilah gritou lá de cima:

– Cala a boca, Aleisha! Cala essa boca!

Aleisha e Aidan se entreolharam, os rostos sem expressão, os sorrisos apagados. Ela não ficou surpresa. Na noite anterior, risinhos, ioga... mas nada havia mudado. Nada nunca mudaria. Aquela grossa cortina escura estaria ali para sempre, envolvendo a casa inteira e, dessa vez, oprimindo Aidan também. Após um instante de silêncio em que os dois mal respiraram, ele balançou a cabeça e disse:

– Ela não faz por mal. – Sua voz saiu baixinha, como se nem ele acreditasse nisso.

– Então vou ter que sair mesmo, não é? – perguntou Aleisha com voz firme, mas sussurrada. Não queria levar outro esporro.

– Leish, fica se quiser, mas você sabe que vai ter que pisar em ovos o dia inteiro.

Aleisha deu de ombros.

– Ninguém merece aturar essa chatice. Você não odeia isso, não?

Ela estava exausta. Exausta de se manter sempre alerta, de ouvir a mãe chorar à noite, de fingir não escutar nada e deixar tudo por conta de Aidan, exausta de nunca ser necessária e sempre ser um motivo de irritação. Exausta demais.

Aidan ficou em silêncio. Continuava esfregando o piso, que já estava impecável.

A voz de Leilah ressoava na cabeça de Aleisha enquanto ela saía pela porta da frente. *Esta casa é minha, não sua!* Sua resposta de sempre.

Ela não tinha para onde ir, mas sair sem rumo era melhor do que ficar em casa.

Sem pensar muito, deixou que seus pés ditassem o caminho. Andava devagar. Passou pelas barracas de feira sendo montadas, ignorando os gritos dos vendedores de frutas que propunham preços inacreditáveis, que nunca a convenceram. Cruzou o caminho de meninos de bicicleta que atravessavam a rua pedalando sem olhar para os lados, gritando para os amigos que vinham atrás, pescoços virados em ângulos de 180 graus, corpos balançando sobre os guidões.

A cada passo pela Ealing Road e depois ao longo da rua principal, ela se afastava mais e mais de casa. A cada passo, seu coração desacelerava um pouco. Não sabia ao certo para onde ia, até virar uma esquina e ver surgir à sua frente a resposta: aquela construção que mais parecia um chalé estilo Tudor, totalmente deslocada da paisagem.

Era óbvio que seu inconsciente a levaria para lá: a biblioteca. O único lugar onde ela sabia que poderia ficar em silêncio, sozinha, por algum tempo. Talvez não fosse uma ideia tão ruim. Se livros pudessem de fato servir como válvula de escape, ao menos ler era mais barato que encher a cara.

O certinho do Kyle estava no balcão hoje. Aleisha o cumprimentou com um aceno de cabeça ao passar pela porta, ignorou o espanto escancarado no rosto dele e começou a percorrer os corredores. Foi até a seção de policiais e suspense, imaginando se as palavras do Cara dos Policiais lhe transmitiriam algum tipo de inspiração. Observou as lombadas, cintilantes à luz da manhã, brilhantes em seu encapamento de plástico. Passava a ponta dos dedos por cada livro, mas sem puxar nenhum das prateleiras. Em dado momento, os vermelhos, azuis e amarelos das lombadas passaram a se confundir e nada mais fazia sentido para ela. A biblioteca estava em silêncio, mas ressoava em seus ouvidos. Palavras se projetavam – "Morte", "Crime", "Assassino" –, bem como títulos mais sutis e macabros como "Observando você"... Aquilo já era um pouco demais. Como ele conseguia? Como se sentia relaxado ali, naquele espaço, com aquelas palavras pesando sobre ele? Aleisha batucava na lateral da perna, tentando parecer calma, tentando parecer alguém que sabia o que estava fazendo.

Seu celular apitou.

De novo o grupo de WhatsApp; fora criado quando elas tinham 14 anos, mas Aleisha não se manifestava nele havia semanas. Não que alguém tivesse notado. Três colegas estavam marcadas na última mensagem de Mia, que um dia havia sido a melhor amiga de Aleisha.

@Beth @Lola @Kacey, estão em casa? Bora fazer algo hoje?

As outras duas, Jenna e Shreya, estavam de férias – não paravam de postar fotos à beira de piscinas em Agia Napa e na Croácia.

A rejeição ainda magoava Aleisha, embora ela soubesse que vinha passando os últimos meses inventando desculpas esfarrapadas para as amigas. Tinha ganhado fama de furar na última hora devido a gripe, intoxicação alimentar, enxaqueca. Deixava de comparecer a festas de aniversário e passeios no parque. Mas era mais fácil bancar a furona do que dizer a verdade: não queria que soubessem que sua mãe era louca. Elas jamais entenderiam.

Beth, Lola, Kacey e até mesmo Jenna logo responderam.

Plim. *Tô por aqui, vamos fazer alguma coisa*

Plim. *Saudades, meninas! Divirtam-se sem mim* 😘 *Um brinde a vocês* 🍸

Plim. *Topo. Onde?*

Dentro da biblioteca, Aleisha se sentia encurralada pelos livros, as lombadas ficando maiores, mais pesadas. Suas amigas estavam tocando a vida sem ela. Uma mensagem atrás da outra. Um livro atrás do outro. Ela já não existia mais. Emojis, uma figurinha de uma menina dançando, joinhas. *Felizes.* Estavam todas felizes. Não tinham mais nada com que se preocupar. Era verão, afinal. O futuro se estendia a perder de vista. A melhor época da vida.

Ela abriu caminho entre as estantes rumo à clareira adiante. Precisava respirar de novo, puxar o oxigênio para o fundo dos pulmões. Virou o celular na palma da mão e olhou a capinha transparente com estampa de melancia.

Em meio às frutas, uma lista de leitura.

Ali estava ele de novo. Aquele livro. O primeiro da lista. *O sol é para todos.* A imagem de Leilah jogando a cabeça para trás numa risada gostosa a arrebatou, e também seus gritos e berros daquela manhã, o choro noite adentro. Aidan e suas olheiras profundas, incapaz de oferecer a Aleisha palavras de conforto. Ela já estava perdendo a cabeça e precisava sair dali, deixar Wembley, sua família, deixar tudo para trás. Será que um livro seria capaz de operar esse tipo de milagre? Ao menos já era um começo.

Ela encontrou uma poltrona – justo a preferida do Cara dos Policiais – e se afundou ali, enfiando o celular na bolsa. A poltrona estava gasta em certos lugares, os braços já puídos, mas era confortável. A luz do dia iluminava as páginas de *O sol é para todos.* Se era para lê-lo, aquela parecia a posição correta, a vista correta, o ambiente correto para que abrisse a página do Capítulo Um e iniciasse a leitura. Mas justo quando ela ia se acomodando, preparando-se para a imersão total, o silêncio foi rompido pela voz alta e condescendente de Kyle. Estava ao telefone, lidando com mais um cliente irracional, irrelevante e irritante – o que já era melhor do que lidar com os clientes irracionais, irrelevantes e irritantes em pessoa. *Por que* Aidan amava tanto aquele emprego?

– Não, senhor. Creio que terei que cobrar pelo livro, sim, já que o senhor o levou daqui sem registrar na recepção.

O cenho franzido de Kyle quase unia suas sobrancelhas.

– Desculpe, senhor, poderia repetir um pouco mais devagar, por favor? – E arrematou na sequência: – O senhor tem cartão da biblioteca?

Ele falava tão alto que Aleisha não conseguia se desligar da conversa.

– Sinto muito, senhor. Eu não tinha entendido. Quando foi isso? Ontem? Hum, sim, obrigado, senhor. Obrigado por avisar. Vou checar e ver o que posso fazer... Bom, se o senhor não tem um cartão da biblioteca, posso criar um hoje, retirar o livro com ele e o senhor me devolve quando puder. Assim garanto que meus colegas não vão lhe cobrar quando o senhor devolver o livro.

Escondida entre os braços da poltrona, Aleisha estava congelada, morta de vergonha. Imaginava o velho da véspera, parado em frente a ela, pedindo ajuda. Ouvia a própria voz, ríspida, lhe dizendo que não, não poderia ajudá-lo. Queria que a poltrona a devorasse inteira.

No instante em que encerrou a ligação, Kyle se empertigou e girou o pescoço feito um suricato, à procura de algo... à procura dela.

Aleisha se encolheu ainda mais, só que não havia jeito: Kyle sabia exatamente onde ela estava.

– Oi, Kyle, e aí? – disse ela, quando ele se postou a seu lado.

– Ontem era o seu turno, não era?

– Era.

– Acabei de falar ao telefone com um senhor adorável e bastante... *aflito*, digamos assim, que contou que foi expulso da biblioteca por você. Isso é verdade?

Ele usava seu tom de voz “profissional”. Quando o Garrafa estava ausente, Kyle aproveitava para ocupar seu posto.

– Não foi bem assim. Ele queria indicações de leitura. Indicar livros *não é* minha função.

– Tem que ser. Você quer este emprego?

Querer ela não queria, mas precisava dele. Precisava ajudar Aidan. Leilah era designer gráfica – geralmente colaborava com agências de propaganda mundo afora e vivia atolada de trabalho. Mas com períodos de altas e baixas. E sua renda às vezes era incerta, ainda mais quando passava por crises pessoais. Aleisha não podia perder aquele emprego. Não conseguiria outro. E, mesmo com todos os defeitos, aquele lugar estava se tornando seu refúgio silencioso do caos que era sua casa, disso tinha certeza.

Ela assentiu.

– Sabe quantas pessoas poderiam trabalhar aqui, quantas pessoas realmente *querem* trabalhar aqui?

Aleisha fez que não. Com o peito estufado, Kyle continuou:

– *Um monte*, estou falando sério. Dev *vive* dizendo que a gente precisa dar o nosso melhor para deixar as pessoas felizes, oferecer a elas um lugar amigável com *indicações de livros*, o serviço completo, ou então vamos perder visitantes. Se não começar a levar seu trabalho a sério, você vai ser dispensada, ou pior, a biblioteca vai fechar as portas... e aí *todos nós* vamos perder o emprego.

Aleisha não acreditava naquilo. Havia sido *tão fácil* entrar. Mas realmente não podia perder o emprego e não suportaria se, por culpa dela, os voluntários, Lucy e Benny, perdessem seu lugar favorito. Ou se Kyle, por mais irritante que fosse, perdesse o único lugar na vida em que podia ser mandão e sair impune. Sem falar no Garrafa, que faria literalmente de tudo para manter a Biblioteca da Harrow Road em funcionamento. Imaginou aquele prédio encantador com as janelas lacradas e uma placa do Conselho Municipal redirecionando as pessoas para o Centro Cívico. Não seria correto. Embora o lugar nunca estivesse completamente apinhado, as pessoas o amavam. Ela imaginou Aidan imitando o tio Jeremy: "Aja melhor."

– Se esse homem fizer uma queixa formal contra você ao Dev, você está fora.

Aleisha se acomodou no assento.

– Olha só, hoje eu vim aqui por *lazer*, não a trabalho, então guarda o seu...

– E que coisa horrível ser grosseira com um senhor de 80 anos. Não sei o que está havendo na sua vida, Aleisha... – disse Kyle, baixando um pouco o tom. – Mas tenta ser gentil com as pessoas. Um mero sorriso num rosto simpático pode melhorar um pouco o dia de alguém. Talvez você tenha estragado o dele. Valeu a pena? Você ficou *satisfeita*?

Aleisha balançou a cabeça de novo, incapaz de falar, sentindo-se como uma criança que toma bronca por brigar com alguém.

– Pois é. Se o vir de novo, ofereça a melhor indicação do mundo e...

– Eu tentei, mas ele fugiu! – exaltou-se Aleisha, mas Kyle a ignorou, prosseguindo com seu discurso ensaiado.

– E vê se lê alguma coisa – disse ele, apontando para *O sol é para todos* na mão dela. – Se você *gostar* dessa leitura, diga a ele pra ler também. É simples: você lê e depois indica. Quer saber? Se odiar o livro, indica assim mesmo. Cada um tem um gosto e, como diz minha avó, a cavalo dado não se olha o dente.

Aleisha suspirou e observou Kyle voltar a passos firmes para o balcão, provavelmente se sentindo o chefe dela.

Ela pegou o livro de novo e o abriu numa página qualquer. A lombada estava vincada em vários lugares, mas ela queria deixar sua própria marca e a dobrou bem no meio. A sensação não foi tão boa quanto imaginava. O livro era macio, flexível... A cola havia virado geleia no calor da biblioteca.

Ela voltou para a primeira página. Começou a mexer no nariz, nas páginas, em alguns fios rebeldes de cabelo que caíam no rosto. Não conseguia absorver nada. Estava forçando os olhos a focar as palavras, mas não conseguia se concentrar.

Era uma idiota, uma impostora. Desistiu, afundou de volta na poltrona rosa-salmão desbotada e observou o recinto. Algumas pessoas liam e folheavam. Eram leitoras *de verdade*, gente que merecia estar ali. Ratos de biblioteca. Nerds de livraria.

– Dane-se – sibilou para si mesma.

Pegou suas coisas e enfiou tudo na bolsa. O livro continuava em cima da mesa. Ela não sabia se o levava ou se o deixava ali. Deu uma nova olhada ao redor e também o enfiou na bolsa.

O apito do alarme da biblioteca a escoltou para fora. Dentro da bolsa, aninhado, estava seu próprio livro roubado.

Capítulo 5

MUKESH

Mukesh estava deitado de costas quando soou a campainha. Teria caído no sono? Rohini e Priya só deveriam chegar horas depois, ao menos era o que ele achava. Ergueu-se devagar, resmungando, os ossos rangendo, suas costas em pior estado do que ele esperava. Sua vontade era de soltar um palavrão, mas Mukesh não era disso.

Queria muito ver sua neta. Sua filha também. Mas sabia que o furacão Rohini se aproximava… E, não importava quantas vezes tivesse sobrevivido a ele, não sabia bem se estava preparado depois de um dia tão sem propósito e solitário. Houve uma época em que sexta-feira era o dia de relaxar com Naina, de passar um tempo com ela. Ultimamente ele não fazia nada às sextas.

Desceu os degraus devagar e com dificuldade, segurando os dois lados do corrimão. Um amigo faz-tudo de Rohini havia instalado a barra de apoio do outro lado da escada para lhe dar mais estabilidade. Aquilo o constrangia. Nas raras ocasiões em que recebia gente de fora da família, ele mesmo fazia piada sobre o assunto antes de alguém comentar.

Viu a cabeça e os ombros de uma mulher pelo vidro jateado da porta da frente. Ele a reconheceria em qualquer lugar. Respirando fundo, abriu a porta.

– Rohini, *beti*! – exclamou, braços abertos num gesto de boas-vindas, forçando a voz para soar alegre e animada.

– Oi, papai – respondeu ela, entrando direto na casa e evitando o abraço.

Atrás dela entrou Priya, segurando um livro bem firme.

– Priya, meu amor, pode entrar.

Sem perder tempo algum com cumprimentos, Rohini marchou direto para a cozinha e começou a remexer os armários. Soltou muxoxos de desaprovação algumas vezes. Mukesh olhou de relance para Priya, na esperança de partilhar com ela um momento "Lá vem sua mãe...", mas a menina já havia se acomodado com o livro na poltrona de Naina na sala.

– Papai? O que é isso?! – exclamou Rohini, erguendo um pote com arroz que estava na geladeira dele havia poucos dias... ou talvez mais. – Que nojo!

– Desculpa, *beta*, juro que eu não ia comer.

– Nunca coma arroz que está há mais de um dia na geladeira! Devia me deixar pelo menos fritar pra você.

– *Beta*, fica tranquila. – Ele se adiantou, tirou o pote das mãos dela e o esvaziou na lata de lixo orgânico. – Pronto! O que os olhos não veem o coração não sente.

Mas Rohini já se voltava para a pia.

– Ah, não é possível! – disse ela, expondo o desagrado como Naina fazia. – Há quanto tempo esses pratos estão aqui, papai? Isso é tão *nojento*! Assim as formigas vão voltar. Elas amam esse tempo superquente.

– Rohini, *beta*, por favor... Vai se sentar. Eu faço um chai pra você.

– Não, papai! Eu preciso lavar isso tudo. Acha que venho aqui só pra tomar chai? Venho cuidar de você. Se a mamãe te visse agora...

Mukesh sabia que a última frase era fruto da frustração da filha, apenas isso, mas doía assim mesmo. Já havia reparado em como naquele último ano Rohini só mencionava a mãe para repreendê-lo, para reclamar da bagunça.

Ele estava cansado demais para aquilo, cansado demais para discutir. Preferiu sair de fininho e desabar num assento da sala, tentando não ouvir os resmungos e grunhidos frequentes de Rohini. Ela reclamava das rachaduras nas portas dos armários ("Eu disse que mandaria alguém aqui pra dar um jeito nisso! Esta cozinha é quase nova. Você não pode deixar caindo aos pedaços, papai!"), das muitas caixas de feijão moyashi na geladeira ("Papai, isso não é nada saudável, você não pode comer só isso! Eu sei que a mamãe gostava por causa das fibras, mas a sua dieta precisa ser balanceada, como o médico explicou!") e dos três pacotes vazios do seu chai de saquinho favorito descobertos na lata de lixo reciclável ("Papai! Assim você vai apodrecer o que sobrou dos seus dentes! E vai acabar ficando diabético! Mamãe disse que só podia beber isso em ocasiões especiais, e eu já te mostrei como preparar o natural!").

Mais do que tudo, ele desejava que, em vez de sofrer com dores nas articulações e a vista fraca, tivesse começado antes a perder a audição. Em sua família, com filhas que gostavam de falar num volume mil decibéis acima do nível humano, teria sido particularmente útil.

– O que é isso que você está lendo, querida? – perguntou Mukesh a Priya enquanto Rohini vagava pela casa, olhando tudo de alto a baixo como um cão farejador, à procura do próximo alvo de críticas.

Na sala, o silêncio era absoluto.

– *Mulherzinhas*, Dada – respondeu ela, com os olhos fixos na página. – Foi um que a Ba me indicou. Ela disse que leu quando era bem nova. Papai comprou pra mim semana passada.

– Não conhecia – disse Mukesh com toda a sinceridade, mas guardando aquele título.

Agora que era membro de uma biblioteca, podia e *devia* prestar atenção a essas coisas...

– É um livro *muito* famoso, Dada. Todo mundo conhece – rebateu a neta, ainda sem erguer o olhar, mas fazendo uma careta com as sobrancelhas arqueadas, num misto de surpresa e leve repreensão.

– Sobre o que é? – perguntou Mukesh, meio ansioso, lembrando-se das palavras dela do outro dia mesmo: "Você não entende de livros, Dada. Você não está nem aí!"

– Shhh, Dada, estou tentando ler. Outro dia eu te conto – estrilou Priya docemente, e Mukesh obedeceu.

Naina também era um pouco assim quando lia – talvez um dia ele fosse entender. Lembrou-se das noites em que lia o jornal ao lado de Naina, depois de as crianças irem dormir, e ela virava as páginas do livro numa velocidade espantosa. Ele tentava puxar conversa, olhando a esposa, esperando que ela se desse conta de estar sendo observada por ele.

– Mukesh, o que você quer? Sabe que estou concentrada – repreendia-o Naina, mas ainda assim com um sorriso.

– Só queria ler pra você uma coisa do jornal. É bem interessante.

– Mukesh, estou chegando na parte boa. Shhh.

Ela *sempre* estava chegando na parte boa. No início, Mukesh achou que talvez livros tivessem partes boas a cada duas ou três páginas, mas depois começou a desconfiar que fosse apenas uma desculpa.

Ele a observava, confortável em sua camisola azul e branca, com os óculos de leitura de armação grande perfeitamente acomodados no nariz e o cabelo preto preso num pequeno coque na nuca. Em sua mente, conseguia visualizá-la aos 20, 30, 40, 50, 60, 70 anos. O mesmo ritual, a mesma reação. Por um momento, sentiu-se como o Henry de *A mulher do viajante no tempo*, voando de década em década para visitar Naina em todos aqueles momentos da vida dela.

Na época, nunca havia lhe ocorrido para onde Naina ia quando se embrenhava nas páginas de seu livro. Só amava ver seu rosto concentrado. Às vezes ela sorria de leve, um sorriso de canto de boca. Em outras ocasiões jogava a cabeça para trás e ria, apertando bem os olhos e cutucando o ombro de Mukesh como se ele estivesse inteirado da piada. Na época, ver o quão feliz ela estava havia lhe bastado. Mas, agora que ela se fora, desejava ter se esforçado mais para estar com ela a cada momento.

– Papai! – chamou Rohini. A voz dela estava próxima, vinha do quarto dele. – Pode vir aqui?

Mukesh olhou para Priya na esperança de a menina lhe dar alguma desculpa para ficar exatamente onde estava, mas ela se encontrava imersa nas páginas de *Mulherzinhas*. A expressão no seu rosto era tão Naina!

– Já vou – balbuciou, apoiando-se nos dois braços para se levantar.

Parou à soleira da porta. Rohini estava junto a um armário, uma das mãos no quadril, a outra apontando para a ponta de um sári que escapava de trás da porta fechada do móvel e se projetava até o chão.

– O que aconteceu aqui? – perguntou Rohini ao abrir a porta. Ela suspirou dramaticamente. Tudo estava meio bagunçado; dobrado, mas desarrumado. – Vritti e eu dobramos tudo *impecavelmente* depois que a mamãe... – Ela fez uma pausa. – Dobramos tudo para a mamãe. O que aconteceu? Apareceu mais gente querendo levar alguma coisa pra *se lembrar dela*?

A voz de Rohini soou aguda e estridente nas três últimas palavras.

– Não, eu estava só fuçando porque...

– Todas aquelas *masis*, aquelas "amigas", viviam com inveja da mamãe e viviam querendo os sáris dela. Não espanta que tenham dado a desculpa de oferecer condolências para rondar aqui feito abutres... Boas amigas, mas bem que queriam as coisas dela...

Uma lembrança de Naina, toda arrumada para ir ao mandir, passou de relance pela mente de Mukesh. "Que tal? Chique mas natural?" Ela pronunciava "chique" de um jeito todo dela.

– É – disse Mukesh à filha –, sua mãe sempre teve os sáris mais lindos.

– Pois é, e por sorte estava sempre de olho em pechincha. Não fosse isso, essas *masis* estariam nos roubando bonito. Mas está me dizendo que foi *você* quem fez essa bagunça, papai? Me ajuda a arrumar, então, pode ser?

Mukesh se sentou na cama, esperando a filha lhe passar alguma coisa para dobrar, mas ela preferiu continuar por conta própria, repreendendo-o de vez em quando pela bagunça que fizera.

Ela tirava do lugar cada peça de vestuário, até as que continuavam bem dobradas e não precisavam ser rearrumadas, e ele captou o cheiro familiar de Naina mais uma vez. Os aromas. Sentia de novo o perfume dela, e dessa vez também o cheiro do xampu. Num lapso momentâneo, virou a cabeça e olhou para trás, esperando que Naina tivesse vindo dar oi.

Aqueles eram os sáris que Naina mais usara para ir ao mandir ou ao mercado; sáris que as pessoas haviam passado a associar a ela: padrões, brocado, estampas paisley. Outros tinham joias, lantejoulas. Eram lindos e frequentemente simples. Ao guardar o último sári, Rohini correu a mão pelo tecido, sentindo os detalhes com a ponta dos dedos.

– Quando será que a mamãe usou este aqui pela última vez? – disse em voz alta.

O tom se tornara mais suave, não era mais a voz da Inspetora Furacão. Mukesh não respondeu. Sabia o que ela de fato queria dizer: estaria Naina ciente de estar morrendo quando usou aquela peça pela última vez? Estaria ciente de que a doença a mataria mais cedo do que todos esperavam? Cedo demais?

Mukesh observou em silêncio uma pequena e quase imperceptível lágrima escorrer pelo rosto da filha. Permaneceu onde estava, querendo lhe dar um abraço, mas sabendo que ela recusaria se ele tentasse.

– Perdão, Rohini. Eu estava mexendo nas coisas dela. Acho que estava procurando os livros que ela lia. Queria ler para Priya. Me desculpe de verdade pela bagunça.

Rohini olhou para o pai. Os olhos dela se iluminaram enquanto ela enxugava as próprias lágrimas, como se nunca houvesse chorado.

– Papai, tudo bem. Mas você sabe que a mamãe sempre pegava livros na biblioteca. Ela não comprava nenhum. Aqui não tem espaço.

Ela fez um gesto que abrangia todo o ambiente, a casa inteira. Era estranho como agora parecia não haver espaço, mas um dia todos os cinco moraram ali, compartilhando suas vidas corridas e atribuladas. Agora era só ele e não havia espaço algum. Cada canto estava cheio de memórias até o teto.

Mukesh assentiu.

– Eu sei, eu pensei nisso. Mas só... queria encontrar um livro para Priya. Ela é tão quieta, não gosta de televisão, dos meus documentários do David Attenborough... Eles são muito educativos, sabia?

Rohini se levantou e se aproximou lentamente do pai, tocando seu ombro com leveza. Mukesh era grato por Rohini saber que, se o abraçasse, ele cairia em prantos. Odiava chorar na frente das filhas. Ela o deixou no quarto, com a porta escancarada. Ele sabia o que isso significava na língua de Rohini: "Vou deixar você em paz, mas, se precisar de mim, é só chamar." Por mais que fosse sua filha mandona, ela sabia ser bondosa também.

Rohini teimara em fazer um thali completo (havia trazido, bem a calhar, seus próprios ingredientes, embora Mukesh tivesse insistido que não era preciso), e agora os três devoravam badh e kadhi, o prato favorito de Priya.

– Rohini, *beta*, você me trata tão bem.

Mukesh pegou um punhado com os dedos. A comida de Rohini nunca era tão *thiki* quanto a de Naina, o que talvez fosse bom, pois hoje em dia ele já não se entendia tão bem com temperos apimentados.

Logo que terminou de comer, Priya não perdeu tempo: levantou-se da mesa da cozinha e voltou para a sala, onde mergulhou de novo no livro.

– Rohini, a Priya é sempre assim tão quieta? – perguntou Mukesh. – Com a cara sempre enfiada nos livros?

– Ela só gosta de ler, papai, nada de mais. Mamãe fazia isso o tempo todo e definitivamente não era quieta.

– Mas eu nunca a escuto falar das amigas, de coisas que ela goste de fazer além de ler. Sua mãe gostava de livros, mas vivia recebendo amigas também.

– Sim, papai, a Priya faz outras coisas. Já perguntou a ela?

Rohini não estava olhando para ele, mas Mukesh sentiu a alfinetada, como se os olhos dela o estivessem fulminando.

– Não, nunca, m-mas... – gaguejou ele.

– Ela tem dois melhores amigos, Christie e James – continuou Rohini. – São uns amores e quietos como ela.

– Ela visita esses dois amigos?

– Papai, as crianças de hoje não fazem isso. Elas brincam juntas na escola. No recreio.

Mukesh se perguntava se "crianças *de hoje*" não seria uma forma bem pouco disfarçada de dizer "Pai, você está tão velho!". Lembrou-se do grupo de meninos que viviam brincando na sua rua, rindo, gritando, às vezes dizendo palavras inadequadas naquele estado de curtição que só se tem quando o vocabulário é novo, recém-aprendido. Estavam ali na frente quase todo dia quando fazia sol, até mesmo nos dias *de hoje*, quando as pessoas têm tanto medo de deixar os filhos viverem. Rohini dessa vez estava errada.

Pensou em Priya, sentada na sala de estar.

Ela era, sim, solitária. Sua ba havia morrido quando a menina tinha 9 anos, idade suficiente para sentir de verdade a perda. Ele conhecia a sensação de perder a melhor amiga, a parceira de vida, mas nunca havia se permitido imaginar como Priya se sentiu perdendo sua melhor amiga também. Naina a entendia – quando Priya se aquietava, Naina conseguia fazê-la se abrir. Como será que Priya se sentia agora que ela havia partido?

Rohini foi em direção à sala e Mukesh seguiu atrás, até o telefone tocar. Então ele mudou de caminho lenta e penosamente, tentando provar à filha que não precisava ser vigiado o tempo todo.

– Alô? – disse ao telefone, sem reconhecer o número.

Do outro lado da linha, ouviu o amigo Harishbhai desatar com sua tagarelice, sem nem esboçar um cumprimento.

– *Bhai*! Você tem que me ajudar. Aconteceu uma coisa muito, muito urgente. Sahilbhai pulou fora da caminhada promovida pelo mandir. Você precisa entrar no circuito. Eu disse pra eles na mesma hora que sabia que o Mukeshbhai toparia, que ele era um homem bom, que a Naina dele o teria recomendado sem pestanejar. Você vai ajudar, não vai?

Rohini o observava, atenta, com a sobrancelha franzida. O primeiro instinto de Mukesh foi desligar o telefone e dizer a Rohini que era telemarketing. Mas, por mais irritante que Harish fosse, Mukesh não podia ser indelicado.

– Harishbhai, por favor, do que você está falando?

– Mukeshbhai, meu amigo… Sahilbhai torceu o tornozelo. A caminhada é daqui a uma semana, ele não pode participar, e a gente não quer perder o patrocínio dele.

– Mas ninguém vai pedir o dinheiro de volta, vai? É um evento beneficente.

– Nunca se sabe, *bhai*. Nem todo mundo é generoso como você, como eu, como Naina, *ne*?

– Então você precisa de alguém pra substituí-lo…

– Isso, exato! Você pode? – perguntou Harish, embora ambos soubessem que não se tratava de uma pergunta.

– *Bhai*, minhas costas… você sabe… são bichadas.

Harish continuou falando, como se Mukesh não tivesse dito nada. Para se despedir, arrematou:

– Obrigado. Nos vemos no templo sábado que vem às oito da manhã. Obrigado, *bhai*. Obrigado.

Mukesh olhou para a filha, que agora tinha a atenção voltada para a Zee TV e balançava a cabeça no ritmo da música-tema.

– Quem era? – perguntou ela, sem muito interesse.

– Seu *fua*, Harishfua.

– O que ele quer?

Rohini agora erguia o olhar para o pai com o desdém estampado no rosto. Ela desgostava de Harish tanto quanto o próprio Mukesh.

– Ele quer que eu substitua Sahilfua na caminhada que o mandir vai promover sábado que vem.

Rohini riu. Mukesh continuou sério. Rohini parou de rir.

– Você sabe que este ano são dez quilômetros, não sabe?

Mukesh engoliu em seco: odiava caminhar por qualquer um que não fosse Naina. Ela tinha um livrinho sobre os melhores lugares para caminhar em Londres. Vivia reclamando que moravam na capital da Inglaterra e, em todos aqueles anos, mal haviam experimentado sair de Brent. Sem contar que aos sábados ele tocava o dia em ritmo bem lento: ligava para as filhas, uma a uma, falava com as netas e se atualizava com *Gardeners' World* (apesar de seu jardim não ter nada além do piso de lajes – ele preferia assim porque a manutenção era fácil) e, mais uma vez, *Blue Planet*. Não sabia se estava disposto a alterar a rotina de forma tão drástica. Já havia experimentado ir à biblioteca. Acrescentar a caminhada beneficente seria exagero.

– Papai, até que o convite foi gentil. Eles querem te incluir.

– Por que iriam querer me incluir em algo? Numa caminhada de dez quilômetros? Não podem esperar pela de cinco?

– Talvez por acharem que você precisa se animar.

– Até parece!

– Então não precisa?

– Não. Sou viúvo. O que mais tem é viúvo solitário, entediado, chato. Eu tenho você e Priya, suas irmãs, as gêmeas da Dipali. Tenho minha rotina. Estou bem.

– Papai, vai lá. Não precisa forçar se não aguentar. Você não é tão velho assim, é?

Mukesh endireitou a postura, encaixou os ombros, estufou o peito. Havia visto o genro fazer aquilo antes de sair para correr certa vez.

– Eu sou capaz de fazer a caminhada. Só não quero. Não tenho *tempo*!

Rohini tentou disfarçar o sorriso.

– Eu *consigo*! – Mukesh tentava não parecer ofendido.

– Está bem... – disse Rohini, dando uma rápida olhada na filha, que agora roncava suave na poltrona. – Acho melhor a gente ir embora. A volta vai levar umas duas horas. E Priya precisa estudar.

Rohini despertou Priya gentilmente. A menina esfregou os olhos sonolentos e, por um momento, voltou a ser a garotinha que Mukesh levava ao parque às sextas-feiras depois da creche, a garotinha que sentava no colo dele para assistir aos filmes de Natal, a garotinha que caíra no sono lendo um livro infantil nos braços de sua ba. Ele sabia que, quando crescesse, ela não iria mais querer passar tempo com seu velho dada. Muito menos se não tivessem nada em comum. Ao que tudo indicava, o tempo dele com a neta estava se esgotando.

– Vocês duas podem ficar aqui se quiserem – disse Mukesh. – Não quero que você dirija tarde demais, não se estiver com sono.

– Não, papai, a gente prefere ir para a nossa casa.

A resposta doeu – ele não estava esperando. Rohini saíra de casa já fazia muitos anos, mas ele ainda encarava aquele lar como se fosse dela também.

– Boa sorte com a caminhada sábado que vem. *Divirta-se* – continuou Rohini, ajeitando a bolsa sobre o ombro. – Pegou tudo? – perguntou a Priya, passando a palma da mão na testa da menina e retirando fios de cabelo rebeldes da frente dos olhos dela.

Priya fez que sim. Quando as duas iam saindo, Mukesh se ajoelhou com dificuldade para se despedir de Priya, sua garotinha que já não era mais tão garotinha assim, mas ela passou reto e pulou dentro do carro, pronta para voltar para casa. Ele sustentou um sorriso que não era sincero enquanto acenava e, ao fechar a porta, sentiu-se mais sozinho que nunca.

Naquela noite Mukesh ficou se revirando na cama, no quarto que um dia havia compartilhado com Naina. Colchão e ossos rangiam. Sussurrou "*Jai Swaminarayan*" e deitou a cabeça bem no centro do travesseiro, olhando o teto. A luz do crepúsculo se insinuava pelas frestas da cortina e banhava a pintura das paredes com um brilho alaranjado. Fechou os olhos tentando dormir, torcendo para acordar com Naina ao seu lado. Sabia que, se era para começar a conhecer a neta, ganhar sua confiança e seu respeito, teria que mudar algumas coisas. A biblioteca era a chave, ele sabia… Quanto à caminhada beneficente, que mal faria tentar?

Capítulo 6

ALEISHA

Era um alívio estar fora de casa, ainda que nesse dia Leilah tivesse agido como quem se sente perfeitamente bem – limpando de alto a baixo uma cozinha que já estava impecável. Aleisha caminhava pela rua principal, desviando das pessoas que vinham de todos os lados, ignorando os ambulantes que vendiam celulares fajutos, passando pelo estádio quase vazio àquela hora, sem jogo, sem concerto, sem nada. O trânsito no local, como sempre, era intenso. Carros buzinavam. Dava para sentir o cheiro dos escapamentos; o gosto fazia a bile lhe subir à garganta.

Ela passou em frente às casas geminadas, outrora brancas mas agora acinzentadas pela poluição, e pelo esplendor em mármore do templo hindu – jovens e idosos se aglomeravam no pátio da frente, numa conversa animada e franca. Sentou-se numa mureta à frente e ficou observando por um tempo enquanto cutucava as próprias unhas. Alguns daqueles homens, absortos no próprio papo, traziam no pulso fitinhas vermelhas e amarelas. Ela pensou no senhor da biblioteca. Lembrou que ele usava um bracelete assim. Depois que a multidão se dispersou, ela seguiu caminhando firme até a estação de Stonebridge Park. O calor fazia sua pele formigar.

Era o meio do dia. Todos na plataforma pareciam sem rumo. Alguns talvez estivessem a caminho do trabalho, gente que pegava o turno da noite, com quem ela se solidarizava. Outros estariam fazendo o mesmo que ela: andando a esmo, sem propósito ou destino, porque não havia mais nada a fazer naquele dia quentíssimo e abafado.

Alguém então chamou sua atenção: um cara. Ele estava de gorro... naquele calor? Devia estar derretendo. Seu rosto estava coberto por uma barba cuidadosamente aparada. Seus olhos verdes eram nítidos e vibrantes. Ela o observou por algum tempo. Sua camiseta de cores berrantes era grande demais e a bainha pendia por cima da calça jeans. Entrava no trem despreocupadamente, como quem não deve satisfação a ninguém. Aleisha não sabia dizer por quê, mas estava interessada no sujeito, intrigada. Entrou no trem também, sem conferir para onde estava indo, até que a voz no alto-falante anunciou o destino final: Elephant & Castle. O cara sentava-se de perna aberta, ocupando dois assentos, só porque podia.

Ele tirou o celular do bolso e ficou passando o dedo pela tela, esparramado no banco. Teria internet por algum tempo até o trem da linha Bakerloo pegar os trilhos subterrâneos. Aleisha também pegou o celular e começou a deslizar o dedo pela tela, sem nem prestar atenção. Seus olhos se voltavam para cima do celular, à esquerda, na direção do rapaz.

Ela ajeitou o cabelo com uma das mãos e se recostou mais no assento, sem tirar os olhos dele, que olhou de relance para a frente por um instante, só por um instante. Os olhares se cruzaram brevemente.

Aleisha se apressou a encarar de novo a tela, nervosa, insegura, sem saber o que fazer. Abriu o Tinder. Nunca havia usado direito o aplicativo. Ao contrário de todas as suas amigas, que pareciam estar o tempo todo no Tinder e saíam com algum cara dia sim, dia não, ela não tinha tempo para conhecer rapazes, para sair com alguém, para ficar com alguém. Mas às vezes, quando queria fingir que sua vida era diferente, que tinha algum tipo de liberdade, deslizava o dedo para o lado só para passar o tempo.

Será que aquele cara estaria no Tinder também? E se ela, sem pensar, tivesse deslizado o dedo para a esquerda na foto dele? Pior... e se tivesse deslizado para a direita?

Retornou à tela inicial com pressa, minimizando o aplicativo, e enfiou o aparelho no bolso, em pânico. Mas o cara estava mexendo no celular de novo; não devia nem ter reparado. Não havia reparado nela. Aleisha alisou o bolso da calça jeans com a palma da mão, sentindo o calor do celular sob o tecido.

Voltou a erguer o olhar e percorreu o vagão lentamente até se deter no mapa do metrô logo acima, como se não estivesse olhando para nada em especial. Numa última tentativa de fingir não estar *mesmo* interessada, puxou da bolsa o exemplar de *O sol é para todos*.

Já estavam em Queen's Park e ninguém no vagão havia saltado, todos os cinco ainda ali dentro, à espera de sua parada final. Ela começou a ler. Seus olhos percorriam a página freneticamente e ela quebrava a cabeça para lembrar onde havia interrompido a leitura. Foi quando seu celular apitou.

Era Aidan.

– Alô? – disse ela, desconfortável, tentando sussurrar.

O jovem olhou para ela, que torcia para não estar com o rosto vermelho.

– Volta pra casa, Leish – pediu Aidan.

– O quê?

– Consegue chegar em casa em mais ou menos uma hora?

– Por quê? Você está em casa?

– Sim, volta, se der. Eu...

Ele se conteve.

– Que foi, Aidan?

– Preciso de você – murmurou ele.

E desligou. Aleisha sentiu um aperto imediato no peito. De manhã Leilah parecia estar bem, não parecia? Na medida do possível.

Aidan não dizia "Preciso de você" para a irmã caçula desde que o pai saíra de casa e ele tentava desesperadamente se livrar das coisas dele. Na época Aleisha não entendeu por que o irmão precisava erradicar de casa cada pequeno detalhe relacionado ao pai.

Aquele havia sido o verão em que Aidan desistira do plano de estudar administração na faculdade, "só até tudo entrar nos eixos de novo". Quando os dois eram pequenos, sempre faziam de conta que ela era uma freguesa particularmente rabugenta da loja de bicicletas dele. Ano após ano, Aleisha nunca duvidara que o irmão fosse tornar realidade aquela loja imaginária (na qual os talheres retirados da gaveta faziam as vezes de peças, ferramentas e apetrechos à venda). Mas as coisas não haviam entrado nos eixos de novo. Aleisha não tinha mais certeza se isso aconteceria um dia.

"Preciso de você" ecoava em sua mente. O trem parou, ela deu uma última olhada no rapaz e saiu para a plataforma, rumo ao metrô que a esperava para levá-la até em casa. Ficou ali parada numa pose despojada e checou o celular, tentando fazer o mundo inteiro acreditar que a intenção era aquela, que ela tinha um plano. Uma vida.

Deu uma rápida olhada para trás, na esperança de ver o sujeito mais uma vez. O trem já tinha partido.

Parada à soleira da porta, ela erguia o olhar para as janelas, os ouvidos atentos na esperança de captar uma pista, por menor que fosse, do que encontraria lá dentro. Mas só conseguia ouvir um helicóptero planando a algumas ruas de distância, enquanto o vento lhe golpeava o cabelo gentilmente.

Antes mesmo de tomar coragem para tirar a chave do bolso e colocar na fechadura, foi surpreendida pelo toque do celular. E de repente a porta se abriu, revelando seu irmão com o celular no ouvido.

– Ah, você chegou! – disse ele depressa, abaixando o aparelho. – Aleisha, estava fazendo o que aí fora?

– Nem sei. Acabei de chegar. O que houve?

– Hum, é que... eu preciso sair...

Ele olhava para além dela, para os próprios pés, para o céu, fazia tudo que podia para não encará-la.

– Aonde você vai?

Aleisha mantinha os olhos fixos nele, na tentativa de decifrar o que estava acontecendo.

– Trabalhar. Você pode ficar aqui?

Os pés dele pareciam grudados no chão.

– Por quê? Por causa da mamãe? – Aleisha observava atentamente o rosto do irmão, querendo entender onde estava se metendo. – Achei que você estava de folga esta tarde.

Aidan agora olhava para a chave do carro.

– É... fui chamado de última hora. Olha só, mil desculpas, mas não quero deixar a mãe sozinha hoje e preciso sair.

Aleisha deu um passo à frente, mas Aidan não se mexeu. Alguma coisa ele estava escondendo.

– Ela está bem?

Aleisha tentava afastar o pânico da voz. As palavras "Preciso de você" voltavam a piscar em sua mente.

– Está, Leish. Está, sim. Desculpa. Ela está superbem. É só que, sabe como é, tem sido uma montanha-russa, e tenho coisas pra fazer, e não sabia onde você estava. Você não avisou aonde ia.

Por um instante, Aleisha achou ter visto pânico, estresse e dor no olhar do irmão, mas descartou a ideia. Aidan *nunca* entrava em pânico, certo? Vivia sempre muito ocupado, mas dos três era o mais equilibrado. Tio Jeremy sempre dizia: "Esse menino carrega o mundo nas costas com tanta elegância..." Era verdade.

– Então, você vai me deixar entrar? Ou eu preciso adivinhar a senha?

– Entra, desculpa.

Ele abriu caminho, pegou a mochila no chão e saiu. Estava sorridente, mas havia algo pairando por trás de seu olhar.

Aleisha largou a bolsa perto da porta.

– Beleza. Até mais.

Ela ouvia a calma na própria voz, quando no fundo queria mesmo era gritar para ele: *Não vem com "Preciso de você" se está tudo bem!* Queria lhe dizer o quanto ele a assustara. Queria berrar com o irmão.

– Meu turno vai acabar um pouco mais cedo hoje – disse Aidan, com uma voz que soava instantaneamente mais leve. Seus olhos também brilhavam mais agora que tinha os pés na calçada, agora que estava fora de casa. Ela nunca havia notado uma transformação como essa antes. – Saio às oito. A gente se vê mais tarde. Me liga se precisar de alguma coisa.

– Tá.

– Talvez eu traga pizza pra compensar. Foi mal se a gente estragou seus planos! – gritou, olhando para trás enquanto entrava no carro.

Aleisha sabia que "a gente" queria dizer "eu e mamãe". Ele fazia isso para a irmã não ficar com raiva dele.

– Eu *odeio* pizza! – rebateu ela.

Aleisha acenou para o irmão e entrou em casa, caminhando com cuidado na esperança de que a mãe ainda estivesse na cama. Mas Leilah estava no sofá, assistindo a um programa estrangeiro em que cada pessoa falava uma língua diferente.

– Mãe – chamou Aleisha, procurando manter um tom controlado –, por que está vendo isso?

Leilah não disse nada, parecia não conseguir falar. Mas por fim deu de ombros e murmurou:

– Me acalma.

Aleisha olhou para a TV: era um dramalhão com música estrondosa e olhares intensos. O olhar fulminante de uma mulher se projetava da tela.

– Como que isso acalma você?

Os olhos de Leilah estavam estáticos, pareciam não absorver nada.

– Quer um chá? – perguntou Aleisha.

– Não, estou bem.

Os lábios de Leilah estavam secos, ligeiramente acinzentados. Um filete discreto de suor lhe escorria pela testa e havia gotículas sobre o lábio superior.

Dava para perceber que tinha sido um dia daqueles.

Fazia um tempo que isso não acontecia. Aidan andava sempre alerta aos primeiros sinais, e nesse momento Aleisha se arrependeu de ter saído de casa naquela manhã. Mas Aidan havia insistido, porque *ele* era capaz de lidar com aquilo e sabia que ela não era. Aleisha sentia falta do irmão agora, estava agitada, não sabia como fazer Leilah se sentir segura, não sabia o que fazer ou dizer para a própria mãe. Por mais que já estivesse acostumada, quando Leilah se sentia assim não passava de uma estranha para ela.

Na cozinha, Aleisha se apoiou na bancada com ambas as mãos antes de pegar sua caneca favorita. Seu pai havia comprado para ela numa feira de Natal. Era pintada à mão, segundo os dizeres no fundo. Trazia a imagem de um anjo. Loiro. De olhos azuis. Definitivamente não era ela. Quando mais nova, gostava de acreditar que era como o pai a via, o seu anjinho loiro de olhos azuis e pele branca com textura de pêssego.

Ao ouvir a chaleira no fogo, Leilah gritou da sala:

– Chá, por favor!

Aleisha revirou os olhos e lavou desleixadamente a caneca de *Star Wars* favorita da mãe. Estava dentro da pia havia dias, manchada por anéis escuros e espessos de café.

Fervida a chaleira, despejou água quente sobre os saquinhos de chá recém-abertos e ficou observando o líquido escurecer, a cor emergir dos saquinhos, enquanto acrescentava um pouco de leite a cada caneca.

Levou-as para a sala com cuidado, para que nada fosse derramado. Sabia quanto ouviria se fizesse sujeira.

Em silêncio, apoiou uma caneca na mesa ao lado de Leilah e desligou a TV. Por incrível que pareça, Leilah já dormia profundamente e roncava de leve.

Aleisha se acomodou numa poltrona e observou a mãe no sofá por algum tempo. Ouvia a garotada passar de bicicleta, palavrões vindos da rua, mães rindo juntas, acompanhadas pelo ruído das rodas dos carrinhos de bebê. Suspirou e então teve um sobressalto ao ver a luz do celular anunciando uma chamada incomum: *Pai*. Pegou o aparelho e saiu de fininho da sala, fechando a porta gentilmente atrás de si.

Era a primeira vez que Dean ligava em três semanas. O dedo de Aleisha pairou sobre o botão verde e o vermelho. Falar com Dean enquanto Leilah estava ali ao lado... parecia traição. Mas, se apertasse o botão vermelho, talvez ele não ligasse de novo. Tinha uma nova vida agora, novos filhos, nova esposa. Tinha razões para não voltar a ligar. Estava "tão ocupado, meu amor".

– Alô – sussurrou ela, com a mão sobre a boca.

Aleisha fazia um enorme esforço para esconder a esperança. Desejava apenas ter uma conversa, uma conversa normal.

– Oi, querida!

A voz dele era animada, ensurdecedoramente feliz. Dava para ouvir um falatório ao fundo.

– Oi, pai, onde você está?

– Em casa. As crianças estão vendo um filme. E você, está onde? Por que está falando tão baixo?

– Em casa também. Mamãe está dormindo.

– Está... tudo bem com vocês todos? Como está o Aidan?

– Ocupado, trabalhando. Mamãe não está muito bem agora. Parou de aceitar trabalhos novos por um tempo. A gente está se virando como pode.

Aleisha amava ver a mãe conceber projetos, às vezes pintar também. Mas, quando Leilah ficava daquele jeito, parava com tudo. Guardava o computador e os materiais de pintura, parava de aceitar trabalhos. Era sempre o primeiro sinal para Aleisha e Aidan de que as coisas não iam bem.

– Aleisha, você sabe que sempre que precisar dar uma escapada pode vir passar um tempo com a gente. Adoraríamos te ver. Você está de férias agora?

– Estou, já terminei minhas provas, mas… arrumei um emprego. Quem sabe outra hora? Quando as coisas estiverem mais tranquilas. Também tenho um monte de coisa pra ler, me preparar para as inscrições nas faculdades e tal. Direito… vai ser concorrido. Aidan quer que eu me esforce.

Ela olhava para a parede e imaginava seu pai sentado na casa dele, que estava sempre um brinco, com seus filhos perfeitos sentados em frente à TV, rindo e fazendo piadas. Imaginava quão leve seria o ar na nova casa dele.

– Entendo, claro. Que bom, meu amor, fico feliz de saber que você está levando isso a sério.

Ele fez uma pausa. Aleisha ouviu gargalhadas ao fundo. Alguém o chamou: "Pai?"

– Desculpa, Aleisha, preciso ir. Sinto muito. Te ligo de novo em breve. Mas estou falando sério, ok? Se quiser vir me visitar, você sempre será bem-vinda.

– Eu sei – respondeu Aleisha.

– Ok. Tchau, meu amor, te amo.

E desligou sem esperar por uma resposta.

– Tchau – respondeu ela para ninguém.

Louca para manter o cérebro em funcionamento, para evitar o silêncio que a circundava em casa, começou a repassar sua lista de chamadas.

Aidan. Aidan. Aidan. Casa. Casa. Kyle. Dev. Kyle. Casa. Aidan.

Passou para a lista de contatos e clicou no nome de Rachel. Ligou, mas quase na torcida para que não atendesse. Não sabia bem o que iria dizer. Mas falar com o pai, ouvir a voz dele, ouvir a *paz* na voz dele, fez com que se sentisse mais descartável que nunca.

– Oi, priminha! – atendeu a voz melodiosa de Rachel.

– Oi – respondeu Aleisha, incapaz de disfarçar o tom desanimado na própria voz. – Tudo bem com você?

– Mil desculpas, gata, mas estou na rua com umas amigas. Posso te ligar mais tarde?

– De boa, de boa – respondeu Aleisha com uma leveza forçada, sem querer fazer Rachel se sentir culpada por ter uma vida normal. – A gente se fala durante a semana, ok? Divirta-se!

E desligou o celular, suspirando. A única companhia garantida a curto prazo seria o ronco suave da mãe.

Leilah continuava no sofá, a cabeça caída sobre o próprio ombro, dormindo tranquilamente. Por um momento, Aleisha sentiu o forte ímpeto de chacoalhar a mãe, acordá-la e gritar "Fala comigo! Vamos conversar!". Mas o ímpeto se dissipou tão rápido quanto surgiu.

Sentada ao lado da mãe, ela retirou a lista de leitura da capa do celular, desdobrou-a e voltou a dobrá-la. Então, devagar, pegou da bolsa *O sol é para todos*. Aquela lista tinha sido cuidadosamente pensada. O que será que havia naqueles livros? Por que foram escolhidos? Será que o autor da lista sabia que seu pedacinho de papel viraria a lista de leitura de outra pessoa?

Ela observou *O sol é para todos* e sentiu uma pontada de vergonha ao lembrar quando o abrira pela primeira vez, sentindo-se observada por todos na biblioteca, como se soubessem que ela fingia ser uma leitora voraz. Mas ali estava sozinha. Ninguém poderia julgá-la.

Virou as páginas e começou a ler, de início com desconforto, sussurrando cautelosamente cada palavra como se fosse uma leitura em voz alta na aula de inglês, até se permitir encontrar o próprio ritmo, suave, deixando cada palavra pairar no ar. A cada pequeno trecho, espiava para ver se Leilah tinha acordado, mas sua mãe nem sequer se mexia. Notou que o livro lhe permitia estar ao mesmo tempo em dois mundos – aquele no qual se encontrava no momento, perto da mãe, em casa, o ar abafado devido ao calor do dia, e um outro, o mundo de duas crianças, Scout e seu irmão mais velho Jem, que moravam num lugarejo chamado Maycomb, uma pequena cidade no Alabama, onde brincavam na rua, faziam travessuras, faziam coisas de… *crianças*. Ela daria tudo para ver o mundo pelo olhar de uma criança novamente; uma época em que a vida não era tão séria, vizinhos medonhos não eram mais do que um passatempo divertido e família significava apenas casa. Já nas primeiras páginas, dava para notar que Scout tirava Jem do sério, mas ele a aturava.

– Mãe, o que acha da Scout e do Jem? – perguntou Aleisha para Leilah, cujos olhos continuavam bem fechados. – Te lembram alguém?

Sem esperar resposta, Aleisha sorriu ao reparar na foto exposta sobre a lareira: ela e Aidan, aos 7 e 15 anos, abraçados (um abraço forçado por Leilah, que dirigia a cena atrás da câmera), fingindo cara de nojo.

Seguindo com a leitura, Aleisha conheceu o pai de Scout e Jem. A narradora, Scout, só o chamava de Atticus... o que fazia sentido, já que ele era importante. "Papai" soava genérico demais para Atticus, um advogado sábio, bondoso, justo... Aleisha se virou para Leilah com um sorriso escancarado.

– Mãe! Ele é advogado! – sussurrou ela. – Pelo jeito é um cara importante na cidadezinha deles.

Ela enxergava Atticus pelo olhar de Scout – um homem grande, poderoso, respeitável. Lembrou quando pensava no próprio pai dessa forma, muito tempo antes. Era estranho: quando a infância terminava, os pais se tornavam simplesmente humanos, com medos e preocupações iguais aos dos filhos.

– Mãe – disse, em voz baixa –, acho que estou pegando o embalo do livro.

Por um rápido momento, Leilah pareceu se mexer e abrir os olhos um pouquinho, e Aleisha esperou que a mãe dissesse alguma coisa para ela. Como não disse, a garota se encolheu no sofá, aninhada à mãe como fazia quando pequena. Segurou o livro nos braços e deixou que seus olhos se fechassem.

Ao despertar na manhã seguinte, Aleisha abrigava o livro em suas mãos, o encapamento macio de plástico grudado à pele levemente pegajosa. Percorreu a sala com o olhar e, por um segundo, imaginou ter visto uma criança sentada na poltrona à sua frente: joelhos ralados, short, pernas meio sujas da poeira do Alabama – Scout. Naquele primeiro momento de consciência, já não estava mais em Wembley, mas em Maycomb. Olhou para a outra ponta do sofá na expectativa de ver Leilah, imaginando se estariam compartilhando aquele momento. A mãe não estava. Aleisha se encontrava sozinha ali. Mas, pela primeira vez em algum tempo, o silêncio na casa não saturava o ambiente. Ela conseguia respirar.

Capítulo 7

MUKESH

BIP. "Papai, é a Rohini. Tenho que ir ao escritório hoje e vou deixar a Priya aí com você por algumas horas. É dia de conselho de classe na escola dela. Fiz uma marmita porque ela anda chatinha pra comer, e ela vai levar um livro, então não precisa se preocupar com nada. Marquei horário no cabeleireiro pra ela às cinco da tarde na Wembley High Road. Se puder levar a Priya e me encontrar lá... Vai te fazer bem caminhar um pouco hoje. Até mais tarde, papai. Passo aí por volta das onze."

BIP. "Oi, papai, a Rohini acabou de me telefonar querendo saber se você recebeu o recado que ela deixou. Ela me mandou uma mensagem dizendo que está a caminho daí."

BIP. "Oi, pai, é a Dipali. Rohini me disse que você se inscreveu na caminhada beneficente este ano! Maravilha. Assim que der eu passo aí e levo meus DVDs de exercícios pra você. A mamãe adorava. Ela se manteve muito saudável com eles. Pode te fazer bem começar a se cuidar também."

Eram dez para as onze e Mukesh ouvia a mensagem de Rohini pela quarta vez só para ter certeza de ter entendido todos os detalhes. Elas chegariam por volta das onze. Horário no cabeleireiro às cinco. Não precisava alimentar Priya. Ufa. Ele ignorou a mensagem de Vritti, ciente de que ela não queria nem esperava resposta; Vritti sempre fazia o papel de secretária de Rohini. E os DVDs de exercícios de Dipali não lhe soavam nada bem. Até onde ele se lembrava, Naina *fingia* gostar deles para Dipali não ficar com a sensação de ter gastado dinheiro à toa.

Enquanto Mukesh listava todos os pormenores num bloco de post-its que Rohini havia deixado ali para casos assim ("Papai, você nunca presta atenção nos meus recados, então a partir de agora usa esse bloquinho pra anotar as coisas"), o telefone tocou de novo e o coração de Mukesh disparou. Ele pegou mais post-its para o caso de Rohini ter instruções adicionais antes de sua chegada iminente.

– Oi... estou quase pronto, juro. Onze horas – apressou-se a responder, atropelando as palavras.

– Alô, é o Sr. Patel? – disse uma voz masculina.

– Sim – respondeu Mukesh, agora com cautela. – É o Sr. Patel. Quem fala?

– Olá, Sr. Patel. Aqui é o Kyle, da Biblioteca da Harrow Road. Nós nos falamos outro dia. Tem um livro que o senhor solicitou que acaba de ficar disponível.

– Mas... mas eu não solicitei nada. Nem sei como fazer isso.

– Tem certeza? *O sol é para todos* consta na sua ficha.

– Não fui eu que encomendei, juro. Sinto muito por fazer você perder tempo – desculpou-se Mukesh mais do que depressa.

– Que estranho. Talvez seja um erro do sistema. O senhor gostaria que eu cancelasse o pedido? Está aqui à sua espera, mas posso colocar de volta na prateleira.

Mukesh estava a ponto de responder quando um pensamento lhe veio à mente. Olhou para a própria letra no post-it: *Priya... não precisa de nada*. Bem, era um livro e... se a bibliotecária não sabia indicar um, talvez esse erro técnico fosse o mais perto que ele chegaria de uma indicação. Não tinha tempo a perder. No fim das contas, talvez aquilo agradasse Priya! Poderia ser o primeiro passo para mostrar à neta que ele estava interessado em leitura.

– Vou aí hoje pegar, pode ser?

– Claro, Sr. Patel.

– Obrigado, rapaz, obrigado. Como faço pra pegar?

– É só vir à biblioteca com um documento de identificação, porque imagino que o senhor ainda não esteja com seu cartão da biblioteca, certo? Chegando aqui, é só mostrar o documento à pessoa na recepção. Simples assim!

Mukesh não acreditava que seria tão simples, mas teria que se virar. Sentiu um frio congelante na barriga.

– Obrigado, obrigado, meu rapaz.

Assim que desligou o telefone, o relógio marcou onze horas e uma batida soou na porta.

– Rohini! Priya! – exclamou Mukesh ao abrir a porta, com um sorriso no rosto. – Vocês estão lindas!

Rohini usava roupa de trabalho, um terninho de linho com óculos bem estilosos. Respondeu com um mero aceno de cabeça. Pelo visto, o semblante era de trabalho também.

– Obrigada por me ajudar assim de última hora, papai – disse Rohini. – Com certeza, vocês dois vão ter muita conversa pra pôr em dia.

Priya e Mukesh se entreolharam, claramente pensando: *Desde quando a gente tem conversa pra pôr em dia?*

Por um instante, ele sentiu o coração pesar.

– Iremos à biblioteca hoje, aliás!

Priya o encarou, confusa.

– Ótimo! – disse Rohini, tentando esconder a surpresa.

Ela se dirigiu para o carro, enquanto Priya entrava correndo na casa para se aboletar com seu livro no lugar de sempre.

– Rohini! – chamou Mukesh, fazendo a filha se deter e olhar para trás. – *O sol é para todos* é sobre o quê?

– Hã?

– O livro. Sobre o que é?

– Ah, papai. Li faz tanto tempo... Nem me lembro. Só o que lembro é que me fez chorar uma vez. Acho que mamãe me consolou. Pensou que eu estava estressada com as provas finais, mas era só por causa do livro. – A mente de Rohini havia voltado de repente àquele dia, Mukesh via em seus olhos. – Você não vai alugar esse na biblioteca para a Priya, vai? Acho que talvez seja um pouco avançado para ela.

– Não, não, é para mim mesmo.

– Sério? – disse Rohini, olhando o pai com atenção pela primeira vez. – Muito bem, papai. Mamãe ficaria orgulhosa.

O peito de Mukesh se estufou de orgulho, não deu para evitar. Rohini entrou no carro e acenou em despedida. Quando o carro da filha desapareceu de vista, ele ouviu Naina lhe sussurrar no ouvido: *Obrigada, Mukesh. Obrigada por tentar de novo.*

Capítulo 8

ALEISHA

– Aleisha?

Naquela manhã, ao telefone, Kyle empregava na voz o tom "profissional", o que servia para informar que ele já estava na biblioteca.

– Sim?

– Aquele senhor, aquele que você aborreceu... – Kyle adorava alfinetar. – Bom, ele vem aqui hoje em algum momento pegar o livro que você reservou para ele. Seu *truque* parece ter funcionado... Você quer estar aqui na hora para indicar a leitura? Ou posso fazer isso sem o menor problema, conheço muito bem o livro.

Aleisha revirou os olhos. É *claro* que conhecia. Kyle conhecia tudo. Ela não sabia ao certo por que fizera a reserva, mas, logo que virara a última página de *O sol é para todos*, havia desejado conversar com alguém a respeito do livro. E aquele homem queria um livro. Além do mais, ela pensava agora, talvez ele tenha ido até a biblioteca guiado por outro motivo. Será que também queria um amigo, alguém com quem conversar? Por algum tempo, Scout e seu irmão Jem serviram de amigos para Aleisha. Ela pensava se o mesmo poderia acontecer com aquele homem, caso lesse o livro.

– Sim, quero. Quero estar aí. Chego em mais ou menos uma hora. Só estou esperando meu irmão voltar para casa.

– Está bem, então. Faça o favor de ter coisas interessantes para dizer a esse senhor. Venda *bem* o seu peixe. Cada freguês importa, lembra?

Ela desligou e gemeu por dentro. O que o Cara dos Policiais tinha dito sobre o livro? Teria mencionado algo interessante que ela pudesse repassar ao velho? A única coisa que ela havia registrado era não ser o tipo habitual de leitura dele, mas ter conseguido afastá-lo de seu padrão estranho, macabro, fissurado por crimes.

Aleisha puxou o celular e deu busca em "temas de *O sol é para todos*" e depois em "questões para debate em *O sol é para todos*", encontrando uma lista de perguntas que seu professor de literatura poderia muito bem ter escrito. Ela folheou o livro, virando páginas e mais páginas que já havia apreciado, como o episódio em que Jem, Scout e seu amigo Dill atormentam o homem que mora na casa assustadora no fim da rua. Deparou-se com outra página na qual Atticus se prepara para defender o inocente Tom Robinson no tribunal. Ela vinha tomando notas sem perceber, imaginando se o direito de fato funcionava assim. Havia lido aquelas páginas com voracidade, furiosa com as pessoas da cidade pela forma como tratavam Tom e também Atticus.

– Aidan! – gritara algumas noites antes, irrompendo no quarto do irmão, que, sentado na cama, via alguma coisa despreocupadamente no notebook.

– Qual o problema, Leish?

– Isto aqui! – respondera ela, apontando para o livro. – As pessoas de Maycomb, essa cidadezinha fictícia. Essa gente é *horrível*! Um homem é acusado de ter atacado uma mulher branca e, só por ela ser branca, é *nela* que todo mundo acredita. Atticus é tipo um advogado, um advogado muito bom, e ele defende Tom. Mas os outros, os outros *todos*... que gente horrível!

– *O sol é para todos*? – perguntara Aidan, analisando a capa e dando uma piscadela para a irmã. – É bom. Eu sei, é profundo... mas, quando te incomodar, você precisa lembrar que é só um livro.

– Essa é boa, olha quem fala: o cara que se fantasiava de personagens de livros no Halloween. Mas você sabe o que eu quero dizer... Soa real. Aposto que *já foi assim* um dia. É uma luta verdadeira por justiça.

– Esse livro mexeu com você, hein? – provocara ele, carinhosamente.

Havia *mesmo* mexido com ela. Só que agora ela precisava dizer algo *interessante* sobre o livro e não sabia se suas reflexões eram válidas. A leitura a fizera sentir muita coisa, mas seriam sentimentos dignos de serem compartilhados?

Ela se apoiou na bancada da cozinha, esperando a chaleira ferver. A quina pressionava sua lombar, lembrando-lhe da ocasião em que era pequena e Aidan a perseguia pela casa, quando ela tropeçou. Por um instante pareceu voar. Até bater a cabeça, bem acima do olho esquerdo, e ter a pele perfurada pela bancada afiada.

Aidan viera socorrê-la, como de costume. Dean dera uma bronca no filho por correr dentro de casa, mas nem precisara lhe pedir que pegasse um curativo e um pano úmido para estancar o sangramento. Aidan se encarregara de cuidar da irmã sozinho. Depois daquele dia, Leilah passara um longo tempo o chamando de "nosso doutorzinho" – Aidan tinha sido perfeito, como sempre.

Aleisha foi se acomodar na sala, segurando firme a caneca com ambas as mãos, e pela janela olhava as pessoas passando lá fora. Tomava um gole, às vezes dois, toda vez que via alguém. Seu próprio, entediante e solitário jogo de beber. Começava a entrar em pânico – se Aidan demorasse muito mais, talvez ela não chegasse à biblioteca a tempo de encontrar o velho.

E foi quando aconteceu – como uma cena saída diretamente das páginas de um romance. Pela janela, ela avistou o cara do trem. Sem o gorro dessa vez. Seria uma ilusão de sua mente? Não, disse a si mesma, era ele. Era ele com toda a certeza.

Ela se aproximou lentamente do vidro, que sua respiração embaçava, e o observou caminhar de uma extremidade a outra de seu campo de visão. Naquele exato momento, o carro de Aidan estacionou do outro lado da rua, o lugar onde geralmente parava. O coração dela desacelerou. Seu irmão se curvou sobre o banco do carona, provavelmente para guardar os óculos – ele odiava admitir que precisava deles para dirigir –, e em seguida se recostou para contemplar o céu. Aleisha aguardou, esperando que saísse do carro, mas Aidan permaneceu onde estava por vários minutos.

O tempo parecia ter parado enquanto ela observava Aidan, à espera de um movimento do irmão. Sentia-se uma intrusa, espionando. O que estaria havendo?

E, então, ouviu um sussurro às suas costas.

– O que estamos olhando?

Era Leilah, já vestida, usando calça jeans e camiseta – talvez fosse um dia bom. Aleisha tentou disfarçar a surpresa no rosto.

– Você está acordada!

– Claro que estou.

Aleisha parecia confusa.

– O que está olhando? – insistiu Leilah.

– Nada. – Aleisha girou o corpo, tentando bloquear a visão de Leilah para que não visse o carro de Aidan, para dar ao irmão um momento de privacidade. – Acabei de avistar um cara que vi no trem uma vez – disse, para distrair a mãe.

– Emocionante. – Leilah sorriu; seus olhos pareciam menos cansados.

Aleisha lançou um último olhar furtivo para Aidan. Ele sabia que ela o esperava; ela havia lhe enviado uma mensagem dizendo que precisaria ir para o trabalho. Por que ele não havia entrado ainda? O que estaria fazendo? No carro, o irmão levou as mãos ao rosto, os ombros caídos. Ficou assim por alguns instantes, então olhou na direção de casa, na direção dela.

– Mãe? – chamou Aleisha, voltando a si, mas quando se virou Leilah não estava mais lá.

– Aqui em cima! – gritou Leilah do quarto.

Aleisha levantou-se depressa do sofá e correu para o andar superior. Do lado de fora do quarto de Leilah, ouvia as vozes metálicas do rádio.

Assim que ela entrou no quarto, a mãe tirou um dos fones de ouvido.

– Vem cá, meu amor – disse, com a voz suave. – Senta aqui comigo.

Aleisha tentava conter a ansiedade provocada pela biblioteca e se concentrar apenas na mãe nesse momento. Queria mesmo era um abraço. Queria que Leilah lhe dissesse que tudo ficaria bem.

Leilah estava sentada com a postura ereta na beira da cama – Aleisha estava acostumada a vê-la toda encolhida. Suas pernas balançavam, os dedos mal tocando o chão. Ao lado dela, estavam o rádio e os fones de ouvido, conectados a Leilah como se lhe injetassem vida.

Ela fez sinal para a filha se sentar do outro lado do rádio e Aleisha obedeceu. Leilah desplugou os fones. Enrolou-os cuidadosamente e depositou ao lado do rádio. Aleisha observou as linhas ao seu redor. Os pés de sua mãe e o chão. As costas da mãe e a cama. O rádio, perpendicular; os fones também. Sentia limites invisíveis serem traçados através dela, por cima dela, ao seu redor: identificava suas próprias linhas – suas costas (levemente curvadas, com desleixo) e a cama, suas pernas e o chão. Seus pés (os dedos voltados para baixo em vez de retos como os da mãe). Leilah sorria para ela, mas Aleisha não sabia como agir agora; só conseguia pensar que estava estragando o padrão. Não pertencia àquele lugar.

Aleisha, estática, temia fazer qualquer movimento que pudesse estragar o humor de Leilah, chamar sua atenção para quão deslocada ela se sentia ali. Minutos depois, porém, ouviram o chacoalhar das chaves na porta, o ruído da fechadura. Leilah pulou da cama e Aleisha foi esquecida. O encanto, qualquer que tenha sido, havia se quebrado.

– Aidan! – chamou Leilah, encaminhando-se até a porta.

Aleisha se inclinou sobre o corrimão, observando o abraço de Leilah no filho. Inspecionou o rosto do irmão, espremido entre o ombro e a cabeça da mãe. Ele sorria. Seus olhos brilhavam, ou pelo menos pareciam brilhar.

– Vem comigo até a cozinha – disse Leilah, puxando o filho. – Talvez eu prepare alguma coisa!

Aleisha permaneceu onde estava, sentindo-se uma peça descartada.

Então, acelerando a marcha novamente, pegou sua bolsa no quarto e calçou os sapatos na porta. Aidan se aproximou, já de avental.

– Você vai à biblioteca agora?

– Sim, aquele idoso, lembra? Vai buscar o livro que recomendei.

– Que ótimo, Leish! E você vai agir melhor dessa vez?

– É óbvio. Aquele livro que estou lendo...

– *O sol é para todos*?

– Sim, você lembra?

– Claro, você não parava de falar dele.

– Engraçado... não sei se vou conseguir dizer algo decente.

– Ele vai adorar. Você já me disse muita coisa legal sobre o livro.

Aleisha sentiu o rosto corar. Tirando os sabichões do Kyle e do Dev, seu irmão era a única pessoa que ela conhecia que entendia de livros.

– É?

– Sim. Mas não vou te enganar. Não achei promissor quando te vi segurando o livro enquanto dormia e babava.

Aleisha revirou os olhos e deu um soquinho no braço dele.

– Cala a boca. Eu *consigo* me concentrar nas coisas. Não esqueça que, entre nós, quem tira boas notas sou eu.

– Estava esperando o quê, então?

– Você!

Aleisha agarrou a bolsa e saiu correndo em direção à rua.

– Que ceninha foi essa? Andou vendo *Simplesmente amor*?! – gritou Aidan na direção dela, enquanto a voz de Leilah se projetava porta afora.

– Aidan, querido, vem me ajudar com isso aqui, por favor!

Aleisha respondeu ao comentário do irmão erguendo o dedo médio enquanto descia a rua.

A lista de leitura

INDIRA

2017

Indira estava atrasada para o satsang de hoje porque haviam agendado sua van comunitária no horário errado. Chegou ao mandir afobada e em parafuso. Sabia que Naina estaria à frente do satsang naquele dia, algo que havia muito tempo não podia fazer devido ao tratamento, e ela prometera a Naina que estaria lá. Queria vê-la e apoiá-la. Rezava por Naina todos os dias. Não eram especialmente próximas – Indira não era especialmente próxima de ninguém –, mas todos sempre podiam contar com Naina, e Indira gostava de retribuir favores quando as pessoas mais precisavam.

Com tantos dias para se atrasar, tinha que ter acontecido logo hoje?

Indira se sentou numa cadeira próxima às sapateiras e tirou seu chappal, firmemente apertado com velcro. Ficou de meias, apesar de seu médico ter recomendado que caminhasse com cautela. "Se for preciso, ande descalça, porque é muito melhor. Bem menos escorregadio." De todo modo, Indira não era de dar ouvidos a médicos.

Ela pôs os calçados com cuidado numa sacola de plástico e selecionou seu escaninho favorito. Número 89 da sapateira D. Era um ritual. Às vezes, quando recebiam uma excursão escolar, aquele escaninho ficava ocupado, mas, fora isso, todos sabiam que aquele era o compartimento de Indira.

Vasculhou o escaninho para ver se havia outros sapatos – nada à vista, a não ser um pedaço de papel amassado bem no fundo. Indira o puxou para fora e, curiosa que era, o desamassou para ver se conseguiria devolvê-lo ao dono ou se o jogaria no lixo (quem teria ousado deixar lixo no escaninho *dela*?).

Para o caso de você precisar:

O sol é para todos

Rebecca

O caçador de pipas

As aventuras de Pi

Orgulho e preconceito

Mulherzinhas

Amada

Um rapaz adequado

Indira franziu a testa. O que era aquilo? Uma espécie de lista, escrita em inglês com uma caligrafia impecável que ela não reconhecia. Se essa era a única evidência, seria impossível identificar e repreender a pessoa desleixada que largara aquilo ali.

Seus olhos se voltaram apressados para o relógio. Já eram 14h05 e ela nem havia entrado no salão ainda! Sabia que devia jogar fora o pedaço de papel, ser responsável, mas a lixeira mais próxima ficava meio longe dali, totalmente na contramão. Para ganhar tempo, e porque uma certa impressão incômoda no fundo de sua mente lhe fazia pensar que "Para o caso de você precisar" era uma mensagem para alguém, talvez até mesmo para *ela*, dobrou o papel com cuidado e o depositou, são e salvo, dentro de sua sacola de plástico estampada com o rosto de Swami Bapa a encará-la.

Ela avistou Mukesh, o marido de Naina, espiando de dentro do salão por uma das janelas da porta de madeira.

– Ei, está olhando o quê? Aqui é só pra mulheres! Xô! – brincou Indira.

– *Kemcho*, Indiraben. Só estou checando se está tudo bem com ela. Prometi que ficaria aqui.

Sua voz tremia de leve e seus olhos estavam vermelhos, cansados.

– Vai ferrar suas costas espiando desse jeito!

– Indiraben, você entende. Olha só – disse ele, fazendo um gesto na direção do salão. Indira o acompanhou com o olhar. Seus cotovelos estavam apoiados no andador com o símbolo do mandir. – Eu preciso cuidar dela.

Naina estava tão diferente... Seu cabelo, geralmente muito preto e trançado, hoje estava todo coberto por um velho sári que não combinava com o restante do traje. Algo muito incomum em se tratando de Naina, mas Indira não comentou nada com Mukesh. Ele observava a esposa atentamente, como se olhar para o lado fosse fazê-la desaparecer.

O rosto de Naina estava contraído, mas sua expressão era a mesma de sempre – vibrante, animada. Mesmo à distância Indira notava certo peso nas pálpebras de Naina, mas os braços dela gesticulavam no tempo da música e sua boca estava escancarada: ela punha toda a sua energia no canto. Talvez aquela canção estivesse lhe devolvendo a vida. As mulheres, sentadas em cadeiras ou no chão, batiam palmas no mesmo ritmo. Os sáris e os vestidos punjabi formavam um mar de cores.

Não fosse a postura encolhida de Naina, seu rosto magro e o lenço sobre a cabeça, Indira jamais teria acreditado que a mulher tinha câncer. Mas *havia* tudo aquilo, claramente visível, e Indira se perguntava por que Deus a escolhera. Por que Naina? Naina tinha uma família. Entes queridos. Já Indira... era forte como um touro e mal tinha alguém no mundo que a amasse.

– Preciso entrar – disse Indira a Mukesh, que assentiu com os lábios caídos.

Ele abriu e segurou a porta enquanto ela entrava.

Naina ficou animada e a chamou para se sentar ali na frente, perto dela. Não parou de cantar nem por um segundo.

Indira percebia o amor e o respeito que todas tinham por aquela mulher. Se Indira estivesse passando pela mesma situação, será que as pessoas a estariam apoiando, olhando para ela daquele jeito? Ela duvidava – e sabia por quê, sabia que ela e Naina eram muito diferentes. Mas Indira estava sempre em busca de uma conexão – a questão é que, geralmente, estava sozinha nessa busca.

Terminado o satsang, Indira se recostou na parede do fundo. Fingia conferir se não estava esquecendo alguma coisa, mas na verdade se sentia desconfortável, solitária, sem saber com quem falar. Foi quando Naina se aproximou. Todas as outras mulheres estavam focadas em conversar com as amigas, irmãs, primas, vizinhas.

– Indiraben, amei ver você. Faz tanto tempo, *ne*?

– Ah, Nainaben... Você estava maravilhosa hoje. Suas filhas... Elas estão muito orgulhosas – disse Indira, apontando para as três mulheres sentadas na primeira fileira, agora conversando entre si. – Estavam aplaudindo e vibrando o tempo inteiro.

Naina olhou para as filhas, Dipali, Rohini e Vritti.

– Ah, elas são maravilhosas.

Indira assentiu, levou as mãos ao rosto de Naina e sentiu a pele macia e morna.

– *Jai Swaminarayan* – sussurrou Indira para ela.

As mãos de Naina seguraram as suas.

– Obrigada, *ben* – respondeu com um sorriso gentil e um brilho nos olhos.

Aquele foi o último dia em que Indira viu Naina. A lista de leitura continuou amassada e esquecida na sacola de plástico por um longo tempo, indo passear no mandir e retornando para casa toda semana. Mas, quando chegasse a hora, encontraria um jeito de se libertar.

Capítulo 9

MUKESH

– Rápido, Dada! Quero chegar logo na biblioteca.

Mukesh apreciara a caminhada até a rua principal, mas o ar feria seus pulmões enquanto lutava para acompanhar o ritmo de Priya, que saltitava à sua frente. Só de olhar para ela já se sentia mais velho e frágil. Houve uma época em que segurara a menina no colo, recém-nascida. Era só olhos e orelhas, além de um minúsculo nariz de botão. Parecia tão pequena e frágil... E agora os papéis haviam se invertido. Quem parecia prestes a se quebrar em pedaços era ele.

A Biblioteca da Harrow Road era uma construção antiga, completamente diferente do moderno Centro Cívico; parecia ter sido um dia a casa de alguém, com suas grandes paredes brancas e vigas de madeira preta. O parque ficava logo atrás dela, por isso era silenciosa e tranquila, apesar de estar na rua principal. Havia muitas janelas, algumas certamente novas e modernas, junto àquelas assustadoras portas de vidro "automáticas". Ele reparou num cartaz na porta que não havia notado antes: *Salvem nossas bibliotecas.*

– Uau – sussurrou Priya quando se aproximavam. – A Ba me trouxe aqui uma vez, quando eu era pequena. Mas não me lembro de nada.

Mukesh assentiu. Estava nervoso, constrangido por causa da última vez, mas o entusiasmo de Priya o estimulava. Com a mão no ombro da neta para evitar que ela saísse correndo, ele respirou fundo antes de se dirigir à porta para checar quem estava lá dentro. Por cima do balcão, avistou um cabelo preto preso num coque. Era *ela*, a garota mal-educada. Ele deu um suspiro e se preparou para o embate.

As portas se abriram para eles como num passe de mágica e, tão logo entraram, Priya saiu correndo rumo à seção infantil. Ele sabia que ela agora já estava um pouco crescida para esse tipo de literatura, mas a menina provavelmente sabia muito bem o que procurava.

Mukesh observou Priya se embrenhar por entre as estantes e sair de lá já folheando algo, totalmente inabalável por aquele estranho novo mundo. Como aquilo era fácil para ela... Ao redor deles, *todos* sabiam o que estavam fazendo. Todos menos ele.

Algumas prateleiras estavam atulhadas de livros, outras mal abrigavam quatro ou cinco volumes. Havia mesas e computadores enormes encostados numa parede, além de cadeiras por toda parte, algumas encardidas, outras parecendo novas em folha. Havia até um segundo andar, mas uma corrente pendia do corrimão com um claro aviso de que a área era "só para funcionários". A biblioteca estava mais para pequena, mas ele tinha certeza de que daria para achar *alguma coisa* ali – e sua mente retornou ao motivo de estar voltando em tão pouco tempo: a reserva daquele livro misterioso poderia ser seu *primeiro* passo para se tornar um frequentador de bibliotecas, como todos ao redor.

Mukesh respirou fundo e foi em direção à moça na recepção. Ficou surpreso ao vê-la sorrir para ele.

– Olá – disse ele ao se aproximar, desconfiado e com um olho em Priya, que assumia sua pose habitual num pufe: livro aberto entre as mãos.

– Olá, como posso ajudar o senhor? – perguntou a moça.

Ele olhou para a bancada à procura do celular dela, dos fones de ouvido, de algum sinal de que ela não estava prestando muita atenção, mas não viu nada. Estranho.

– Vim pegar um livro que eu reservei. Só que tenho uma pergunta.

– Pois não?

– Veja bem, eu *não reservei* livro algum. Fiz ficha na biblioteca há pouco mais de uma semana. Seria um livro de boas-vindas ou algo assim?

– Sr. Mukesh Patel?

– Sim. Sou... sou eu.

Ou ela sabia demais ou o serviço da biblioteca era excelente.

Ela digitou algo no computador, as unhas fazendo *clac-clac-clac*. Mukesh se viu forçado a ranger os dentes.

– Sim, *O sol é para todos*. Isso mesmo.

Ela fitava a tela enquanto Mukesh aguardava, apreensivo. Então ela puxou algo de baixo do balcão. Um livro. Entregou-o a ele, que não gostou muito da textura do encapamento de plástico, mas daria para se acostumar.

– É… eu reservei esse livro para o senhor. Outro dia o senhor pediu uma indicação e achei que esse talvez sirva. – Ela hesitou. – Ele é… é bom.

Mukesh segurou o livro nas mãos como se nunca tivesse segurado um livro antes. Quis perguntar à moça sobre o que era, mas não sabia se seria uma pergunta idiota. Talvez já devesse saber.

– Dada, por favor, posso levar este aqui?

Priya apareceu ao lado dele com *O feiticeiro de Terramar* nas mãos. Mukesh deu de ombros, olhando para a moça atrás do balcão em busca de alguma dica. Ela assentiu.

– Claro, vocês podem levar até… – ela fez uma pausa – seis livros de cada vez em cada cartão.

Ela deslizou um cartão da biblioteca com o nome dele por cima da bancada.

Priya encarava seu dada, o olhar suplicante. Ele nunca a vira tão animada. A menina girava de um lado a outro com o livro junto ao peito.

– Sabe, esse livro que o senhor pegou, *O sol é para todos*… Sua neta pode ler também.

A moça parecia saber do que falava. Mukesh pensou a respeito por um momento. Lembrou-se das palavras de Rohini sobre o livro ser *avançado* demais para a menina.

– Então *não é* um livro de boas-vindas? – perguntou ele, pegando o cartão da biblioteca.

– Bem, talvez seja. Se não quiser ler, sem problemas. Mas achei bom.

De repente ela parecia insegura, cautelosa.

– Já ouvi falar desse livro, Dada. Até virou filme – disse Priya, entrando na conversa.

– É, *beta*? Sobre o que é?

Priya deu de ombros e fez careta.

– Não sei. Eu não sei *tudo*.

Mukesh riu. A moça da recepção respirou fundo como quem está para iniciar um longo discurso, mas tudo que disse foi:

– É um bom romance *introdutório*, sabe? Um clássico.

– Você acha que vou gostar?

Mukesh não sabia para quem olhar ao fazer a pergunta – se para a garota ou para Priya. Ele havia gostado de *A mulher do viajante no tempo*, mas basicamente porque caíra em seu colo no momento certo e o aproximara de Naina.

A moça fez que sim.

Mukesh olhou para a capa do livro. O título parecia rabiscado, escrito à mão: ele tinha que forçar a vista para entender. O. Sol. É. Para. Todos.

– Por que esse título? – quis saber.

– É que tem um trecho... – respondeu a moça, parecendo empolgada. – Desculpa, não quero dar spoiler. O senhor vai ter que ler para descobrir. Se quiser. Sem pressão.

– Isso mesmo, Dada! – disse Priya, sorrindo para a moça em cumplicidade.

Mukesh via a admiração nos olhos de Priya – o tipo de olhar que vira um dia em suas filhas, quando se encontravam com as primas mais velhas, a quem admiravam e viam como "garotas muito descoladas".

– Pode me indicar outros livros também? Já que posso levar seis – acrescentou Mukesh, apontando para o volume na mão de Priya. – Incluindo esse.

A moça parou por um segundo, de olhos arregalados.

– Não, não, acho melhor começar por esse. Pode confiar. Assim, hã, eu posso ter uma ideia do que o senhor gostaria de ler depois. Se quiser.

– Vou tentar – disse ele, sorrindo para a moça.

Ela sorriu de volta. Mukesh voltou o olhar para Priya e sorriu também para a neta.

– Vou levar um livro!

– Eu sei, Dada, que legal! – disse Priya, entregando o livro do *Feiticeiro* para a moça atrás do balcão.

Mukesh fez o mesmo.

– Dada – sussurrou Priya, dando uma gentil cotovelada nas costelas do avô –, entrega o cartão também.

Ele fez o que a neta pediu e observou a moça escanear o código de barras do cartão, um bipe para cada livro emprestado. Bip. Bip.

– Quando precisamos devolver? – perguntou ele.

– Em três semanas. Pode renovar o prazo pelo telefone ou pela internet se precisarem.

– Não, eu termino até lá e *sei* que ela também.

– O senhor quer que eu carimbe no livro só para lembrar?

Mukesh voltou o olhar para a primeira página de *O sol é para todos* e reparou na ficha das Bibliotecas Municipais de Brent, recheada de datas em tinta preta, todas manchadas. Tantas! Era estranha a ideia de que aquele livro não era só dele, mas de todo mundo. Toda aquela gente que o havia pegado antes dele, pessoas que iriam pegá-lo depois. Talvez o tivessem lido na praia, no trem, no ônibus, no parque, no quarto. No banheiro? Tomara que não! Cada leitor, sem saber, conectado aos demais de alguma pequena forma. Ele se tornaria parte daquilo também.

– Sim, por favor!

Mukesh devolveu os dois livros para a moça, que já estava com o carimbo a postos, e, enquanto a observava, imaginou se Naina já havia segurado algum daqueles livros. Ela vivia naquele lugar, havia lido centenas de exemplares. *O sol é para todos* teria sido um deles?

Mukesh pôs o livro em sua sacola de compras de lona.

– Senhor, se quiserem se acomodar e ler aqui, temos até uma máquina de café e alguns sucos. E qual é o seu nome? – perguntou a moça à menina.

– Oi, meu nome é Priya. E você, como se chama? – respondeu ela, audaciosa e inesperadamente confiante.

– Aleisha. Prazer em te conhecer. Você e seu avô querem ler aqui?

Priya olhou para Mukesh, esperançosa, mas ele fez que não. Já eram quase cinco da tarde, hora de Priya cortar o cabelo! Sentia-se examinado pelo olhar das duas. Será que notavam que ele estava aliviado? Não queria se sentar para ler ali… ficaria muito desconfortável. Ainda bem que tinha uma desculpa – se chegasse atrasado, ouviria muito de Rohini.

– Posso ajudar vocês com algo mais? – perguntou a moça.

– Não, obrigado. Você foi muito prestativa. Tenho que levar a minha neta em outro lugar.

Ela assentiu com um sorriso, passando a mão pelo cabelo e ajeitando uma mecha rebelde.

– Já vou indo com *O sol é para tudo*. Vou dar um jeito de ler um pouco esta noite – prometeu ele.

– Para *todos* – corrigiu a moça, e ele sorriu, sem entender por que ela estava repetindo o que ele tinha acabado de dizer.

Priya se despediu da moça com um aceno e ela retribuiu gentilmente enquanto Mukesh ia embora. Hoje ele estava mais alto. Enxergava mais longe, até o fim do estacionamento, além das árvores, além dos prédios; via além até do estádio de Wembley. Dali via Londres inteira, apenas com aquele bocado a mais de altura. O que a postura não faz por alguém, pensou.

Muito bem, Mukesh, você enfrentou seu medo. Era Naina, falando ao seu ouvido. Ele a ouvia. Mais alto que nunca, como se ela estivesse bem ali ao lado.

– Obrigado – sussurrou Mukesh em agradecimento.

– Pelo quê, Dada? – perguntou Priya.

– Desculpa, *beti*, não foi nada. Vamos ao cabeleireiro!

– Dada, *não*! Não quero. A mamãe sempre quer que eu corte o cabelo, mas eu gosto dele comprido.

– Às vezes você só precisa ouvir sua mãe. Ela fica feliz com isso! Além do mais, lá você também pode se sentar e ler. Que tal?

– É verdade.

Priya deu de ombros e seguiu seu dada, deixando que ele lentamente guiasse o caminho.

Ele havia pegado um livro na biblioteca, como mandava o figurino, e a moça da recepção havia sido até *prestativa*. Sentiu-se um pouco mal por ter reclamado dela, mas, em contrapartida, se não o tivesse feito, talvez ela não houvesse sido tão educada dessa vez. Quando ele trabalhava na bilheteria da estação Wembley Central, todos os usuários adoravam opinar – opiniões articuladas, francas, eram a única forma garantida de aprimorar a prestação de um serviço –, e agora, anos depois, ele também gostava.

Nesse dia também havia levado sua neta à biblioteca. Pela primeira vez em muito tempo, Priya parecia animada ou ao menos contente na companhia do avô. Quem sabe aquele dia não fosse o indício de um novo capítulo?

A lista de leitura

LEONORA

2017

Leonora disse "Namastê" ao instrutor e foi até o corredor pegar seus tênis. Todo mundo estava com pressa de ir embora, calçando os sapatos de qualquer jeito, saindo porta afora e esquecendo instantaneamente a paz da aula de ioga. Mas, nessas horas, Leonora sempre se movia no seu tempo. Se atrapalhasse os outros, que fosse. Saboreava a calmaria onírica daquele momento enquanto voltava aos poucos à realidade.

Quando as pessoas lhe perguntavam por que se mudara de volta para Wembley, ela sempre alegava querer ficar perto dos pais – nunca mencionava o divórcio, nunca mencionava sua irmã Helena, que definhava lentamente. Helena era a verdadeira razão pela qual trocara Manchester por Londres. Assim que o divórcio dela saiu, os pais de Leonora lhe imploraram que fosse morar com a irmã, para que eles pudessem ficar mais tranquilos. Ela concordara, relutante, só que Helena não queria ajuda alguma e as duas agora viviam lado a lado num incômodo silêncio. Leonora era uma estranha indesejada na casa da própria irmã. E não tinha ninguém com quem conversar. Não tinha amigos naquele lugar familiar porém hostil. Estava penando.

Estar de volta era uma experiência estranha. Seus pais e Helena tinham visto Wembley evoluir, *fizeram parte* das mudanças. O contraste não era tão aparente para eles. Mas Leonora mal se afastava da North Circular quando vinha à cidade para a Páscoa, o Natal e outros feriados. Para ela, tudo, o lugar onde crescera, parecia diferente. Havia novos arranha-céus por toda parte, a poeira e o tempo tinham tornado mais acinzentadas as ruas residenciais, ao passo que os shoppings, as estações e o estádio reluziam com um banho de loja inteiramente voltado para os turistas.

Perdida naquela cidade solitária e diferente, Leonora torcera para que a aula de ioga a ajudasse a conhecer pessoas. Mas, tirando um ou outro "oi", ninguém parecia interessado em conversar. Todos se dispersavam enquanto Leonora fazia hora, sem querer voltar para casa.

Havia uma senhora que sempre sorria calorosamente, mas ela ficava sem jeito de puxar conversa. Sabia que devia tomar coragem e se apresentar, mas todos ali eram reservados demais. Uma simples saudação parecia algo estranho, alienígena.

Nesse dia ela calçou os tênis amarrando devagar cada cadarço. Como fazia toda semana, leu o quadro de avisos bem à sua frente, sem pressa alguma, na esperança de alguém cumprimentá-la primeiro. Desejava aquele encontro fofo em estilo hollywoodiano. Ou, para ser realmente sincera, queria apenas um amigo.

Retiros de ioga a quinhentas libras por semana? Não, obrigada. Tomar conta de gatos, alérgica como ela era? Também não, obrigada. O clube do livro da biblioteca local, na Harrow Road? Ela não pisava lá desde que era criança. Ao lado do folheto havia uma lista escrita à mão; presumiu que se tratasse dos títulos do clube do livro.

O sol é para todos
Rebecca
O caçador de pipas
As aventuras de Pi
Orgulho e preconceito
Mulherzinhas
Amada
Um rapaz adequado

Essa poderia ser uma chance de conhecer gente nova. Se era um clube do livro, as pessoas *teriam* que falar. E ela tinha boas lembranças do lugar. A Harrow Road havia sido a sua biblioteca preferida na adolescência. Ela se lembrava das bibliotecárias – provavelmente falecidas havia tempos – e do jovem gerente, Dev, sempre capaz de tirar da manga uma boa recomendação de livro, sob medida para os gostos e interesses de cada um dos queridos visitantes.

Ela percorreu a lista com os olhos, absorvendo um título por vez. Alguns já havia lido na adolescência, incluindo *O sol é para todos*. Não se lembrava da história, era péssima com detalhes, mas recordava como *se sentira* com a leitura. O livro tinha uma qualidade mágica, calorosa. O título lhe trazia memórias de quando tomava o café da manhã ao ar livre num banco de madeira – e isso já fazia tanto tempo que ela não se lembrava mais se era uma memória ou uma cena do livro.

Quando chegou ao sétimo item da lista, tirou de dentro da bolsa de ioga um livro, um exemplar de *Amada*. Ergueu o livro na altura dos olhos. Bem, pelo jeito já havia se antecipado.

Mal havia começado a ler, depois de anos e anos de recomendações de amigas. Certa tarde, enquanto Helena tirava um cochilo, Leonora começara a ler bem ao lado dela, ouvindo a respiração da irmã e deixando a mente escapar para outro lugar. Seu coração já havia sido fisgado.

Ela se pôs a imaginar que dia iriam debater *Amada* no clube do livro. Não havia mais informações a respeito no quadro de avisos. Será que estaria pronta para o debate a tempo? O livro era sobre uma mãe, Sethe, e sua filha Denver, sozinhas numa casa assombrada pelo fantasma da primogênita de Sethe, Amada, que trouxera dor à família por anos. Lembrava a casa de Helena. Que também era ocupada por um fantasma: o fantasma do passado de Helena, da felicidade de Helena, do futuro que talvez Helena não viesse a conhecer.

Leonora respirou fundo, enxugando o véu de lágrimas que lhe escorria pela face. Guardou o livro de volta na bolsa. Um clube do livro. Poderia ser uma boa ideia. Uma chance para conversar e fazer amigos. Tirou uma foto da lista de leitura e outra do aviso sobre o clube. No dia seguinte ela procuraria saber mais, quando Helena estivesse dormindo. No dia seguinte ela iria.

Capítulo 10

MUKESH

BIP. "Dada, sou eu!"

A voz de Priya soava alegre.

"Estou gostando muito de *O feiticeiro de Terramar*, mas estou lendo um monte de livros ao mesmo tempo e não vou conseguir devolver esse para a biblioteca com você. A mamãe disse que você ia lá hoje, aí eu quis ligar pra pedir mil desculpas, caso você tenha que devolver atrasado, e hoje não posso ir aí porque a mamãe preparou uns testes extras de matemática pra eu fazer no feriado, então preciso fazer."

As palavras se atropelavam, e Mukesh teve que voltar a gravação e tocá-la de novo lentamente para pegar cada detalhe com seu bloquinho de post-its bem à mão.

Ele estava animado para ver Priya; havia acordado e se vestido mais cedo que o habitual, ansioso para conversar com ela sobre seus livros. Chegara ao ponto de anotar algumas frases. Queria "transmitir" alguma sabedoria de *O sol é para tudo*, exatamente como Atticus, mesmo que fosse uma sabedoria emprestada.

Não leve para o lado pessoal, ouviu de Naina, cuja voz saltava das páginas. *Ela é nova, não quer magoar você.*

Ele sabia que Naina provavelmente estava certa. Mas ir à biblioteca com Priya havia sido mais fácil. E a sensação era de que enfim tinha se aproximado da neta.

Mukesh suspirou. Sabia que teria que voltar à biblioteca. Queria devolver o livro e pegar outro. Mas no fundo não sabia se conseguiria sozinho.

Folheou o exemplar mais uma vez em busca de alguma pílula de sabedoria de Atticus que lhe ajudasse naquele momento.

Ao se aproximar da biblioteca mais ou menos uma hora depois com o livro nas mãos, Scout corria à sua frente fantasiada de presunto, ocupando o lugar de Priya, incentivando-o, e o velho e sábio Atticus caminhava ao lado dele. Ao passar pelas portas de vidro, encorajado por seus companheiros fictícios, a primeira pessoa que Mukesh viu foi a moça, Aleisha. Estava compenetrada no trabalho, de novo com fones enfiados nos ouvidos. Ele se dirigiu ao balcão, já sem Scout ou Atticus. Uma tossida chamou a atenção dela. Ele pôs o livro em frente ao rosto, espiando orgulhosamente o balcão por trás do volume.

– Oi. Sr. Patel? Já acabou de ler?

Uma vez fisgado e, mais importante, tendo superado seus receios, ele havia levado *apenas dois dias* para terminar o livro. Sentia muito orgulho de seu feito: só vira um episódio de *Blue Planet* naquele meio-tempo.

Quando tinha quase treze anos, meu irmão Jem sofreu uma fratura grave no cotovelo. Ele começara devagarinho, estremecendo ao ler aquela frase inicial de *O sol é para todos*, pois sentia Naina observando cada movimento seu.

Esse é bom, Mukesh. Você vai ler rápido. A voz dela ecoava em alto e bom som em sua mente. Ele olhara ao redor, esperando vê-la. Depois de tentar se acomodar na sala, em seguida na cozinha e ainda no jardim, se decidira afinal pelo lado de Naina na cama – era perfeito. Ali podia sentir, ainda que por um instante, a sensação de ser ela, aninhada com um livro. Mas lá no fundo da mente soava o pensamento mesquinho: *A quem você está tentando enganar?*

Ele tentara voltar o foco para a textura das páginas.

A suavidade.

O ruído discreto de quando elas deslizavam umas sobre as outras.

De vez em quando, o delicado estalo da cola da lombada.

Tentando voltar ao livro e afastar a incômoda síndrome do impostor, Mukesh visualizou o alto, corpulento e respeitável Atticus em seu pequeno quarto, de pé sobre o tapete da IKEA (escolhido por Vritti). Poucas páginas depois, Mukesh já sabia que o pai "afetuoso e distante" de Scout e Jem era viúvo e havia criado os filhos sozinho, com a ajuda da cozinheira Calpúrnia. Enquanto seus olhos examinavam as palavras, sentia um nó se formar na garganta. Mukesh não era advogado, não era um pilar da comunidade, não abençoava as filhas com sua sabedoria. Não era alto, corpulento e respeitável como Atticus. Mas, como ele, conhecia a sensação de perder a esposa. Mukesh se sentou com as costas eretas. Agora sua atenção se voltava firmemente para aquele homem, um homem poderoso, bondoso, justo. À medida que a história prosseguia, Mukesh se punha a pensar em como Atticus fora capaz de seguir com a vida com tamanha confiança. Teria ele alguma parte ainda presa ao passado, escondendo-se da morte da esposa? Menos desconfortável consigo mesmo, continuou a leitura, disposto a descobrir o segredo do sucesso de Atticus. Como foi que aquele homem seguira em frente?

Se o início foi lento, naquela mesma noite ficou provado que Naina estava certa. Mukesh não conseguia mais largar o livro – sentia que absorvia as lições de vida de Atticus, colocava-se na pele de Scout, via o mundo pelos olhos dela. Sua mente continuava sussurrando que ele era um impostor, mas era a história que estava no comando agora.

De frente para a bibliotecária, Mukesh abaixou o livro e revelou o próprio rosto, iluminado por um enorme sorriso. Voltavam a ele a lembrança de virar a última página, a sensação de orgulho. Tirou o chapéu e rearrumou o cabelo, todo despenteado e bagunçado pelo vento.

– Sim! Eu acabei!

– Quer devolver? – perguntou a bibliotecária.

Ele, nervoso, lhe entregou o livro. Não queria largá-lo, mas permitiu que a moça registrasse o retorno no sistema.

– Tudo certo – disse ela, sorrindo.

Mukesh ficou à espera, sem saber bem qual seria o próximo passo. Queria falar com ela a respeito do livro, mas não sabia o que dizer nem por onde começar. Sentia o rosto corando – e se falasse alguma bobagem?

– Hã – começou ele. – Estar na pele de outra pessoa.

A voz saiu rouca e trêmula.

– Desculpa, o que o senhor disse?

– Estar na pele de outra pessoa, sabe como é... É o q-que Atticus diz – gaguejou Mukesh.

– Ah, sim, eu lembro – disse ela, com os olhos brilhando.

– Acho que foi o que mais me marcou. É muito sábio. Atticus, ele é *muito* sábio.

– Com certeza – concordou Aleisha, assentindo.

Os dois se olharam com desconforto. O silêncio pairava entre eles.

– Quando terminei a leitura – continuou a moça –, eu estava com tanta raiva e tão desesperada pra falar com alguém sobre o livro...

– Eu também! – exclamou Mukesh, com um vigoroso balançar de cabeça.

– Bom... – disse ela, olhando para o celular no balcão. – Ainda tenho um restinho de horário de almoço. Quer conversar sobre a leitura?

Mukesh sentia Naina lhe cutucando e, hesitante, fez que sim. A bibliotecária o levou até uma mesa perto da janela.

– Pode se sentar aqui, Sr. Patel – disse ela, muito gentilmente.

– Mukesh, por favor – sussurrou ele em resposta.

Não sabia por onde começar, mas ela o observava, esperando que ele tomasse a iniciativa.

– Aquela fala sobre estar na pele de alguém... Bom, nós estávamos na pele da Scout, a menininha da história – disse ele, pausadamente. Soava como algo que alguém diria num clube do livro ou numa aula de literatura, pensou. – Nós vemos Atticus pelos olhos dela, não vemos?

A moça sorriu. Mukesh não sabia ao certo se ela concordava ou se só tentava ser simpática.

– Acho aquela fala muito interessante... – continuou ele. – Porque, se as pessoas fossem capazes de estar na pele do Tom Robinson, talvez não fossem tão horríveis com ele, não o acusassem de algo que ele não fez, uma mentira que poderia ter arruinado a vida dele para sempre. E, embora seja uma questão menos grave, se Scout e Jem enxergassem como era *ser* o vizinho deles, Boo Radley, talvez fossem mais gentis com ele também. Ele era uma alma adorável... só era solitário, talvez. As pessoas nem sempre entendem os solitários.

As palavras se atropelavam, como se ele quisesse tirá-las do caminho.

Talvez, se falasse rápido o bastante, ela não reparasse nas coisas idiotas e bobas que ele dizia.

Aleisha assentiu de novo.

– É verdade, mas... é literalmente impossível, esse é o problema. As pessoas só vivem a própria vida, nunca *captam* de verdade... sabe... nunca entendem os outros ou pelo que estão passando.

Ela falava devagar, como se tentasse organizar os próprios pensamentos. Mukesh imaginou se ela não estaria só tentando fazê-lo parecer menos idiota.

– Eu sempre pensava sobre isso quando era jovem, quando me mudei para cá – disse ele, respirando fundo.

O livro havia lhe lembrado de como se sentira deslocado em Wembley ao chegar ao país, de como todos encaravam sua família de um jeito diferente. Por algum tempo. Desde sempre.

– Eu vim do Quênia, sabe? Com minha esposa e nossas meninas. Queríamos recomeçar a vida do zero. Tínhamos parentes aqui, e eles viviam falando das oportunidades, dos empregos. Mas quando cheguei me senti sozinho. Queria entender por que as pessoas eram tão grosseiras comigo, por que não faziam questão de me conhecer, por que não me viam como um igual. Não importava o que eu fizesse ou dissesse, ninguém *tentava* me compreender. Alguns vizinhos eram muito gentis, mas, fora eles, todos nos viam como gente diferente, indecifrável. E nem sequer tentavam.

Mukesh balançou a cabeça, para afastar os pensamentos.

– Desculpa. Isso não tem nada a ver com o livro. Fico aqui falando coisas sem sentido. Minha esposa sempre dizia que eu falava demais.

– Não, não, faz muito sentido. Acho que o senhor está certo – disse Aleisha, com um sorriso gentil. – Ninguém consegue entender de verdade a vida dos outros. Mas todo mundo deveria tentar.

Por um instante, Mukesh teve dificuldade de associar aquela garota rabugenta de uma semana atrás à jovem sentada à sua frente. Ponderou se, caso estivesse na pele *dela* naquele dia, teria entendido um pouco melhor seu comportamento.

– Então, quando li esse livro... há muito tempo...

A moça hesitou por um instante. Seus olhos percorriam o ambiente. Ela lembrava a Mukesh sua filha caçula, Dipali, que fazia a mesma coisa sempre que estava nervosa ou mentia.

– Faz muito tempo que li… Enfim, ele me fez sentir algumas coisas. Tenho um irmão mais velho e somos muito diferentes de Scout e Jem, mas ler sobre a infância deles me fez lembrar a época em que Aidan e eu éramos pequenos. Fazíamos travessuras, implicávamos com o vizinho, esse tipo de coisa. A gente com certeza aprontou quando eu era mais nova, como se o mundo inteiro fosse só um jogo.

– É… Gostei dos dois. Gostei muito da história, muito mesmo – disse Mukesh, com um enfático movimento de cabeça. – Gosto muito do Atticus também! Era um homem muito inteligente.

– Ele era *tão* bom! – animou-se Aleisha. – Eu só… Toda aquela coisa do julgamento do Tom Robinson, foi tudo tão emocionante e tenso, mas eu amei. Vou tentar entrar no curso de direito da uni…

– *Direito*? – espantou-se Mukesh, o rosto iluminado. – Você é muito, muito inteligente! Não é à toa que lê tanto.

Aleisha soltou um riso nervoso. Deu de ombros e sua timidez retornou subitamente.

– Não sou tão inteligente, só me esforço.

– Bom, o Atticus é um advogado muito bom, mas você… você vai ser ainda melhor!

Mukesh bateu palmas e os dois riram juntos. Mas a conversa se esgotou, deixando uma ponta de desconforto.

– Bom, obrigado pela ajuda – repetiu Mukesh. – Gostei desse livro. O que você me sugere agora? Você disse que poderia me indicar outro!

A moça ficou em silêncio por um tempo. Ele percebeu como ela apertava as próprias mãos, um dedo girando em torno do outro.

– Hã, talvez o senhor goste de *Rebecca*… É da Daphne du Maurier.

– Aposto que vou gostar de qualquer indicação sua!

Ela se levantou da cadeira e foi até uma estante. Encontrou o exemplar sem demora. Ele achou aquilo muito inteligente, a forma como Aleisha sabia onde estava cada livro da biblioteca. A jovem o levou até o balcão e o Sr. Patel se levantou com esforço de sua confortável poltrona para ir ao encontro dela.

– A minha esposa adorava ler – disse ele, preenchendo o silêncio enquanto ela digitava o código.

– Do que ela gostava?

– Eu não sei direito. Ela vivia com um livro nas mãos. Eu nunca sabia qual. Ela faleceu. Há dois anos. Eu… A leitora era ela. Nunca fui de ler muito até agora.

– Sinto muito mesmo – disse ela no que soou um pouco mais que um sussurro, olhando para ele e lhe dando espaço para continuar.

– Ela era minha *esposa*, então eu devia ter prestado mais atenção. Eu gostava de ficar observando enquanto ela lia, mas nunca perguntei o que acontecia nos livros. Me sinto um bobo de começar a ler histórias na minha idade.

– Nunca é tarde demais pra ler histórias.

– Histórias são tão esquisitas. É como ficar vendo a vida de outra pessoa, uma coisa que você não deveria ver. Me sinto um enxerido!

Aleisha escaneou o cartão da biblioteca.

– Com certeza sua esposa ficaria orgulhosa da rapidez com que o senhor leu *O sol é para todos*!

– Também acho – respondeu ele, assentindo solenemente.

– O senhor trabalhava com o quê? Ou com o que trabalha agora?

Ela ergueu o olhar, atenta, na esperança de não o ter ofendido.

– Ah, minha querida, eu certamente não faço nada hoje em dia. Estou velho e caquético demais! *Já fui* bilheteiro na Wembley Central. Agora não faço mais nada mesmo.

– Bilheteiro?

– Sim, eu vendia passagens de trem. Conhecia os passageiros, lembrava cada rosto e sempre tentava descobrir como se chamavam. Sabia quem precisava pegar qual trem e quando. As pessoas eram menos rabugentas naquela época. Não eram tão ocupadas. Não era como hoje; celular era coisa muito rara. As pessoas caminhavam olhando para a frente, e não para as próprias mãos.

Ele apontou com a cabeça para o iPhone de Aleisha, virado para baixo em cima do balcão.

– Tudo que se podia fazer era falar. Eu até alertava algum passageiro se soubesse que ele perderia o trem. – Mukesh ergueu a mão. – "Moça, seu trem chegou!", eu falava assim. As pessoas sempre me agradeciam.

– Não consigo nem imaginar as pessoas falando umas com as outras em Londres. Nem sei se já troquei mais que duas palavras com alguém no metrô.

– Pois é, acho tão triste… Vivo cumprimentando as pessoas, e elas me olham como se eu fosse louco.

Aleisha concordou com a cabeça.

– Aquele sujeito ali – sussurrou baixinho, apontando para um homem de casaco grosso com capuz. – A gente chama de Cara dos Policiais. É só o que ele lê. Ele veio um dia falar comigo, tipo puxando papo, e eu achei tão estranho. Apesar de ser minha função. Eu *trabalho* aqui.

Riram juntos, o que fez o Cara dos Policiais erguer o olhar por um momento. Os dois logo viraram o rosto para o outro lado. Mukesh se sentia cúmplice de um segredo.

– Minha esposa… Ela teria gostado de você – disse ele assim que recuperou o fôlego. – Ela gosta de moças gentis, inteligentes e aplicadas. E leitoras! Bem ao estilo dela.

Ele notou ter usado o verbo no presente; a moça notou também.

– Este é o seu próximo livro, Sr. Patel!

Ela lhe entregou *Rebecca* antes que ele pudesse dizer qualquer outra coisa. Mukesh segurou firme o livro, enfiou-o na sacola de compras que trazia no ombro e se encaminhou para a saída. Só se virou para se despedir quando já estava do lado de fora. Emoldurado pela porta, cortado em dois pela divisão do vidro, acenou com uma das mãos. A moça acenou de volta, com o mesmo entusiasmo.

Ela estava certa. Naina *ficaria* orgulhosa, não só por ele ter lido um livro com rapidez… mas porque nesse dia ele havia se forçado a sair da zona de conforto e, por um momento, feito uma novíssima amizade. Mukesh olhou os próprios pés para ter certeza de ainda estar firme no chão, e não flutuando num devaneio. Satisfeito ao constatar que seu mundo era muito real, deu meia-volta e foi embora.

PARTE III

REBECCA

de Daphne du Maurier

Capítulo 11

ALEISHA

Alguns dias depois, Aleisha foi acordada às sete da manhã pelo toque do celular.

– Aleisha. – Era a voz resmungona do Garrafa Térmica. – Alguma chance de você estar livre pra cobrir o turno do Benny hoje? Ele foi a uma despedida de solteiro ontem à noite e acordou se sentindo mal. Kyle vem também.

– Benny está de ressaca, você quer dizer? – retrucou ela em meio a um bocejo.

– Provavelmente. Ainda assim, é melhor ele não vir. Não quero ver nada desagradável pelos corredores.

Os olhos cansados de Aleisha se voltaram para a mesa de cabeceira, sobre a qual *Rebecca* a esperava.

– Tá, deixa eu ver. Vou checar com meu irmão. Se não tiver nenhum problema, eu vou.

Sentiu-se grata pela chance de simplesmente passar o dia dentro da biblioteca, devolvendo livros às prateleiras. A noite de Leilah não havia sido boa. Aleisha acordara várias vezes de madrugada ao som dos gritos da mãe e, depois, dos passos de Aidan indo e voltando de seu quarto. Passos lentos e suaves. Exaustos.

Quando chegou à biblioteca, tudo estava quieto. Havia apenas dois visitantes: o Cara dos Policiais no lugar de sempre e uma senhora indiana que adorava conversar. Mas ninguém exigia a atenção dela. Quando as portas de vidro se fecharam atrás de Aleisha, os sons e os odores de Wembley e as lembranças da noite turbulenta de Leilah desapareceram.

Ao percorrer as estantes de ficção, recolocando no devido lugar os livros devolvidos, ela viu um vulto por trás da quina. Ficou alerta no mesmo instante. Mia. Aleisha reconheceria aquela nuca em qualquer lugar. Aquele corte de cabelo undercut ligeiramente bagunçado, um brinco comprido na orelha esquerda, um pequeno na direita.

Aleisha tentou sair de fininho, abaixando-se por trás das prateleiras esparsamente ocupadas pelos títulos iniciados com a letra W.

– Aleisha?

Ai, droga.

Ela se virou devagar, tentando agir com naturalidade, forçando um sorriso casual. O que queria mesmo era que o chão se abrisse a seus pés e a engolisse.

– Você *trabalha* aqui mesmo? – O rosto já estampava a incredulidade de Mia, mas o tom de voz não deixava dúvidas.

– Oi, Mia! Tudo bem? Pois é... E o que você veio fazer aqui?

– Vim estudar pra minha última prova, semana que vem. Você tinha dito pra gente que estava trabalhando aqui nas férias, mas custei a acreditar.

Mia soltou um risinho, como se o emprego de Aleisha fosse uma piada. Aleisha a odiou por um segundo.

Ainda assim, riu sem jeito, em cumplicidade, tirando sarro de si mesma. Não encontrava Mia desde sua última prova, em meados de maio, mais de um mês antes – e não haviam trocado uma palavra desde então. Na certa não se sentia mais como se "a gente" a incluísse. O grupo de WhatsApp era agora o único indício de que um dia já haviam sido próximas. Imaginou como seria em setembro, na volta à escola. Seriam "melhores amigas" de novo? Ou nunca mais se falariam?

Os livros didáticos de Mia estavam espalhados por toda a mesa.

– Isso aí dá pra bem mais que uma prova – comentou Aleisha, apontando com a cabeça para os exemplares: uma artimanha para mudar de assunto.

– Ah, quero adiantar os estudos também. O período de inscrições nas universidades está chegando. Não quero ter que correr atrás depois.

– É, eu entendo – disse Aleisha com um meneio, seus olhos indo de um lado a outro da biblioteca à procura de uma desculpa para sair dali. – Melhor eu ir. Acho que estão precisando de mim.

Gesticulou para o balcão principal, onde um menino de cerca de 10 anos se preparava para apertar a campainha. Percebendo que Kyle também se dirigia para lá, Aleisha se adiantou.

– Oi! – disse ela ao menino, levantando os braços. – Estou aqui!

Ela foi pisando firme até o balcão, acomodou-se na cadeira e adotou seu semblante profissional.

– Como posso ajudar?

– Queria levar um livro.

– Algum específico?

– Não sei. Qual você me indica?

Aleisha revirou os olhos. De novo aquilo. Mas sentia Mia a observando, então segurou o sorriso: modo Bibliotecária Exemplar ativado.

Mia demorou a ir embora. Ficou *horas*. Tempo suficiente para ver Aidan entrar com o almoço de Aleisha numa sacola de mercado. Aleisha percebeu como a amiga ficara alerta ao ouvir a voz dele. Mia sempre tivera uma quedinha por Aidan – ela e todas as outras amigas de Aleisha.

– Fala, Leish! – disse ele, indo em direção à irmã. – Fazendo o quê?

Aidan ergueu a sacola de mercado e ela se inclinou no assento onde lia *Rebecca*. Como o Sr. Patel lera *O sol é para todos* em dois dias, Aleisha se vira obrigada a lhe recomendar *Rebecca* antes de ela mesma terminar a leitura. Em pânico, sem querer ser desmascarada outra vez, ligara no dia seguinte, durante o turno de Lucy, para reservar *O caçador de pipas*, *As aventuras de Pi*, *Orgulho e preconceito*, *Mulherzinhas*, *Amada* e *Um rapaz adequado*. A lista inteira. Os livros estavam empilhados em sua mesa, prontos para serem levados para casa.

– Aleisha! – dissera Lucy, surpresa, ao telefone. – Está lendo um montão de livros, hein?!

E na mesma hora a assistente de bibliotecária se pusera a contar sua história favorita de como seus filhos haviam se tornado leitores.

– De verdade, pode confiar em mim. Mesmo que você ache que os livros de ficção não servem pra nada, eles expandem um pouquinho nossos horizontes, minha querida. Veja só minha Hannah. Agora é uma mulher de negócios e vive dizendo que aprendeu a ter foco aqui. Os livros didáticos que você lê para a escola e tal... Eles podem te ensinar muita coisa, mas a gente aprende muito mais com romances! Foi aqui que meus pequenos viraram leitores, menina – repetira pela trilionésima vez. – Fico tão feliz de você estar virando leitora também! Ainda mais depois de tanto subestimar os livros.

Aleisha se sentiu grata por ter *Rebecca* para usar como refúgio. Agora a sensação de estar sendo observada por Mia não a incomodava tanto. A princípio, fora atraída pelo charmoso e sedutor Sr. De Winter, bem como por sua nova esposa, uma mulher ansiosa e obviamente apaixonada. Aleisha não conseguia se desligar daquela sinistra sensação de que o passado voltaria para assombrá-los, sensação já sugerida na descrição da casa enorme, imperiosa e macabra. A mansão Manderley parecia uma infecção se alastrando silenciosamente na vida dos recém-casados.

Aleisha já havia tomado um susto antes. Uma frase mencionava uma pilha de livros na biblioteca. Aquilo a assombrara; era como se, de repente, a autora tivesse voltado sua atenção para fora das páginas, para Aleisha.

Queria descobrir que rumos aquela história poderia tomar.

– Só estou lendo – respondeu a Aidan.

– Estou vendo... Fico... feliz de te ver assim tão engajada. Lembra quando a vovó te deu aquele livro do Lemony Snicket e você acabou usando como palco para os seus brinquedos de Kinder Ovo?

Aleisha revirou os olhos.

– E como é que foi com aquele senhor? – perguntou o irmão. – Ainda está lendo por causa dele?

– Não é só por causa dele. Sei lá, ajuda a passar o tempo.

Aidan puxou o livro das mãos da irmã para examinar a capa.

– *Rebecca*? Cuidado pra não matar o velho de susto. Podem acabar te demitindo.

– Shhh! – fez Aleisha, olhando na direção de Mia e tirando o livro das mãos dele. – Me dá isso aqui!

– Desculpa, desculpa, não queria acabar com sua fama de descolada na frente de todos os seus amigos! – zombou Aidan, abrindo os braços e apontando uma multidão imaginária na biblioteca. Foi quando notou a nuca de Mia. – *Mia?*

Aidan não disse o nome em voz alta, só articulou as sílabas de forma exagerada, bem ao estilo dele. Aleisha assentiu e fez uma cara que só o irmão saberia interpretar como "Pois é, olha só que merda de vida".

– Quer que eu fique aqui pra, sei lá, te proteger? Aliás, por que foi mesmo que vocês se afastaram?

– Cala a boca! Está tudo bem. Fora que você só quer ficar porque sabe que ela é a fim de você.

– Bom, e quem pode culpá-la? – respondeu Aidan, com uma piscadela, fazendo Aleisha se levantar da cadeira para socar o braço dele. – Eeei! Você trata todo mundo assim? Não espanta que tenha a reputação de pior bibliotecária do mundo. Ok, vou embora...

– Espera! Já que você veio até aqui... – sussurrou ela, meio alto. – Parece que é a primeira vez que eu te vejo em muito tempo. A gente só se esbarra de passagem. Como andam as coisas?

Ambos sabiam que administrar os altos e baixos de Leilah lhes ocupava todo o tempo ultimamente. Entre eles, à espreita, sempre estavam as necessidades da mãe.

– Ah, tudo indo. Estão pensando em me promover a gerente lá no depósito, até que enfim... Seria bom.

Aidan trabalhava num depósito de biscoitos, não exatamente seu emprego dos sonhos. Ele havia assumido o turno da noite logo após o ensino médio. O plano era depois encontrar outra coisa, mas sete anos haviam se passado e ele continuava lá. Aleisha sabia que o irmão gostava da estabilidade, do já conhecido... e provavelmente dos biscoitos também.

– Que máximo!

– Mas isso significaria passar mais tempo lá e talvez ter que largar o emprego no Elliot's.

Elliot's era a oficina mecânica em que Aidan vinha trabalhando fazia alguns meses, cobrindo um turno aqui, outro ali. Aleisha enxergava naquilo mais um dos mecanismos de fuga do irmão – a tentativa de ser prático, de pôr em banho-maria suas ambições de abrir o próprio negócio. Ele havia falado antes sobre cursar administração numa universidade. No entanto, sempre que Leilah ficava mal, ele agia como se nunca tivesse cogitado nada daquilo e mergulhava de cabeça em alguma outra coisa.

– Isso seria o fim do mundo?

– Leish, você sabe que eu gosto de mecânica. Tipo, acho que pode ser uma boa carreira pra mim a curto prazo. Também posso aprender na prática a administrar um negócio. Elliot é muito bacana. Ele disse que me ajudaria com essas coisas se eu quisesse.

– Tá, mas, fora isso, você está mesmo tão interessado assim?

– Não sei. – De repente ele parecia muito sério.

– Quanto ganha um gerente de depósito?

– Mais do que eu esperava. Também não é um dinheirão. Nada perto do que você vai ganhar como advogada.

Aleisha riu, mas era um riso salpicado de amargor. A ela, sonhar sempre havia sido permitido. Sempre fora encorajada a fazer mais. Aidan não tivera a mesma oportunidade. Ela havia decidido que queria ser advogada aos 13, basicamente porque *amava* debater, e Aidan, daquele momento em diante, jamais a deixara abandonar seus planos, moldando a própria vida para apoiar a irmã.

Queria dizer a Aidan que ele também poderia ser tudo que desejasse, que poderia perseguir quaisquer sonhos que tivesse, mas ele nunca seguiria conselhos da irmã caçula. Aidan não aceitava conselhos de ninguém.

– Qual é o seu sonho? – perguntou ela, incapaz de se conter.

Aidan soltou uma risadinha.

– Você é o quê, minha orientadora vocacional?

– Sou sua irmã e acho que não sei qual é o seu sonho.

– É porque não sou como você, Leish. Algumas pessoas simplesmente não sonham.

– Todo mundo deseja *alguma coisa*.

– Nesse caso, se você quer mesmo uma resposta, são vocês. Você e a mamãe. Meu desejo é estar com vocês duas.

Algo entalou na garganta de Aleisha e ela não conseguiu responder. O silêncio da biblioteca ecoava ao redor deles. O que teriam feito àquele rapaz? O que teriam feito com os sonhos dele?

Ele jogou a sacola do almoço para ela, rompendo ruidosamente a tensão com o impacto, e o suco e o sanduíche escaparam rolando pelo piso.

– Merda! – gritou Aidan, e todas as quatro pessoas na biblioteca, inclusive Mia, se viraram de cara feia.

Quando Mia percebeu que Aidan era a fonte da perturbação, seu rosto se acendeu no mesmo instante. Ela deu um aceno discreto e fofo. Aidan ergueu as sobrancelhas, acenou de volta, pegou o sanduíche e o suco com a outra mão e os colocou com cuidado na mesa de Aleisha.

Mia começou a se aproximar. Aidan lançou um sorriso forçado para a irmã, balbuciou um "Desculpa" sem emitir som e saiu da biblioteca o mais rápido que pôde. Ao ver Aidan partir, Mia recalculou a rota com elegância e desviou os passos na direção de Aleisha.

– Você deixou isso cair – disse Mia, abaixando-se e recolhendo algo do chão.

Era um pequeno post-it laranja. Ela o exibiu como se fosse uma dádiva preciosa.

Bom almoço. Compra alguma coisa pra gente jantar hoje – deixa que eu cozinho.

Típico de Aidan.

– É do seu irmão? Ai, que fofo! – disse Mia, lendo para si.

Aleisha puxou o bilhete de volta.

– Valeu.

– Bom, só vim dizer que vou sair agora, mas a gente se vê em breve. Curta seu livro. E o almoço. Bom te ver.

Eram sete da noite, quase hora de fechar. Só restava Aleisha em toda a biblioteca. Era exatamente esse o tipo de paz que ela procurava. O ambiente perfeito para passar algum tempo de qualidade com *Rebecca*. Ao folhear o livro pela primeira vez, alguns dias antes, teve certeza de que daria a ele uma chance. O primeiro sinal havia sido a presença de *Minha prima Rachel* na lista de outros livros escritos por Daphne du Maurier. Aleisha sentia falta de sua própria prima Rachel. Haviam sido inseparáveis, mas Rachel agora morava a mais de cem quilômetros de distância...

Manderley, a mansão linda e isolada, a atraíra de imediato para o livro, transportando-a para outro lugar. Aos poucos ela aprendia sobre a própria Rebecca... que era na verdade a *ex*-esposa do Sr. De Winter e, apesar disso, uma presença muito opressiva na casa, sugando a vida da nova Sra. De Winter. Não à toa mereceu ser a personagem-título. A localização de Manderley não estava bem clara, mas toda descrição lhe evocava a Cornualha... ou, melhor dizendo, as fotografias que vira do belo litoral, espalhadas pelo mural da sala de aula no nono ano, depois que todos os colegas foram a Bude num passeio da escola. Aleisha não pudera ir. Aidan, então com 21 anos recém-completados, tentou trocar de turno no trabalho para que ela fosse sem preocupações, mas Leilah não estava nada bem. Aleisha odiara ver aquelas fotos lindas na escola, ouvir as histórias dos colegas e se inteirar de tudo que perdera.

Ela sempre quis conhecer a Cornualha, mas nunca teve oportunidade. *Amava* a paisagem de penhascos escarpados, a arrebentação violenta das ondas – tão diferente da ampla faixa de areia e dos pinheiros de North Norfolk, a única região litorânea que tinham visitado com Dean e Leilah quando eram crianças.

Mas agora, através de *Rebecca* e da Sra. De Winter, Aleisha vivenciava a experiência da Cornualha de uma perspectiva totalmente nova. E podia se afastar o máximo possível de Wembley, de Mia, de Leilah, uma página de cada vez.

Rebecca se esgueirava por Manderley feito um fantasma e, acometida de um frio na espinha, Aleisha deixou o livro cair na mesa de repente. Muito sinistro. Respirou fundo para se acalmar, enfiou o romance debaixo do braço e pegou sua bolsa, abarrotada de livros. Ao se levantar, notou uma sombra grande e escura que se projetava sobre ela, cortando a luz minguante da noite de verão.

– Merda! – ganiu Aleisha, apertando o livro contra o peito para se proteger.

Ao olhar com mais calma, percebeu que era somente o aspirador, deixado ali por Kyle como um lembrete: "Mantenha este lugar impecável." Que livro maldito... Nem havia escurecido direito e ela já estava morrendo de medo.

Ao se dirigir para a porta, colocou a lista de leitura dentro de *Rebecca* como um marcador de página.

Mais uma vez, se pegou pensando em quem organizara a lista. Imaginou uma pessoa relativamente jovem, talvez mais nova que sua mãe, porém mais velha que ela, a julgar pela caligrafia firme e elaborada, tão diferente da sua. Talvez fosse estudante, mas Aleisha duvidava. Todas as listas de leitura escolares eram entregues aos alunos já digitadas. Aquela havia sido elaborada pela própria pessoa ou copiada de um jornal, de um site ou algo assim. Talvez de uma daquelas listas ao estilo "20 livros para ler antes de morrer". No caso de *Rebecca*, talvez fosse "leitura obrigatória antes de se casar e descobrir que a ex-esposa dele vai assombrar você, a governanta vai ser uma megera durante todo o seu casamento e talvez não dê para confiar no novo maridinho também".

Aleisha não conhecia a sensação de ser assombrada por uma mulher morta ou viver numa mansão, mas, da forma como Manderley era descrita, a atmosfera cortante, pesada, sufocante... Isso ela entendia. Sabia exatamente do que se tratava. Antes não tivesse feito a comparação. Talvez não fosse mesmo a melhor escolha de livro para ela. Mas já era tarde demais.

Saiu da biblioteca e trancou as portas. Espiou o lado de dentro pela janela. Havia sido perturbador ver Mia ali hoje – uma intrusa num espaço que começava a lhe parecer diferente. A ter mais cara de refúgio que de penitenciária. Um lugar ao qual ela um dia poderia pertencer. Observou o último raio de sol do crepúsculo iluminar sua mesa, seu cantinho. Mesmo que jamais fosse admitir para Mia, talvez estivesse começando a gostar de trabalhar ali.

Graças às pequenas coisas.

A lista de leitura

IZZY

2017

Izzy a avistou à sua frente, caída na calçada. Espiou ao redor, imaginando que alguém pudesse tê-la deixado cair. Havia no alto um pedaço de fita adesiva que de adesiva já não tinha mais nada, seca e suja que estava devido à poluição londrina.

Não encontrava uma lista fazia muito tempo. Meio bizarro aquele seu hábito: colecionar listas. Encontrara a primeira ao se mudar para Londres, largada num carrinho de supermercado. A cidade era tão grande, vasta e solitária que achar listas equivalia a achar pequenos momentos de conexão humana, provas de que os estranhos silenciosos com quem ela cruzava e que evitavam olhar nos seus olhos eram pessoas também. Escreviam listas de compras, planejavam jantares, se permitiam pequenos prazeres de vez em quando – listas a ancoravam.

Todas as listas que já encontrara estavam agora acumuladas dentro de uma caixinha na gaveta da cômoda do corredor. Sabia que algum dia as transferiria para um lugar melhor, uma pasta, um álbum de fotos, algo do tipo. Mas por ora era ali que elas viviam. Muitas tinham sido encontradas no supermercado, em cestas, no chão, ao lado do caixa ou deixadas na máquina de autoatendimento. Às vezes ela as descobria carregadas pelo vento na rua, em frente a alguma loja. Quase todas eram listas de compras, descartadas após o uso. A não ser por uma, que era uma lista de convidados – para um pequeno jantar, talvez. Havia nomes de pessoas e alguns comentários também: "não come ovos" ou "alérgico a frango, mas pode comer outras aves". Ela passou dias imaginando como teria sido esse jantar, se as pessoas com o nome riscado recusaram o convite ou se nem sequer foram convidadas.

Cada lista lhe trazia algum tipo de informação pessoal – ela amava tentar adivinhar que prato o anfitrião iria preparar, se os planos eram para a semana toda ou só para um jantar especial, talvez um encontro com alguém, um almoço para conhecer os futuros sogros ou só uma noite aconchegante em casa.

Às vezes ela queria ter algum talento artístico, pois imaginava essas pessoas tão nitidamente que seria capaz de desenhá-las, imortalizá-las de alguma forma. Conseguia deduzir se elas tinham filhos, se eram vegetarianas, se estavam cozinhando para uma ou duas pessoas… Dava até para perceber como cuidavam da própria pele ou que cheiro tinham (a julgar pela escolha do perfume ou desodorante).

Mas essa lista que flanava agora pela Wembley High Road era um pouco diferente.

Para o caso de você precisar:
O sol é para todos
Rebecca
O caçador de pipas
As aventuras de Pi
Orgulho e preconceito
Mulherzinhas
Amada
Um rapaz adequado

Ela sabia do que se tratava. Havia escrito pencas de listas como aquela nos seus tempos de universidade, quando tinha que retirar livros aos montes da biblioteca. Era uma lista de leitura. Poderia mesmo ter sido feita para um trabalho de faculdade, não fosse por aquela frase no alto: *Para o caso de você precisar*.

Ela reconheceu alguns dos livros; já os lera anos antes. Mas ali, no meio da calçada movimentada, examinando a caligrafia, teve dificuldade de encontrar conexões entre cada título. O que e – o mais importante – *quem* haveria reunido todos aqueles livros?

Contemplou a lista amassada, seus dedos tocando de leve as palavras. De repente, começou a chover. Ela só reparou quando as gotas atingiram a tinta, que, até então seca, se tornou fresca e escorreu pelo papel. Enfiou-a depressa embaixo da manga e correu até o ponto de ônibus mais próximo. Ali se pôs a analisar as palavras, a caligrafia, a sutil ondulação de um "s", de um "v". Nos títulos, havia menos floreios, como se a pessoa quisesse que fossem o mais legíveis possível. Mas não resistiu a acrescentar curvas ao "R" nem a fundir o "A" e o "m" de *Amada* num só rabisco.

Naquele fim de tarde, enquanto Izzy guardava a lista junto às demais (a do topo se limitava a enumerar *feijão enlatado, sorvete, linguiça, linguiça vegana, ração dos gatos*), reparou num título especial: *Rebecca*. Seu pai havia lido uma edição encadernada em couro vermelho com letras douradas, herdada da mãe dele – ele a lia todos os anos porque era o livro favorito dela.

– Este livro me lembra minha mãe, Izzy – dissera ele quando a filha lhe perguntou por que vivia lendo a mesma história. – Você gosta de reler seus livros. Eu também.

Era lindo o livro, e ela adorava ver o pai pegá-lo com tanta frequência. Ele virava as páginas com absoluto cuidado. Nunca o abria demais para não deformar a lombada. Era valioso para ele. No dia em que ele finalmente a presenteou com o volume, Izzy soube que já tinha idade suficiente e a confiança do pai para lê-lo. Naquele dia ela se sentiu adulta. No entanto, por medo de danificá-lo ou deixar manchas, de arruinar o precioso exemplar do pai, nunca passara da primeira página.

Foi até a cozinha, onde ficava sua única prateleira de livros (nunca havia perguntado ao proprietário por que ficava aparafusada justo naquele lugar), e começou a remexer neles. Dessa vez sua mente não conseguia formar uma imagem clara do autor da lista, e isso a incomodava... Mas quem sabe ler os livros – ou relê-los, em alguns casos – não pudesse ajudá-la a desvendar esse mistério?

Estava certa de ter em algum lugar um exemplar de bolso de *Rebecca*, seu ou de Sage, que morava com ela. Já o tinha visto. Capa preta, letras douradas e curvilíneas, e uma flor. Uma flor muito vermelha, exuberante. Mas não o achava em lugar algum. Virou a lista para baixo, a ponto de desistir, quando vislumbrou os seguintes dizeres: *Biblioteca da Harrow Road*. Os livros haviam sido anotados no verso de uma ficha de empréstimos. *Data de devolução: 11/03/2016*. O texto já estava quase totalmente apagado. *Arrá*, pensou ela, como se fosse uma vilã perversa ou a detetive de uma série de TV. Ela conhecia aquela biblioteca e conhecia uma universitária que a frequentava constantemente.

Pegou o celular e mandou uma mensagem no WhatsApp para Sage. *Oi, pode pegar pra mim Rebecca, de Daphne du Maurier, na sua biblioteca, pfvr?*

A resposta de Sage foi quase instantânea. *Vem você, preguiçosa. Vem ver a vibe gostosa de biblioteca que está perdendo.*

Izzy leu cada título da lista mais uma vez e guardou aquela frase: *Para o caso de você precisar*. Ao contrário de todas as outras listas que um dia encontrara, essa passava a impressão de querer ser descoberta. A lista era uma carta de um estranho – e Izzy queria decifrar sua mensagem.

Capítulo 12

MUKESH

BIP. "Pai, boa sorte! Vai dar tudo certo. Não se esquece de se alongar bastante. O correio já entregou os DVDs de exercícios? Você não comentou mais nada comigo sobre isso... Desculpa não ter passado aí pra entregar em mãos. É que a gente está na correria por aqui. As meninas sempre têm alguma atividade e é difícil achar uma folguinha. Meninas, desejem boa sorte ao Dada." "*Boa sorte, Dada! Não vai cair, hein!*", entoam as gêmeas ao fundo.

BIP. "Oi, papai, é a Rohini. Come direito antes de sair, que é pra não baixar a glicose. Toma um daqueles chais de saquinho, algo assim, ok? E aproveita – não só o chai, mas a caminhada também. Ah, e vai de colete."

BIP. "Oi, papai, é a Vritti. Boa sorte hoje. Te adoro muito. Espero te ver em breve, tá? Mas, aconteça o que acontecer... estou muito orgulhosa de você. Por estar fazendo isso. Sério."

Chegara o dia que ele tanto temia: o dia da caminhada beneficente. Mukesh encarava seu livro enquanto as mensagens das filhas ressoavam em seus ouvidos. Seu coração disparava. Não sabia ao certo se o nervosismo vinha dele ou de *Rebecca*. Na noite anterior se perdera nas páginas daquela narrativa impactante e... assustadora. Era sobre uma mulher apaixonada, recém-casada com um homem maravilhoso. O início de uma história feliz, pensara Mukesh, até ficar nítido que a ex-esposa dele, a *falecida* Rebecca, não seria esquecida jamais e a nova esposa viveria para sempre com o fantasma do passado. Era aterrorizante.

Mukesh engoliu em seco, como se engolisse os próprios medos. Segurava firme a sacola de lona na qual levava aspartame, um sachê de chai extra só por desencargo e uma garrafa com água. *Mukesh.* Era a voz de Naina se insinuando pelo ar. *Você consegue, fica tranquilo. Pensa que é uma coisa boa, para caridade. Imagina que vou estar caminhando ao seu lado.* Ele apertou o livro junto ao corpo. Naina costumava levar um livro aonde quer que fosse, para o caso de ficar presa num elevador ou numa fila de supermercado sem ter ninguém com quem falar. Para Mukesh, levar o livro hoje era tanto uma tática para evitar papo-furado com outros voluntários quanto uma forma de sentir a presença de Naina, uma pequena parte dela, junto a ele. Um talismã.

Ao saltar do ônibus diante do mandir, viu o grupo reunido no pátio da frente, todos vestidos com camisetas iguais. Ele também teria que vestir uma. Como se tivesse cronometrado, lá vinha o irritante Harish caminhando a passos largos na direção do ponto de ônibus com uma camiseta impecavelmente dobrada nas mãos.

– *Kemcho*, Mukeshbhai – cumprimentou. – Por favor, pegue isto aqui. Está pronto para a caminhada?

Mukesh assentiu como quem diz "Longe disso". No pátio frontal do templo, se via cercado por muitas pessoas do tipo que geralmente tentava evitar. Não por desgostar delas. A maioria era gente absolutamente decente, ainda que alguns tivessem pontos de vista muito rígidos e estranhos sobre política, imigração, saúde pública, quem merecia certos privilégios e quem não merecia – algo que sempre achara bastante hipócrita e nada hindu da parte deles –, só que eram estes os que mais gostavam de partilhar seus pensamentos com quem quisesse ouvir (como as pessoas de Maycomb), enquanto outros só sabiam se vangloriar dos filhos ou até mesmo dos filhos de amigos... Mukesh tinha a firme opinião de que, a não ser que houvesse algum parentesco de sangue, não cabia se vangloriar de nada.

– Mukesh! – gritou Chirag na direção dele.

Chirag era outro jovem que não se dirigia com formalidade e educação aos idosos. Respeito pelos mais velhos era algo que parecia ter desaparecido, ou ao menos respeito por ele.

– Olá, Chirag – respondeu Mukesh. – Como está? Como vai seu pai?

– Papai está bem, mas não vem hoje. Está meio resfriado.

Mukesh quase soltou um palavrão baixinho. Como é que não havia pensado nisso? Numa desculpa qualquer que o livrasse da caminhada?

– Que pena, teria sido bom revê-lo. Faz tempo, bastante tempo.

– Você não vem mais tanto ao mandir?

Ele tentou responder "Sim, venho", mas o que saiu foi:

– Sim, venho em ocasiões especiais com minhas filhas, mas rezo muito em casa também. Não preciso estar no mandir para rezar e ser fiel a Deus.

Os olhos de Chirag se arregalaram.

– Mukeshfua, não... Por favor, não foi isso que eu quis dizer.

Mukesh viu o horror nos olhos do rapaz.

– Eu *devia* vir mais – balbuciou Mukesh apressadamente, tentando aliviar o constrangimento. Apertou o livro com o máximo de força, na esperança de que isso o ajudasse a incorporar Naina. – Aproveite a caminhada.

Acenou para Chirag e se dirigiu à entrada do mandir, imaginando qual seria a próxima conversa desconfortável. Naina teria sabido o que fazer, o que dizer, em todo e qualquer momento. Todos a amavam – as mulheres do templo, os homens, todos os voluntários. Dos dois, era ela quem cultivava o vínculo com a comunidade. Havia participado daquela caminhada todo santo ano. Agora que ele estava ali, cercado por gente... sentia sua presença, não sentia? Sentia seu espírito.

– Senhor, me desculpe – disse um menino com um colete neon bem maior que ele quando Mukesh tentou entrar no mandir. – A fila para a caminhada é ali.

E apontou justamente para a aglomeração que Mukesh havia tentado evitar.

– Eu quero entrar no mandir.

– O senhor não veio para a caminhada?

Mukesh queria muito dizer que não. De novo, num timing infalível, Harish surgiu do nada.

– Entre na fila, meu amigo. Caminha comigo?

Mukesh assentiu e acompanhou Harish, lançando um olhar de súplica para o menino, que deu de ombros. Os dois alcançaram uma mulher munida de prancheta.

– Este é meu amigo Mukeshbhai. Hoje ele vai ser Sahilbhai.

Sem pestanejar, ela riscou o nome de Sahil da lista. Respirando fundo, Mukesh pensou com seus botões: *Lá vamos nós.*

Com todos a postos, uma vez observados pelo sadhu os rituais e as rezas cerimoniais, a fita foi cortada e a caminhada teve seu início oficial. Vivek, melhor amigo de Harish, ia à frente erguendo um guarda-chuva vermelho para indicar o caminho.

Mukesh apertou o livro para dar sorte e na mesma hora ouviu a voz de Naina. O talismã estava surtindo efeito! *Muito bem, você conseguiu. Está mesmo aqui!* Ela ria. Ele sentiu o corpo se inundar de energia e daquele espírito sempre otimista de Naina. A esposa adoraria vê-lo saindo para "socializar" – havia anos que ele não fazia esse tipo de coisa. Talvez a biblioteca tenha sido o primeiro passo para fora de sua zona de conforto. Por um breve momento, sentiu-se maior, mais orgulhoso. Talvez até um pouco invencível.

Isso até tentar puxar conversa com Harish, uma tarefa sempre ingrata mesmo para os mais fortes. O plano de Mukesh era bombardeá-lo com perguntas, na esperança de que Harish se entediasse e tomasse a dianteira.

– Harishbhai, como seu neto mais velho tem se saído no processo seletivo das universidades?

– Ah, Bhagwan – respondeu Harish, com um floreio melodramático dos braços. – Está sendo um pesadelo, *bhai*. Mas ainda espero que ele consiga entrar em Bristol ou em Bath. Universidades muito boas. Não entrou em Cambridge. Achamos que é porque ele é inteligente, sociável e equilibrado *demais*. Não se adaptaria àquele estilo de vida puramente acadêmico.

– Ah, sim, posso imaginar o estresse. Não era assim na época das minhas filhas.

– Não, não era. Pais e mães hoje se preocupam demais. Meu filho vive no Google querendo saber as chances e as previsões com base nas benditas notas do filho dele, e também qual universidade é a melhor. Quando era ele próprio indo para a faculdade, a gente deixou que ele tomasse as decisões. Só pedimos que se esforçasse, que desse seu melhor.

– Sim, também foi o que dissemos às nossas meninas. E todas se saíram brilhantemente.

– Eu nem sequer ia a reuniões de pais. Agora, quando meu filho estava em viagem de negócios, fez uma chamada de vídeo com a esposa só para poder estar junto e ouvir tudo que acontecia. Comprou um pacote de dados extra só para isso.

– Não é um pouco de exagero, *bhai*?

– Não, Mukeshbhai – respondeu Harish, parecendo horrorizado. – Não mais. Isso significa muito para o nosso futuro, para o futuro do nosso *país*. Nossos filhos e netos têm mais chances agora. Graças a nós. Nil vai ser advogado, sabia? O primeiro advogado da família. E deposito grandes esperanças na minha neta também. Ela gosta da área de saúde. Torço para que se torne farmacêutica. Médica, provavelmente não. Ela mal pode ver sangue.

– Advogado! Excelente! Precisamos manter contato. Nunca se sabe quando se vai precisar de um advogado.

Ao pensar na única outra futura advogada que conhecia, Aleisha, ele sentiu uma ponta de orgulho.

– Imagino que sua Priya também vai seguir esse caminho, *ne*? Sempre com a cabeça num livro. Se lê tanto assim, pode ser advogada.

– Ela ainda é muito nova.

– Mas já está pensando no futuro, *ne*?

– Priya quer ser escritora ou trabalhar em livraria.

– Mas eu quis dizer trabalho de verdade. Não um hobby.

– Esses *são* trabalhos de verdade.

– Sim, mas e advogada? Ela pode pegar várias dicas com Nil quando chegar a hora de estudar.

– Ela não quer ser advogada.

– Então médica? Empresária?

Mukesh balançou a cabeça.

– Não se preocupe, meu amigo. Na idade dela o meu Nil queria ser jogador de futebol e bombeiro. É fase, depois passa. Com certeza não há com que se preocupar.

– Eu *não estou* preocupado – rebateu Mukesh com firmeza.

Os dois se calaram, sem saber como continuar a conversa. Harish revirou os olhos. Se tentou ser discreto, não se esforçou muito. Harish esperou por educados três minutos antes de pedir licença e se juntar a outro grupo, falando alto e animadamente sobre críquete.

Mukesh ficou satisfeito por estar sozinho. Sentia sua energia retornar com força, o bastante para seguir em frente e encher Naina de orgulho. Antes que pudesse aumentar o ritmo, Nilakshiben veio trotando na direção dele. Ela e Naina haviam sido inseparáveis um dia.

Um ano antes, Nilakshi perdera o marido e o filho num acidente de carro. Prabhand, o marido de Nilakshi, havia sido um homem bondoso e reservado. Ficava na dele, mas Mukesh sempre se lembrava do seu sorriso – era do tipo que iluminava o ambiente. O filho, Aakash, herdara o sorriso do pai, e o ostentava o tempo todo – era sedutor e muito inteligente também. A perda dos dois de uma só vez arrasara toda a comunidade. O sadhu, que fora muito próximo de Prabhand, entoou uma oração no templo pela alma deles após a tragédia. Mukesh comparecera, pois era o que Naina teria desejado, mas também por já sentir falta do rosto sorridente de Prabhand. Nilakshiben sentara-se bem no fundo do templo, aos prantos, enquanto homens que nem mesmo haviam conhecido seu marido ou seu filho sentavam-se bem na frente, sob o olhar do sadhu. Mukesh sentira-se triste por ela, mas nunca soubera o que dizer. Após a morte de Naina, Nilakshi e Prabhand haviam sido uma grande fonte de conforto e apoio para Mukesh. Ele se sentia envergonhado, temendo jamais ter oferecido conforto na mesma proporção para Nilakshi quando ela mais precisara.

– Mukeshbhai – disse ela, andando ao lado dele e sorrindo, mantendo um ritmo forte para uma mulher tão pequena.

– Nilakshiben – cumprimentou ele, sorrindo de volta. – Que bom revê-la.

– Sim, que surpresa! Não esperava ver *você* aqui.

– Harishbhai me convenceu a fazer a caminhada no lugar de Sahil. Ele se machucou.

– Ah, claro... Harish é muito persuasivo! E persistente. – Ela o encarou como quem diz "Você sabe o que eu quero dizer". – Eu perdi alguns satsangs recentemente. Minaben está zangada comigo. Então, se não houver problema, posso caminhar com você? Ela não ousaria se aventurar até aqui.

– Claro. Só não esqueça que Harish ainda está por aí. Mina conta tudo para ele.

– Imagino. Mas com *ele* eu me entendo.

A caminhada beneficente cortava as paisagens e os sons de Neasden e Wembley. Aventurava-se por ruas residenciais cheias de casas originalmente marrom-avermelhadas e agora mais puxadas para um tom de poeira.

Num circuito extenuante de ida e volta, cruzava a passarela por cima da North Circular, permitindo aos corredores apreciar a bela vista do engarrafamento sem fim, com o halo do estádio projetando-se ao longe. E passava por uma infinidade de lojas, barracas de frutas e legumes, casas de câmbio e lanchonetes já lotadas. Mukesh mantinha um ritmo lento, mas resoluto. Em dado momento, Nilakshi teve que segurar sua mão e puxá-lo delicadamente. Mas aquela vista... do estádio, do horizonte de Wembley – era como se ele estivesse descobrindo seu bairro pela segunda vez. Naina sempre *amara* caminhar. E agora, apesar de sentir as panturrilhas latejando, ele entendia o porquê. Sentia dor, não estava em forma para mais três quilômetros, mas orgulhava-se bastante por ter chegado tão longe.

Nilakshi o encorajava gentilmente e conversava com ele durante toda a caminhada. Fazia com que se sentisse capaz de chegar até o fim. A cada passo, ele sentia o livro em sua sacola o impulsionando. E se mantinha de ouvidos atentos a Naina, que dizia o quanto ele estava se saindo bem. Mas era Nilakshi quem caminhava ao seu lado. Num segundo, a mente de Mukesh voou até *Rebecca* – a história da nova esposa vindo substituir a antiga, vivendo para sempre à sombra da falecida... Sacudiu a cabeça para afastar o pensamento. Aqueles livros... estavam bagunçando sua imaginação.

Tentou manter a mente um passo adiante. Buscou canalizar sua positividade para o movimento de cada perna. Tentou se agarrar à sensação de estar vivo. Até ser vencido pela falta de fôlego.

– Nilakshiben – disse ele, curvado, as mãos nos joelhos –, acho que vou ter que parar por aqui e pegar o ônibus para casa.

– Você vai ficar sem os certificados! E o principal: sem o prasad!

Mukesh balançou a cabeça.

– Acho que prasad é a última coisa de que preciso neste momento. Tanto açúcar vai acabar me causando um infarto.

Olhou para o chão. Suas pernas pegavam fogo. Respirava o mais fundo que podia, mas o caminho do ar até seus pulmões parecia obstruído. Não seria capaz de terminar a caminhada, mas havia *caminhado*... Era mais do que havia feito em muito tempo, e estivera com pessoas, tantas pessoas, por mais tempo do que havia estado em anos. Era um avanço, não era?

– Vou falar com Harish e avisar. Ele vai entender – disse ela, já se afastando.

Mukesh viu gente mais lenta que ele ultrapassá-lo com sorrisos e acenos. A maioria era de homens, que haviam ficado para trás mesmo tendo saído na frente, separados das mulheres. Usavam calças de linho com algodão e sandálias com tiras de velcro e solas de boa qualidade. Dava para ver o contorno dos coletes sob as camisetas chamativas do templo. Mukesh conhecia bem aquele visual – também gostava de adotá-lo. O uniforme consagrado do homem hindu de mais de 60 anos.

Ele procurava a calça punjabi azul-clara de Nilakshi no mar de branco, bege e azul-marinho. Não a via. Já estava muito longe. Incapaz de dar mais um passo, sentou-se junto ao muro da casa de alguém, que separava o jardim frontal malcuidado da movimentada via de mão dupla logo adiante. Mukesh sentia a passagem de cada carro. Uma brisa, uma lufada de ar, de vento quente, pegajoso e rançoso. Poluído. Nunca havia acreditado muito naquilo, mas agora sentia o gosto intenso da fumaça, do vapor que entrava em seus pulmões.

Pensou em Naina de novo. Teria ela morrido por causa disso? Do ar sujo? Ele tinha ouvido em algum lugar que ar sujo continha carcinógenos, coisas que causavam câncer.

Lembrou-se do riso exagerado dela quando ele desceu a escada com a camiseta ao contrário. De repente, a lembrança deu lugar à imagem dela no hospital, um fantasma da mulher que havia sido.

Um segundo depois, Nilakshi retornou com uma garrafa com água.

– Harish falou para você ir para casa. Pediu que eu entregasse isto aqui – disse, oferecendo a água. – Me parece uma vitória: um pouco de ar fresco e nenhuma necessidade de falar com Harish no final. Parece até que foi planejado! Como você vai chegar em casa?

Mukesh pegou a garrafa, retirou a tampa depressa e bebeu. Nem sequer agradeceu. Fechou os olhos, aspirou uma grande quantidade de ar pútrido e se levantou.

– Vou de ônibus.

– Vou com você.

Mukesh fez menção de sacudir a cabeça em negativa, mas Nilakshi o interrompeu:

– Mukeshbhai, Naina nunca me perdoaria se eu deixasse o marido dela ir para casa sozinho quando não consegue nem caminhar.

E então, instantaneamente, como se virasse uma chave, Mukesh sentiu-se tolo – sentiu-se frágil. E se os jovens pudessem vê-lo agora? Aqueles que dirigiam carros velozes e nunca o chamavam de *masa* ou *fua*. Iriam chamá-lo mesmo de *dada*.

Agarrou-se de novo à sacola, para ganhar força, para ter um apoio que fosse.

– Nilakshiben... – chamou ele enquanto começavam a caminhar (ou mancar, no caso dele) rumo ao ponto de ônibus mais próximo, que ainda estava bem longe.

– Sim, Mukeshbhai.

– Obrigado por me ajudar.

– Como eu disse, Naina nunca me perdoaria.

– Gostaria de entrar? – perguntou Mukesh, inseguro e sem jeito junto à soleira da porta.

Nilakshi contemplou a casa do amigo, os olhos arregalados.

– Não – disse ela, balançando a cabeça levemente duas vezes. – Não devo. É melhor eu voltar. Mas estou feliz por você estar bem. Você está bem agora, não é?

– Estou muito melhor, Nilakshiben.

Mukesh sorriu, grato por seus batimentos cardíacos terem voltado ao normal durante o trajeto do ônibus.

– Bom, espero ver você de novo em breve. Foi muito bom te ver depois de tanto tempo – disse ela, com um pequeno aceno de mão. – Como falei, posso aparecer em breve e te ensinar a fazer um brinjal bhaji decente. É só chamar.

– O brinjal bhaji da Naina era tão bom... – comentou Mukesh, distraído. O livro pesava em sua sacola.

– É, eu lembro. Bom, talvez o meu não seja tão bom, mas é melhor que nada!

A voz de Nilakshi subiu mais ou menos uma oitava e, com um aceno de cabeça, ela se despediu.

Mukesh se sentia travado e desconfortável, e não conseguia entender se era por causa da situação ou se eram seus músculos que estavam fraquejando depois da caminhada.

Ao trancar a porta da rua, avistou do corredor a fotografia de Naina em cima da televisão, com uma guirlanda pendente. Olhou para o rosto dela. Teria mudado? Os olhos lhe pareciam menos despreocupados, como se escondessem algo: decepção, talvez raiva?

Sua mente se voltou para *Rebecca*, imaginando o retrato da mulher pendurado no salão de Manderley, sempre lá, vigilante.

Que bobagem. Se Naina estivesse com ele, perguntaria pela amiga. Provavelmente pediria a ele que lhe oferecesse um pote de tepla. Naina nunca foi ciumenta. Mas Mukesh sentia uma ponta de culpa mesmo assim. A primeira coisa que fez foi tirar o livro da sacola, exibi-lo para a fotografia de Naina na esperança secreta de que isso lhe trouxesse a voz dela de volta só por um momento, só para lhe dar força, antes de colocá-lo em cima da sua recém-batizada poltrona de leitura.

Depois de tanto esforço, Mukesh precisava de uma tarde de sono. Ligou o rádio, pois em geral gostava de cochilar ouvindo algo, e deitou-se pesadamente na cama. Estaria todo dolorido ao acordar. Teve um momento de pânico, imaginando se seria capaz de levantar da cama mais tarde, mas decidiu que ainda não era hora de se preocupar com isso. Uma coisa de cada vez.

Ao deitar a cabeça no travesseiro, seus pensamentos começaram a se dispersar. Ele havia se sentido vibrante, vivo, apesar das dores no corpo. Sentira-se visto por Nilakshi, até mesmo por Harish, em parte, como uma pessoa completa, não apenas um fardo, um pai idoso a ser vigiado toda manhã via secretária eletrônica. Um ser humano com sentimentos, emoções, preferências, aversões, não um mero número de paciente na agenda do seu médico ou um item na lista de afazeres de cada uma das filhas.

Instantes depois, saciado, com o corpo descansado, Mukesh dormiu.

Quando Mukesh acordou, já começava a escurecer, o dia se tornava noite, as sombras se alongavam e a luz cálida do quarto aos poucos se tornava mais fria e vazia.

Ele olhou automaticamente para sua esquerda, para o lado de Naina. Não fazia aquilo havia algum tempo. Mas nesse dia, na confusão após a soneca improvisada, não sabia em que ano estava. Seria 1985, quando haviam se mudado para lá e as três meninas dormiam no quarto ao lado, em colchonetes no chão? Ou 1998, quando duas delas já haviam saído de casa e Rohini insistia em dormir no quarto de baixo para ter alguma privacidade – ainda que aquele quarto fosse separado da cozinha por não mais que uma cortina de miçangas? Ou quem sabe 2010, quando Naina e Mukesh haviam adotado eles mesmos o quarto de baixo, já habituados a serem os únicos na casa, e finalmente curtiam estar sozinhos? Bom, na verdade, Naina continuava adorando companhia. Ansiava pelos dias em que sua até então única neta os visitava e enchia a casa de vida.

Mas era 2019. O ano que Mukesh menos desejaria que fosse. O segundo de sua vida pós-Naina, aquele que havia começado sem ela e assim terminaria também. Remexeu a sacola, puxando *Rebecca* de dentro. Ainda que o livro quase o tivesse matado de susto, ele precisava passar algum tempo em outro lugar, para além dos limites de sua pequena casa em Wembley. Precisava estar na pele de outra pessoa.

Ao virar as páginas, Mukesh foi apresentado à Sra. Danvers, a governanta que tanto adorava a primeira patroa, Rebecca, e tanto *odiava* a segunda, lembrando constantemente ao casal que a nova Sra. De Winter nunca estaria à altura de sua amada Rebecca. De imediato, a Sra. Danvers assumiu para Mukesh uma nova vida, um novo sentido. Ela era a sua culpa interior. Parou de ler no meio da frase e sentou-se em silêncio sepulcral. Livros eram uma válvula de escape, mas Mukesh estava aprendendo que essa escapatória nem sempre era agradável.

– Não estou esquecendo Naina! – disse em voz alta, para si mesmo e para a rígida Sra. Danvers. – Desculpa, Naina. Como sou idiota! Este livro... Ele não significa nada.

Pensou ter escutado em resposta as palavras de Naina cortando o ar inerte da noite: *Eu sei, Mukesh.* Mas talvez estivesse ouvindo coisas. Talvez sua imaginação tivesse sido provocada pela história e estivesse lhe dizendo apenas o que ele precisava ouvir.

PARTE IV

O CAÇADOR DE PIPAS

de Khaled Hosseini

Capítulo 13

ALEISHA

– Aleisha! – gritou Benny enquanto limpava as mesas. – O que vai fazer hoje à noite?

– Compras para o jantar – respondeu ela, com um pé já do lado de fora. – Tirando isso, estou sem planos. E você, Benny?

Aleisha pensou no livro que levava enfiado na bolsa, *O caçador de pipas*. Não queria admitir para ele, mas estava animada por não ter planos, o que lhe permitiria simplesmente se aninhar com o livro. Para ela, isso era o mais próximo que havia chegado de ter planos em muito tempo. Agora, todas as manhãs lia um capítulo ou dois, um pouco mais na hora do almoço, e já não conseguia dormir sem virar as páginas, sem revisitar os personagens que se tornavam mais reais a cada novo parágrafo.

– Vou viajar!

Benny fez uma dancinha. Aleisha gostava dele. Nunca o via muito, pois seus turnos raramente coincidiam, mas era sempre muito alegre.

– Que vida boa! Pra onde?

– Agia Napa!

Benny tinha 40 anos e todo verão ele e os amigos faziam uma viagem de férias. O Garrafa Térmica adorava mencionar esse fato sempre que a conversa chegava em Benny.

– Eu e meus camaradas! – arrematou Benny.

Aleisha soltou um risinho.

– E você, vai viajar neste verão? – quis saber ele.

Aleisha balançou a cabeça.

– Se bem que... Quer saber, Benny? – disse ela, puxando o livro. – Hoje à noite estou indo pra Cabul.

E exibiu *O caçador de pipas.*

– Ai, Aleisha! Esse livro... é de arrasar qualquer um, viu?

– É mesmo, Benny? Pois minha vida também. Tenho 17 anos e meu colega de 40 é quem vai pra Agia Napa, não eu.

– Foi mal aí. Não dá para ganhar todas – disse Benny, saltitante, saindo porta afora.

O caçador de pipas, de Khaled Hosseini – ela gostava da capa: dois meninos, os braços sobre os ombros um do outro, um céu azul radiante, uma pipa. A quarta capa anunciava a história de dois melhores amigos, Amir e Hassan, que queriam vencer um campeonato local de pipas, quando um acontecimento muda a vida deles para sempre. Anos depois, Amir, que deixara o Afeganistão rumo aos Estados Unidos, percebe que precisa voltar a Cabul para obter perdão e redenção.

Ao contemplar a capa, ficou imaginando o que teria acontecido a Hassan. O que Amir teria feito? As palavras de Benny ecoavam na mente dela. *É de arrasar qualquer um, viu?* Ela suspirou profundamente. Estava depositando confiança demais em quem quer que tivesse organizado aquela lista. Mas havia amado *O sol é para todos* e *Rebecca* – tão diferentes entre si, um tão fácil de ler mas com momentos desoladores, o outro sombrio e taciturno, misterioso. Ela lera *Rebecca* debaixo das cobertas, temendo pela jovem Sra. De Winter, a nova esposa na mansão Manderley.

A princípio, havia seguido a lista cegamente, aceitando os livros sem questionar nada. E agora, percebia ela, lê-los fazia cada dia passar um pouco mais rápido que o anterior. Tinha parado de usar a lista como marcador de página e a recolocara dentro da capa do celular para guardá-la sob a mais absoluta segurança. Não queria perdê-la; já sabia de cor o nome dos livros, mesmo sem a foto que tirara com o iPhone, mas a lista física... lhe parecia uma espécie de amuleto da sorte.

Aleisha retirou o livro de dentro da bolsa no mercado, criativamente chamado de O Mercadinho, e começou a enchê-la de compras. Na dúvida, levaria mais do que precisava. Se a lista de leitura lhe provara alguma coisa, havia sido quão ruim ela era em tomar decisões.

– Não! – gritou a mulher do caixa. – Não, sério, não me mostra isso daí de novo.

– O quê? – retrucou Aleisha, levantando a cabeça, confusa.

– Isso! – exclamou a mulher, segurando as cebolas com uma das mãos e apontando para *O caçador de pipas* com a outra.

– Do que você está falando? – perguntou Aleisha, fazendo careta.

– Esse livro *acabou* comigo! É tão difícil de ler... Sinceramente, você quer ficar com o rosto todo manchado de rímel? É *angustiante.*

Aleisha deu de ombros.

– Olha, é ainda pior que o filme. O livro é... Não vou nem falar mais nada, cada um sabe de si. Mas, sério, é bom que você esteja num momento superfeliz quando for ler.

Aleisha engoliu em seco. *Quão triste* era o livro, afinal? As cebolas rolaram pela bancada em sua direção. Ela as agarrou e as enfiou dentro da bolsa.

– Se é tudo isso, obrigada pela dica! – disse, sorrindo de novo.

A mulher continuou passando o restante das compras em silêncio.

– Bom ver uma moça lendo – murmurou alguns instantes depois, ao atirar dois sacos plásticos para Aleisha.

– Muita gente jovem lê – respondeu a garota, pensando nos adolescentes que sempre via na biblioteca, na moça de cabelo rosa que aparecia às vezes, na estudante de cadarços desamarrados, até em Mia.

– Eu sei, mas... é bom ver, só isso – disse a mulher, dando de ombros. – Toda essa modernidade, celular, videogame... Fazia tempo que eu não via alguém da sua idade com um *livro* na mão.

Aleisha pensou em si mesma até algumas semanas antes, quando não carregava livro algum que não fosse didático. Ela havia sido uma daquelas adolescentes – sempre no celular. Mal via para onde ia, vivia olhando para baixo, para a tela.

– É verdade. Mas, assim, os livros voltaram à moda agora.

Ela sorriu para a caixa, empacotou o restante das compras, acenou e foi embora. Poucos passos depois, pôs as sacolas no chão para rearrumá-las e recuperar as forças. Deus do céu, como um carrinho de vovó lhe cairia bem! Revirou os olhos, incrédula. Olha o tipo de pessoa que ela estava se tornando por causa daquela biblioteca…

Respirou fundo e tentou seguir em frente, mas alguém pulou na frente dela, bloqueando a passagem. Um homem de gorro, com um maço novinho de cigarros numa das mãos e um recibo na outra.

Ela o encarou como quem vai dizer "Não quero seus cigarros, não sei o que você pretende e vê se sai do meu caminho", mas não disse nada. Olhou para o rosto dele.

Era *o cara*. O cara do trem.

– Posso ajudar? – perguntou ela.

– *Eu* posso ajudar? – foi a resposta.

Ela o encarou, inexpressiva. Seus ombros doíam.

– Você deixou isso cair. – Ele se abaixou aos pés dela, onde estava caído, na calçada, *O caçador de pipas*, com a capa voltada para cima.

– Ah, valeu.

Quando ela ia pegar o livro, ele afastou a mão de leve e o abriu. Observou a primeira página, assentindo.

– Biblioteca da Harrow Road? – perguntou, quase que para si mesmo. – Esse lugar ainda existe? Achei que tinha fechado anos atrás.

– Existe – estrilou Aleisha. – Eu trabalho lá.

Estava na defensiva e não sabia por quê.

– Uau, você não me parece uma bibliotecária – afirmou ele, rindo timidamente. – Desculpa, sei lá o que eu quis dizer com isso.

Estendeu o livro para ela, que o agarrou o mais rápido que pôde.

– Essas sacolas devem estar pesadas. Quer ajuda?

– Não, estou bem – respondeu Aleisha, cujos dedos protestavam de dor.

Ela revirou os olhos, na tentativa de disfarçar o nervosismo que fazia seu peito borbulhar, e forçou os pés a darem um passo de cada vez.

– De verdade, posso ajudar.

– Eu estou *bem*, já falei – rebateu Aleisha, com uma careta, enquanto as alças das sacolas rasgavam sua pele.

– Tá, tudo bem, é que pelo jeito a gente está indo na mesma direção – provocou o rapaz, meio passo atrás dela. – Mas então, se você é bibliotecária mesmo, me fala… sobre o que é esse livro?

Aleisha parou, pondo as sacolas no chão de novo para pegá-las com mais firmeza. Mas, antes que pudesse voltar a erguê-las, o rapaz se antecipou e agarrou duas delas.

– Era só o que me faltava – sibilou Aleisha, engolindo as palavras.

– Calma, só quero saber do livro. Eu carrego isso pra você por uma parte do caminho e depois te deixo em paz pra sempre.

Aleisha ajeitou no ombro a última das sacolas.

– Sinto te decepcionar – disse ela –, mas na verdade nem comecei a ler ainda. Só conheço a sinopse.

– Tudo bem. Qual é o seu nome?

– Aleisha.

– Prazer em te conhecer, Aleisha. Meu nome é Zac, aliás.

Para si, Aleisha pensou *Eu não perguntei*, mas o que disse em voz alta, fingindo um tom casual, foi:

– Prazer.

Ele sorriu com desconforto. Será que estava tão nervoso quanto ela? Estava com óbvia dificuldade para carregar as sacolas, e Aleisha se viu forçada a esconder um sorriso com a mão.

– Então – disse ele, alcançando-a e tentando disfarçar o fato de estar sem fôlego –, você lê muito?

Ela esperou um momento para responder, pensando no Sr. Patel, nas conversas que tiveram sobre os livros até então. Sentia o calor da lista na capa do celular.

– Nem tanto – respondeu, com sinceridade. – É coisa nova pra mim. Mas estou gostando.

– *O caçador de pipas*... Acha que está pronta pra esse?

– Pensei que você não soubesse nada a respeito.

– Vi o filme. É literalmente a coisa mais triste que já vi na vida.

– Foi o que a mulher do caixa me disse.

– É, a gente tem razão. O final é triste também e...

– Ah, fala sério! Não conta! Por que todo mundo sempre quer dar spoiler? – cortou ela, de olhos arregalados, surpresa com a própria reação.

Mas se sentia relaxada agora. Sentiu-se *normal* por um instante, andando lado a lado com um estranho, falando sobre um livro. Zac riu.

– Fica tranquila, não vou entregar mais nada. Mas então... – disse ele, com os olhos grudados nela. – O que você faz quando não está na biblioteca?

– O que é isso agora? Uma cantada?

– Desculpa, sou meio intenso.

– É, não diga.

– Mas e aí?

Ela deu de ombros.

– Por que isso seria da sua conta?

– Bom, da minha conta não é... Só estou puxando papo – rebateu ele, dando de ombros e arrastando uma perna devido ao peso das sacolas. – O que tem aqui dentro, afinal?

Quando chegaram ao fim da rua dela, Aleisha parou.

– Pode deixar comigo agora. Moro logo ali – avisou, apontando com a cabeça.

– Sem problemas, posso carregar tudo até lá.

– Não! – protestou Aleisha bruscamente, chegando a se assustar com o próprio tom. – Agora é comigo.

Ele assentiu, depositou as sacolas no chão com a maior delicadeza e deu um passo para trás, como se estivesse evitando um pacote tremendamente perigoso.

– Obrigada, Zac – agradeceu ela, mais calma.

– De nada, Aleisha. Espero ver você de novo. Os verões sempre são meio solitários pra mim, então... É, foi legal te conhecer.

O rapaz foi embora enquanto ela pegava as sacolas e começava a descer a rua até em casa. Observou-o pela última vez, registrando sua silhueta – o cara do trem. Mal podia acreditar na própria sorte.

Ao se aproximar de casa, viu as janelas fechadas, a escuridão lá dentro, como Manderley ou a casa de Boo Radley. Mas agora nada disso lhe parecia tão assustador. Largou as sacolas junto à porta para procurar a chave e avistou *O caçador de pipas* numa delas. As últimas palavras do rapaz ecoavam em sua mente. Para ela, os verões também foram sempre solitários... mas este parecia um pouco menos que o normal.

Capítulo 14

MUKESH

BIP. "Papai, é a Rohini. Harishfua tem me ligado e quer que você vá com ele ao mandir. Não precisa me ligar de volta, mas telefona pra ele, ok? Sei que você não vai lá faz tempo e que não ia sozinho, mas vai ser bom pra você. Conversei com Dipali e Vritti e todas achamos que você deve ir. Ah, Priya pediu pra te dizer que amou o livro. Acho que o nome era *O feiticeiro de Terramar*. Ela te mandou um beijo! Tchau, papai. A gente se fala depois."

BIP. "Oi, pai, é a Dipali. Rohini te falou que Harishfua anda tentando falar com você? Por que não vai logo ao mandir? Vai ser bom, e vai ser uma chance de comer uma refeição balanceada de verdade, uma vez que seja. Ok? A gente se vê depois."

Mukesh pegou seu livro e já se acomodava na poltrona quando o telefone começou a tocar novamente. Ergueu a cabeça por um instante, mas logo a abaixou de novo, olhando para o livro.

– Se estão atrás de mim, vão deixar recado – disse para si mesmo.

BIP. "Bom dia, Mukeshbhai. Aqui é Nilakshiben."

Mukesh quase saltou da poltrona, e seus olhos automaticamente foram parar na fotografia de Naina na parede.

"Eu comprei alguns ingredientes pra fazer brinjal bhaji e queria saber se posso aparecer aí algum dia na semana que vem. Sábado, quem sabe? Pra te ensinar! Espero que tenha um ótimo fim de semana."

Ele não esperava um contato de Nilakshi. Olhou mais uma vez para a fotografia de Naina, à procura de um sinal do que fazer. Será que ela estava chateada? Com raiva?

Suspirou e tentou voltar a se concentrar em *Rebecca*. Estava confortável na poltrona, com quatro luminárias e meia ao redor dele, tiradas de pontos diferentes da casa e depositadas em alturas variadas. Por meia luminária, entenda-se uma lâmpada de leitura com saída USB que dava para fixar no próprio livro – era de Priya, presente de Naina. Ultimamente esse canto da sala mais parecia um daqueles bares moderninhos, irônicos, metidos a descolados, que Vritti vivia lhe mostrando no Instagrab – ela o chamava de "Inspo" ao promover sua pequena rede de cafés.

Mas não havia jeito. O telefonema de Nilakshi o inquietara. Como iria conseguir ler agora sobre uma nova e intrometida esposa? Pôs *Rebecca* de lado e retornou o telefonema de Harish para se distrair. Concordou em encontrá-lo mais tarde no templo para uma noite de abhishek e puja – purificação e devoção –, além de comida. Já fazia tanto tempo desde a última vez... Só ia ao templo com Rohini ou Dipali, às vezes com Vritti, porque elas o forçavam. Não gostava de estar lá. Porque estar lá o fazia se lembrar de Naina – e de como, sem a esposa, ele não se sentia mais completo.

– Espero você hoje à noite, *bhai*!

Harish disse a frase aos berros. Ou estava surdo ou ainda não entendia como funcionavam os telefones modernos. Mukesh o perdoava, de um jeito ou de outro. Costumava fazer a mesma coisa até Vritti e Rohini reclamarem e dizerem que precisavam afastar o aparelho do ouvido para conversar com o pai ao celular.

– Pode deixar, obrigado por me convencer. Vai ser bom pra mim – respondeu Mukesh, tentando soar como se acreditasse naquilo.

– Fantástico, meu amigo. Nos vemos mais tarde! – gritou Harish.

Segurando o aparelho a certa distância da orelha, Mukesh se despediu.

Após algumas horas de leitura, Mukesh ergueu a cabeça e, para sua surpresa, viu os quatro protagonistas de *Rebecca* sentados no sofá à sua frente. A Sra. De Winter, nova esposa e narradora, com um borrão no lugar do rosto, pois em nenhum momento era de fato descrita. Será que ele poderia confiar nela? O Sr. De Winter, o jovem e riquíssimo cavalheiro, encantador a princípio, mas que não parecia exatamente estável... Não, Mukesh não gostava dele. Havia ainda a Sra. Danvers, aquela mulher enxerida, desconfiada, tão crítica, que *odiava* a Sra. De Winter por não estar aos pés da falecida mas sempre presente Rebecca... E por fim havia a própria Rebecca, um fantasma instalado no sofá de Mukesh a fitar o retrato de Naina em cima da televisão.

Mukesh inspirou fundo, esfregou os olhos, mas no momento em que Rebecca se levantou, parecendo querer se dirigir até ele, soou a buzina de um carro e os quatro personagens se esvaneceram. Mukesh expirou e se manteve imóvel, tanto quanto possível. Nunca havia imaginado que uma história, ainda mais situada tão longe dali, pudesse afetá-lo a tal ponto, soar tão *real*. Era impressionante.

A buzina soou novamente. Era Harish. Mukesh olhou o relógio: o amigo chegou bem na hora.

Mais trinta segundos e a buzina soou de novo.

Impaciente, como sempre.

Às vezes Harish se achava um cara estiloso de 40 anos com um carro bacana, querido em toda parte e por todo mundo, importante demais para esperar alguns minutos pelo amigo que precisava tirar os chinelos, pegar a bolsa de sapatos que levaria para o templo e calçar os tênis com fecho de velcro. Mas Mukesh caprichou na lentidão e o fez esperar. Ou ao menos foi essa a desculpa que deu a si próprio. A verdade é que, no fim das contas, suas pernas rígidas não lhe permitiriam muito mais rapidez... Vide a caminhada beneficente.

O carro de Harish era grande e sempre reluzia, mesmo sob a sujeira e a poluição de Londres.

– Mukeshbhai! – gritou ele pela janela do carro, inclinando-se sobre o assento do carona e abrindo a porta para Mukesh entrar.

Antes de dizer qualquer coisa, Mukesh bateu a porta com força. Deu um suspiro. Suas costas doíam. Suas pernas ficavam apertadas naquele carro.

– *Bhai*, que ótimo ver você.

Quando estacionaram no mandir, Harish deu um tapinha amigável no painel e saltou do carro com muito mais agilidade do que era possível para Mukesh.

Entraram no prédio lado a lado, mas Mukesh logo ficou para trás. A luz tornava o lugar magnífico. O sol se refletia nos domos, revelando as talhas intrincadas nas sombras. Era lindo, e não era sempre que Mukesh conseguia apreciá-lo daquele ângulo. Era surpreendente ver aquela obra-prima arquitetônica aninhada entre casas, uma escola, alguns estacionamentos aqui e ali e a North Circular, com suas buzinas e seus motoristas raivosos, indiferentes à paz instalada logo atrás.

Era adorável, inesperado, e era o que lhe fazia amar tanto Londres: aquela variedade. As contradições e os contrastes.

Harish já estava bem à frente agora, sem se virar para trás, sem sequer notar a ausência de Mukesh. Absorto demais no próprio mundinho.

Mukesh mantinha o próprio ritmo. Às vezes parecia que suas pernas poderiam ceder – estar ali sem suas filhas, sem Naina, era uma experiência inteiramente nova. Na entrada, ele passou pelo detector de metais. Sempre se perguntava se os seguranças conseguiam ver seu corpo nu pelo aparelho. Esperava que não. Só de pensar nisso já ficava vermelho. Não seria lá muito hindu da parte deles ficar espiando.

Sua entrada foi liberada, recebeu de volta as chaves e o cinto e virou-se para a esquerda. Imaginou Naina a seu lado, virada para a direita, voltada para os escaninhos de sapatos femininos. Olhando ao redor, avistou Indira. Sozinha como *sempre*; jamais vira muita gente falar com ela. Todos sabiam que, quando Indira começava a tagarelar, era quase impossível detê-la. Fora isso, ele não a conhecia muito bem, mas Naina sempre tivera boa vontade com ela. Mukesh acenou, mas deixou a mão cair rapidamente ao ver que a reação de Indira foi um reles meneio de cabeça.

Depois do abhishek, em que despejaram água benta sobre uma estátua de bronze de Swaminarayan para obter sua bênção, Mukesh e Harish logo deixaram para trás a paz e a tranquilidade do ritual e foram direto até a barulhenta quadra esportiva onde a comida era servida. Um biombo telado separava as filas dos homens e das mulheres. Harish foi correndo se servir e pegar uma mesa para os dois enquanto Mukesh seguiu no próprio ritmo, cumprimentando a todos que serviam a comida ("Mukesh, que coisa boa ver você aqui depois de tanto tempo!"), mas sentando-se logo depois ao lado de Harish, com um prato de plástico transbordando de comida deliciosa com cores vivas – khichdi khadi, jalebi, puri, buttata nu shak, papdi. Comeram em silêncio. Mukesh percebia a si mesmo tentando espiar atrás do biombo e vislumbrar Nilakshi, a qual avistara alguns momentos antes – antigamente, ele fazia a mesma coisa procurando por Naina e as meninas. Foi quando lhe veio à mente de novo a rabugenta, dura e crítica governanta Sra. Danvers. Ela surgiu à sua frente, postada ao lado de Harish e vestindo, estranhamente, um sári com chanlo, o cabelo preso em um coque bem justo. Torcia o nariz, balançava a cabeça e comia com as mãos, exatamente como ele fazia.

Mukesh piscou várias vezes, tentando espantar a imagem daquela estranha senhora que não existia, mas nada funcionava.

– *Bhai*, como está Minaben? – perguntou ele a Harish, numa tentativa desesperada de manter o pé firme na realidade, enquanto seus olhos iam freneticamente do amigo para a carrancuda Sra. Danvers.

– Ah, ela está muito bem. Muito bem. Hoje, claro, é a noite em que ela tem folga de mim. Tenho certeza de que está mais feliz do que nunca. Feliz de estarmos longe!

Harish riu sozinho, com a boca cheia de comida. A imaginária Sra. Danvers encarou seu vizinho de mesa e fez cara de desgosto. Ocorreu a Mukesh que aquela talvez fosse a única coisa que tivesse em comum com a terrível governanta de Manderley.

Imaginou Naina do lado de lá do biombo, servindo comida à Sra. Danvers. *Eu não a esqueci*, disse mentalmente, mas não sabia se era para si mesmo que dava satisfações ou se para a governanta, a fim de garantir a ela que jamais esqueceria Naina. Ninguém, nem mesmo Nilakshi, poderia substituir sua esposa. De repente, a Sra. Danvers pegou seu prato e se afastou para o outro lado da quadra.

Harish continuava tagarelando. Mukesh não fazia ideia do que ele acabara de dizer, mas respondeu "Meu Deus, *ne*?", o que aparentemente era o que Harish esperava ouvir.

– Mina queria saber se você topa um jantar. Faz tanto tempo desde a última vez, *bhai*!

Parecendo reparar no devaneio de Mukesh, Harish bateu com a mão no ombro do amigo. Mukesh reagiu sacudindo a cabeça e assentindo ao mesmo tempo.

– Claro! Quando preferirem.

– Sábado? Meu filho mais velho está em casa também. Seria bom. Ele vai gostar de ver você.

Sábado não era boa ideia. Sábado seria 6 de julho, o dia da visita de Nilakshi.

– Vou estar ocupado.

– Vai ver a Rohini?

Mukesh fez que não.

– A Priya ou as gêmeas da Dipali? Essas eu não vejo faz séculos. Desde...

Mukesh balançou novamente a cabeça.

– Vritti? Ela já arrumou um marido?

Mukesh repetiu o gesto. Não queria mentir, mas ainda bem que tantas perguntas se empilhavam. Talvez assim Harish não soubesse a qual delas ele estava respondendo.

– Ah, fico tão surpreso... É uma moça tão bonita, tão *adorável*... Ela me lembra demais a sua Naina. Vai fazer o quê, então? Entrou para um clube de xadrez? De críquete? – Harish riu alto, batendo no estômago. – Imagine só, Mukesh jogando críquete!

– Vou jantar com Nilakshiben – respondeu Mukesh sucintamente, com naturalidade, fazendo questão de enunciar com destaque o "*ben*" para provar que não havia nada além de uma amizade fraterna entre os dois, e falou alto o bastante para que até mesmo a audição seletiva de Harish pudesse captar.

– Quem é Ben?

Mukesh corou.

– Não, *bhai*. Ni-lak-shi-*ben*.

Harish torceu o nariz por um momento e então arregalou os olhos.

– Ah, Bhagwan! Você está *namorando*? Mas e Naina?

Mukesh ficou rosa-fúcsia.

– Não, *bhai, bhai*. Você entendeu tudo errado.

Nesse momento, a arrepiante Sra. Danvers esgueirou-se da outra ponta da quadra, os olhos fixos em Mukesh.

– Mas ela é amiga da Naina! Você é viúvo!

– Não, Harish!

Mukesh ergueu as mãos em defesa, uma súplica – *por favor, por favor, me ouça*.

– Somos apenas amigos que não se viam havia muito tempo. Não é nada disso que você está pensando.

E ele falava sério. Não era *mesmo* nada daquilo. Mas era por *isso* que se sentia tão estranho. Não haviam passado mais do que algumas horas juntos e as pessoas já os tachavam de viúvos adúlteros. Ou seriam adúlteros viúvos? Mukesh balançou a cabeça. Não fazia diferença, pois não eram nada daquilo.

Mukesh pegou o prato e raspou as sobras na lata de lixo. Sentia a Sra. Danvers o seguindo de perto quando saiu de supetão da quadra e depois do mandir, sob o céu aberto de Neasden. Puxou o livro de dentro de sua sacola. *Rebecca*. Por um instante, lhe pareceu que o nome estampado na capa era *Naina*. O que aquele livro estaria fazendo com ele? E que preço cobraria?

A lista de leitura

JOSEPH

2017

Joseph frequentava a biblioteca desde que era pequeno. Quando sua mãe precisava trabalhar durante as férias escolares, ela o largava ali, encorajando-o a terminar o dever de casa ou adiantar as leituras do ano seguinte. Agora ele ia à biblioteca depois da aula às segundas, quartas e sextas, ainda que já tivesse idade suficiente para ficar sozinho em casa. Tinha até uma mesa favorita, que vivia desocupada por não ser tão escondida quanto as outras. Ficava próxima ao balcão dos bibliotecários. Joseph apreciava os murmúrios delicados das poucas pessoas que vinham ao local retirar livros. O ruído suave o ajudava a se concentrar. Gostava da biblioteca. Era um lugar de paz. E mais *ninguém* da escola aparecia por ali.

Certo dia, ele estava acomodado no mesmo lugar de sempre quando alguém se sentou bem à sua frente. Não ergueu a cabeça – ele já havia cometido esse erro antes, e então um rapaz começara a lhe perguntar sobre seu trabalho de escola, sem reparar que Joseph só queria ser deixado em paz. Portanto, dessa vez, manteve a cabeça baixa e os olhos na página.

Notou pelas mãos da pessoa, ao vê-la colocar um livro sobre a mesa, que era mais velha. A pele era ligeiramente flácida, um pouco parecida com a da mãe dele. Olhou de relance para ver de que livro se tratava, mas não conseguiu distinguir a capa; as mãos já haviam aberto o volume. Ele voltou para o dever de casa.

Bullying e pressão social. Ele odiava trabalhos de sociologia, mas tinha que fazê-los. Odiava as aulas também, ainda mais por ter que se sentar perto de Moe Johnson, que *detestava* Joseph. "O que se deve fazer quando alguém te intimida, hein, Joey?", zombava ele. "Contar pra alguém?" Ele caçoava de Joseph por ir à biblioteca depois da aula. Certa vez o seguira ao longo de todo o caminho, chamando-o de nerd, boiola, otário, CDF. Da porta da biblioteca para dentro, porém, Joseph estava seguro. Moe jamais se atreveria a entrar ali.

Bullying e pressão social. Por onde começar? A primeira pergunta era "O que é o bullying?", e parecia ter sido escolhida especialmente por Moe Johnson, só para provocá-lo. Se Moe nunca encostasse a mão nele, não seria bullying *de verdade*, seria?

Segunda pergunta: "Como saber se alguém está sofrendo bullying?" As pessoas disfarçavam tão bem...

Joseph deitou a cabeça na mesa. Ao erguer os olhos, notou os pequenos círculos úmidos que deixara no papel.

A pessoa à sua frente, aquela das mãos enrugadas-mas-nem-tanto, pegou um pedaço de papel e pôs-se a examinar o próprio livro, passando os dedos por cima das palavras. Então parou, enfiou o pedaço de papel entre as páginas e deslizou o livro pela mesa até Joseph. Ele ergueu o olhar ligeiramente, apenas para encarar o livro, mas sem fazer contato visual com a pessoa misteriosa. Não queria conversar naquele momento, não quando lágrimas silenciosas lhe escorriam pela face.

As aventuras de Pi. A capa mostrava um mar azul e um tigre gigantesco, de um colorido forte e intenso. Por entre as páginas ele via a pontinha do bilhete se insinuando.

Joseph não pegou o livro. Deixou-o na mesa, como se não tivesse nem notado, e instantes depois a pessoa pôs o casaco, guardou os próprios pertences e partiu. Joseph nem sequer viu seu rosto.

Nunca havia sido muito chegado a livros; não lia livros *só por ler* desde pequeno, de tão ocupado que andava ultimamente com os trabalhos da escola. Mas, ao puxar aquele para perto de si e virá-lo, correu os olhos pelas palavras na quarta capa. Era sobre um garoto de 16 anos à deriva num bote salva-vidas com um tigre, uma hiena, um orangotango e uma zebra. *Que estranho.* Virou a capa para cima de novo – viu o garoto, encolhido num canto do bote, abraçando forte os joelhos. Joseph jamais estivera num bote com um tigre. Mas ele conhecia aquela sensação, a sensação de querer, *precisar* se encolher, ser invisível. Colocou o livro na mesa. De alguma forma, sabia que fora deixado ali deliberadamente: para ele.

Sem pestanejar, enfiou o trabalho de sociologia na mochila e a jogou sobre o ombro. Foi a passos largos com o livro até as máquinas de autoatendimento. Queria desesperadamente estar em casa naquele momento, só para poder se aconchegar com o livro e desvendar o que a pessoa queria que ele descobrisse.

Assim que chegou em casa, Joseph correu para o seu quarto, no andar de cima. Enfiou-se debaixo dos cobertores, fazendo uma cabana de edredom. Sentou-se de pernas cruzadas sobre a cama e abriu o livro na página em que fora deixado o pedacinho de papel.

Segurou-o com o máximo de delicadeza e o analisou. Era uma lista. Um, dois, três, quatro, cinco, seis, sete, oito livros – um deles circulado.

As aventuras de Pi.

O seu livro.

Capítulo 15

ALEISHA

Ela virou a última página e inspirou fundo. Nem notara o passar das horas na biblioteca deserta, onde estivera sentada com a cabeça mergulhada na história. Era a primeira vez que lia livremente, sem duvidar de si mesma, sem questionar se estaria entendendo tudo, sem pensar em momento algum sobre o mundo lá fora.

Aleisha pôs *O caçador de pipas* de volta na mesa e cobriu o rosto com as mãos. Sentia o pulso acelerado, o coração bater como se fosse saltar para fora do peito, a cabeça doer – ainda bem que a biblioteca estava vazia. Se alguém falasse com ela no mundo real, talvez se debulhasse em lágrimas.

Pegou o celular, desesperada para mandar uma mensagem, comentar com alguém sobre o que acabara de ler. Queria saber se Rachel conhecia o livro, mas fazia semanas que não se falavam, e escrever do nada sobre literatura seria estranho. Pensou então na mulher do mercado e naquele cara, Zac... Ele não dissera que já tinha lido o livro? Ficou surpresa ao notar sua mente viajando até ele mais uma vez.

Imaginou Amir e Hassan, dois melhores amigos, próximos como se fossem irmãos, empinando suas pipas pelos céus de Cabul – Hassan, tão dócil, tão leal ao amigo, capaz de tudo para protegê-lo, para fazê-lo feliz; e Amir, que apreciava a amizade e a lealdade de Hassan, mas o destratava mesmo assim, naquela falta de consideração tão comum entre crianças. Amir passou o resto da vida lamentando o que fez com o melhor amigo; compreendeu afinal tudo que Hassan sacrificara por ele quando os dois eram pequenos. Mas Amir também passou o resto da vida tentando ser bom novamente. E, se a história de Amir servira de alguma forma para Aleisha, foi para mostrar que, por pior que tenha sido seu comportamento no passado, ela poderia fazer de tudo para melhorar. A amizade de Amir e Hassan havia partido o coração de Aleisha; ela não fazia ideia de que poderia se sentir tão desolada por causa de uma história, de algumas palavras numa página.

Havia gostado de *O sol é para todos* e *Rebecca*, mas em determinados momentos tivera a sensação de lê-los como um dever de casa. Ela procurava uma mensagem oculta, algo para poder comentar com o Sr. P.

Já *O caçador de pipas*... Ela vivera com aquele livro por dias, respirando as páginas. Quando estava em casa com Aidan e ele perguntava como havia sido seu dia, ela não tinha *nada* para responder que não fosse a respeito do universo do livro.

– Estou lendo *O caçador de pipas* – respondera ao irmão certa vez. – E é literalmente só nisso que tenho pensado.

– Eu vi o filme – comentara Aidan. – É triste pra caramba. Como é que você está aguentando?

– Ninguém me avisou! – dissera Aleisha, sacudindo o livro para o irmão, ciente de que mentia. Todos a haviam avisado, ela que não levara a sério. – Por que ninguém me falou que isto iria despedaçar meu coração em um bilhão de pedaços? Hassan... é um menino tão doce, tão fofo, e o Amir sapateia em cima dele.

– Bem, os dois são só garotos, né?

– São, mas ainda assim... Coisas da infância podem afetar o futuro inteiro. Tipo o Amir, que passa a vida arrependido.

– Essa história é bem rica. É sobre se redimir *de verdade* antes que seja tarde demais – dissera Aidan, fazendo então uma pausa e permitindo a Aleisha contemplar a fotografia dos dois com Leilah e Dean. – Dar valor às pessoas – encerrara, com os olhos fixos no celular.

Aleisha sentiu um nó na garganta. Amir não tinha conseguido consertar as coisas com Hassan, mas conseguira se redimir de *alguma* forma. Ela pensou em Dean, em tudo que ele havia feito no passado e em como agora fazia todo o possível para *parecer* um pai exemplar – mensagens de texto, telefonemas, mensagens de voz, depósitos inesperados na conta bancária dos filhos. Mas, ao contrário de Amir, Aleisha não sabia se Dean *de fato* se arrependia de alguma coisa.

Na biblioteca, Aleisha enxugou uma lágrima do rosto. *Droga*, pensou ao ver o Sr. P entrando. Ele sorria de orelha a orelha e ela não tinha certeza se conseguiria ser tão alegre naquele momento. Hassan, tão jovem e gentil, e seu amigo Amir corriam para lá e para cá em sua mente – mas havia Dean também, intrometendo-se e a trazendo de volta à própria vida.

– Olá! – disse Mukesh, aproximando-se do balcão. – Acabei este aqui também!

Exibia *Rebecca* na mão erguida. Aleisha tentou forçar um sorriso, mas sabia que seria em vão.

– Oi, Sr. P!

– Aleisha… – disse ele, gentilmente. – Está tudo bem, *beta*?

Ela sentiu o nó subir de novo à garganta. *Não chora, não chora, não chora*, pensava.

– Sim, tudo ótimo. Acabei de terminar um livro bem triste. Mas está tudo bem – respondeu, pigarreando e tentando engrossar a voz.

O Sr. P se inclinou desajeitadamente sobre o balcão e tocou com delicadeza o ombro dela.

– Eu sei, eu sei, *beta* – disse com uma voz suave e tranquilizadora. – Minha filha Dipali age *exatamente* dessa forma quando tenta fingir que está bem mas não está! Ela era bem assim na adolescência. *Está tudo bem, pai, me deixa! Estou bem!* – O Sr. P riu. – Tudo bem dizer que está mal quando estiver. Essas histórias às vezes são muito tristes, não são? Uma vez li um livro que me fez chorar demais.

– Qual? – perguntou Aleisha, fazendo tudo que podia para manter a voz firme.

– *A mulher do viajante no tempo* – respondeu ele, sentindo a voz embargar. – Minhas filhas acharam debaixo da cama da minha esposa depois que ela morreu. Ler o livro fez eu me sentir mais próximo dela. E me fez pesar a minha perda também.

Os olhos dele vagaram por um instante. Sua melancolia só intensificava a dor que fazia a testa de Aleisha latejar.

– Eu… eu queria conversar com você sobre *Rebecca*, mas será que é melhor deixar para outro dia? Também queria escolher outro livro. Qual foi esse que abalou tanto você?

Aleisha ergueu o livro.

– O... caçador... de... pipas – leu o Sr. P lentamente, forçando a vista.

Aleisha assentiu, mais animada.

– Sim! Eu iria amar se o senhor lesse. Preciso conversar com alguém sobre esse livro.

Os olhos dele se acenderam.

– Você quer conversar *comigo* sobre o livro? – perguntou, em voz baixa. – Nesse caso, vou levar. Adoraria. E obrigado por *Rebecca*. Me fez pensar muito sobre as coisas, apesar de eu não ter certeza se gostei.

– Não gostou? Foi muito assustador? Eu achei bem arrepiante. Aquele casarão antigo, aquele fantasma. Um terror!

– Não... É... é mais por eu ter achado um pouco cruel. Eu não acredito em me casar de novo. É tão *moderno*.

Ela riu bem alto.

– Sr. P, acho que o livro não é sobre *se casar de novo*, sabe? E acho que foi escrito *anos* atrás.

– Me pareceu muito sobre se casar de novo.

Ele olhou para os próprios sapatos.

– Humm... – fez Aleisha, registrando a saída de *O caçador de pipas* no cartão da biblioteca do Sr. P. – Acho que cada pessoa extrai algo diferente de um livro.

– Sabe, Srta. Aleisha – disse ele, resoluto –, eu jamais, *jamais* me casaria de novo.

Ela tentava disfarçar o sorriso.

– Mas e se o senhor achasse a mulher certa?

Ela se divertia em provocá-lo, mas em dado momento os olhos dele se arregalaram visivelmente e o queixo caiu um pouco. Não estava achando graça naquilo.

– Mocinha, o que você quer dizer? – reagiu o Sr. P, com uma voz duas oitavas mais alta. – Amor verdadeiro só existe *um* para cada pessoa.

– Claro, se o senhor diz... – respondeu Aleisha, largando pesadamente *O caçador de pipas* sobre o balcão, com sua cabeça voltada mais uma vez para Hassan e Amir.

Era estranho entregar o livro a outra pessoa... Tinha uma sensação de posse, de proteção. Mas, ao encarar de novo o Sr. P, que já lhe parecia ligeiramente menos aviltado, percebia a ânsia em seus olhos.

– Olha só. Vou ser franca com o senhor. Esse livro é uma leitura muito, muito penosa. Não é que seja difícil de ler, mas é profundo. Muito, muito profundo, ok?

– Ok – respondeu ele. – Já lidei com profundidade na vida. Acho que dou conta.

Ele abriu um sorriso. Aleisha percebia que ele esperava por uma pergunta dela, só para poder oferecer alguma lição de sabedoria ao estilo de Atticus. Ela decidiu lhe dar esse gostinho.

– É mesmo, Sr. P? Lidou com o quê, por exemplo?

– Bom – respondeu ele, olhando para o teto –, eu não nasci aqui, sabe? Deixei minha terra natal, o Quênia, e vim pra cá criar minhas filhas, dar mais oportunidades a elas. Foi difícil me estabelecer, sempre sendo visto como diferente.

– Então – rebateu ela –, esse livro fala sobre se mudar para longe da terra natal. O personagem principal, Amir, sai do Afeganistão, onde passou a infância, e vai para os Estados Unidos.

– É mesmo? – perguntou o Sr. P, alisando a capa.

– O senhor vai amar, tenho certeza! Mas, vai por mim, isso faz *Rebecca* parecer brincadeira de criança. Tipo, o livro é incrível, tem todo um clima, mas é como se fosse uma montanha-russa de emoções que não para nunca, nunca…

– Ok, Srta. Aleisha. Entendido. Vou ler e dou um retorno!

A passos quase saltitantes, ele se dirigiu a um assento na biblioteca e, antes de se sentar, ouviu a moça dizer:

– Não vai chorar, hein?

– Sim, patroa! – rebateu ele.

Sentou-se em sua cadeira favorita, num pequeno espaço entre estantes e com uma luminária alta ao lado.

– Daqui eu vejo você, Aleisha, e os outros bibliotecários, Lucy, Benny e o outro rapaz – explicara ele certa vez. – Ou aquele estudante que se senta atrás de uma pilha de livros e puxa um caderno amassado, ou os pais e mães que leem para os filhos pequenos. Gosto deste cantinho. Ler aqui está virando uma nova rotina pra mim. Esses desconhecidos são meus companheiros silenciosos.

Aleisha ficara feliz de ver que o Sr. P se abria aos poucos não só com ela, mas também com os demais funcionários. Alguns dias antes, Lucy havia comentado: “Aquele seu novo amigo é um amor, não é?”

Ela pensou na primeira vez, quando fora grosseira com ele, e em como Aidan e Kyle a haviam convencido a corrigir sua conduta – exatamente como Amir havia feito em *O caçador de pipas*. Era verdade: nunca era tarde demais para se tornar uma boa pessoa. Nunca. Estranhamente, Aleisha agora sentia certo orgulho daquele senhor – sabia que era solitário, mas via o esforço que ele estava fazendo para superar essa fase. E estava se saindo *muito* bem.

Capítulo 16

MUKESH

Mukesh não contara às filhas que planejava receber Nilakshi em casa. Para as meninas, o nome dela sempre fora Nilakshimasi, como se fosse da família. Ele suspeitava – e esperava – que Vritti fosse gostar da ideia de ele ter encontrado uma boa amiga para lhe fazer companhia, mas Rohini e Dipali veriam com outros olhos e achariam aquilo muito *moderno*. Enxergariam algo a mais e cochichariam coisas como: "Papai está se envolvendo demais com essa mulher. Por que ele faria isso com a mamãe?" Seria insuportável para ele.

Quando a campainha tocou, o coração de Mukesh quase saltou do peito. Encarou Naina, à espera de algum tipo de mensagem. Silêncio.

– Nilakshiben! – disse Mukesh ao cumprimentar a amiga na porta, de braços abertos, soando mais confiante e confortável do que de fato estava.

Ela trazia um saco plástico azul com verduras e legumes.

– Pronto para aprender a cozinhar brinjal bhaji?

Mukesh assentiu depressa e abriu caminho para ela entrar.

– Sente-se, Nilakshiben – disse com educação e um meneio formal de cabeça, de repente se dando conta do quanto sua coluna parecia travada.

Ficaram parados lado a lado na entrada, junto ao batente da porta da sala. Do porta-retratos em cima da televisão, Naina os encarava.

– Obrigada, *bhai* – disse Nilakshi.

Ele percebeu a distância segura que ela manteve da poltrona de Naina, como respeitou o espaço reservado à sua memória.

– Posso me sentar aqui? – perguntou ela, apontando para o sofá, ainda com a sacola na mão.

– Claro. – Ele se inclinou para pegar as compras. – Onde quiser.

No sofá, Nilakshi juntou as mãos e encolheu os ombros, como quem quer ocupar o mínimo espaço possível.

– Por favor – disse ele –, sinta-se em casa.

Nilakshi não se moveu. Apenas sorriu e assentiu.

Minutos depois, Nilakshi foi encontrá-lo na cozinha, onde ele coava o chai. Dessa vez, ele mesmo o preparara do zero – sabia que era como Naina gostava de receber as visitas.

– Achei melhor vir ajudar – disse Nilakshi, que, pela expressão no rosto, parecia ter visto um fantasma. – Posso começar a picar legumes para o brinjal bhaji?

Dava para perceber que, tendo se aventurado na casa da falecida amiga, ela não sabia bem como se portar.

– *Ha* – respondeu Mukesh. – Mas vai falando o passo a passo, ou não vou conseguir acompanhar.

– Claro!

Ela pegou a berinjela e começou a cortá-la em cubos enquanto Mukesh acrescentava aspartame ao chá. Eles desviavam um do outro em sua busca pelos utensílios de cozinha e se esbarravam desajeitadamente de vez em quando. A um "Sinto *muito*!" se seguia sempre um "Não, não, *eu* é que sinto, *bhai*! A falta de jeito mandou lembranças!".

– Veja só nós dois – comentou Mukesh. – Que desastre. Vou me ater àquele lado e você me fala caso precise pegar alguma coisa.

– Obrigada. Azeite, por favor?

Mukesh lhe passou a garrafa de azeite, que Nilakshi fez questão de pegar pela tampa, mantendo os dedos o mais longe possível dos dele.

Ele sentiu que prendia a respiração ao longo de todo o tutorial de brinjal bhaji e não absorveu informação alguma.

– Será que você poderia me deixar a receita por escrito, por favor? – pediu, ao provar o primeiro pedaço de berinjela frita e apimentada.

– Claro – disse Nilakshi, mantendo distância do prato e observando Mukesh comer animadamente.

– Quer um pouco?

– Não, obrigada, *bhai*. Odeio berinjela.

– Como é que é? – surpreendeu-se Mukesh, rindo e olhando desconfiado. – Por que quis preparar este prato, então?

– É que Naina sempre me disse que era o seu favorito, e Harish vive dizendo que você nunca prepara. Até suas filhas contam isso no templo. Dizem que sua dieta não é das melhores! Achei que talvez quisesse aprender.

Mukesh engoliu em seco e ficou com o rosto vermelho. *Óbvio*. Suas filhas, ou mais provavelmente Rohini, devem ter amado espalhar a notícia de que Mukesh Patel era teimoso feito uma mula.

O rosto de Nilakshi perdeu levemente a expressão. Ele percebia a mente dela trabalhando, procurando outra coisa para dizer.

– Que bom que tanta gente se importa com você! Como estão suas netas? E a pequena Priya?

– Estão ótimas, já de férias. Priya e eu fomos à biblioteca um dia desses.

– À biblioteca? A que Naina frequentava?

– Sim! Eu tenho lido para Priya e também sozinho. A bibliotecária me ajuda. Ela escolhe livros pra mim.

– Fantástico, Mukeshbhai! O que está lendo? Como é a história?

– É um livro adorável chamado *O caçador de pipas*. É sobre Amir e Hassan – começou Mukesh, contando a ela tudo que havia ocorrido até então: Amir agora vivia nos Estados Unidos e basicamente deixara para trás seu melhor amigo, cuja lembrança se resumia a um instante de profunda culpa e arrependimento em sua mente.

– Soa tão triste... – disse Nilakshi.

Estavam sentados na sala de estar, e ele reparava em como ela se recostava com as mãos nas laterais do corpo. Já ocupava mais espaço. Já começava a ficar à vontade.

– E é. A moça da biblioteca que me indicou. Eu vi como ela ficou triste ao terminar de ler. Hassan é um menino tão adorável e é tratado de forma tão horrível...

– *Ha* – disse Nilakshi, assentindo como quem compreende bem. – Isso é tão comum, não é? Meu filho...

Mukesh notou Nilakshi abaixar levemente a cabeça. Nunca a ouvira falar sobre Aakash.

– Quando ele era mais novo, era tão gentil, tão calmo, sempre com a cabeça nos livros, sempre leal aos amigos, que viviam pegando no pé dele. Sofria bullying. Quando ele chegava em casa, eu perguntava como tinha sido o dia. Só queria que ele se sentisse melhor.

Mukesh franziu a testa. Os olhos de Nilakshi estavam úmidos. Ele não sabia o que dizer – sua mente percorria todos os livros. Haveria neles algo que pudesse usar agora? Alguma lição de Atticus? Percebeu, então, que ela só precisava de alguém para conversar, alguém que a ouvisse. E isso Mukesh era capaz de oferecer.

– Eu só queria que ele fosse feliz. – A voz de Nilakshi mal saía da garganta. – Mas há limites para o que uma mãe pode fazer. Foi o que descobri.

– Ele teve uma família maravilhosa – disse Mukesh em voz baixa. – As crianças podem ser cruéis às vezes, mas seu filho era maduro, brilhante. Com certeza sabia que não era ele o problema. Não tinha a ver com ele.

Nilakshi pigarreou e esfregou os olhos com as costas da mão. E sorriu.

– Ele também amava brinjal bhaji. E acima de tudo o brinjal bhaji da *Naina*.

Quando o silêncio banhou novamente a casa de Mukesh e o cheiro de brinjal, azeite e mostarda impregnou o ar, ele relaxou na poltrona de barriga cheia e mente tranquila. Não tivera companhia (companhia *de verdade*, só para ele) fazia meses, talvez anos. Mas, enquanto se permitia relaxar, uma outra parte mesquinha de si o forçou a contemplar o retrato de Naina e, num rompante, viu-se em Manderley, com Rebecca a segui-lo por toda parte.

PARTE V

AS AVENTURAS DE PI

de Yann Martel

Capítulo 17

ALEISHA

Ela esperou quatro minutos e, como o ônibus não chegava, decidiu ir correndo, parando em cada ponto no caminho para checar quando passaria o próximo. E, como demoraria demais, continuou a correr. Aidan havia ligado e dito que precisava ir com urgência ao trabalho, e Aleisha demorara tanto para trocar de horário com Kyle e arrumar suas coisas na biblioteca que, se não se apressasse, chegaria uma hora atrasada.

Suas panturrilhas queimavam, seu peito doía. Não se exercitava assim havia anos. Cada poro ardia enquanto o suor tentava abrir caminho por baixo da maquiagem.

Ao dobrar a esquina da sua rua, seu coração começou a martelar de apreensão. As janelas fechadas de casa eram tão sinistras quanto os portões de Manderley. Avistou Aidan encostado no seu conversível, a música ainda nas alturas, conversando com alguém que ela reconheceu de imediato: Mia, mais uma vez denunciada pelo cabelo estilo undercut. Aleisha parou, desejando não ter corrido o caminho todo. Dava até para imaginar o rímel escorrendo pelo seu rosto. Aidan acenava freneticamente com os dentes cerrados, mas um olhar que fingia descontração.

– Leish! – gritou ele, forçando um sorriso.

O coração de Aleisha acelerou, absorvendo o nervosismo de Aidan, que batia os pés sem parar como quem tenta conter a própria energia.

– É a Mia! Ela quer saber se você topa fazer alguma coisa.

– Ah, boa ideia, adoraria – respondeu Aleisha, tentando recuperar o fôlego. – Mas preciso ajudar a mamãe com umas coisas.

Aleisha lançou um rápido e significativo olhar na direção de Aidan. Os olhos dele estavam vermelhos, como quem não dormia havia semanas. E não paravam quietos: ele olhava para o relógio, para o volante, para a irmã, para a amiga dela e também para a casa.

– Ah, beleza, tranquilo – disse Mia casualmente, sem a menor noção de que tanto Aidan quanto Aleisha tinham mais o que fazer e inclinando de leve os quadris, provavelmente para provocar Aidan. – É só que não te vejo desde aquele dia na biblioteca, semanas atrás, e pensei que a gente poderia sair, Leish. Você nunca mais mandou mensagem nenhuma no grupo.

O tal grupo de WhatsApp.

– É, eu sei, sinto muito. – Não, não sentia. – Desculpa mesmo, Mia. Agora não posso, mas *muito* obrigada por ter vindo.

Mia se virou e, já indo embora, gritou por cima do ombro:

– Amanhã a gente vai fazer um churrasco no parque. Às sete da noite. Vê se aparece. Rahul vai.

– Valeu!

Aleisha acenou para a amiga ao longe e voltou o olhar para o irmão.

– Você está evitando essa garota – comentou Aidan, entrando de volta no carro.

– É, a gente não tem se falado muito. Sabe aquele dia na biblioteca? Só ali ela deve ter lembrado que eu existo.

– Mas vocês eram tão grudadas... Que triste.

– E daí? Você gosta dela, por acaso?

Aleisha ficou encarando o irmão, que não retribuiu o olhar. Então ele riu, a voz mais pesada que o normal.

– Olha só, não tenho tempo pra isso. Preciso ir trabalhar. Vai lá ficar com a mamãe.

Ele virou o rosto, pôs a chave na ignição e saiu às pressas sem olhar para trás.

A casa estava silenciosa. Aleisha queria chamar a mãe, descobrir onde ela estava, mas não se atrevia a fazer barulho. Espiou a sala por detrás do batente da porta. Lá estava Leilah, de pernas cruzadas no sofá. Aleisha entrou na ponta dos pés, devagar. Sentou-se na outra ponta da sala e puxou de dentro da bolsa seu novo livro, *As aventuras de Pi*.

– Mãe? – sussurrou Aleisha. – Quer ouvir uma história?

Leilah nem sequer ergueu a cabeça.

Tudo que Aleisha desejava agora era repetir o dia em que lera *O sol é para todos* em voz alta para Leilah. Naquela ocasião, a mãe estava dormindo, mas não fazia diferença – o importante era que a casa parecia pacífica. Um movimento em falso poderia pôr tudo a perder, mas Aleisha estava desesperada para evitar uma noite de silêncio sepulcral.

Leilah por fim assentiu. Aleisha respirou fundo. Sentindo-se incrivelmente exposta, pigarreou e começou. Leilah cravou os olhos na filha.

– Espera aí – disse Leilah, aos dez minutos de leitura. – Me perdi um pouco. Sobre o que é essa história?

Aleisha parou de ler. Não esperava que a mãe acompanhasse de fato a leitura. Esperava apenas que ouvisse o som das palavras viajando pelo ar.

– É... é sobre um menino, o Pi Patel... – Quando Aleisha pensava em Pi, imaginava o Sr. P jovem, com mais cabelo, mas o mesmo rosto radiante, sorridente. – Ele acabou de sobreviver ao naufrágio do navio que transportava toda a família e os animais do zoológico deles até o Canadá. Agora está preso num bote salva-vidas com um tigre e outros animais... no meio do oceano Pacífico.

– Mas como...? Isso não aconteceria na vida real, né?

– É, provavelmente não. Mas acho que a ideia do livro é justamente essa. É sobre a verdade, o que é real e o que é imaginado.

– Ah, bem inteligente – disse Leilah.

Aleisha sorriu, tomada por uma repentina timidez e um leve orgulho que se insinuava por suas veias.

– Ok – continuou a mãe. – Quem é esse Richard Parker de quem ele fala o tempo todo?

– É o tigre.

– O tigre se chama Richard Parker? – Os olhos de Leilah, arregalados, transbordavam descrença.

– É! Um erro burocrático que acabou vingando. Esse, na verdade, era o nome da pessoa que *capturou* o tigre, mas os nomes foram trocados na papelada.

– Tá, já entendi... Continua.

Aleisha prosseguiu. Retomou a história do ponto em que Pi se inclina sobre a beirada do bote a fim de arranjar algo para comer, desesperado para alimentar Richard Parker e manter-se vivo. Pi estava quase totalmente sozinho no meio do oceano, tendo apenas a companhia de um tigre volátil. Aleisha tentou conter uma sensação familiar – o modo de sobrevivência que se ativava sempre que ouvia os berros de Leilah à noite. Com uma pontada de culpa, percebeu que, sim, volatilidade era algo que ela conhecia um pouco. Como Pi, Aleisha vivia sob alerta constante de uma guinada, uma mudança que poderia ocorrer a qualquer momento. Só que, em contrapartida, o tigre, apesar de tudo, era o único elemento que salvava Pi da própria solidão. Quando desviou o olhar da página, viu que Leilah também se encontrava no mundo de Pi. Seus olhos estavam focados no teto, pintando as imagens que Aleisha narrava. A garota imaginava como o olhar artístico de Leilah visualizaria a história. Imaginou alguns dos recentes desenhos conceituais da mãe, os que ela fazia para si mesma e não para as agências de propaganda, impressos como cartões-postais e colados na parede do quarto. Seriam as cores de agora vibrantes? O azul profundo do mar, o laranja do tigre, arrojado e incandescente... Aleisha também se permitiu imaginar quem seria ela para Leilah. Seria Pi? O tigre? Ou ninguém?

Largou o livro por um momento.

– Quer algo pra beber?

Leilah assentiu.

– Água, por favor. O mais gelada possível.

A água da torneira corria para dentro do copo e Aleisha olhava fixamente para a frente. Enxergava o reflexo de sua silhueta nos azulejos: o cabelo, preso num coque no alto da cabeça. Parecia a mãe nas fotos do tempo em que Leilah ainda era casada com Dean. O sorriso dela na época parecia eterno. Mas as pessoas *sempre* sorriam para tirar fotos. Aqueles retratos nunca haviam lhe permitido decifrar o que ocorria na mente da mãe. Imaginava se Dean algum dia teria sido capaz de fazê-lo.

Aleisha bateu a fôrma de gelo na bancada e despejou alguns cubos no copo, onde caíram tilintando.

– Olha o barulho, Aleisha! – gritou Leilah do outro cômodo.

– Desculpa, mãe – respondeu Aleisha, retraída. O encanto do livro começava a se desfazer.

Pequenas gotas já se formavam na lateral de cada copo quando ela entregou um deles à mãe.

– Certo – disse Aleisha, com delicadeza. – Vou terminar de ler no meu quarto. Você vai ficar bem?

– Não. Senta aqui do meu lado e lê mais. – A voz denotava esperança, como uma súplica.

– Ok – disse Aleisha, tentando disfarçar o ar de surpresa.

Sentaram-se perto uma da outra, mas não demais. Os dedos de Aleisha tremiam quase imperceptivelmente quando ela recomeçou a virar as páginas.

Por um momento, sentiu-se uma criança outra vez, aninhada sob os lençóis, recostada na mãe, cujas mãos seguravam à frente delas um enorme livro infantil. As letras eram grandes e Aleisha enunciava timidamente as palavras, uma a uma. Leilah acariciava seu cabelo, beijava-lhe a testa sempre que ela dizia algo certo e, caso errasse, sussurrava com gentileza: "Quer tentar de novo?" Aidan espiava pela beirada da porta e sorria para a irmã com sua ridícula janelinha entre os dentes da frente. Erguia o polegar e movia os lábios de forma exagerada, como quem diz "Muito bem!".

Ela se lembrava de como se aconchegava com Leilah, como as duas caíam no sono e ela então despertava com os sussurros do jovem Aidan para Dean, abafados pela língua presa: "Aleisha leu muito hoje, e leu superbem. Minha irmãzinha é muito inteligente." Dean balbuciava algo e Aidan respondia: "Eu amo muito a Aleisha." Ela se sentia orgulhosa. Queria que Aidan pudesse vê-la agora; queria compartilhar com ele aquele momento, mostrar que estava finalmente conseguindo estabelecer uma conexão com Leilah, como Aidan sempre fizera. Aquela era sua chance de dizer ao irmão: "Agora posso contribuir mais, porque sei o que fazer. Sei como te ajudar."

Quando Aleisha terminou de ler mais um capítulo – Pi havia acabado de "marcar" seu território no bote salva-vidas após cinco dias no mar –, Leilah e ela estavam rindo. Quando recomeçou a leitura, com os olhos úmidos de quem chorou de rir, sua mãe retirou a mão de baixo das pernas e repousou-a gentilmente sobre o joelho de Aleisha, que congelou. Todos os seus nervos se acalmaram como se um balde de gelo lhe penetrasse a pele e os ossos e atravessasse o sofá. Aleisha apoiou uma das mãos delicadamente sobre a de Leilah e virou a página com a outra.

Continuou lendo. Ouvia as palavras, mas não registrava mais nada. Parecia que a voz não era sua; estava sozinha, aprisionada em si mesma, sem controle nenhum. A única parte do corpo que lhe pertencia era a mão, conectada à de Leilah, que se conectava ao seu joelho, que não lhe parecia seu de forma alguma. E então a voz de Leilah soou:

– Os personagens parecem tão *vivos*! O animal, aquele tigre, soa tão... humano.

– Soa mesmo, não é?

– Quem te deu esse livro? – perguntou Leilah, tocando a capa.

– Peguei na biblioteca.

– Quem indicou? Nunca tinha ouvido falar.

– Encontrei aqui.

Ela puxou a lista do celular e entregou à mãe. De repente, para Leilah, aquela era a maior preciosidade do mundo.

– Ai, Aleisha... Eu me lembro de *Rebecca*. Amei esse livro. – Leilah corria os dedos sobre as palavras, detendo-se um pouco nas dobras. – Li em um dia, quando estava grávida de você, aliás. Não conseguia dormir. Você nunca me deixou dormir. Aí li esse livro e foi perfeito. Uau... Essa foi uma lista bem *pensada*. É adorável. Tão simples. Quem fez?

Aleisha balançou a cabeça.

– Foi simplesmente deixada dentro de um dos livros. E encontrei isto também, mas não no mesmo livro.

Ela exibiu para a mãe o cartão de fidelidade da lanchonete, em cujo verso escrevera com letra miúda suas primeiras impressões de *O sol é para todos* depois que Kyle a instruíra a "dizer algo interessante" ao Sr. P.

– Você vai continuar lendo esses livros?

Será que iria? A princípio, ela não tivera muita certeza. Considerara aquilo uma mera tarefa para conseguir puxar assunto com o Sr. P e mostrar que era uma boa bibliotecária. Mas *Rebecca*... Esse livro quase a matara de medo. Visualizava Manderley em sua mente com muita nitidez; a mansão em si, o quarto de Rebecca quase intocado. E depois *O caçador de pipas*. Jamais esqueceria aquele livro. Pensou então em Atticus, em sua habilidade avassaladora como advogado, em quanto ela o *admirava*, muito embora fosse um personagem fictício. E, agora, sentia a mão de Leilah repousando sobre seu joelho enquanto Pi e Richard Parker vagavam à deriva pelo oceano.

– Sim – respondeu Aleisha, convicta. – Todos eles. Este é o quarto.

– Os outros foram bons?

– Foram.

Ela queria dizer mais, mas se segurou. Pensou em *O caçador de pipas* – era tão triste, havia tanta dor naquela história, que ela tinha medo de abalar Leilah.

A mãe aproximou o papel do rosto, forçando a vista.

– Será que é de algum aluno? Tipo uma lista de leitura para a faculdade ou algo assim?

– Pode ser.

– *Um rapaz adequado*. Dean leu esse quando saímos de férias certa vez. Acabou usando como peso de porta. É grosso. Acho que ele não deve ter avançado muito na leitura.

Havia meses que ela não ouvia a mãe mencionar o ex-marido; havia anos que ela não pronunciava o nome de Dean. Geralmente era "seu pai", às vezes só "ele". Mas no fim Aleisha riu. Era óbvio que o pai usaria um livro como peso de porta.

– Quando foi isso?

– Você devia ter só 5 ou 6 anos. Fomos pedalar e deixamos vocês com os pais dele. Eram nossas primeiras férias sozinhos em muito tempo. Foi bom não ter que tomar conta de vocês!

Leilah fez uma pausa e Aleisha, uma careta.

– Por mais que *amássemos* vocês, pudemos ser *só nós dois* por algum tempo de novo. Ele vivia esquecendo coisas dentro da bolsinha da bicicleta e, sempre que ia no quintal da pousada pegar algo, batia a porta com a chave dentro. Até que teve uma ideia – contou Leilah, com um sorriso – e deixou o diabo do livro lá pra manter a porta aberta. Nunca se lembrava de trazer tudo de uma vez só. Ele é tão esquecido… – Leilah se calou por um momento e então pediu: – Continua?

Aleisha continuou lendo até a luz do sol se esvair e Leilah mencionar o jantar, por alto, e decidir em seguida que já era muito tarde e hora de ir para a cama. Aleisha deveria ter alimentado Leilah. Aidan ficaria chateado. Mas, pela primeira vez desde que os dias, as semanas e os meses sombrios da mãe tiveram início, ela permitira a aproximação da filha, mesmo que apenas por um instante. E tudo graças a um menino, um tigre, um orangotango, uma zebra e uma hiena confinados num bote.

Leilah beijou gentilmente o rosto de Aleisha e subiu as escadas sem olhar para trás. O livro continuava aberto nas mãos da filha, mas ela já não conseguia ler as palavras. A sensação do encapamento de plástico sob seus dedos era de calor e maciez. Queria lembrar o carinho daquele momento. Adorava saber que um tigre incrivelmente imprevisível e um rapaz haviam sido capazes de criar essa mágica para além das páginas. Não queria pensar se o momento e a sensação, tanto a sua quanto a de Leilah, durariam até a manhã seguinte. Sabia que talvez jamais conseguisse recriar esse momento, mas tinha esperança. Acreditava que o livro… e a lista… talvez trouxessem sua mãe de volta para ela.

Pegou o copo com água. Leilah não havia tomado um gole sequer.

A lista de leitura

GIGI

2018

Gigi observava Samuel correndo à sua frente. Seu filho amava supermercados. Corria, corria e corria. Por isso ela sempre o levava ao Tesco Express, porque, como o espaço não era tão grande, era difícil perdê-lo de vista.

Ao entrar correndo no mercado, Samuel passou por um homem que checava a lista de compras, e a rajada de vento lançada pelas portas automáticas, somada à passagem de Samuel correndo à velocidade da luz, fez o pedaço de papel voar das mãos dele. Samuel, enxergando ali uma oportunidade de brincar, perseguiu a folha de papel, desviando dos pés das pessoas, abaixando-se e mergulhando sob carrinhos e cestas de compras.

Gigi só foi alcançá-lo na seção de frutas, onde avistou seus dedos miúdos tentando pegar algumas uvas – sua nova comida favorita. Uma semana antes, ela teria precisado amassá-las e misturá-las a uma banana ou algo do tipo para conseguir que ele as comesse.

Gigi sabia que o filho já perdera o interesse no papel voador, onde quer que ele estivesse agora. Naquele momento estava amando mexer nas frutas. Pegava uma, mostrava a ela e dizia o nome, cheio de confiança. Geralmente acertava, "nana", "uba", mas às vezes se confundia com frutas menos óbvias – manga virava "maçã", abacaxi virava "bababa", a palavra-curinga que ele inventara, e laranja virava "bola". Mas como ela amava vê-lo mudar, vê-lo se transformar numa pessoinha...

Ela tentou alcançá-lo antes que os dedinhos grudentos encostassem em algo mais. Ao chegar perto, reparou que a mão dele não mirava a "uba", e sim um pedaço de papel que havia ido parar em meio às frutas. A lista de compras daquele homem. Samuel a pegou e começou a agitá-la, triunfante, aguardando os aplausos dos demais fregueses do mercado.

Ela puxou a lista de suas mãos delicadamente para ele não começar a dar chilique sobre ter sido "obado".

– Samuel – disse ela, calmamente. – Temos que devolver isto aqui ao dono.

Ao olhar para a lista, franziu a testa. Não era uma lista de compras. Era de livros, filmes, alguma coisa assim.

Gigi segurou Samuel pela mão e dirigiu-se à entrada principal, na esperança de reencontrar o homem. Nem sinal dele. Deu uma volta apressada pelo mercado, sem ter a menor ideia de qual seria sua aparência.

Passado um minuto, mais ou menos, Samuel começou a fazer manha.

– Devagar, mamãe, devagar!

Gigi cedeu. O melhor lugar para aquela lista seria o mural de avisos, que ficava bem ao lado de onde o homem havia estado. Ela a pôs delicadamente sob um dos ímãs, virada para a frente. Talvez o homem nem se importasse em tê-la perdido – Gigi imaginou que ele teria a lista no celular ou algo assim, como todo mundo faz hoje em dia. Ela contemplou o papel uma última vez, tentando entender por que alguém estaria checando uma lista dessas em pleno supermercado.

O sol é para todos – não era o nome de um daqueles filmes em preto e branco, baseado num livro clássico?

O caçador de pipas. Outro filme, ao qual ela assistira com seu ex, quando já estavam perto de terminar. Era emotivo demais para ver com alguém em cuja companhia ela não se sentia mais tão à vontade. Tentara engolir o choro convulsivo e acabara com soluços – constrangimento em dobro.

Orgulho e preconceito – outro livro-clássico-que-virou-filme. Ela o vira com a mãe, que *amava* Keira Knightley. Ela a chamava de "A Rosa Inglesa". Sentia falta da mãe, não se falavam fazia muito tempo – ambas ocupadas com as respectivas vidas, morando longe uma da outra. Quando a mãe telefonava para contar alguma novidade, o assunto logo morria. Houve uma época em que se falavam por horas, sobre todo e qualquer assunto.

As aventuras de Pi – aquele com o tigre computadorizado. Ela vira no cinema, em 3D. Outra sessão a dois. Esta, melhor; estavam juntos agora, ela e o cara. Mas mal podia esperar até Samuel ter idade suficiente para ver com ela – o menino *amava* tigres. Adoraria aquele filme. E o garoto, Pi... Ela imaginava que Samuel talvez viesse a se parecer com ele quando crescesse.

Gigi não conhecia todos os títulos, mas passou a mão pela lista, segurando-a firme, enquanto Samuel a puxava pelo braço. Aqueles títulos a haviam afastado da pessoa que era agora, transportando-a de volta para uma Gigi anterior, para seus encontros românticos. Fazia séculos desde a última vez que vira um filme no cinema. Samuel ainda não tinha concentração para isso.

Ela sentia falta. Sentia falta dos assentos macios e gastos das salas, de comer pipoca, com sua mãe ou algum cara ao lado. Sentia falta da sensação que lhe acometia quando as luzes se apagavam e os créditos iniciais surgiam na tela. Se era algo que amava tanto, por que abandonara?

– Mamãe, quero *uba*.

A voz de Samuel a puxava de volta para o presente.

– Sim, meu amor, a gente vai comprar. Só estou grudando isto aqui pra alguém que perdeu.

– É meu!

– Não é seu, mas você fez muito bem em pegar para o dono.

– Meu!

– Tá, vem comigo, vamos pegar uvas.

Antes de se virar, Gigi pegou o celular e tirou uma foto da lista. Ligaria para sua mãe, que sabia *tudo* – ela conheceria cada título, cada filme, cada livro. Talvez pudessem assistir a algum daqueles juntas. Para compensar o tempo perdido.

Capítulo 18

MUKESH

– Por que não leva sua neta a algum lugar *fora* de Wembley, só pra variar? – perguntou Aleisha educadamente, enquanto Mukesh se acomodava em sua poltrona favorita da biblioteca.

– Nunca levo a Priya para fora de Wembley. Por que levaria?

Mukesh havia pedido conselhos a Aleisha sobre como criar vínculos com a neta. Era a *única* pessoa jovem que conhecia e, por isso, achou que ela talvez entendesse Priya melhor que ele. Mas Mukesh já começava a se arrepender de ter tocado no assunto.

– Porque ela é uma criança. Quando eu tinha a idade dela, vivia fora de casa, brincando na rua ou algo assim. Ficar em casa é chato.

– Você não acha chato ficar em casa. Está *sempre* em casa! Ou aqui!

– Nossa, Sr. P, isso meio que doeu – choramingou Aleisha, virando o rosto com a mão no queixo, como quem ficou chateada.

– Eu ofendi você de verdade? – perguntou ele, em pânico.

– Não! Estou brincando, Sr. P. Mas, sabe, não é *sempre* que eu quero ficar em casa.

– Por que não? É bom ficar em casa. Ainda mais quando se tem uma família.

– Sim, mas... – Os olhos dela se perderam por um instante. – É que lidar com a família nem sempre é fácil. Minha mãe... Às vezes ela... sabe, ela não está muito bem.

– Como assim? Naina vivia dizendo que eu devia tomar vitamina C e comprimidos de zinco. Eu recomendo.

– Não, não é isso. Desculpa… eu nunca falo disso com ninguém. – Ela olhou para as próprias mãos, para todos os lados, menos para ele. – É só que ela não se cuida sozinha, então eu tenho que cuidar dela. Desde que meu pai saiu de casa, ela só pode contar comigo e com o Aidan.

Mukesh ficou em silêncio; não sabia o que dizer.

Aleisha nunca havia falado sobre o pai antes. O assunto jamais surgira, nem quando falaram do pai de Scout e Jem, ou do pai de Amir.

Ele revirava o cérebro em busca de palavras de conforto. Naina saberia exatamente o que dizer. Ele ficou o mais quieto que pôde, torcendo pela ajuda da esposa – mas havia semanas que não ouvia a voz dela. Teria que se virar sozinho.

– Não sei o que dizer – admitiu Mukesh, afinal. – Você *não gosta* de ficar em casa, então? E também não gosta de ficar na biblioteca?

– A biblioteca não é mais um problema pra mim. Acho tranquilo.

– E o que seu irmão faz?

Ele se lembrava do carinho com que ela falava do irmão sempre que conversavam sobre Scout e Jem.

– Ele trabalha *o tempo todo* atualmente. Acho que anda bem estressado agora… – Aleisha fez uma pausa, cutucando as longas unhas, quase surpresa com as próprias palavras. – Ele nunca se dá um descanso.

Ela então respirou fundo e manteve o olhar fixo nas mãos. Mukesh teve a impressão de que era a primeira vez que ela dizia aquilo em voz alta.

– Mas *costumávamos* passar tempo juntos. Ele adorava ir ao centro de Londres nas férias de verão. Nunca fazíamos nada específico. Às vezes a gente só entrava no metrô sem saber direito aonde ir.

– Eu gostava de fazer isso depois do trabalho. Acalma a mente.

Aleisha assentiu.

– Muito. Aidan adora estar no meio de um monte de gente, mas sentado em silêncio, cada um na sua. Quando ganhei meu primeiro cartão de metrô, ele implorou à minha mãe que me deixasse passear com ele. Ela não gostava muito da ideia de sairmos sozinhos, mas permitiu. Mamãe é artista, designer gráfica. Aidan me levou a algumas galerias de arte porque eu não entendia muito bem o que ela fazia. A gente não viu as exposições, mas ele pegou alguns cartões-postais pra ela. Quando chegamos em casa, ela nos abraçou com tanta força… Parecia que tínhamos saído de casa anos antes.

Mukesh observava enquanto a mente de Aleisha viajava. O olhar da moça revelava as mesmas expressões que via em Naina quando estava mergulhada num livro.

– Você ama sua família, *ne*? – perguntou Mukesh.

Aleisha deu de ombros, interrompendo o devaneio.

– Famílias não são perfeitas – disse ele –, mas a gente ama mesmo assim.

Mukesh ergueu *O caçador de pipas* como que para reforçar o argumento. Aleisha revirou os olhos, mas com ternura. Ele pensava em Amir, em Hassan, no pai de Amir – na pequena família em que haviam se transformado e na dor que causaram uns aos outros.

– O senhor continua tentando aquele negócio das palavras de sabedoria do Atticus?

– Minha amiga, eu tenho as minhas próprias palavras de sabedoria, muito obrigado!

– O que achou de *O caçador de pipas*?

– Boa pergunta. Me deixou muito triste. Acho que todos nós já fomos meio Amir na vida. Autocentrados, focados só em nós mesmos. E todos já fomos um pouco Hassan também, esquecidos pelas pessoas que mais amamos. Mas, no fim das contas, o livro é feliz à sua maneira. Amir fez a melhor escolha, que era fazer a coisa certa. Mas admito que aquele menino foi bastante egoísta.

– Ah, Sr. P... Eu sei. Mas ele era uma criança, também. Não pensou no que fazia.

– Sim, é verdade, você está certa. – Ele respirou fundo, absorvendo a tristeza do romance antes de tentar desesperadamente se distrair, distrair Aleisha. – Mas então acha mesmo que eu devia levar a Priya para *fora* de Wembley?

Embora não admitisse para Aleisha, ele estava receoso. Tinha suas rotinas, nunca se aventurava muito longe.

– Sim! Leva sua neta para conhecer melhor Londres. Wembley é chato pra ela. É chato pra *nós*. O senhor já deve estar cansado da biblioteca!

– Chato pra você, talvez! Esta biblioteca ainda é uma aventura pra mim. – Mukesh juntou as mãos espalmadas. – Wembley é grande o bastante pra mim e está sempre mudando.

– Sr. P, o senhor merece sair um pouco mais.

– Eu sei que devia, mas… – Ele se deteve por um momento, olhando o tampo da mesa. – A verdade é que me *assusta* um pouco. Minha esposa, Naina, era valente e…

Interrompeu a frase, com um nó na garganta. Sentia o olhar de Aleisha repousado nele, um olhar de *pena*.

– Sr. P, olha só – disse ela, delicadamente. – Sabe a jornada do Amir de volta a Cabul, sem saber como encontraria agora a cidade onde ele havia passado a infância?

Mukesh engoliu em seco.

– Aquela foi uma tremenda jornada – continuou Aleisha, tentando animá-lo. – E, bem… Sem querer ofender, Sr. P, mas foi algo muito mais difícil do que passar uma tarde longe de Harrow. Se ele conseguiu, com certeza o senhor consegue. E talvez a Priya passe a enxergar o senhor com outros olhos. Talvez menos como um velho, preso a antigos hábitos, e mais como…

Mukesh assentiu, fazendo grande esforço para não ficar ligeiramente ofendido com aquela última parte. Baixou o olhar para *O caçador de pipas*, que repousava sobre o balcão de Aleisha, pronto para retornar à prateleira e fazer outro leitor chorar.

Quando se dirigia à porta, Aleisha o alcançou.

– Ei, o senhor esqueceu seu próximo livro. Tem um tigre nele. É um dos novos favoritos da minha mãe.

Ela entregou *As aventuras de Pi* e Mukesh fingiu levar um susto ao ver o tigre na capa.

– Mais uma história de alguém *forçado* a sair da zona de conforto, dividindo um bote salva-vidas com um animal feroz – disse Aleisha, dando uma piscadela.

– Obrigado. Vejo que você está escolhendo esses livros especialmente pra mim. Só fico triste por não poder retribuir com nada útil!

Aleisha deu um sorriso tímido.

– Sr. P, fica tranquilo. É o meu trabalho, lembra?

E assim ele saiu saltitante, esforçando-se para não deixar que o cartaz *Salvem nossas bibliotecas* na porta estragasse seu momento de alegria.

Pense em coisas positivas. Pense em coisas positivas. Mukesh recitava essas palavras em silêncio, buscando se acalmar. Fazia muito tempo que não pegava o metrô, parecia que estava reaprendendo a andar.

Decidira o destino de seu passeio com Priya: a região central de Londres, onde os sons eram mais altos e as pessoas, mais rabugentas – só de pensar já lhe dava certo medo. Era um grande passo, uma grande mudança. Torcia para que Aleisha estivesse certa.

Quando trabalhara na estação Wembley Central, muitos anos antes, tudo isso era parte da vida de Mukesh. Na época, seus favoritos eram os trens da linha de Bakerloo. Ainda eram antigos, quase exatamente os mesmos de quando ele explorava a área sem nada além de uma passagem e um relógio que o levariam de volta a tempo de jantar com Naina e as meninas. Era raro ter uma noite em que lhe sobrasse mais ou menos uma hora depois do trabalho para sentar-se no metrô por algum tempo. Mas, quando sobrava, era o que ele gostava de fazer.

O trem chegou à estação; um punhado de gente ficou de pé e se dirigiu à plataforma. Mukesh se agarrou à borracha na abertura das portas ao dar um passo largo para entrar no trem. Priya saltou para dentro com facilidade e ofereceu a mão ao seu dada. Ele recusou. Podia se virar sozinho. Priya correu à frente para reservar dois assentos e, de repente, Mukesh começou a se sentir enfraquecido com a distância. Até que uma mulher se aproximou por trás dele e segurou seu braço, dizendo "Eu te ajudo".

Ainda cambaleando um pouco, ele firmou os dois pés no chão do vagão. Encontrou seu assento ao lado de Priya, que já lia um livro. Era uma boa oportunidade. Ele trazia consigo *As aventuras de Pi* e poderia ler ao lado da neta. De repente, seu coração começou a acelerar. Priya jamais o *vira* ler, e ele nunca lera antes num trem em movimento. Não queria ficar enjoado. O tigre e o bote poderiam esperar. Preferiu olhar Wembley passando pelas janelas.

Dezesseis paradas.

Observou duas meninas entrarem no vagão acompanhadas da mãe e do pai. Saltaram em Maida Vale. Havia anos que estivera em Maida Vale pela última vez.

Um senhor entrou mancando no trem. Mukesh tentou não encarar, mas ficou observando de canto de olho. Sabia como aquele homem se sentia, inseguro quanto ao chão debaixo de seus pés, sem saber se aguentaria firme ou balançaria feito gelatina. Ultimamente era *sempre* a segunda opção. O homem se agarrou às barras vermelhas, os dedos já roxos de tanto esforço, e se abaixou até repousar num assento.

Olhou diretamente para Mukesh, que não teve opção senão sorrir. O homem respondeu com um simples meneio. Priya estava alheia a tudo, o rosto cerrado com a mesma expressão concentrada que lembrava Naina ao ler. Estava longe dali.

– Aonde a gente está indo, Dada? – perguntou Priya, segurando firme a mão de Mukesh enquanto abriam caminho pelas ruas de Charing Cross.

Mukesh bem que queria não estar com as palmas das mãos tão úmidas. As placas na região central de Londres tinham cores mais vivas, e o trânsito era mais rápido e mais barulhento do que ele se lembrava. Não via mais que alguns passos à frente devido à quantidade de gente que atravancava seu caminho.

– Bom, acho que você vai gostar. Sua ba me levou lá certa vez para comprar presentes pra sua mãe e pra suas *masis* quando elas eram bem novinhas. Pensei em comprar um pra você também.

Desde que Naina morrera, Mukesh ainda não havia acertado nenhum presente para Priya. No ano anterior, lhe dera uma bolsa rosa, felpuda, com lantejoulas, que a menina logo tratou de repassar à priminha Jaya. A bolsa foi usada como instrumento musical por algumas horas e depois largada num canto da casa de Mukesh, que a achara semanas depois, toda empoeirada, com uma formiga morta em cima.

– A mamãe diz que *nunca* ganhava presentes – disse Priya, fazendo cara feia.

– Ganhava, sim! – defendeu-se Mukesh, tentando esconder a surpresa, e depois esclarecendo: – Em ocasiões especiais. Geralmente um vestido novo que a sua ba fazia. E eu me lembro de vir aqui na época do Natal, sabe? Isso já faz tantos anos... Dissemos que iríamos festejar o Natal e também celebrar o Diwali. Presentes *em dobro*, árvore de Natal, cartões de Natal, barfi e gulab jamun. Tinha de tudo. Sua mãe queria ser igual às amigas da escola, que ganhavam presentes embrulhados em papel brilhante.

Lembrava-se com nitidez da reação de Rohini quando Naina presenteou as filhas com livros: "Mãe, achei que eu fosse ganhar um vestido novo este ano!" Já Dipali e Vritti fingiram gratidão ao desembrulhar os presentes, com sorrisos forçados, muito abertos, congelados no rosto.

Avô e neta pararam ao entrar na livraria, os olhos fixos nos livros da vitrine – uma cena completa era retratada na vidraça, um mar e um pôr do sol rosa-alaranjado que exibiam livros de diferentes tamanhos e cores. A Mukesh, as ondas e o azul profundo do mar faziam lembrar Pi, seu oceano, seu bote e seu tigre.

– Uau! – arquejou Priya em silêncio, mas logo reprimiu o espanto e procurou fingir indiferença.

Mukesh sentia a mesma fascinação. Agora já estava familiarizado com a biblioteca, mas aquela livraria lhe parecia muito mais viva. Prateleiras e mais prateleiras abarrotadas. Vários andares, muitas mesas, pilhas de livros. Era como se todos os volumes flutuassem ao seu redor, erguidos por uma certa magia, e oferecessem novos mundos, novas experiências. Era lindo.

– Vem comigo – pediu ele a Priya, levando-a ao caixa.

Ao chegar ao balcão, fez uma pausa e preparou-se mentalmente, aquele primeiro dia na biblioteca ecoando em sua memória.

– Com licença – disse à atendente, tentando parecer ousado diante da neta, que espiava eletrizada, espichando a cabeça acima do balcão.

– Como posso ajudar? – perguntou a mulher, sorrindo.

Ele relaxou. Uma interação muito diferente da primeira que havia tido com Aleisha.

– Eu quero três livros, por favor. *Rebecca* – disse, olhando para baixo e sorrindo para Priya –, *O caçador de pipas* e *O sol é para tudo*.

Disse os nomes dos dois últimos tão rápido que ela ("Louisa", a julgar pelo nome no broche) lhe pediu que repetisse.

– *Re-bec-ca* – enunciou ele, baixinho. – *O caçador de pipas* e *O sol é pa-ra tu-do*, de Lee Harper.

– Obrigada, senhor. Vou verificar.

Os dedos dela se moviam céleres sobre o teclado.

– Sim, temos todos. Vou mostrar ao senhor.

Ela saiu de trás do balcão. Várias outras pessoas vasculhavam livros, e ele se pôs a pensar se a mulher teria tempo para lhes mostrar aonde deveriam ir e, ainda assim, voltar a tempo para atender mais alguém. Ele olhou em volta. Só o que enxergava eram livros, mesas e escadas. Atrás de uma mesa com pilhas altas de livros de bolso, viu uma jovem que poderia certamente ser Scout crescida. Parou de repente. O rosto dela era igualzinho ao que ele havia imaginado. Seu cabelo também era curto, loiro e desgrenhado. Será que *era* Scout? Mas como? Scout não existia, por mais que ele desejasse o contrário. Priya puxou a manga do seu dada e apontou para a mulher, alguns passos à frente. Os olhos da menina percorriam a livraria, absorvendo cada detalhe.

– Não é incrível? – sussurrou Mukesh, mais para si mesmo do que para ela.

Quando voltou o olhar novamente para Louisa, ela já estava subindo a escadaria. Apressou o passo para alcançá-la, segurando Priya pela mão. Perguntava-se como os outros clientes não percebiam os personagens caminhando pela loja: o fantasma de Rebecca à espreita numa curva, escolhendo o romance que leria durante as férias na praia; Atticus enfurnado na seção de enciclopédias, cercado por calhamaços – como não poderia deixar de ser! Como é que mais ninguém estava eufórico como Mukesh?

Acabaram por localizar todos os livros. Louisa os tirou das prateleiras um por um para checar se eram as edições que ele queria. Ele assentiu. Não sabia exatamente o que isso queria dizer, mas, se eram os livros certos, era o que contava. Entregou cada um a Priya.

– O que você acha? Quais capas você prefere?

– Hein? – Os olhos descrentes da menina se voltaram para ele. – São pra *mim*?

– Sim!

Em instantes, Mukesh sentiu-se sem fôlego, seus pulmões esvaziados pelo abraço apertado de Priya. A mulher os observava e sorria, e Mukesh não se importava por mal conseguir respirar. Não se lembrava da última vez que Priya o abraçara sem ter sido obrigada pela mãe.

Quando a menina por fim o soltou, olhou direto para os livros.

– Eu gosto *destes aqui* – disse, correndo os dedos por sobre o relevo e o brilho das capas antes de abraçá-los com força.

– Maravilhoso, mocinha. Posso ajudar em algo mais? – perguntou Louisa.

– Por que esses livros, Dada? Eram os favoritos da Ba? – perguntou Priya enquanto se empanturrava de cheesecake no café da livraria.

Ele deu de ombros, devorando um bolinho de chocolate. Uma pitada de vergonha o acometia. Não sabia a resposta para aquela pergunta. *Nunca* perguntara. Naina sempre parecia tão absorta quando lia... Ele nunca havia parado para pensar que talvez os livros pudessem revelar mais a ele do que qualquer outra coisa. Só agora que ele próprio começara a ler, agora que via Rebecca fuçando as prateleiras, a Sra. Danvers sentada a seu lado no café da Foyles comendo um bagel com cream cheese ou Amir e Hassan correndo de um lado para outro entre as mesas, só *agora* ele percebia quão gostoso poderia ter sido aprender um pouco mais sobre o universo de Naina e os personagens que caminhavam ao lado dela.

Não queria mostrar esse arrependimento a Priya, que finalmente parecia animada em passar um tempo com ele. Por isso preferiu dizer:

– Acho que sua ba lia *todos* os livros. Ela amava ler!

– Isso eu sei, Dada – disse ela, examinando-o. – Mas ela leu *esses*? Eram os favoritos dela?

A menina pôs seus três novos livros à frente como se jogasse cartas. Acariciou as capas novamente, mas não sem antes limpar a mão para não sujá-las de cheesecake. Naina sempre limpava as mãos numa toalha de chá antes de pegar um livro.

– Não sei bem. Mas eles são os *meus* favoritos.

Esperou para ver se a frase teria algum impacto, se ela se importaria. A menina não deixou transparecer nada. Deu de ombros.

– Então pode me dizer sobre o que eles são? Só pra eu pegar um *gostinho*, sabe?

Ele assentiu. Nunca tivera que fazer aquilo antes – parecia uma espécie de teste. Recordou-se do semblante de Aleisha depois que ela terminara *O caçador de pipas*, quanta emoção e entusiasmo havia naquela indicação. Ele tentava canalizar a energia dela ao resumir cada romance.

– Então vamos lá. *O sol é para todos*.

Mukesh olhou de relance para Atticus Finch na seção de enciclopédias, que dava para avistar do café. Priya tinha os olhos arregalados, atentos, focados no rosto do avô.

– É sobre um irmão e uma irmã, Jem e Scout, que aprendem lições de vida cruciais. O pai deles, Atticus Finch, é um advogado importante. É *muito* bom, *muito* sábio e justo. Ele está defendendo um homem chamado Tom Robinson, acusado de atacar uma mulher branca só por ser negro. É a palavra dela contra a dele. Scout e Jem são jovens demais para entender. Então nós acompanhamos os dois enquanto compreendem o que acontece, enquanto eles veem a injustiça com seus olhos de criança. E aí o que acontece depois...

– Dada, para! – berrou Priya, erguendo as mãos. – Deixa que eu leio. Queria só um *gostinho*.

– Sim, sim, você está certa. Bom, esse foi um pequeno *gostinho*.

Passou para o livro seguinte: *Rebecca*. Começou a descrevê-lo com sons de "uuuu". Esperava criar um clima de suspense, mas na realidade soava como um vovô com dor nas juntas.

– Está tudo bem, Dada? Quer sentar aqui, que é mais acolchoado? – ofereceu Priya, levantando-se e apontando para a almofada embaixo dela.

– *Na, beta*, tudo bem, foi só uma pontada – disse, constrangido. – Onde eu estava? Ah, sim... Se lembra das suas férias de verão na Cornualha?

– Sim, Dada, claro.

– Pois é, com todos aqueles penhascos, as ondas bravas...

– Lembro.

– Bom, imagina uma casa enorme ali naquela área e um fantasma de uma mulher caminhando pelos corredores... É assim que *Rebecca* constrói uma atmosfera medonha e estranha, e a paisagem é como se fosse uma pessoa! Não sei se é *mesmo* a Cornualha no livro, mas parece. A Cornualha te passa essa impressão?

Por um milésimo de segundo, Mukesh observou a si mesmo sem acreditar no que via. Estava debatendo livros como se entendesse *mesmo* do assunto. Soava como um professor de literatura, talvez até um bibliotecário. Sentiu sua coluna se esticar um pouco e a pele se eriçar de orgulho.

– Não, não passa. A gente costuma surfar lá e é lindo quando tem sol. Mas venta muito e assusta quando não tem.

– Exatamente! Tem esse lado bonito e esse lado sombrio... Assim como a Rebecca.

Passou então para *O caçador de pipas*. Não sabia por onde começar.

– Talvez esse livro seja triste e adulto demais pra você.

Priya fez que não.

– Uma amiga minha leu na escola. Ela é um pouco mais velha que eu, mas eu sou melhor leitora que ela – avaliou com naturalidade.

– Certo. É a história de dois amigos, que são como irmãos, Amir e Hassan – relatou Mukesh, apontando para os dois meninos na capa. – Só que Amir é de família rica e Hassan, não. Hassan é filho do serviçal da família do Amir.

Ele segurava *O caçador de pipas* nas mãos. Ainda que a história fosse tão diferente da sua e da de seus amigos, algo no vínculo entre Amir e Hassan sempre lhe fazia lembrar seu bom amigo de infância no Quênia, Umang. Os dois meninos eram parecidos demais em vários aspectos, mas diferiam em termos de passado e futuro – Mukesh sempre soube que teria oportunidades, mas Umang... Umang não as teria.

Ele esperava que Umang estivesse bem – o garoto tinha um coração de ouro, uma mente sagaz, uma sabedoria que não condizia com a idade. Mukesh adorava brincar com ele – sentia-se autêntico na presença do amigo. "São farinha do mesmo saco", vivia dizendo sua mãe aos dois, em inglês.

Na adolescência se afastaram, e só se esbarravam de vez em quando pela rua ou na praia. Mukesh havia passado anos sem sequer pensar em Umang. Até ler *O caçador de pipas*.

– Quando eu era novo, tinha um melhor amigo – iniciou Mukesh, sem saber como contar a história sem parecer um vilão. Reparou que a Sra. Danvers havia parado de comer seu bagel com cream cheese para observá-lo. – Ele sempre queria passar o tempo comigo. Certo dia, deixei Umang esperando sozinho do lado de fora da minha casa porque eu não queria brincar, queria ficar sozinho. Só que meu amigo, bom, ele estava ali só pela companhia, pra ter um pouco de paz e sossego e provavelmente por causa do dosa que minha mãe fazia. Todo mundo na nossa aldeia *amava* o dosa da minha mãe.

– Era tão bom quanto o da Ba?

– Quer saber? A receita da sua ba foi a minha mãe quem deu! Eu fiz outras coisas de que não me orgulho. Hoje, olhando para trás, vejo que fui um amigo terrível para Umang, só brincava com ele se me desse na telha. Quando uns meninos mais velhos passaram a me chamar pra brincar, abandonei Umang. Não queria que os rapazes soubessem que éramos melhores amigos. O que eles poderiam pensar? Nossas famílias eram muito diferentes, sabe?

Mukesh respirou fundo. Será que Atticus encontraria significado naquela história?

– É bom ser gentil com as pessoas, ainda mais com quem a gente ama, porque só sabemos o que elas estão passando quando vivemos a mesma situação. E geralmente, quando isso acontece, já é tarde demais. Mas, sim – Mukesh deu um tapinha no livro –, talvez este seja melhor ficar pra quando você for um pouquinho mais velha. *Ha*?

– Ok, Dada, se você diz...

De repente, ali estava Naina, sentada a seu lado. Havia voltado. Havia voltado para ele por um breve instante. O rosto dela brilhava, o sorriso resplandecia. O dia de hoje tinha sido uma conquista, e ele mal podia esperar para contar a Aleisha.

A lista de leitura

INDIRA

2017

Do lado de fora da biblioteca, Indira espiava através das portas com a lista nas mãos. Olhava para o papel como quem espera instruções. Naquela manhã, a filha de sua vizinha havia depositado um bilhete em sua caixa de correio: *Querida Indira, queria lhe informar que minha mãe, Linda, está se mudando de Wembley. Ela vai morar comigo – estamos muito animados com a mudança. A memória dela já não é lá essas coisas e sentimos que chegou a hora de tê-la por perto. Por favor, mantenha contato. Tudo de bom, Olivia.*

Linda havia sido vizinha de Indira pelos últimos vinte anos. Não eram melhores amigas, mas se falavam quase todos os dias às dez da manhã, hora em que se sentavam por alguns minutos no jardim. Ambas eram solitárias e preenchiam seus dias com palavras cruzadas e pausas para o chá e o chai. Ambas tinham rotinas desprovidas de propósito. Nesse dia, porém, Indira se dera conta de haver uma diferença. Linda tinha quem cuidasse dela e agora não ficaria mais sozinha. Já Indira... não tinha ninguém. Sua filha Maya morava na Austrália – viam-se a cada poucos anos. Maya e o marido jamais sugeriram que Indira fosse morar com eles.

Desdobrara e lera o bilhete de Olivia uma, duas, três vezes. Incomodada, mas sem saber por quê, pegara o casaco no cabideiro e o colocara sobre os ombros – precisava sair de casa, ainda que não tivesse para onde ir. Ao tirar do bolso a sacola de plástico que trouxera do mandir, notara dentro dela um bilhete. O *outro*. Aquele que encontrara semanas antes no escaninho de sapatos do templo, com uma lista.

Biblioteca da Harrow Road, era o que estava escrito no verso.

Muito bem, pensara Indira com seus botões. *É pra lá que eu vou.*

Indira sempre foi de procurar sinais por toda parte. A princípio, a lista de livros não lhe parecera um deles. Mas continuava a atrair sua atenção, feito uma sirene na noite. E, nesse dia, a encontrara no exato momento em que precisava de uma distração. A biblioteca ficava a poucas ruas de distância da casa dela. Podia muito bem ir até lá, não tinha nada para fazer. Nunca tinha nada para fazer. Não ia à biblioteca desde que Maya era pequena e elas se aninhavam na seção infantil para ler historinhas.

O sol é para todos, de Harper Lee. Estaria na prateleira da letra L, ela repetia a si mesma.

Agora, já diante da biblioteca, Indira respirou fundo e abriu as portas. Foi logo cumprimentada por um homem indiano atrás do balcão. Ele usava suéter, cardigã, colete, uma coisa assim.

– Olá, senhora! – disse ele, com um sorriso aberto. – Como posso ajudar?

Seu sorriso era contagiante, ela não tinha como não retribuir.

– Ah, oi! Estou procurando uns livros – respondeu, entregando a ele a lista. – Qualquer um desses serve, mas há algum que você sugira ler antes? Ou simplesmente começo pelo primeiro?

Ela sentia que estava tagarelando sem controle. O homem a princípio ficou em silêncio, passando e repassando os olhos pela folha de papel.

– Pode começar por qual preferir, é claro – disse ele. – Mas *O caçador de pipas*, olha... está sendo lido atualmente no nosso clube do livro. Uma das voluntárias que conduzem o clube está logo ali.

Ele apontou para uma mulher branca, cerca de vinte anos mais jovem que Indira, de cabelo branco preso num coque, metade do rosto escondido pelo livro.

– Lucy! – chamou ele, e a mulher ergueu o olhar, também com um sorriso aberto. Todo mundo ali era sorridente. – Tem uma senhora aqui que está procurando *O caçador de pipas*!

A mulher se apressou a ir ao encontro dos dois, com seu próprio exemplar nas mãos.

– Ah, meu Deus, sim, a senhora vai amar! Temos alguns exemplares na prateleira. Se estiver interessada, pode vir ao nosso clube do livro.

– Que dia é? – perguntou Indira, com cautela, sem saber direito com o que estava se comprometendo. Só havia ido até ali por causa de uns poucos livros numa lista.

– A gente se reúne na segunda quinta-feira de cada mês.

Indira soube então que estaria livre. Indira sempre estava livre.

– Sim, ok. Eu... eu vou ler o livro e aí, se gostar, posso vir?

– É claro – disse a mulher, a tal Lucy. – Mas, se não gostar, tudo bem também! Amamos uma boa discussão. Tem uma moça chamada Leonora que se tornou sócia da biblioteca por causa do clube do livro. E tem outra chamada Izzy, uma leitora voraz, que vive por aqui sempre com uma lista enorme de livros, um pouco como a sua, aliás, só que ela já leu *O caçador de pipas*. Está com o livro *cheio* de post-its. Até parece uma detetive investigando um caso... Mas, enfim, ela já disse que não curtiu a leitura. Ou seja: goste ou não do livro, a senhora sempre vai encontrar *alguém* que esteja na mesma sintonia. É uma boa forma de se conectar com as pessoas.

A bibliotecária abriu um sorriso caloroso, mas deixou aquela última frase pairar no ar, olhando diretamente nos olhos de Indira. Ou teria sido apenas sua imaginação?

– Lucy é uma das nossas voluntárias; conhece este lugar como se fosse a casa dela. Gostaria que eu pegasse os outros livros para a senhora?

O bibliotecário indiano olhava Indira de alto a baixo. Sua preocupação óbvia era o andador dela.

– É... Não, na verdade não. De repente eu levo só esse, pra começar. Pra ver se me agrada.

Ela olhou para o exemplar na mão da mulher e imaginou se seria capaz de ler o livro inteiro. Fazia muito tempo que não lia tanto em inglês.

– Vocês têm esse livro em gujarate? – perguntou ela ao indiano, na esperança de que ele a entendesse.

– Esse não, mas temos vários livros em gujarate – disse ele, levando-a até a estante certa, na qual havia cerca de cinquenta livros, o bastante para mantê-la ocupada por um longo tempo.

– Uau! – exclamou ela. – Bom, vou começar com *O caçador de pipas*, mas depois creio que eu vá precisar voltar pra ler estes.

– E os outros livros na sua lista?

Ela olhou para baixo.

– Sim, sim, claro. Eu *vou* voltar.

– Foi muito bom conhecer a senhora… Me desculpe, qual o seu nome? – perguntou a bibliotecária.

– Indira. Prazer em conhecer você também, Lucy. Estou animada com o clube do livro.

– Ah, somos um grupo muito bacana, embora eu seja suspeita para falar! A senhora vai amar. Trazemos bolos e petiscos. Caso um dia sinta vontade de compartilhar algo, será mais do que bem-vinda.

– Obrigada!

– Nós aqui somos uma pequena comunidade – comentou Lucy, ainda radiante.

Indira ficou pensando se tanta felicidade não fazia as bochechas dela doerem.

Ao sair da biblioteca, Indira soube que voltaria – era tão incrível aquela estante cheia de livros… Gostava de ler em inglês, e até lia bem, mas sentia falta de ler livros em gujarate.

A lista continuava em suas mãos, guardada no interior de *O caçador de pipas*.

– Obrigada – murmurou para o pedaço de papel. – Obrigada por me trazer até aqui.

PARTE VI

ORGULHO E PRECONCEITO

de Jane Austen

Capítulo 19

ALEISHA

Ela olhou de relance para a mesa de cabeceira. *Orgulho e preconceito* a encarava. *Definitivamente* não fazia seu estilo. Já havia tentado duas vezes e não conseguia embarcar naquele mundo de danças, bailes, casamentos arranjados e mães enxeridas do início do século XIX. Mas o Sr. P lia rápido e, naquele ritmo, logo a alcançaria. Assim, ela forçava os olhos a se concentrarem nas palavras e imagens da casa da família Bennet. Na Sra. Bennet, mandona e autoritária. Na sua filha Elizabeth, um tanto atrevida. No Sr. Darcy, o mocinho, personagem de Colin Firth na minissérie da BBC... Bem atrevido também. Não resistia a compará-lo a Zac. Volta e meia ele surgia na cabeça de Aleisha desde que ela começara a ler aquela cafonice. Não entendia bem por quê, mas ele vivia aparecendo no horizonte de sua mente com roupas de época, semblante pensativo e contrito, igualzinho ao Sr. Darcy. Ela imaginava Leilah no lugar da Sra. Bennet... Será que ela o aprovaria? Caiu em si, vendo sua imaginação ir longe demais. Como poderia estar pensando em Zac e Leilah daquela forma?

Ouviu o piso do andar de cima ranger. O quarto de Aidan ficava bem acima do seu, mas Aleisha tinha certeza de que ele estaria no décimo sono àquela hora. Sairia cedo para trabalhar no dia seguinte, a julgar pelos post-its grudados na geladeira. No entanto, parecia que estava andando freneticamente pelo cômodo. Ela ocupava o quarto térreo havia tempo suficiente para decifrar o que cada rangido significava. Geralmente, eram aqueles vindos do quarto de Leilah que a perturbavam mais. Ela pousou o livro virado para baixo na cama, saiu de fininho e subiu as escadas, tentando não fazer barulho. Não queria acordar Leilah. Postou-se diante do quarto de Aidan e estendeu uma das mãos, pronta para bater à porta, mas agora ouvia claramente os passos, além de um choro baixo e sufocado. Seu coração se apertou. Uma parte dela queria entrar correndo no quarto e abraçar o irmão com toda a força. Mas outra parte, a parte covarde, lhe dizia que ele odiaria, que preferia ser deixado em paz. Ela permitiu que a segunda parte vencesse e, de mansinho, desceu as escadas.

Fechou a porta do próprio quarto. Tentou colocar os fones de ouvido e se forçar a ouvir música para esquecer o irmão, mas continuava pensando nele.

Abriu *Orgulho e preconceito* mais uma vez, torcendo para criar algum tipo de conexão com os personagens antiquados, seus babados e vestidos, torcendo até para visualizar Zac em seu figurino de época e aquilo chacoalhar sua imaginação. Mas sua mente continuava em Aidan, no quarto dele. Ela fechou o livro e o largou ao lado da cama. Não importava o que fizesse, sua casa havia se tornado Manderley de novo, com fantasmas à espreita pelos cantos. Fechou os olhos com força, a escuridão rodopiando por trás deles.

– Oi, Leish.

Seu irmão pôs a cabeça para dentro de seu quarto na manhã seguinte. A luz já se insinuava por entre as cortinas, mas a calmaria dentro de casa era um sinal de que ainda era muito cedo. Ela respondeu com um resmungo, esfregando os olhos para despertar.

– Fiz umas trocas de horário. Hoje eu trabalho, mas à noite vou estar em casa. – Ele fez uma pausa. – Chego a tempo de você sair para aquele churrasco.

Aleisha buscava desesperadamente sinais de estresse e tensão no rosto do irmão, mas só enxergava brilho; os olhos dele cintilavam como se estivesse armando algo. A mesma cara que ele fazia quando era criança e planejava juntar lama do jardim num bolo para dar a ela de aniversário, ou quando revestia o assento da privada com plástico-filme… e então plantava o rolo no quarto de Aleisha para Dean encontrar.

Ela não entendia como Aidan poderia já ter superado o que quer que tivesse acontecido na noite anterior. Teria sido um sonho?

– Aidan, tudo bem com você? É que...

– Tudo, tudo! – cortou ele. – Então, o churrasco, aquele que a Mia mencionou... Você devia ir, sair de casa, curtir as últimas semanas do verão.

– Não – rebateu Aleisha, com um riso frágil. – Eu não vou. Vou ficar aqui. Poxa, faz tanto tempo que você não tem uma noite de folga... – Ela jogou as pernas para fora da cama, enfiando os pés nos chinelos. – A gente pode ficar de bobeira.

– Não, você vai. Faz semanas que não vejo você sair com suas amigas. Mamãe e eu achamos que vai ser bom pra você.

– Você falou pra mamãe?

– Falei.

De novo. Aidan e Leilah, uma unidade parental ditando como Aleisha deveria viver sua vida. Era muito curioso: quando os dois queriam, ela ainda era uma criança. Mas, quando Leilah precisava que ela fosse adulta, Aleisha não tinha sequer o luxo de ser adolescente.

– Promete que vai pensar? – perguntou Aidan, erguendo o mindinho.

– Prometo – grunhiu Aleisha, estudando o rosto do irmão em busca de um lapso momentâneo, qualquer sinal.

Aidan sacudiu o mindinho, apenas o rosto e a mão visíveis pela fresta da porta.

– Já prometi! – irritou-se Aleisha, sacudindo o mindinho em resposta.

– Ótimo. A gente se vê. Deixei uns lembretes na geladeira também.

Ela observou cada movimento de Aidan enquanto ele saía caminhando firme com a energia de sempre. Afastou da mente a imagem, a história que havia inventado na noite anterior, a cena que visualizara através da porta fechada do quarto dele.

Se Aidan não tivesse feito um esforço extra e trocado de turno apenas para que ela pudesse sair, Aleisha estaria digitando uma desculpa no WhatsApp. Diria que estava doente, enjoada, com enxaqueca. Mas os post-its que ele deixara na geladeira com frases como *Sai de casa*, *Divirta-se* ou *Vou estar aqui no seu lugar* a fizeram se sentir culpada. Então lá estava ela vestindo um short e uma blusa que só usava para sair à noite.

Pôs no bolso de trás seu maço de cigarros "de balada", cuja existência a mãe e Aidan desconheciam.

– Aidan, abre a porta pra mim quando eu voltar mais tarde? Eu toco a campainha. Não tenho onde botar a chave! – gritou Aleisha para o irmão do pé da escada.

Ambos sabiam que a verdadeira razão pela qual ela estava deixando a chave em casa era sua tendência de esquecê-la por aí quando bebia. Aidan já tinha precisado trocar a fechadura duas vezes.

– Abro, abro! – gritou ele de volta. – Agora vai se divertir.

O ar estava mais fresco naquela noite e o céu se transformara em algodão--doce. Ela comprou seis garrafas de cerveja usando a carteira de identidade retocada com corretivo e as habilidades à caneta que Rahul havia lhe ensinado. Ao chegar ao parque, ouviu seus colegas antes mesmo de avistá-los. Conhecia bem o cenário: um churrasco ilegal, risadas aditivadas por bebida e fumo. A base das amizades. O parque estava quase deserto, embora houvesse algumas pessoas passeando com cachorros e uns poucos grupos de adolescentes (para os quais os amigos de Aleisha, muito maduros, torciam o nariz).

Ouviu a risada de Rahul, retumbante como se ele quisesse provar que estava se divertindo.

– Você veio! – disse Mia, levantando-se de um salto ao ver Aleisha. – Achei que não viesse. Sabe como é... *Furona*!

Aleisha riu, constrangida. Mia deu uma piscadela.

– Kacey e as outras não estão aqui?

– Nada. Foram ver um show, um negócio assim. Arrumaram ingressos de última hora e pularam fora. Vão ficar arrasadas de não te encontrar, mas, sabe como é, elas não achavam que você viria. – Doeu, mas Aleisha sabia que era verdade. – Me conta, o que você tem feito? *Ninguém* tem te visto.

Aleisha prendeu a respiração por um momento. Não andava fazendo *nada*. Sua única novidade era ter conhecido o Sr. P, estar lendo livros, ler para a mãe. Tudo bobagem para elas.

– Não tenho feito muita coisa – respondeu.

– Gente – gritou Mia para todos –, Aleisha está trabalhando na Biblioteca da Harrow Road!

Aleisha sentiu o rosto perder a cor. Algumas pessoas riram, mas a maioria nem sequer ergueu o olhar.

– Achei que aquele lugar fosse fechar – comentou Rahul, dando uma piscadela para ela para entrar na conversa.

Aleisha não respondeu nada. Queria que aquilo acabasse. Não tinha mais nada a dizer para ninguém ali.

Passou a noite tentando agir como se um abismo não tivesse se aberto entre ela e Mia, amigas que se transformaram em estranhas cujos círculos eram os mesmos, que viviam no mesmo lugar, mas sem que uma conhecesse qualquer detalhe da vida da outra. Rahul olhava na direção dela o tempo todo, em busca de uma oportunidade para iniciar um papo, o que fazia de Mia a única proteção no momento. Manteve os olhos fixos nela, vendo-a beber sidra na garrafa, fingindo se importar com as férias de verão da família dela e a maconha que fumara com o pai e o irmão. Quanta rebeldia.

Às onze da noite, os jovens já haviam começado a ir embora. Todos queriam ir para casa mais cedo – era a terceira noitada da semana. Aleisha não saíra do lado de Mia a noite inteira. De repente, Mia jogou a cabeça para trás e gargalhou, quase se desequilibrando e levando Aleisha junto. Alguns caras encaravam Mia enquanto ela ficava cada vez mais bêbada, barulhenta e alegre.

– Mi, vamos pra casa agora?

Mia fez que não, ergueu seu braço bêbado e vacilante e cantarolou ao som fraco da música do celular de alguém. O churrasco estava esquecido e o grupo havia marcado seu território com um círculo de garrafas e latas descartadas.

Aleisha tentava erguer Mia, que estava determinada a ficar deitada no chão, olhando para o céu e cantando ao vento. Quando Aleisha se deu conta, Rahul já estava a seu lado.

– Deixa eu te ajudar – disse ele.

– Não, tudo bem – respondeu Mia no lugar de Aleisha, do chão.

– Ok – disse Aleisha, assentindo para ele, porque sozinha não conseguiria.

Rahul não disse mais nada. Abaixou-se junto a Mia.

– Mi – disse, com delicadeza –, acho melhor a gente ir agora. Já é tarde e todo mundo está indo pra casa.

Mia balançou a cabeça num gesto dramático.

– Ninguém vai pra casa – afirmou, com uma voz repentinamente nítida e clara. – Aleisha veio, então a gente precisa aproveitar ao máximo. Talvez a gente *nunca* veja essa garota de novo.

Juntos, tinham força e determinação suficientes para levantar Mia e carregá-la, cada braço no ombro de um deles. Mesmo quando Mia tirou os pés do chão, flutuando entre os dois amigos, eles aguentaram firme. Mia se despediu do restante do grupo, reclamando dos acompanhantes, e foi levada para fora do parque.

Aleisha estava irritada, mas tentava disfarçar. Aidan sempre dissera que conseguia lê-la como um livro, e ela só torcia para que mais ninguém conseguisse. Não queria que a noite acabasse daquele jeito. Queria que a amiga não estivesse tão bêbada. Queria que Rahul não estivesse ali.

Mia ainda morava na mesma casa, do outro lado de Wembley. Aleisha esperava conseguir pegar um ônibus de volta. Ainda era cedo; sabia que Aidan estaria acordado. Provavelmente vendo algo no YouTube. Era como ela costumava encontrá-lo àquela hora da noite na sala escura, o rosto iluminado pela tela do computador, que lhe emprestava um brilho esverdeado e macabro. Deveria lhe mandar uma mensagem, mas sabia que isso equivaleria a admitir a derrota, admitir que não era capaz de se divertir, por mais que se esforçasse. Ficaria provado para seu irmão mais velho que ela não era tão boa quanto ele. Manteve o celular bem guardado no bolso.

Na rua de Mia, Aleisha reconheceu as casas, e a memória muscular a guiou pelo restante do caminho.

Quando chegaram à porta, todas as cortinas estavam fechadas e não havia qualquer luz nas janelas. Era meia-noite, a rua estava quieta e Aleisha não ousava tocar a campainha. Rahul deu de ombros. Mia não estava sóbria o bastante para encontrar as chaves na bolsa. Aleisha a ajudou nessa tarefa, guiada pelo tilintar metálico. Por fim abriu a porta para a amiga, que rodopiou degrau acima e fechou a porta na cara de Aleisha e Rahul sem dizer uma palavra. Ouviram a barulheira que ela fazia lá dentro. Não precisavam ter se preocupado em não acordar a família – Mia estava dando conta do recado.

– Então – sussurrou Rahul –, agora te levo até sua casa, tá?

Aleisha balançou a cabeça.

– Não, não precisa.

Rahul insistiu, mas Aleisha puxou o celular. Hora de dar o braço a torcer. Ligou para Aidan.

Os dois aguardaram em frente à casa de Mia, Aleisha morta de frio, repentinamente ciente de estar usando short e uma droga de blusa de alcinha. Abraçava a si mesma, evitando contato visual com Rahul, para que ele não resolvesse lhe oferecer algo para aquecê-la. A espera pareceu interminável. Queria falar com Rahul, contar-lhe o que vinha acontecendo em casa, falar do senhor com quem fizera amizade na biblioteca. Será que ele riria, acharia bobo? Ou talvez diria ser legal da parte dela fazer companhia a um velho solitário? Ela queria alguém com quem conversar, alguém que não fosse Aidan, que não soubesse como era cuidar da própria mãe quando ela não conseguia cuidar de si mesma, mas que talvez fosse capaz de entender.

Em dado momento, abriu a boca para começar a falar, mas se conteve. Não fazia sentido. O pouquinho que contara a Rahul sobre a mãe havia sido provavelmente o que o assustara. Não era uma conversa comum entre adolescentes. Havia contado uma parte ao Sr. P e já bastava. Tinha Aidan; estavam juntos nessa.

E então, em meio ao silêncio, o carro de Aidan parou logo em frente, a música em volume mais baixo que o habitual, e seu irmão os chamou pela janela:

– Entrem, vocês dois.

Por mais que tivesse temido aquela noite, agora seu coração era um poço vazio. Uma vez na vida, queria ter sido a adolescente problemática que enchia a cara e dava trabalho. Acabou sendo a menina sensata que faz a coisa certa e toma conta dos outros. Nada havia mudado.

Capítulo 20

MUKESH

BIP. "Oi, papai, é a Rohini. Muito obrigada por tomar conta da Priya." "*Obrigada, Dada!*", repetiu Priya ao fundo. "Ela disse que se divertiu muito em Londres com você. Espero que tenham tomado cuidado. Falo mais por você do que por ela, é claro."

BIP. "Oi, pai, é a Vritti. Desculpa por ligar mais cedo que o normal. Acabei de sair do telefone com a Rohini. Quer aparecer na semana que vem para almoçar ou algo assim? Posso te buscar pra você não precisar pegar o metrô. Adoraria te ver, de verdade!"

BIP. "Oi, Sr. P, é a Aleisha. Desculpa por ligar. É que a biblioteca está muito parada hoje e resolvi checar se o senhor está gostando de *As aventuras de Pi*. Tenho outro livro para o senhor quando tiver tempo. Enfim, talvez eu ligue de novo depois."

Ligar de novo depois? Um pânico inesperado subiu à garganta de Mukesh. Nunca havia falado com Aleisha ao telefone. Sobre o que conversariam? Ele não tinha checado suas mensagens pela manhã porque Nilakshi aparecera cedo para passar o dia com ele. Agora Aleisha poderia ligar a qualquer momento e ele mal estaria preparado!

– Quem era essa na secretária eletrônica? – perguntou Nilakshi na sala, sentada em seu lugar de sempre (sim, ela agora tinha um lugar de sempre...) e assistindo a uma novela em híndi na Zee TV.

– Ah... É só a minha... bibliotecária – disse Mukesh, pensando se era a forma correta de descrevê-la.

– Ah, aquela moça simpática! – reagiu ela, sem desviar o olhar da TV nem por um minuto. – Você já me falou tanto dela... Parece que ela já leu um monte de livros. Naina não teria amado esse trabalho?

– Teria – assentiu Mukesh, cujas pernas tremiam um pouco ao se acomodar de volta na poltrona.

Como faltavam poucas páginas de *As aventuras de Pi*, pôs os fones com cancelamento de ruído que Nilakshi trouxera para ele e que tinham sido do marido dela. Assim, abafou a música e o falatório ensurdecedores do programa da Zee TV e mergulhou de volta na leitura. A Zee TV era agora o canal mais assistido da casa, o que o deixava estranhamente satisfeito. Havia substituído a Netflix e a ladainha de David Attenborough na National Geographic.

Ao virar a página final do livro, deixando para trás Pi e sua história inacreditável, manteve os fones nos ouvidos, torcendo por um momento duradouro de silêncio que lhe permitisse organizar os pensamentos. Não queria que o livro terminasse, mas precisava saber o que a jornada de Pi significava – teria sido real ou imaginada? A história estava impregnada em sua mente e seu coração. Para Pi, a jornada fora longa e árdua; para Mukesh, fascinante e reveladora.

Observou Nilakshi de canto de olho. Ela se levantou do sofá e se dirigiu ao corredor. Voltou um instante depois. Seus lábios se moviam, mas ele não ouvia uma palavra. Ela sacudia o telefone em frente ao rosto dele.

– O que foi? – perguntou Mukesh, tirando os fones e os encaixando em torno do pescoço.

– É pra você! A bibliotecária!

– Ah – disse Mukesh, e seu coração voltou a acelerar.

Nilakshi atendera seu telefone. E se fosse uma de suas filhas? Ele pegou o aparelho, cobriu o bocal com a mão e saiu depressa da sala, entrando no quarto ao lado.

– Alô?

– Sr. Patel! Sr. P! Desculpa. Espero não estar incomodando o senhor em casa. Hoje a biblioteca está tão lotada quanto Manderley. Eu gosto do silêncio, mas o tempo está se arrastando um pouco. Aliás, quem era?

– Quem era quem?

– A mulher que atendeu o telefone.

Mukesh respirou fundo por um momento.

– A minha... É... Eu tenho... Era a minha filha. Às vezes ela atende o telefone pra mim. Eu estava lendo, sabe?

– *As aventuras de Pi*? Já terminou?

– Acabei de terminar! – respondeu Mukesh, grato por ela não insistir na pergunta anterior.

Sentia-se tomado pela culpa. Culpa por mentir, culpa pelo motivo da mentira.

Imaginou Aleisha sentada ao balcão, tomando conta da biblioteca, e se perguntou quem estaria lá hoje. Será que o outro senhor idoso estaria, aquele que gostava de pegar um café na máquina e sentar-se junto à janela com o jornal no colo? Ou talvez Chris, mergulhado em outro policial? Ou quem sabe os membros do clube do livro? *Ver*, ele jamais os vira por enquanto, mas imaginava como seriam – óculos grandes, sacolas cheias de livros, roupas impecáveis.

– E então, o que achou?

– Hein? – disse Mukesh, cuja mente continuava na biblioteca.

– Do livro!

– Ah, sim, que cabeça a minha! É maravilhoso – confessou Mukesh. – É inacreditável. Não consigo imaginar aquilo acontecendo. Como é que o Pi perde tudo num naufrágio, mas sobrevive duzentos dias num bote salva-vidas com tigres, macacos e hienas?!

– Bom, é só um livro – disse Aleisha. – Mas... da forma como a história é escrita... tudo que acontece é bem louco.

– No final, tem um detalhe que me fez pensar se tudo não teria sido só a imaginação do Pi. Será que foi tudo verdade?

– Não sei o que o autor queria que a gente pensasse, mas... eu acredito no Pi. O senhor não?

– Sim, mas é tão triste... Como ele conseguiu? Tão sozinho, tão solitário e ainda assim... tão corajoso!

– Acho que tudo tem algum outro significado. Sabe aquelas histórias bíblicas, que têm diferentes interpretações? Meus professores *viviam* falando na Bíblia quando a gente era criança. Eu nunca entendi. Tive que perguntar ao meu pai. Ele também não fazia ideia.

Ela estava falando do pai outra vez. Seria apenas sua imaginação ou Aleisha parecia ligeiramente menos reservada nos últimos dias?

– Mas sei lá – continuou ela. – Fiquei pensando se o tigre não significa algo. Tipo resiliência, alguma coisa assim.

– Talvez. Não pensei tão a fundo. Não sou inteligente como você. Ou como a minha esposa, Naina – confessou ele, com a mente mais uma vez assombrada pela figura repressora da Sra. Danvers. – Já contei pra você que foi por causa da Naina que comecei a frequentar sua biblioteca? E os livros, esses que você tem me dado, me fazem sentir que ela está orgulhosa de mim. Naina e minha netinha Priya sempre tiveram uma linda conexão por causa dos livros. Mas eu não sou tão inteligente quanto vocês, com todos esses sentidos profundos.

Aleisha riu delicadamente.

– Duvido. Mas que lindo, Sr. P. Sua esposa ficaria *mesmo* orgulhosa. Ainda mais porque o senhor só tinha lido um livro antes. Se bem que não acredito muito nessa história... O senhor devora os livros feito uma máquina!

Mukesh permitiu que uma sensação de orgulho lhe inflasse o peito e afugentasse a Sra. Danvers da sua mente. Até que o *ding-dong* da campainha tocou.

– Ah, não! – deixou escapar Mukesh.

Quem poderia ser?

– Espera! Como foi seu dia com a Priya?

E de repente Mukesh se esqueceu da campainha, de Nilakshi e de seus dramas na Zee TV.

– Aleisha, foi mágico! – exclamou ele, ouvindo o risinho dela do outro lado da linha. – Levei a Priya a uma livraria no centro de Londres. Segui seu conselho. Tinha *tanta* gente lá, todos olhando os livros ou sentados no café... Estava tão cheio! Me desculpe, não quero ser grosseiro com a biblioteca, mas... era mais movimentado, sabe? Queria que as pessoas amassem a biblioteca tanto quanto nós dois, Srta. Aleisha.

Ding-dong, ding-dong.

– Mukeshbhai! Deixa que eu abro!

– Não! – gritou Mukesh, enquanto Aleisha começava a dizer "Que maravilha, Sr. P!".

Ele largou o telefone em cima da cama, esquecido, e trotou tão rápido até a entrada quanto permitiram seus chinelos. Mas, ao chegar ao pequeno corredor, já viu Dipali com os pés sobre o tapete de boas-vindas e Nilakshi com um sorriso congelado no rosto, pedindo que ela entrasse.

– Oi, pai – disse Dipali. – Eu... só apareci pra dar oi. Mas... devia ter ligado. Eu, é... não me toquei que você poderia ter companhia. É melhor eu ir embora. – E arrematou: – Tchau, Nilakshimasi. Foi um prazer.

Antes que Mukesh chegasse à soleira da porta, Dipali já estava no carro, com o motor ligado, pronta para partir.

O entusiasmo da conversa com Aleisha se esvanecera por completo. Observou a filha sair com o carro enquanto Nilakshi tocava o ombro dele.

– Mukesh, somos só amigos. Nós dois sabemos disso. Suas filhas... É claro que elas vão entender.

Mas Mukesh sabia que não iriam. Ele as havia decepcionado – dava para ver no semblante de Dipali. Se Aleisha tinha feito a Sra. Danvers desaparecer, Dipali a trouxera de volta com força máxima. Já Naina, por sua vez, não dava nenhum sinal de sua presença.

A lista de leitura

IZZY

2019

– Oi – cumprimentou Izzy, espiando por cima do balcão da biblioteca. – Tudo bem por aí?

O homem atrás do balcão estava todo coberto de poeira, com pilhas de caixas ao redor.

– Sim – respondeu, bufando. – Está tudo bem, só estou fazendo uma limpeza. Meu chefe diz que tudo precisa estar impecável para o caso de *eles* tentarem fechar a biblioteca. Não sei muito bem quem são esses misteriosos "eles", mas enfim…

Izzy o encarou, recordando o cartaz *Salvem nossas bibliotecas* colado na porta durante os dois anos inteiros em que ela já frequentava o local, desde que encontrara a lista de leitura. Sempre que as palavras se tornavam ilegíveis, esmaecidas pelo sol, alguém – o duende pró-bibliotecas? – trocava o cartaz por um novo. Para alívio dela e de Sage, a biblioteca continuava ali, embora talvez não tão firme e forte. Agora que a havia encontrado, era incapaz de imaginar aquele local sem ela.

– Desculpa. – O homem limpava a poeira da camisa e da calça de veludo cotelê que usava. – Desculpa mesmo. Oi. Meu nome é Kyle. Como posso ajudar?

Ela vira Kyle diversas vezes ao longo dos anos, e ele sempre tivera um jeito único de quem está ao mesmo tempo completamente esgotado e absolutamente sereno. Izzy se deteve por um momento, hesitante. Trazia a lista nas mãos – mantivera-a em perfeito estado, bem guardada por um longo tempo em sua caixa de listas, por segurança. Passara os dois anos anteriores escondida do mundo na biblioteca, frequentando seu clube do livro, conversando com quem encontrasse pela frente, só para o caso de se tratar da pessoa que montara a lista. Mas até agora nada. Havia lido cada livro diversas vezes, escrito observações, colocado post-its em cenas cruciais, falas importantes, para o caso de os próprios livros, e suas mensagens, serem uma espécie de quebra-cabeça. No entanto, apesar de ter tentado de tudo, dois anos depois ainda continuava obcecada.

– Você precisa superar isso, ou vai acabar enlouquecendo – havia lhe dito Sage certa noite, quando Izzy folheava *Mulherzinhas* pela enésima vez.

Era o terceiro exemplar que ela retirava da biblioteca, esperando que alguma coisa, uma pista, uma mensagem, tivesse sido deixada em exemplares específicos de cada um dos livros da lista. Por isso ela verificava cada um. Mas, para variar, aquele exemplar de *Mulherzinhas* não lhe dissera nada de novo.

– Já enlouqueci – respondera Izzy. – Agora eu só preciso saber.

E portanto ali estava ela agora, expondo suas peculiaridades para Kyle. Um último gesto desesperado.

– É, então, isso soa um pouco estranho... Mas tenho uma lista de leitura – iniciou Izzy.

Os olhos do sujeito estavam bem abertos e ele tinha um sorriso colado no rosto, na ânsia de ser útil.

– Eu não sei quem a escreveu, mas... preciso saber.

– Certo... – disse Kyle, um tanto inseguro.

– Bom, eu sei que quem fez a lista veio a esta biblioteca. Estava meio que pensando se você conseguiria me dizer *quem* retirou esses livros todos. Talvez ao longo dos anos ou todos de uma só vez.

Kyle enrijeceu a postura e seu sorriso desapareceu.

– Não, não, me desculpe. Isso é uma questão de privacidade. Não posso lhe fornecer essa informação, mesmo que conseguisse encontrar.

Por um minuto só houve silêncio entre os dois.

– Posso dar uma olhada? – pediu Kyle, estendendo a mão.

Ela depositou a lista delicadamente na palma da mão dele, e Kyle a examinou como se fosse um artefato histórico.

– É que eu coleciono listas, sabe? – confessou ela, insegura. – Sei que é um hábito meio esquisito, mas eu amo. Meu pai me chamava de pequena acumuladora.

– Que legal. – Mas ela percebeu que ele não tinha muita convicção disso. – Quer dizer, a gente vê listas como esta o tempo todo, obviamente. Então, pra nós, não é assim tão extraordinário.

– É, faz sentido. Só acho que uma lista te permite olhar um pouquinho pra dentro da alma de alguém. Como os livros, como a arte... Eu sei, é bobagem.

– Não, não. Acho bacana.

Ele balbuciou cada título de forma quase inaudível. Izzy observava o ambiente na esperança de avistar alguma pista. Viu Indira; haviam se falado algumas vezes no clube do livro. Gostava muito de Indira, mas só se aproximava dela se estivesse disposta a embarcar em suas longas conversas. O restante da biblioteca estava quase vazio.

– Que estranho. Tenho certeza de que é totalmente por acaso, mas uma amiga minha está lendo esses livros quase na mesma ordem.

– Agora? – perguntou Izzy, arregalando os olhos.

– Sim, creio que sim.

– Acha que foi *ela* quem criou a lista?

– Nããão, ela odeia livros – respondeu Kyle, sem meias palavras. – Mas... talvez ela tenha visto a sua lista. Você a deixou largada em algum lugar por aqui?

– Nunca – respondeu Izzy, balançando a cabeça.

– Bom, sinto muito, não sei como eu poderia ajudar. Mas minha amiga é bibliotecária também, trabalha aqui. Quem sabe você não poderia vir falar com ela? Ela costuma vir às quartas.

O homem sorriu, mas Izzy sentia que ele a achava meio estranha. Ela às vezes era *mesmo* obsessiva, tinha que admitir.

– Há algo mais com que eu possa te ajudar hoje?

Izzy deu de ombros e sorriu.

– Só isto aqui, por favor.

Ela largou *Um rapaz adequado* em cima da bancada junto com seu cartão da biblioteca.

– E esse, quantas vezes você leu?

– Nunca li *este* exemplar, se isso ajuda – respondeu Izzy, rindo. – O livro é enorme. Preciso garantir que não deixei passar nada.

– Essa lista... Agora faz sentido você sempre retirar os mesmos livros. A gente achava que você ficava tímida demais pra pedir indicações.

Kyle lhe entregou o livro e ela abraçou o exemplar, reconfortada por seu peso.

– Obrigada!

Ao sair da biblioteca, Izzy olhou ao redor, imaginando – como sempre fazia – se o autor da lista não estaria se escondendo entre as estantes. Ou sentado atrás do balcão da biblioteca. O que a pessoa pretendia com aquela lista, afinal?

Mesmo depois de tanto ler, de tanto investigar, ela talvez não tivesse se aproximado da pessoa que a escrevera, mas estava gostando da jornada. Ficara grata por voltar a ler – antes da lista, passara muito tempo sem se permitir sentar com um livro e se perder nele. A vida parecia atribulada demais e a leitura, um luxo ao qual não tinha direito.

Mas a lista havia feito muito por ela – gostara de conversar com as pessoas dali e, naquela nova cidade, onde a vida nunca parecia se aquietar, achara um lugar onde podia simplesmente existir.

Capítulo 21

ALEISHA

– É o seguinte: o Sr. Darcy gosta da Elizabeth Bennet e ela claramente gosta dele, mas os dois passam a maior parte do tempo trocando farpas – disse Aleisha para o silêncio de sua casa.

Tinha voltado a ler para Leilah, a fazer tudo que podia para recriar a tranquilidade que as duas haviam encontrado nas leituras anteriores. No entanto, Leilah não estava prestando atenção. Seu olhar vagava pela sala. Assentia para as explicações de Aleisha, mas logo se perdia de novo.

– Desculpa, desculpa – disse Leilah, sonolenta. – É uma história de amor, então?

Aleisha tentara explicar todos os diferentes personagens, mapear quem era parente de quem, quem queria se casar com quem. Agora retornava ao primeiro encontro entre Elizabeth e Darcy, na esperança de despertar algum interesse em Leilah. Tinha ainda outra esperança secreta: a de que Leilah lhe perguntasse sobre sua vida amorosa. Mas Aleisha não tinha vida amorosa. Até Leilah sabia disso.

Enquanto lia, enquanto ouvia a língua ferina de Elizabeth refutar o igualmente ácido Sr. Darcy, Aleisha pensava em Zac e naquela caminhada até a casa dela. Só que, ao contrário de Darcy, Zac não fora taciturno, enfadonho, entediante – puxara papo até demais. Ele a fizera rir e baixar a guarda. Mas aquela era Londres, não um lugarejo qualquer do século XIX, e em Londres *ninguém* falava com estranhos.

Aleisha deu uma espiada em Leilah e, por uma fração de segundo, enxergou-a coberta dos pés à cabeça com um dos melhores vestidos de festa da Sra. Bennet. Culpa da narrativa e da sua imaginação fértil. Que ridículo – a Sra. Bennet nada tinha a ver com Leilah. Era uma mulher esnobe, espalhafatosa, atrevida, ardilosa, interessada na vida de todo mundo. Já Leilah era reservada, excessivamente perdida em seu próprio mundo para se interessar pelo dos outros.

– Certo, então esses são Elizabeth e o Sr. Darcy – disse Leilah, os olhos despertando. – Mas você mencionou também uma Lydia. Quem é Lydia?

– A irmã mais nova da Elizabeth.

– Ok. E Wickham, quem é?

– Parece ser o vilão, não acha?

– Não consigo me concentrar nisso – resmungou Leilah.

Aleisha murchou com o livro aberto no colo, olhando as palavras minúsculas e difíceis de ler. Quando Leilah se levantou do sofá e saiu andando a esmo, Aleisha tentou se concentrar na página.

Aidan enfiou a cabeça para dentro da sala, segurando um post-it que Aleisha havia deixado para ele. Estava escrito "Piquenique?" com uma carinha sorridente ao lado da pergunta.

– Sério, Aleisha, não acho que seja hora de levar a mamãe pra passear – disse ele num tom severo.

Aleisha estava obcecada por aquela ideia, em especial porque *Orgulho e preconceito* não tinha sido capaz de tirar sua mãe da névoa da melancolia. No ano anterior, naquela mesma época, Aleisha e Aidan fizeram um piquenique no jardim quando Leilah estava mal, e aquilo a ajudara. Ela rira tanto...

– O dia está lindo, e você sabe que ela gostou da última vez. A gente não precisa se afastar muito de casa.

– Só acho que não vai dar certo – replicou Aidan, com um suspiro profundo.

– Mas ano passado a sugestão foi *sua* e deu muito certo!

– Pois é, mas, sei lá, acho que agora é diferente. Não *aguento mais* estragar tudo – murmurou ele, a voz quase inaudível.

Um silêncio pesado se instaurou entre os dois. Aleisha estudava a testa contraída e as olheiras do irmão.

– Olha só, eu cuido de tudo, tá? Eu arrumo tudo. Você só precisa ir.

Aidan deu de ombros, cético.

– Tenho que passar na farmácia – disse ele, por fim. – Vem comigo. Aí a gente aproveita e compra alguma coisa na volta. A mamãe vai ficar bem, vai ser rápido.

Ela sorriu para o irmão.

– Obrigada, Aidan.

Aleisha sentou-se num banco do parque, aproveitando o sol e esperando Aidan voltar da farmácia. Tirou *Orgulho e preconceito* da bolsa mais uma vez. Lê-lo na privacidade do lar, para sua mãe indiferente, não havia sido problema... Mas agora ela se sentia desconfortável, exposta, temendo ser vista por algum conhecido.

Um estranho sentou-se ao lado dela no banco e, num piscar de olhos, Aleisha trocou *Orgulho e preconceito* pelo livro seguinte da lista, *Mulherzinhas*, que vinha carregando para emendar uma leitura na outra. Virou uma página qualquer.

Deu uma espiada de canto de olho, tentando ser o mais sutil possível.

Por um minuto, achou que seu cérebro, saturado de *Orgulho e preconceito*, lhe pregava uma peça. Piscou uma, duas vezes. Mas era ele mesmo: Zac, olhando para ela.

– E aí, cara?

Ela se remexeu com desconforto, sentindo o rosto corar. *Cara*. Era só o que faltava. Tentou pensar em alguma resposta atravessada bem ao estilo Elizabeth Bennet. Nada lhe veio à mente.

– Oi – respondeu ela, com um leve toque gélido na voz, o melhor que conseguiu.

– *Mulherzinhas*... Li *anos* atrás. Com minha irmã caçula. É o favorito dela. Faz com que ela deseje ter irmãs em vez de irmãos. Mas quem iria querer uma irmã como a Amy?

Ela não fazia ideia de quem fosse Amy... Não lera uma única página ainda. No entanto, só para ser do contra, disse:

– Eu gosto da Amy. Ela é incompreendida. – Continuou folheando as páginas, fingindo desinteresse. – Quantos livros você já leu, afinal?

– Milhares, provavelmente. Já você parece se limitar aos mais *óbvios*.

A princípio, aquela pareceu uma alfinetada típica de Darcy. Mas, ao olhar para ele, Aleisha percebeu o sorriso caloroso estampado no rosto de Zac. Estava só brincando.

– Pegou meio pesado – respondeu ela, sorrindo e olhando para o livro.

Não queria mencionar a lista de leitura para ele. Era como se fosse algo sagrado, só dela (e do Sr. P, embora ele não soubesse).

– Tem tempo pra tomar um café comigo?

– Não, desculpa, estou esperando meu irmão – disparou Aleisha, pondo o livro de lado e o encarando. – Não vai dar.

– Tudo bem, então por que não escolhemos uma data no calendário?

Aleisha fez uma careta.

– Quem é que fala desse jeito? Bom, provavelmente alguém daqui – provocou ela, batendo com a mão de leve em *Mulherzinhas* – ou de *Orgulho e preconceito*. Deve ser desses livros que você tira suas cantadas...

– Muito engraçadinha. Há fontes piores.

– Olha, eu tenho cinco minutos ainda. Se quiser conversar, fique à vontade – declarou ela, com doçura.

– Ah. Tá, tudo bem, então.

Surpresa, ela viu o rosto do rapaz ficar rosado. Desconfortável, ele começou a esfregar um tênis no outro.

– Não sei por onde começar – falou ele, sorrindo, a voz trêmula.

O tom de rosa se transformou numa série de manchas vermelho-sangue que começaram a se espalhar por seu pescoço, subir por sua pele e se insinuar em seu rosto. No fim das contas, Zac não tinha nada da frieza do Sr. Darcy. Ela o deixou sofrer por mais alguns segundos de silêncio, mas acabou se sentindo mal por ele e resolveu ajudar.

– Então, você faz faculdade?

– Sim, em Birmingham.

– Legal. Estuda o quê?

– Direito.

Aleisha o encarou.

– É isso que eu quero fazer.

– Mesmo? – Os olhos do rapaz brilhavam. – Acha que leva jeito?

Ela torceu o nariz.

– Estou falando sério.

– O que está fazendo com essas histórias todas, então? Tem que ler livros de verdade – disse ele, apontando para a mochila a seus pés. – Pega. Experimenta só.

Ela balançou a cabeça.

– Vai, pode pegar! – insistiu ele.

Hesitante, Aleisha se abaixou para apanhar a mochila.

– Minha nossa, tem um cadáver aqui dentro?

Recostou-se no banco e largou a mochila no chão assim que viu Aidan caminhando na direção deles. Zac seguiu o olhar dela.

– É seu irmão?

– É.

– Vocês se parecem.

Zac começou a se levantar, mas, antes mesmo que erguesse a mochila, Aidan já estava ao lado dele.

– Oi, Leish. Esse cara está te incomodando?

– Não – respondeu ela, com mais frieza do que pretendia. – Ele é um amigo meu. Zac, esse é meu irmão, Aidan.

– Fala, cara – disse Zac, estendendo a mão para Aidan, que não retribuiu.

– Nunca ouvi falar de você. É da escola?

– Daqui mesmo... – respondeu Zac, que subitamente parecia mais jovem, sem jeito, no centro das atenções.

– É brincadeira, cara – disse Aidan, abrindo um sorriso.

Zac respirou aliviado.

– Ah, beleza. Eu já estava de saída também. Aleisha – falou, virando-se para ela –, foi muito legal te ver. Mas espero que da próxima vez não seja por acaso. Vamos marcar alguma coisa.

Ele entregou a Aleisha um cartão de visita.

– Aqui. Posso conversar com você sobre ser um ermitão solitário ou até sobre direito, se você quiser saber onde está se metendo – brincou, dando uma piscadela para ela antes de ir embora.

Ela pegou o cartão, revirando os olhos. Quem na idade deles tinha um cartão de visita?

Zac Lowe – Estudante de direito e designer gráfico, era o que estava escrito. No centro do cartão, em negrito, bem visível, o número do celular dele. Também era designer gráfico, reparou Aleisha. Como a mãe dela.

Aidan sentou-se ao lado da irmã.

– Por que demorou tanto? – perguntou ela.

– Fui comprar um remédio. A fila da farmácia estava enorme.

– Pra mamãe?

– Não, não, é uma coisa pra mim. Ando com dor de cabeça. Vamos comprar comida, então? Se você ainda quiser. Para o piquenique – lembrou Aidan, despenteando o cabelo da irmã.

Arrependeram-se assim que passaram pela porta do supermercado. O lugar estava lotado. Percorreram os corredores às pressas em busca de recheios para os sanduíches. Aleisha escolheu patê, porque adorava. Aidan pegou carne enlatada, pois lembrava os sanduíches de Dean, ainda que jamais fosse admitir isso. Para Leilah, a escolha foi coquetel de camarão, na esperança de que ela ainda gostasse.

No caminho de volta, passaram pela sorveteria Creams. Aleisha deu uma espiada, imaginando se algum conhecido estaria ali. Aquele já fora seu lugar favorito, por ser um dos poucos estabelecimentos em que menores de idade podiam ficar por horas se entupindo de açúcar. Mas mesas e cadeiras pretas e roxas estavam agora ocupadas por uma nova geração de adolescentes de sandálias e meias Adidas. Os amigos de Aleisha já tinham crescido e deixado aquilo para trás. Haviam passado para o estágio seguinte da vida social: arrumar uma carteira de identidade falsa e fazer amizade com seguranças para entrar em bares. Ela não sentia falta daquilo. Ou será que sentia?

Uma hora depois, os sanduíches já estavam prontos – alguns cortados em triângulos, outros em retângulos. Todos organizados na travessa de Leilah – branca com borda dourada. Não estavam mais frescos. Ao cutucar um deles, Aleisha sentiu o pão ressecado na ponta do dedo.

Aidan estava sentado do lado de fora. Leilah, numa cadeira da cozinha, olhava para o jardim pela porta dos fundos. Estava sorrindo, embora Aleisha reparasse na palidez de seu rosto. Os olhos da mãe estavam escuros, a pele seca. Estava cansada de novo.

Aidan estendeu uma velha toalha de piquenique.

– Mãe! – chamou ele, esticando o tecido. – Vem aqui fora!

Tentava soar animado, mas Aleisha percebia o tremor em sua voz. Estava nervoso, morrendo de medo, de um jeito que ela nunca havia reparado antes.

Aleisha olhou atentamente para Leilah. Era a hora da verdade.

Leilah continuou imóvel. E então, aos poucos, começou a balançar a cabeça. Devagar a princípio. Uma, duas, três vezes.

E então freneticamente. Umaduastrêsquatrocincoseis vezes.

Sua respiração se tornou mais profunda e, de repente, ofegante.

Seus olhos se fecharam. Suas mãos taparam o rosto. Ela abraçou a si mesma e enterrou os dedos nos braços, fechando-se para tudo.

Aleisha largou os sanduíches. Aidan parou de esticar a toalha. Ambos correram na direção dela.

Por instinto, Leilah se virou primeiro para Aidan. Aleisha soube então que agora mãe e filho estariam inacessíveis. Ele começou a balbuciar baixinho uma ladainha de "Tudo bem, mãe", "Você está segura", "A gente pode comer aqui dentro", "Não precisa ir lá fora".

Supérflua, Aleisha foi esquecida.

Voltou para a bancada da cozinha e ficou olhando de longe, sentindo as preocupações pesarem dolorosamente na boca do estômago. Aidan se ajoelhava em frente à mãe, segurando a mão dela, rezando, implorando que ficasse bem. Leilah só queria saber de Aidan. O ar estava denso. Aleisha mal conseguia respirar. Seu irmão olhou para ela como quem oferece ajuda, mas ele próprio estava igualmente sufocado. Ao menos, pensou Aleisha por um instante, não era só ela.

– Tudo bem, vai ficar tudo bem – repetiu ele para Leilah.

Aidan bateu com força a porta que dava acesso ao jardim, isolando-os do mundo exterior. Subiu as escadas com a mãe e a levou para o quarto.

– Posso ajudar? – gritou Aleisha.

– Não, tudo bem. Só nos dê um minuto.

Ainda que tentasse engolir a raiva, Aleisha a sentia. Sua mente estava a toda. Apoiou-se na bancada com os olhos fixos no maldito prato do Pedro Coelho. Sempre tão feliz. Sempre uma lembrança de que Aidan era o melhor ali. Antes que se desse conta, puxou o prato da parede e deixou-o escapar da mão. Ele caiu, espatifando-se no chão em câmera lenta e permitindo a Aleisha sentir cada milésimo de segundo do próprio egoísmo.

– Leish?

Aidan desceu correndo as escadas bem a tempo de vê-la pegando o primeiro caco, enfiando a extremidade afiada na ponta do dedo e observando uma gota de sangue surgir diante de seus olhos.

– Está tudo bem?

Ele pegou um pano de prato e pressionou em torno do dedo da irmã como se fosse o maior ferimento do mundo.

– Mil desculpas. Eu devia ter te ajudado a guardar as coisas.

– Mamãe está bem? – perguntou Aleisha, sem querer ouvir a resposta.

– Vai ficar.

Aidan não comentou nada sobre o prato especial dele estar despedaçado no chão. Os sanduíches continuaram na bancada, intocados, enquanto ele varria a cauda felpuda de Pedro Coelho.

Algumas horas depois, Aleisha estava encolhida no sofá, querendo sumir. Aidan entrou na sala e ficou imóvel, com uma cerveja nas mãos, observando-a por um tempo.

– Aleisha? – chamou, delicadamente.

– O quê?

Não queria encará-lo. Aidan respirou fundo.

– Estou realmente achando que a gente devia levar a mamãe pra falar com alguém – opinou ele com uma voz que, pela segunda vez naquele fim de dia, saía trêmula.

O silêncio ecoava nos ouvidos de Aleisha. Aidan já havia tocado no assunto antes, mas nunca dissera as palavras com tanta clareza. Ambos costumavam acreditar que "da próxima vez" seria diferente. Nesse momento, as palavras dele sugeriam que ele não tinha mais tanta certeza disso.

Aleisha sentia os olhos do irmão repousados nela. Não respondeu. Não queria conversar.

Ele permaneceu onde estava por algum tempo e depois suspirou fundo outra vez. Sentou-se e ficou contemplando as propagandas da TV com o olhar vago, os anúncios de óticas, supermercados e sites de viagem.

– Vou voltar ao depósito mais tarde, para o turno da noite – disse Aidan, por fim.

– Então não devia estar bebendo – estrilou a irmã, que sentia o cheiro da cerveja. – Aid, olha só. Pede pra faltar. Vai pra cama. O dia foi longo.

Aidan não disse nada a princípio. Então falou:

– Uma lata não tem problema.

Ela o encarou. Dava para perceber pelo tom, pelos olhos caídos, que ele já havia bebido mais de uma.

– Quem era aquele cara no parque mais cedo? Um namorado?

Ela via seu esforço para demonstrar interesse.

– Com a biblioteca e isto aqui, eu lá tenho tempo pra namorar?

– Você não está sempre aqui – argumentou Aidan.

– Mas sinto que estou.

– Mamãe disse que você tem lido pra ela. Os livros da biblioteca.

– Acho que ela gosta.

– Só toma cuidado, tá? Nada que seja um gatilho.

– Ela gosta. Ajuda a relaxar.

– Provavelmente ela nem presta atenção.

– Não faz mal. Ela ouve. Não precisa prestar atenção.

– Então, tá. Ah, vê se chama aquele cara pra vir aqui. Quero conhecer o sujeito direito.

– Nem eu conheço esse cara direito – cortou Aleisha, voltando-se novamente para a televisão.

– Então por que ele estava todo saidinho?

– Vai ver eu faço as pessoas se abrirem – disse Aleisha, rindo.

Embora odiasse admitir isso, pensar em Zac lhe fazia querer mergulhar em *Orgulho e preconceito*, passar o tempo indo a bailes, vivendo como uma adolescente normal do século XIX, ocupada com flertes, garotos, casamentos, momentaneamente sem preocupações. Ao voltar à realidade, longe do faz de conta, imaginou como seria se pudesse passar um tempo com Zac. Será que ele se tornaria um amigo ou mais que isso?

Zapeou pelos canais da TV antes de desligá-la.

– Boa noite, Aidan. Vai dormir. Não vai trabalhar, não. Você não está em condições de ajudar ninguém.

Afastou-se enquanto Aidan voltava a se sentar e tomava mais um gole de cerveja. Ela ouvia o toque dos dedos do irmão no celular, a tela iluminando seu rosto com um brilho fantasmagórico. Queria saber o que ele estava pensando.

No quarto, ela apanhou o celular e começou a digitar uma mensagem para Rachel, a única pessoa que poderia entender. Só que a prima era ocupada demais, sempre às voltas com os estudos ou o trabalho. Não era hora de preocupá-la. Ligaria em outro momento.

Em vez disso, apanhou o cartão de visita de Zac. Tinha a impressão de que ele poderia ser tão solitário quanto ela às vezes. Queria falar com alguém, alguém que talvez não fosse julgá-la por sentir-se sozinha e perdida. Digitou o número dele, depois uma mensagem curta: *Oi, aqui é a Aleisha. Da biblioteca. Tudo bem?*

Capítulo 22

MUKESH

O telefone ficou tocando sem parar uma, duas, três vezes. Ele estava confuso e levemente em pânico. Eram oito da manhã, horário em que suas filhas costumavam ligar, mas elas em geral telefonavam uma vez só e esperavam cair na secretária eletrônica. Não ligavam várias vezes seguidas. Ele se arrastou para fora da cama, para o caso de ser uma emergência.

– Alô? – atendeu, com a voz trêmula.

– Papai? Oi! – disse Vritti, num tom de voz um pouco alto demais. Soava alegre, animada.

– Bom dia, *beta*.

– Você vem aqui hoje? Pra almoçar?

– Ah, sim. – Mukesh havia esquecido completamente. – Claro, não vejo a hora! Vamos a um dos seus cafés?

– Não... Achei que seria mais fácil você vir até aqui. Dipali e as meninas também estão vindo.

– Rohini e Priya também?

– Papai, você sabe que não cabe todo mundo no meu apartamento. De qualquer forma, Rohini vai estar trabalhando.

Mukesh ficou aliviado com a informação. Até conseguiria lidar com a conversa sobre Nilakshi com Vritti e Dipali, mas se Rohini estivesse lá as coisas seriam bem mais complicadas.

– Posso ir te pegar, se for mais fácil.

Mukesh balançou a cabeça. Pensou nos desafios que enfrentara em seu passeio com Priya ao centro de Londres. Seria capaz de lidar com aquilo.

– Hein, papai? O que acha?

– Não, não precisa. Eu pego o metrô.

– O caminho é longo... Tem certeza?

– Absoluta! Conheço bem o metrô. Antigamente eu sabia de cor todos os horários e as rotas. Eu me viro.

– Ok, eu sei. Nos vemos mais tarde, então! *Jai Swaminarayan*.

Mukesh estava animado para mais uma aventura – queria ver as filhas, apesar da sensação de que teria problemas quanto à situação com Nilakshi. Talvez até tentasse ler um pouco mais de *Orgulho e preconceito* no metrô. No entanto, a fonte era muito menor que a dos outros livros e ele temia ficar enjoado em dobro. Achava curioso que os Bennet tivessem cinco filhas – mulheres obstinadas e de personalidade exuberante, cuja semelhança com suas três meninas não era pouca coisa. E Dipali se parecia *tanto* com Lydia Bennet... Sabia que era cruel pensar assim, mas era verdade! Fofoqueira, autocentrada, Lydia tinha um bom número de traços de personalidade em comum com a caçula das irmãs Patel. Sua expressão de choque ao ver Nilakshi abrir a porta... Sim, choque, mas também certa euforia. Ele percebeu que Dipali já se imaginava revelando o escândalo, contando tudo a Rohini e Vritti ao chegar em casa. Pensou então em Rohini – seria ela mais como a protagonista, Elizabeth? Rainha Elizabeth! Sagaz, inteligente, mas sempre pronta a criticar os outros – *bem* a cara de Rohini. E Vritti? Seria Jane, que sempre dava às pessoas o benefício da dúvida? Ou seria Mary? Sobre esta, ele não sabia tanto – era sem graça, e isso ele não achava que Vritti fosse. Por fim, havia Kitty – toda brincalhona, atrevida, sempre se metendo em confusão. Mukesh ficava aliviado de nenhuma de suas filhas ter sido como ela – teria dado uma canseira nele e em Naina.

Pensou novamente na fofoqueira Dipali, a Lydia da família. Onde ele tinha se metido ao aceitar aquele convite? Respirou fundo e apalpou o bolso. Estava com as chaves e, o mais importante, com seu cartão 60+ do metrô – Harish sempre o chamava de "cartão de velho", mas Mukesh usava o nome adequado, como a companhia de transporte teria preferido. Estava pronto para sair.

A não ser pelo novo banheiro estiloso, o apartamento de Vritti não mudara tanto desde que ele estivera ali pela última vez. Ficava num prédio bem moderno, com elevador. "*Tão bom* ela ter elevador, pai!", dissera Dipali.

Era bem iluminado para compensar o fato de não ser espaçoso, e era arejado para compensar o fato de não ter um jardim, ainda que houvesse uma pequena sacada coberta de plantas – só verde, sem flores.

O apartamento em si era mínimo, com muita arte nas paredes. Vritti nunca tivera muita coisa. Nunca quisera muita coisa, ao contrário das outras duas. Mas Mukesh tinha dúvidas se aquele lugar de fato passava a sensação de um lar. Seria possível se sentir em casa sem estatuetas religiosas em todos os cantos, jarrinhos de alfinetes, recipientes para sal e jira e potes cor-de-rosa comprados para estocar prasad, mas que acabavam sendo usados como suportes de vela? Sem fotos da família e retratos do Swami Bapa emoldurados e pendurados em todas as paredes? Sem os sáris de Naina por toda parte?

Naina, porém, sempre amara aquele apartamento – representava para ela uma vida que simplesmente não estivera ao seu alcance, pois criara três filhas e três netas administrando o lar e um emprego. Amava o apartamento porque refletia a personalidade da filha, e Naina sempre se orgulhara de deixar as meninas conquistarem seu próprio espaço no mundo. "Se não fizermos isso, quem vai fazer?", vivia dizendo.

Vritti estava junto à porta pronta para recebê-lo assim que saísse do elevador. De braços abertos, como sempre fazia ao receber familiares e amigos. Desde pequena, adorava bancar a anfitriã.

– Dada! – gritaram de uma só vez Jaya e Jayesh, as gêmeas de Dipali, de trás da porta.

Mukesh tapou as orelhas, torcendo para não terminar o dia com dor de ouvido, enquanto as duas abraçavam suas pernas. Quando se dirigiu à cozinha, Dipali foi ao seu encontro.

– Oi, pai. Nossa, que camiseta bonita... Mas essas mangas não são meio curtas pra você, na sua idade?

Mukesh só enxergava Lydia Bennet e seu vestido chique a observá-lo por detrás dos olhos de Dipali.

– Olá, Dipali. Não, eu tive a orientação de uma especialista em moda e o comprimento é exatamente esse.

Aleisha o havia ajudado a escolher algumas camisetas novas, fazendo as encomendas pelo computador da biblioteca. Ela dissera qual seria o comprimento de manga adequado para ele. Escolhera as cores também. Uma delas, em verde-musgo, ele não tinha certeza se lhe cairia bem, mas, segundo Aleisha, era a cor "do momento". "Do momento" não era necessariamente algo que ele almejasse ser, mas aceitou a sugestão. Ela era jovem, por pouco não havia conseguido um emprego na Topshop e *certamente* sabia do que estava falando. Escolhera uma azul-marinho também, "porque azul-marinho nunca é demais", e uma branca, "a pedida do verão".

Vestido daquele jeito, como um homem descolado, sentia-se parte do entorno. Naquele figurino esportivo, de repente se tornara jovem e invencível de novo. Pensou em Nilakshi, que ficara esperando na sala enquanto ele experimentava as novas compras no quarto e saía para mostrar a ela no que Naina chamava de "desfile de moda". "Uau!", dissera Nilakshi. "Muito elegante."

– Está lindo, papai! – disse Vritti. – Vem sentar!

A mesa branca já estava posta com um lindo buquê de flores bem no meio – Mukesh tinha certeza de que Vritti as havia colhido e arrumado naquela manhã. Eram frescas e coloridas. Adquirira o hábito com Naina e com a primeira vizinha que tiveram em Londres, que aparecera no dia da mudança com um buquê de grandes margaridas para dar as boas-vindas: "Flores para vocês! Não há lar sem flores novas e bonitas." Vritti vivia implorando à mãe que buscasse flores frescas quando as antigas começavam a murchar.

Dipali sentou-se sem demora, suspirando, exausta de tanto correr atrás das gêmeas – ele sentiu uma pontada de culpa por tê-la comparado a Lydia Bennet. As filhas não haviam sido umas pestes na infância, haviam? Sempre se lembrava com muito carinho daquela época – elas eram uns anjos, como dizia Naina. Sempre ajudavam em casa. Sentavam-se à mesa muito bem-comportadas e comiam o que houvesse para comer.

As gêmeas Jaya e Jayesh, por sua vez, *pareciam* anjos, mas gostavam de passar o tempo correndo para cima e para baixo, escalando paredes, e, nos dias de chuva, pegavam suas canetinhas e saíam desenhando em qualquer superfície disponível. A casa de Dipali, tão bem decorada no passado, já não era mais a mesma. Apesar disso, ela sempre dizia que o importante era estarem felizes.

Assim que seus pratos chegaram, as meninas avançaram nas batatas fritas e nos nuggets de frango. Pranav, marido de Dipali, não era vegetariano e, portanto, as meninas também não. Naina ficara incomodada por Dipali não ter convencido toda a família a seguir as crenças vegetarianas Swaminarayan da mãe. Mukesh não se importava tanto. Nuggets seriam bem mais fáceis de preparar do que feijão moyashi.

– Como você tem estado, papai? – perguntou Vritti, pegando alguns talheres.

– Estou bem, tudo na mesma. E vocês duas?

– Ah, pai – disse Dipali. – Rohini disse que você tem ido à biblioteca.

– Sim! Tenho lido tantos livros... – respondeu, tirando *Orgulho e preconceito* do bolso do casaco. Não o lera no metrô, mas gostava de carregá-lo consigo, exatamente como Naina sempre fazia. – É muito bom.

– *Orgulho e preconceito*? – Dipali deu uma risadinha. – Não consigo imaginar você gostando disso.

– Não é bem meu estilo, mas a capa é bonita. – Ele a exibiu. – Sua mãe sempre gostou de pinturas assim. Parece tão distinto, como um bom livro antigo.

– Isso não é basicamente safadeza do século XIX? – provocou Vritti, rindo e sentando-se à mesa.

O rosto de Mukesh ficou lívido.

– Safadeza? É mesmo? Eu só li um quarto até agora. Não vi nada disso ainda.

– Espera só – disse Vritti, com uma piscadela.

– Como vai a Nilakshimasi? – perguntou Dipali, fazendo circular pela mesa a colorida salada de Vritti.

A pergunta atingiu a mesa feito uma granada. Vritti ficou em silêncio. Mukesh não movia um dedo. Até as gêmeas pareciam petrificadas, com seus nuggets suspensos no ar.

Era a razão pela qual ele fora convidado, é claro. Mukesh correu os olhos pela sala, na expectativa de que alguma pessoa invisível pudesse responder à pergunta por ele. Vritti olhava fixamente para o prato diante de si.

– Vai bem – murmurou ele.

– Foi muito bom vê-la naquele dia – insistiu Dipali. – Não quis perguntar, mas como ela está depois do... do que aconteceu com o marido e o filho? Foi tão trágico... Mamãe teria ficado arrasada se soubesse.

Mukesh respirou fundo. Tão típico de *Lydia* Patel, pensou. Como o Sr. Bennet lidaria com uma filha falando com ele daquela forma? Lydia vivia criando todo tipo de caso, arruinava o nome da família por qualquer capricho. O Sr. Bennet *jamais* se colocaria numa situação daquelas. Era sempre muito severo, exigindo respeito de um jeito que Mukesh provavelmente não era capaz.

– Pelo que sei, ela está superando até bem rápido – criticou Dipali, trocando um olhar com Vritti, que reagiu fazendo cara feia e balançando de leve a cabeça.

Dipali falava como se Nilakshi fosse uma qualquer, não a melhor amiga da mãe delas. Nilakshi cuidara delas quando eram pequenas, estivera com elas quando Naina estava doente, as levara até o hospital de Northwick Park e as trouxera de volta para casa quando estavam cansadas demais para dirigirem sozinhas. E agora Dipali só queria saber de intriga.

– A pessoa precisa tocar a vida – reagiu Mukesh, com mais rispidez do que esperava. – O luto pode aprisionar a gente por algum tempo, e é preciso ter coragem pra sair da zona de conforto.

Vritti tentou cortar a conversa:

– Quero ver todo mundo enchendo o prato, por favor! – interveio, com a voz alegre. – Tomara que gostem.

Mukesh seguiu as instruções, mas, assim que pegou a tigela de salada, Dipali a tirou de suas mãos.

– Deixa comigo, papai.

Quando ele fez menção de pegar a garrafa com água para encher o copo de aço inoxidável escolhido especialmente para ele, Vritti tirou-a de suas mãos e disse:

– Eu te ajudo, papai.

Ele desistiu.

Com o prato devidamente cheio e o copo transbordando, ele pegou o garfo e a faca. Sentia certo desconforto ao segurar os talheres, ciente de estar sendo observado, mas começou a comer devagar. E em instantes suas filhas quase se esqueceram de sua presença, como se ele fosse um fantasma à mesa.

– O aquecedor do papai às vezes não funciona. Seria bom a gente arrumar alguém pra ver.

– Não acho saudável a quantidade de moyashi que ele come. Espero que esteja comendo outra coisa também.

– Queria que ele começasse a cozinhar coisas novas. Só não tenho tempo de ensinar.

– Ele não tem mais ido comer no mandir, mas deveria. Lá as refeições são balanceadas.

– Ele parece estar bem na maior parte do tempo.

– Por falar na Nilakshimasi – retomou Dipali, rompendo a trégua conquistada por Vritti –, o amigo do Pranav, que também é Swaminarayan, ouviu dizer que tem muita gente por aí comentando que ela anda saindo com homens. Você não quer que ela fique com *má fama* por sua causa, quer?

Mukesh ficou petrificado.

– Chega – cortou Vritti. – Dá um tempo, Dips.

– Papai, Nilakshimasi quer se casar de novo? – perguntou Dipali com um sorriso doce.

– Nilakshimasi tem a idade do papai. Não vai se casar de novo – disse Vritti, sem rodeios. – Agora vamos mudar de assunto.

– Espero que não! Não seria correto. – Dipali bufou.

Mukesh olhou para Vritti, que revirou os olhos de forma cúmplice. Dipali nem reparou.

– Pai, com que frequência vocês se veem? – perguntou Dipali. – Quando dei de cara com ela na sua casa, era a primeira vez?

O Sr. Bennet jamais aturaria esse tipo de coisa. O Sr. Patel só engoliu em seco.

– Ela é minha amiga. A gente se vê alguns dias na semana. Fazemos companhia um ao outro. Que mal tem isso pra você?

Pronto, estava dito, e agora era esperar para que a cadeira o devorasse vivo, com salada e tudo.

Dipali não respondeu.

Mukesh sentiu uma vontade repentina de estar em casa com Nilakshi, contar-lhe quão desconfortável fora a situação, perguntar se ela poderia lhe ensinar mais receitas, pois Dipali e Vritti provavelmente estavam certas – ele comia mesmo moyashi demais.

Foi quando o telefone tocou, cortando a tensão.

– Alô? – atendeu Vritti. – Ah, é a Rohini.

Vritti falava para que todos ouvissem, mas seu rosto estava afogueado, o semblante constrangido.

– *Ha*, papai e Dips estão aqui. E as meninas também – respondeu ela. – Papai, a Rohini quer falar com você. – E lhe entregou o telefone.

Rohini falava com ele mais alto que o normal, enquanto Dipali, Vritti e até as gêmeas pareciam atentas a cada palavra.

– Dada vai levar bronca da Rohinimasi! – sussurrou Jayesh para a irmã. – Mamãe me disse que ela ia ligar!

Mukesh engoliu em seco de novo. Estava sendo encurralado.

– Papai, você tem passado mais tempo com Nilakshimasi do que deveria?

– Olá, Rohini, é tão bom falar com você também... – disse com sarcasmo, o olhar dividido entre Vritti, acanhada, e Dipali, triunfante.

– Esbarrei com a Hetalmasi a caminho do trabalho e ela me perguntou se vocês dois agora são um casal.

– *Não somos*, e como a Hetalben saberia disso?

Mukesh estava indignado. Estava sendo espionado – há meses não via Hetal no templo!

– Quero que tenha cuidado, papai. Todas sabemos que a Nilakshimasi é amável, gentil, mas não sabemos o que ela quer de você. E é importante que as pessoas não achem que você está desrespeitando a mamãe de nenhuma forma!

Vritti se levantou.

– Ninguém jamais acharia que papai está desrespeitando a mamãe – afirmou com veemência.

Pelo fone, ouviu-se novamente a voz de Rohini:

– Não estou dizendo que *nós* acharíamos, mas tem gente que pensa besteira. Nem tudo parece inocente.

Todos ficaram em silêncio por algum tempo.

– Papai, você ama a mamãe. Nós sabemos disso. E tem direito de ser feliz, mas eu me preocupo porque o povo fala. E não sei se a Nilakshimasi faria você feliz.

Mukesh se levantou, ainda com o fone junto ao ouvido.

– Eu estou sozinho, Rohini – disse, olhando nos olhos de Vritti e Dipali. – Minha esposa morreu. Minha esposa partiu. A memória dela ainda está aqui e aqui. – Ele tocou o coração e a cabeça, antes de prosseguir: – Mas ela se foi. Vocês todas têm suas vidas, são ocupadas. Não têm tempo pra mim a não ser que eu possa ser útil. E, quando têm, ficam criando tarefas e mais tarefas. E não me ouvem! Não conversam de verdade comigo! Só o que fazem é deixar recados na secretária eletrônica sem esperar que eu retorne a ligação. Vocês costumavam falar com sua mãe, se importavam com ela. Caso se importem comigo também, e tenham entendido que eu quero uma amizade... saibam que a Nilakshiben tem sido boa pra mim.

Seu coração estava disparado. Sentia a testa pinicar de suor. A mão que segurava o fone estava úmida; ele o apertava com força, para evitar que escorregasse. Seu sangue bombeava e retumbava nos ouvidos. Vritti e Dipali olhavam para ele. Vritti parecia satisfeita, tentando conter um sorriso, mas Dipali parecia triste, com pena.

Mukesh afundou de novo na cadeira. Por um instante sentira-se grande, vasto, poderoso. Agora, porém, bastara um olhar de sua filha caçula e o suspiro da filha do meio do outro lado da linha para ele se sentir pequeno de novo, feito uma criança.

Passou o fone de volta para Vritti e começou a se despedir.

– Vritti, obrigado pelo almoço delicioso. Preciso ir agora. Tchau, Jaya! Tchau, Jayesh!

Jaya e Jayesh já estavam em frente à TV comendo o que sobrara dos nuggets. Nem sequer ouviram.

– Tchau, Dipali – continuou Mukesh.

Tremendo, pegou seu chapéu, arrastou os pés porta afora e a deixou se fechar atrás dele.

Parou no corredor por um momento, tentando recuperar o fôlego, na esperança de que uma das filhas viesse atrás dele. Ninguém veio. Do outro lado da porta, a conversa continuava.

– Ele se sentiu encurralado! Era claramente uma armadilha – sibilava Vritti. – Ele não é burro. Quem é que liga do nada para a irmã e pede para falar com o pai para saber se ele está num relacionamento? Eu *sabia* que era uma ideia idiota, mas vocês nunca me ouvem! Por que não deixam o papai curtir a vida?

– Não vem fingir que as vilãs somos *nós*. Provavelmente foi você quem pôs essas ideias bestas na cabeça dele, pra início de conversa. Essa sua mentalidade permissiva, independente… Ao menos abrimos o jogo com ele em vez de ficarmos só falando do assunto no WhatsApp da família!

Mukesh não quis mais ouvir. Pegou o elevador e, sem perder mais tempo, voltou para a rua, para o metrô e, por fim, para casa.

Capítulo 23

ALEISHA

Os créditos finais já subiam e Leilah não tinha adormecido. Havia anos que não se sentava para assistir a um filme com *ninguém*. Era um filme da Disney, nada que exigisse concentração, mas ainda assim um feito. Aleisha se dividia entre a perplexidade e a espera pela quebra do encanto – o piquenique frustrado ocorrera dias antes, mas, para Leilah, tudo já parecia esquecido.

Aleisha observava a mãe sorrir, exibindo o pequeno vão entre os dentes da frente. O sorriso de sua mãe sempre lhe remetia a longínquos passeios familiares à praia, como uma fotografia gravada na memória.

Queria que Aidan estivesse ali para ver. Ele lhe diria para ter cautela, não ficar esperançosa demais. Lembraria que talvez ainda faltassem algumas semanas, ou até meses, até Leilah "voltar totalmente a si".

Mas nesse momento não importava. Por uma hora e meia, elas haviam sido uma família enfadonha, chata, comum. Tudo que Aleisha queria.

Ela recordava as noites que passava vendo filmes com Leilah na época em que Aidan e ela eram pequenos, geralmente quando Dean trabalhava até tarde. Todos se aninhavam juntos sob um cobertor se fosse inverno ou se entupiam com o sorvete de baunilha do supermercado se fosse verão. Aidan fazia questão de salpicá-lo de granulados – centenas, milhares de farelos de chocolate. Aleisha preferia calda. Às vezes Leilah permitia ambos. Dizia que era a "noite dos críticos", pois assistiam aos filmes e passavam horas falando a respeito depois. Discutiam os diferentes personagens, as cenas engraçadas e também as tristes. Leilah perguntava aos filhos coisas como "Que lição aquele personagem aprendeu?". Aleisha reconhecia o mesmo comportamento em si mesma nas conversas com o Sr. P, tentando descobrir um pouco mais sobre o que ele achava de cada livro. Leilah fazia aquilo para manter a conversa fluindo e prolongar seu momento favorito. Para mantê-los na bolha que estouraria assim que Dean entrasse em casa e fossem todos forçados a retornar à chata realidade: arrumar as coisas da escola e dormir, para Dean poder se aboletar em frente à TV sozinho e desopilar com o noticiário das dez. Aleisha sentia falta de quando os três simplesmente faziam companhia uns aos outros, sem nenhuma preocupação a não ser as motivações dos personagens e a música-tema.

– O que achou? – perguntou enquanto Leilah olhava para a tela, as palmas unidas como numa oração.

– *Bem* emocionante! – respondeu Leilah, suavemente.

Seus olhos continuavam fixos nos créditos e seu rosto, iluminado pela televisão, em todas as suas cores distintas. Vermelho, azul, verde. Cada vinco no rosto da mãe era visível: as expressões, a tristeza. Era linda.

– Obrigada – disse Leilah, ainda sem desviar o olhar.

– De nada – respondeu Aleisha, incerta do motivo do agradecimento.

– Senta aqui comigo.

Leilah deu um tapinha na almofada do assento ao lado.

Aleisha fez o que ela pediu. Não queria quebrar o encanto de novo.

– Como você está? – perguntou Leilah, olhando para a filha.

Por um momento, Aleisha deixou a pergunta pairar no silêncio que as separava, com medo de dizer a coisa errada.

– Bem, estou bem.

Abriu a boca para dizer mais, porém sua mente estava em branco.

– Quem é essa pessoa com quem você *não para* de trocar mensagens? – perguntou Leilah ao ouvir uma notificação no celular da filha.

– Oi? – disse Aleisha, corando.

– Essa pessoa. Essa pra quem você está mandando mensagem agora. Você vive no celular quando está aqui. Quem é?

Aleisha olhou para a mensagem de Zac: *E aí, tudo bem? Como foi o filme? E aquele café, vai rolar?*

– Ah, não é nada – murmurou. – Só alguém que conheci recentemente.

– Hum, sei... Você está namorando?

Os olhos de Leilah brilhavam com uma alegria juvenil. Aleisha não teve como evitar um sorriso.

– Não, não, não. Não é ninguém importante.

Surgiu em sua mente a imagem de Zac com um figurino à la Jane Austen, camisa branca de época com babados. Ela cobriu o rosto com as mãos.

– É alguém do trabalho? Você já não falou de um tal de Kyle?

– Não!

Aleisha ficou horrorizada com a ideia.

– Você tem que me contar.

Aleisha riu. Detestava aquilo. Mas sua mãe parecia mesmo interessada em saber se ela estava ou não saindo com alguém. *Isso* era novidade.

– E você vai convidar essa pessoa misteriosa pra vir aqui?

Era como se Leilah acreditasse que sua vida em família fosse normal, como se Aleisha e Aidan pudessem levar amigos para casa assim, sem mais nem menos.

– Vai, desembucha. Quem é o cara?

– Por que você acha que é um cara?

– Olha só, posso ser velha, mas sei que é um cara e quero saber tudo. Não por ser sua mãe, e sim porque realmente quero. Por que não posso ficar sabendo das novidades emocionantes? Olha pra mim!

Leilah abriu os braços. Ela parecia pequena. A camiseta estava larga em torno da cintura. As pernas, encolhidas na frente.

– Tá, mas e se fosse uma garota e não um cara?

– Não faria diferença. Me conta!

Aleisha suspirou.

– O nome dele é Zac. Eu o vi no trem uma vez. E aí no outro dia ele me ajudou a carregar umas sacolas até em casa porque mora aqui perto. Também nos encontramos por acaso no parque e ele fez questão de me passar o número dele. Então a gente tem conversado.

– Amor à primeira vista.

– Mãe!

– Ok, tudo bem. Me conta mais!

– Ele faz direito e...

– É isso. Casa com ele! – interrompeu Leilah, jogando as mãos para o alto de forma melodramática. – Sempre disse que você cursaria direito! Logo vamos ter dois advogados na família!

– Não! Nada disso... – Aleisha encarava a parede à frente, constrangida. – Mas ele tem sido bem prestativo e disse que vai me mostrar alguns prospectos de faculdades. Guardou todos.

– Quanta sedução – respondeu Leilah, dando uma piscadela. – Não, não, estou brincando. Ele parece um cara legal. Tem quantos anos?

– Vinte. Não é velho demais.

– *Aceitável*. Saí com alguns de 26 quando tinha a sua idade.

– Mãe!

– Não ao mesmo tempo. E ele sabe do seu outro amor?

– Que outro amor?

– A lista. A lista de leitura que você me mostrou.

Aleisha ficou espantada por ela sequer ter lembrado.

– Não, isso é bobagem.

– É justamente *isso* que pode fazer o romance engatar. Imagina se quem fez a lista foi sua alma gêmea. Daria um bom filme do Richard Curtis.

Aleisha não respondeu.

– Bom... Alguma coisa nessa lista fisgou você. Continua lendo, não é? Ou esse rapaz distraiu você?

Aleisha contemplou a possibilidade por um momento.

– Sim, mãe, continuo lendo. Curtindo e interessada. Sem falar que assim eu tenho algo pra fazer enquanto todo mundo vai ao Reading Festival ou sei lá aonde. Ou viaja nas férias. Ou trabalha em algum lugar decente. Não vejo ninguém faz tempo e ninguém conversa comigo. É como se eu nem existisse.

Aleisha respirou fundo. A lista já não era mais mera distração para ela. Com Atticus Finch, aprendera a lutar por suas convicções; com Pi, aprendera a sobreviver com um tigre; com Rebecca, aprendera a não ficar numa casa medonha na Cornualha em hipótese alguma – melhor reservar um hotel; e descobrira com Amir, de *O caçador de pipas*, que nunca era tarde demais para fazer o que é certo. *Orgulho e preconceito*... lia só pelo prazer mesmo, sobretudo os trechos que lembravam Zac.

Pensou então em Mukesh – seu novo e improvável amigo. Havia sido uma boa companhia para ela na biblioteca. Da última vez que aparecera, ela o vira sentado com as costas bem retas, os óculos de leitura bem no meio do nariz, focado em *Orgulho e preconceito*.

– E aí, Sr. P? – cumprimentara Chris, o Cara dos Policiais. – Curtindo esse daí?

O Sr. P dera de ombros.

– Este aqui, não...

Aleisha rira sozinha. Não esperava que o Sr. P, sempre tão educado, fosse tão sincero.

– Sabe, Aleisha, eu gostei dos personagens. Eram muito, muito engraçados. E tinha de todo tipo. Mas a história... não acho lá muito... Como posso dizer? Não me *identifico* tanto – confessara o Sr. P.

Ela também não tinha certeza se se identificava. No entanto, segundo a internet, as pessoas amavam aquele livro, como se fosse uma espécie de bíblia feminista.

– O que achou de Darcy e Elizabeth? Lembraram ao senhor seu tempo de paquera? – provocara Aleisha.

– Não, não. O início do meu casamento não teve nada de parecido com aquilo – dissera o Sr. P, quase à procura de uma razão para largar o livro.

– Como assim?

– Não houve aquilo de fazer a corte por muito tempo. Nos empurraram um para o outro, feito os casamentos arranjados da Sra. Bennet. O nosso foi arranjado também. Conheci a Naina poucos dias antes da data da cerimônia. Mas foi o dia mais especial da minha vida. Minha esposa era *perfeita*. Tive tanta sorte...

Por um momento, sua mente perdera o foco.

– Veja, não é porque não passamos meses correndo um atrás do outro, como a Elizabeth e o Sr. Darcy, que não era para ser. Não nos conhecíamos até então, mas a sensação foi de que eu a conhecera minha vida inteira. Podia me abrir com ela. E me abri. Foi a melhor decisão que tomei.

Naquele momento, Aleisha pensara em Zac e na primeira vez que o vira. Será que ela havia percebido de cara que se tornariam amigos?

– Quando você é apresentado ao Sr. Darcy e à Srta. Elizabeth, já sabe que eles vão terminar juntos. O restante do livro é só a autora tentando separá-los para nos entreter.

O Sr. P tinha razão – e Aleisha pensava se sua própria relutância em ser franca e aberta com Zac, que tentava *desesperadamente* ajudá-la a se abrir, não seria de fato o principal obstáculo a mantê-la isolada e sozinha... com o único objetivo de entreter seus leitores imaginários.

Leilah se arrastou para perto da filha, acordando-a do devaneio.

– Já falou da lista para o seu irmão? Ele ama aquela biblioteca.

– Se ele ama tanto, por que não vai mais lá?

– Ele é ocupado, trabalha demais. Não tem o tempo que você tem.

Sem querer, as palavras de Leilah soaram como uma alfinetada.

– Olha, desculpa, não foi o que eu quis dizer. Sei que não é fácil lidar comigo, sei o quanto vocês dois fazem por mim e como tudo tem sido difícil. Queria de verdade poder ajudar mais, mas quero que saibam que podem me contar tudo. Você e Aidan. Pra mim, vocês dois vêm em primeiro lugar.

– Que fofo, mãe – respondeu Aleisha cautelosamente, tentando esconder a surpresa na voz. Respirou fundo, escolhendo muito bem as palavras seguintes. – Mas quero que pense em você também.

Por um momento, uma nuvem encobriu as feições de Leilah, que a espantou com um falso tom de animação:

– Aposto que é uma professora. Tenho certeza. Quem mais escreveria listas de leitura além de uma professora?

– Por que tem tanta certeza de que é uma mulher?

– Certeza eu não tenho, mas acho que poderia ser.

– Pelo jeito, *todas* as mulheres escrevem listas, não é?

– Talvez tenha sido o Aidan. Ele ama a biblioteca, e eu *sei* que ele faz listas pra você o tempo todo.

– É, mas eu nunca imaginaria o Aidan lendo *Orgulho e preconceito*... ou *Mulherzinhas*.

Aleisha abriu o WhatsApp e localizou uma lista que recebera do irmão. Leu em voz alta:

– *Açúcar. Carne de cordeiro. Comprar detergente. Encomendar sacos de lixo reciclável. Levar o lixo pra fora hoje à noite. COLOCAR SACO NOVO NA LIXEIRA VAZIA.* – Ela enfatizava as palavras em maiúsculas. – Essa obsessão pela lixeira... Esse, sim, parece o início de uma história de amor.

As duas irromperam num acesso de riso incontrolável. Agarraram-se uma à outra até ouvirem o ruído da chave de Aidan na fechadura e o som de seu "Oi!" chegar à sala.

– Oi! – disse Aleisha, saltando para longe da mãe como se tivesse acabado de se queimar.

– O que estão fazendo?

Os olhos de Aidan estavam cansados, mas ele mantinha a pose e o sorriso no rosto, como quem tenta injetar um pouco de ânimo em si mesmo.

– Acabamos de ver aquele filme da Disney, *Up*.

– Foi! Muito! Bom! – enunciou Leilah, ilustrando cada exclamação com um tapinha na própria coxa.

– Que bom, fico feliz – assentiu Aidan.

Leilah e Aleisha sorriram uma para a outra e voltaram a olhar para Aidan, que já subia as escadas, murmurando:

– Legal. Bom, eu estou um caco.

– Por que essa cara, Aidan? – perguntou Leilah, com um risinho.

Aidan olhou discretamente para a irmã, evitando o rosto da mãe.

– Meu turno foi longo – respondeu, com um bocejo. – Vou dormir. A gente se fala de manhã.

Já na metade da escada, gritou:

– Aleisha, não esquece o lixo!

Leilah passou a mão de leve no cabelo da filha.

– Ele cuida bem da gente, não cuida?

Aleisha fez que sim. Leilah se ergueu do sofá e foi para outro cômodo. E então, sozinha na sala, Aleisha sentiu um calafrio. Algo notável numa casa que andava tão quente e sufocante nos últimos tempos. De repente se deu conta de que as janelas estavam escancaradas. Não se lembrava de tê-las aberto.

Capítulo 24

MUKESH

BIP. *Você não tem novas mensagens.*

Mukesh sentiu o nó se formar na garganta. Desabou no sofá, olhando para a frente. Fazia dias que não via Nilakshi nem retornava os telefonemas dela. Também não ia à biblioteca. *Orgulho e preconceito* jazia em cima de sua mesa de cabeceira. Ele tentara, tentara muito, mas começava a ler e sua mente logo se dispersava. Voltava a se lembrar da casa de Vritti, de tudo que suas filhas disseram, de tudo que calaram.

Ele falhara – consigo, com Aleisha, com suas meninas. E com Naina. Naina – ela também andava em silêncio havia tempos. Apesar de tudo que ele vinha fazendo, das tentativas de deixar o espírito dela permanecer vivo através dos livros, parecia tê-la perdido.

Má fama. Aquelas palavras pulsavam na mente de Mukesh. O semblante de Dipali e a decepção nos olhos dela ainda ardiam.

Ele foi para o quarto e se deitou na cama, olhando o teto. As últimas semanas, todos aqueles momentos que haviam lhe parecido *conquistas*… No fim das contas não significaram nada. Pois ali estava ele de volta à estaca zero.

Uma hora depois, bateram à porta. Mukesh, com dor de cabeça, levantou-se da cama com esforço, pôs os chinelos e se arrastou até a entrada.

– Vritti? – perguntou, ao abrir a porta.

– Oi, papai – respondeu ela com a voz suave. – Vim dar uma passada pra tomar chai. Você está livre?

Mukesh sentiu os olhos se encherem de lágrimas, mas piscou para secá-los enquanto abria passagem para a filha.

– Chai de sachê? – sugeriu ela, indo direto para a cozinha.

– Sim, pode ser, mas ponha aspartame, por favor. Rohini comprou chai sem açúcar da última vez.

Mukesh parou junto ao batente da porta, vendo Vritti circular pela cozinha como se fosse a casa dela.

– Por mim tudo bem, mas não conta pra ela que eu fiz isso! – respondeu Vritti. – Senão ela vai me azucrinar. Espera na sala sentadinho, papai. Põe os pés pra cima.

Ele obedeceu, incerto do que dizer.

Momentos depois, Vritti entrou na sala equilibrando dois chais sobre a pequena bandeja de Naina e algumas pastilhas de aspartame extras espalhadas entre as canecas. Pôs a bandeja com cuidado na mesa próxima a Mukesh, mas ainda assim derramou um pouco do líquido, fazendo o aspartame flutuar. Algumas pastilhas começaram a nadar em desespero. Algumas sobreviveram, outras se desintegraram lentamente. Vritti e Mukesh ficaram observando a cena por um tempo, até a inércia levar à mente dos dois uma bronca de Rohini: *Peguem uma toalha na cozinha e limpem isso!*

– Deixa comigo! – exclamou Mukesh, olhando para Vritti com um brilho no olhar, descendo o braço até a lateral da poltrona e pegando um aspirador de mão com a ponta em formato de rodo. – Isto aqui suga água!

– Onde diabos você arrumou isso e por quê? – quis saber Vritti, rindo.

– Naqueles programas de TV. Foi tão fácil! É a segunda vez que uso numa emergência. Na maior parte do tempo uso só pra secar o boxe do banheiro.

Vritti riu novamente e Mukesh se deu conta do ridículo, de quão banal era aquilo, e começou a rir também.

– Há quanto tempo você tem isso?

– Há uns três meses. Lembra quando minha Netflix andou fora do ar? Fiquei viciado nesses canais de compras. São cheios de bobagens, mas isto aqui até que é útil!

A campainha tocou mais uma vez naquela tarde, e Mukesh sentiu o sangue desaparecer de seu rosto. Vritti estava ali. E se… o estivessem encurralando de novo? Olhou para o retrato de Naina na esperança de receber um sinal, um aviso.

– Sabe quem pode ser? – perguntou ele a Vritti, que deu de ombros.

Mukesh arrastou-se até a entrada e abriu cautelosamente a porta.

– Dada! – gritaram duas vozes esganiçadas.

Em segundos, dois parezinhos de braços agarraram as pernas dele e Dipalydia Bennet postava-se à sua frente, apenas sem a touca que todas as irmãs Bennet usavam na imaginação de Mukesh.

– Oi, pai – disse ela, em tom hesitante.

– Dipali – retribuiu ele, sorrindo.

Atrás de sua *masi* estava Priya, com um sorriso de orelha a orelha.

– Rohini acabou de me ligar e me pediu pra trazer a Priya pra passar um tempo com você, e essas duas quiseram vir também.

Dipali fez sinal para as gêmeas entrarem e olhou para as próprias mãos. Mukesh a conhecia desde que ela nascera, então imaginava que estivesse borbulhando de desconforto.

– Eu... eu só queria pedir desculpa por aquele dia. Eu fui injusta. Só ouvia a mamãe me dando bronca, e ela não sai da minha cabeça desde então...

Dipali *odiava* pedir desculpa.

Mukesh pensou no bom e velho Atticus Finch de *O sol é para todos* – maduro e sábio o bastante para estar acima de desentendimentos pessoais. E essa era sua *filha* – embora nem sempre a compreendesse, sabia que ela não queria magoá-lo. Jaya e Jayesh correram para a sala para azucrinar a prima, enquanto Dipali foi na direção do pai e o abraçou.

– Ai – queixou-se Mukesh. – Não me aperta tanto. Já sou velho.

Dipali não se mexeu.

– Sinto saudade dela – disse, com a cabeça enterrada no ombro do pai. – Sinto muita saudade dela.

Mukesh sentiu um nó se formar em sua garganta.

– Eu sei, *beti*. Eu também sinto. Todos os dias.

Ele já tinha visto a filha, muito mais nova, talvez um pouco mais velha que Priya, chegar em casa da escola chorando. Entendera na época como ela se sentia ao ver as lágrimas correrem por seu rosto. Mas dias antes, na casa de Vritti, não enxergara a dor por trás da raiva, não enxergara o quanto ela sentia falta da mãe. Era sempre tão brava, tão corajosa... Nas palavras de Atticus, o único jeito de saber de fato como Dipali se sentia seria estando na pele dela.

– Entra, *beta* – disse ele, conduzindo sua família para a sala.

Dipali acomodou-se na poltrona favorita da mãe, com Jaya e Jayesh a seus pés. Priya correu para seu dada, animada para lhe mostrar seu livro.

– Comecei tem pouco tempo, mas já estou *amando*. Agora sei quem é Atticus Finch.

Ele ficou exultante. Por um momento, Mukesh mal pôde acreditar na própria sorte. Mal podia esperar para contar a Aleisha que os livros que ela havia recomendado tinham feito muito sucesso com Priya até então. Ela encontrara livros que ele poderia afinal ler com a neta.

– Dada – disse Priya, animada, com *Orgulho e preconceito* nas mãos. – E este livro aqui, sobre o que é?

Ele percebia que ela tentava desviar a atenção de sua Dipalimasi de tudo e de todos.

– É uma história de amor, não é? – disse Vritti.

– *Ha*, de certa forma – respondeu Mukesh. – A Sra. Bennet, que é bem mandona, quer casar as filhas com homens ricos. Mas uma das moças, Elizabeth Bennet, quer se casar por amor, não por dinheiro – explicou ele a Priya.

– Dada, você acha que a Ba leu este livro?

– Aposto que sim, até eu li – respondeu Dipali, olhando para o pai.

– Você é o Sr. Darcy dela, papai? – provocou Vritti, rindo com a irmã.

Priya fez cara de quem não entendeu a piada, mas sorriu mesmo assim.

– Duvido muito! Nunca fui tão galanteador. E sua mãe não tinha outra escolha – respondeu, fazendo pouco de si mesmo. – Mas ela era o meu mundo inteiro.

Em sua mente, via Naina no dia do casamento. Ele estava assustado; não conhecia aquela mulher, que estava a ponto de se tornar sua família.

– Ela sempre soube como deixar as pessoas à vontade – complementou.

– Não à toa o pessoal do templo pedia que ela comparecesse a todos os eventos – comentou Dipali, revirando os olhos.

– Lembro quando minha mãe me chamou num canto na véspera do meu casamento – continuou Mukesh – e me disse que garota adorável ela era: inteligente, bondosa... Eu não quis acreditar. Soava bom demais para ser verdade. E eu tinha uma sensação tão forte de que, se tivessem me dado mais tempo e liberdade, eu poderia ter escolhido alguém melhor pra mim. Mas aí eu a conheci e soube na mesma hora...

– Soube o quê, Dada? – perguntou Priya.

– Eu soube que sua ba era a *única* pessoa certa pra mim!

O namoro começou depois do casamento. Cada dia na companhia de Naina lhe trazia surpresas. A primeira era a aparência de Naina pela manhã – incrivelmente, ninguém o havia preparado para o fato de que ela talvez fosse a mesma a qualquer hora do dia. Muitos anos depois as surpresas continuavam: enquanto o pai dele morria lentamente de uma doença, Naina sempre sabia o que dizer.

– Mukesh? – Ela aparecera um dia, trazendo nas mãos um enorme livro e entregando a ele. Era um álbum de família que ela mesma havia montado. – É pra você.

Lá havia não mais que umas poucas fotos da infância de Mukesh, mas numa delas ele aparecia sentado no colo do pai – os semblantes eram sérios, mas o pai ganhou vida de imediato para o filho. Não sabia agora por onde andaria aquele álbum. Guardado em algum lugar seguro, imaginou.

– Como ele era na sua infância? – perguntara Naina.

– Às vezes metia medo, isso eu lembro. Vivia me dando bronca se eu ficasse correndo pela casa ou se trouxesse muita sujeira da rua nos sapatos. Mas *amava* brincar comigo. A gente jogava críquete – rira Mukesh.

– Mas você é *péssimo* no críquete – provocara ela, fazendo careta.

– Eu sei. Puxei a ele. Era péssimo também.

Mukesh sorrira, segurando firme o álbum, retirando dele aquela foto com o pai, ambos com os olhos delineados por kohl como se fossem membros de alguma banda gótica sofrível. Não imaginara que alguém fosse capaz de confortá-lo naqueles meses, mas Naina o fizera. Falar sobre o tempo em que era garoto, sobre seu relacionamento com o pai, era um jeito de acordar para o fato de que ele não estaria por perto para sempre.

Desejava apenas que Naina tivesse estado a seu lado e segurado sua mão, guiando-o pelo luto a cada passo, quando ela mesma se foi.

Ainda que tivesse se apegado a ela à sua própria maneira, não era o bastante.

Enquanto a mente de Mukesh viajava pelo passado, Priya chegou perto de seu dada e o envolveu com os braços do mesmo jeito que costumava fazer com Naina, trazendo-o de volta ao presente, com sua família.

Elas te amam, ouviu de uma voz distante. *Sempre te amaram.*

Reconheceria aquela voz em qualquer lugar. Naina. Ela havia voltado.

– Papai – disse Dipali, caminhando em sua direção. – Fico feliz de você ter encontrado alguém com quem falar, sabe?

Ela ergueu o livro.

– Fico feliz que esteja procurando as pessoas. Na biblioteca. No templo. Nilakshimasi.

E lhe deu um abraço.

– Mamãe teria tanto orgulho de você!

PARTE VII

MULHERZINHAS

de Louisa May Alcott

Capítulo 25

ALEISHA

– Tudo bem por aí, Aleisha?

O Cara dos Policiais, vulgo Chris, se aproximava do balcão com uma mochila pesada nas costas, sem dúvida cheia de livros.

– Sim – disse ela, tirando o cabelo da frente dos olhos cansados enquanto os dedos procuravam freneticamente a lista de afazeres que deixara em algum lugar do balcão. – Hoje está sendo um dia daqueles.

– Percebi. Fica tranquila. Já vi aquela mulher fazendo exatamente a mesma cena no plantão do Dev e do Kyle.

– Ah, é? Ela faz isso sempre?

– Faz. Aposto que ela coloca a biblioteca errada quando faz pedidos on-line.

Aleisha havia acabado de ser espezinhada em público por uma cliente bastante insatisfeita que viera retirar os livros encomendados e descobrira que haviam sido enviados para a biblioteca de Hanwell. Bem como Dev da Garrafa Térmica teria sugerido, ela assumiu inteiramente a responsabilidade em nome das Bibliotecas de Brent e se ofereceu para pegar os livros em Hanwell e *entregá-los na casa da cliente*, só para ver se ela ia embora. A mulher saiu batendo o pé e resmungando: "É por isso que tantas bibliotecas estão fechando. Não servem pra nada. Administração péssima. Aposto que esta aqui será a próxima."

– Hoje eu realmente não merecia isso. Agora vou ter que ir a Hanwell pegar os livros.

O Cara dos Policiais fez cara de solidário antes de se dirigir ao seu lugar cativo, carregando a tiracolo um novo suspense de capa dura que havia acabado de chegar.

A mulher enfurecida tinha na mão sua própria lista de leitura, escrita num pedaço de papel, e a erguia num gesto de "O cliente tem sempre razão, ouviu bem?". Agitava o papelzinho vigorosamente, de forma que não dava para ler o que estava escrito, mas Aleisha queria muito que não fosse *aquela* mulher a autora de sua lista de leitura. Estragaria toda a magia.

Um dos livros que a mulher encomendara fora *Amada*, que a Biblioteca da Harrow Road *tinha* – só que devidamente guardado na bolsa de Aleisha, retirado semanas antes para que ela começasse a ler. Poderia tê-lo entregado à mulher ali mesmo, um pequeno passo para tentar acalmá-la, mas Aleisha não queria abrir mão dele. Os livros, a lista em si, tudo se tornara importante demais.

Algumas noites antes, estava lendo de novo para Leilah enquanto esperavam Aidan chegar em casa.

– Cadê ele? – dissera Leilah. – Não costuma demorar tanto.

– Mãe, está tudo bem, ele sempre se atrasa. Já, já chega em casa.

Aleisha havia aberto o exemplar de *Mulherzinhas* e sentido o olhar de Leilah grudado nas páginas, como se enfeitiçada mais uma vez pela leitura.

– Espera – pedira Leilah. – Sobre o que é *Mulherzinhas*? Já ouvi falar.

Aleisha checara a quarta capa, examinando o texto.

– Bom, é sobre quatro irmãs na Nova Inglaterra… e se passa nos anos 1860. Fala sobre como essas moças tentavam ajudar a família a trazer mais dinheiro para casa, sobre a amizade com os vizinhos… e aparentemente sobre os futuros "casos amorosos". Tem a Meg, que sonha em ser uma *dama* da sociedade. A Jo, que quer ser escritora… e parece ser inspirada na própria autora. A Beth, que é quieta, delicada… e gosta de música. E tem a Amy, a mais bonita, com suas "madeixas douradas".

Aleisha continuou a correr os olhos pela capa. Leilah assentia, com os olhos focados a meia distância.

– Pronta? – perguntou Aleisha.

– Sim, pode começar.

Na primeira página, Aleisha tropeçou na frase "Nós não temos o papai e não vamos ter por um bom tempo". Seus olhos se fixaram no rosto de Leilah. A frase era sobre o pai das irmãs March, que fora para a guerra, mas Aleisha não tinha como não pensar em Dean. Leilah exibia um olhar abatido, mas um frágil sorriso adornava seu rosto. Naquele momento, ela estava com as irmãs March; não havia feito a mesma conexão que a filha fizera com a própria realidade.

O Sr. P tinha mencionado aquele livro – aparentemente um dos favoritos da neta dele. Ao avançar mais na história, Aleisha entendeu por que uma menina gostaria dele – era um jeito alegre e diferente de aprender todas as formas de ser uma garota num mundo em constante transformação. Era uma história antiga, mas as irmãs March tinham muita energia e coragem e corriam atrás de seus sonhos, quaisquer que fossem.

Aleisha gostava de Jo. Petulante, ambiciosa, sempre escrevendo peças e injetando vida nas irmãs, levando alegria ao lar das March. Jo também trazia um sorriso ao rosto de Leilah.

– Eu gosto dela – disse Leilah em dado momento, quando já estavam lendo por mais de uma hora (um recorde que deixara Aleisha impressionada). – Ela me faz lembrar você. Você era mandona assim quando pequena.

Aleisha não via a semelhança, mas se sentiu lisonjeada.

– Não é à toa que o rapaz, o vizinho... Laurie, é esse o nome?

Aleisha assentiu.

– Não é à toa que ama a Jo. Ela é a melhor de todas – decretou Leilah. – Ela sabe o que fazer. Deixar que ele fique faminto pra vir comer na mão dela.

– Mãe, eles são amigos. Não acho que ela deixe o Laurie *faminto*.

Cada uma riu em seu assento por um instante, antes de o silêncio se restabelecer. Aleisha prosseguiu com a leitura:

– "Ah, seríamos tão felizes e boazinhas sem preocupações..."

Suspirou e ergueu o olhar. Leilah tinha os olhos fechados, bem apertados, como se não quisesse permitir que aquelas palavras ressoassem no mundo real. Poderiam existir no mundo das irmãs March, e só.

Naquele momento, Aidan chegou em casa. Fez muito barulho ao escancarar e bater a porta, largando as sacolas no chão.

– Shhh – fez Aleisha, entrando de fininho no corredor. – Que barulheira é essa?

Aidan apalpou de leve o braço dela e foi pisando firme até a cozinha.

– Mamãe está descansando – disse Aleisha, seguindo-o. – Eu estava lendo pra ela.

Aidan pegou uma garrafa na geladeira e encheu um copo com água. Bebeu tudo de um gole antes de olhar para a irmã pela primeira vez.

– Aidan... Estou impressionada, sabe? Está dando certo. Ela meio que tem curtido os livros.

– Que bom, Leish – disse ele, a voz sem emoção.

Aidan circulava pela cozinha e pegava itens de vários armários: um prato, um garfo e uma faca, um pote com sobras de curry. Não a olhava nos olhos.

– Ainda bem que existe algo que eu posso fazer pra ajudar de verdade. Geralmente só você consegue se conectar com ela – disse Aleisha.

Ela implorava em silêncio para que ele parasse quieto por um instante e se permitisse um momento de imobilidade. Aidan então olhou para ela.

– Aleisha, não sou só eu que consigo criar uma conexão com a mamãe. Você também consegue. Você é boa nisso. Melhor que eu, aliás – admitiu, com uma voz suave e distante. – Fico feliz de ver os livros funcionando... pra vocês duas.

Aleisha ficou olhando para os próprios pés. Era um meio elogio, mas ainda assim mais do que ganhara de qualquer um em muito tempo.

– De um jeito ou de outro, mamãe parece estar muito melhor agora, não parece? – sugeriu Aidan.

Aleisha deu de ombros. Aidan começou a encher seu prato.

– Sinto muito por estarmos nos vendo tão pouco. Ando cheio de trabalho, e sei que tenho insistido muito para que mamãe não fique sozinha em casa, mas, sei lá, ela está melhor, bem melhor.

Aleisha o observava. Não concordava, mas não queria dizer isso a ele. Percebia que estava tentando convencer a si mesmo. Ser *otimista* no que dizia respeito a Leilah não era do feitio do irmão. O que ele teria em mente?

– Leish, nos próximos dias vou ter que assumir um monte de plantões. Não vamos nos ver muito, ok? Mas mamãe vai ficar bem, você é ótima com ela. Você é ótima e ponto-final – disse ele, sorrindo.

– Vou ficar com saudade – murmurou Aleisha. – Faz séculos que a gente não passa um tempo tranquilo juntos.

– Eu sei, mas você vai se virar bem sem mim. Leish, o que quer que você esteja fazendo com a mamãe está dando certo.

Ao sair da cozinha com o prato na mão, Aidan apertou carinhosamente o ombro da irmã. Perguntou se estaria tudo bem assim, e ela assentiu. Antes que ela pudesse lhe fazer a mesma pergunta, Aidan então subiu para o quarto pisando forte, sem olhar para trás.

Na tentativa de levantar o astral do irmão, Aleisha deixou na porta da geladeira um post-it escrito "Bem-vindo ao lar". Mas Aidan falava sério; pela manhã, antes mesmo de se levantar da cama, ela o ouviu fechar discretamente a porta da rua. Escutou de novo seu rangido quando ele chegou em casa. Fora isso, nenhum sinal da presença dele a não ser pelos post-its deixados na geladeira para lembrá-la de seus afazeres. Mais uma vez, já quase não se esbarravam pela casa. Tudo que ela queria era um tempo com o irmão, descobrir como ele estava, conversar de verdade com ele. Ela sabia que ele estava escondendo alguma coisa.

Aleisha recordou tudo isso enquanto segurava *Amada* junto ao peito. Não abriria mão do livro em prol daquela cliente rabugenta. Se Aidan estava ausente havia vários dias, trabalhando sem parar, o único poder de que Aleisha dispunha para acalmar Leilah era o dos livros. Eles ocupavam o espaço onde antes reinava o silêncio.

O Sr. Patel logo estaria na biblioteca. Ela já separara para ele um outro exemplar de *Mulherzinhas*. Imaginava que ele estaria entusiasmado para lê-lo – era o único livro do qual ele parecia falar com frequência, apesar de não ter a mínima ideia sobre a história. Às vezes o chamava de "Daminhas".

Onze da manhã e nada. Onze e meia e nada. O tempo todo, Aleisha checava o relógio e a porta. Mais ninguém a incomodou. Hoje todos estavam optando pelas máquinas de autoatendimento ou simplesmente indo se acomodar em poltronas para ler. Ela estava grata pela paz, mas também cheia de vontade de conversar com o Sr. P. Ele nunca revelava muito, mas ela achava revigorante conversar com alguém que não fosse o irmão ou a mãe, e estava curiosa para saber mais sobre o passeio que ele fizera a Londres com Priya. Por alguma razão, havia adquirido um interesse especial pela vida daquele senhor, talvez como uma fuga da própria, talvez ainda porque tivessem se tornado amigos.

Com o Sr. Patel, Aleisha estava livre de críticas. Ele não a via como "problemática", ainda que ela tivesse lhe contado um pouco sobre "o clima de merda" da sua casa. Ele retrucara com "Seu pai não é presente?", e ela rira do quão clichê aquilo soava. Clichê, mas certeiro.

– Ele agora tem a família dele – respondera Aleisha.

– Você também faz parte da família dele.

– Não é o que ele acha.

Mukesh estalara a língua.

– Babaca idiota – praguejara ele, mais alto do que pretendia. – Ah, *hai*, sinto muito. Desculpe minha boca suja!

A mão de Mukesh voara para o rosto num reflexo, os olhos arregalados de surpresa.

– Não, o senhor tem razão! – concordara Aleisha, rindo. – É um babaca idiota mesmo. Quem dera minha mãe também enxergasse assim e entendesse que a culpa foi toda dele. Não dela.

– Aposto que ela sabe. Homens às vezes são idiotas. É o que eu acho, pelo menos. Tenho três filhas e nenhuma delas é assim.

O celular de Aleisha apitou ao seu lado, trazendo-a de volta ao presente.

Oi! Como vai o mundo dos livros?

Era Zac, que desde o encontro no parque lhe mandava mensagens todos os dias. Primeiro um oi, depois um meme de livro ou de gato (Zac adorava gatos, algo que, Aleisha pensava, ele não tinha em comum com o Sr. Darcy). Ela vinha tentando mandar respostas curtas para não dar muita bandeira. Pensava no comentário de Leilah: "Deixar que ele fique faminto pra vir comer na mão dela." Será que Aleisha estava seguindo o conselho da mãe no estilo *Mulherzinhas*? Fácil não seria, porque a verdade é que ela queria falar com ele *o tempo todo*.

Aleisha respondeu à mensagem.

Uma cliente dos infernos acabou de arruinar minha vida!

A resposta de Zac foi quase instantânea.

Precisa de alguma coisa?

Falar com Zac era mais fácil – ela não dizia "Tudo bem" quando queria dizer "tendo um dia de merda". Dizia "Tendo um dia de merda". Como ele não conhecia a pessoa que ela tentava ser com todos os demais, podia ser ela mesma.

Vai fazer o que mais tarde?, perguntou ela.

Sem planos! No fundo, Aleisha sabia que Zac era como ela. Um desajustado, uma alma solitária. Mas confortável com isso. Nunca agia como se quisesse ser qualquer outra coisa que não ele mesmo.

Seria muito legal te ver. Talvez precise da sua ajuda com uma coisa depois. Se você puder. Tem a ver com livros... Ela logo apagou a mensagem e reescreveu, aparentando menos interesse: *Talvez precise da sua ajuda com uma coisa*. Era o melhor que podia fazer.

De repente seu celular começou a piscar. *Recebendo chamada: Zac.*

Antes de apertar o botão verde, sentiu seu coração martelando na garganta. Nunca havia falado com Zac ao telefone.

– Alô?

Ouvia a própria voz, mais aguda e esganiçada que o normal.

– Oi. Quer dar uma volta de carro depois? Se você puder. Depois que eu te ajudar. Estava pensando em ir pra algum lugar tipo Richmond. Pelo parque. Que tal?

Ele soava calmo, tranquilo, relaxado como sempre.

Aleisha nunca fora a Richmond. Sabia que Aidan estava em casa pela primeira vez naquela semana e que ela estaria livre para fazer o que quisesse desde que voltasse até as nove, quando ele teria que sair para o turno seguinte. No entanto, pareceu exagero dizer a Zac que tinha hora para chegar, como se tivesse 12 anos. A pele dela formigava de nervoso, a mente buscando Leilah o tempo todo.

– É, seria legal – disse ela, calando as dúvidas em sua mente, a voz trêmula. – Aliás, preciso mesmo do seu carro. É pra trabalho. Me ajuda?

– Claro, chefe. Me manda mensagem quando seu turno acabar e eu te pego. Vai ser muito legal ver você.

Enquanto Aleisha trancava tudo, Zac já a esperava do lado de fora, sentado em seu Vauxhall Corsa e ouvindo uma música suave, que escapava pelas janelas escancaradas. O oposto absoluto de Aidan, cujo carro só propagava música em volume antissocial.

Zac apoiava o antebraço na porta. Quando a viu, seu rosto se iluminou. Aleisha não sabia ao certo se só estava com fome ou se o estômago estava mesmo se revirando em cambalhotas. Elizabeth Bennet, com sua postura contida, torceria o nariz se a visse agora.

Ao abrir a porta do carro, sentiu-se subitamente exposta. Ajeitou-se no assento com medo de bater a cabeça no teto ou dar com o joelho no porta-luvas. Era como se tivesse perdido o controle do próprio corpo.

– Oi – disse ele. – Tudo pronto? Vamos pra onde?

– Prontíssimo. Primeira parada, Biblioteca de Hanwell. A gente precisa chegar lá o mais rápido possível. Tem uma pessoa esperando.

Ela usava seu tom profissional, reservado apenas para clientes rabugentas, a fim de mascarar a ansiedade que a afligia.

– Missão ultrassecreta. Adorei – brincou ele.

No caminho, ficaram algum tempo quase em total silêncio, exceto apenas pela música de fundo irritante. Isso até o engarrafamento e a temperatura cobrarem seu preço. O trânsito se arrastava, e Zac ficava cada vez mais frustrado com o calor no carro.

– Este caminho leva no máximo vinte minutos, mas parece que estamos aqui há uma hora.

– Faz só meia hora, e a gente está quase lá – disse Aleisha, tentando tranquilizá-lo.

Percebeu que usava a mesma voz que Aidan às vezes adotava com Leilah. Sua mente se voltou para os dois. O que estariam fazendo? Estariam sentados juntos, vendo um filme? Ela sentiu uma pontada de culpa por estar ali com outra pessoa enquanto os dois estavam em casa. Poderia estar passando a noite com o irmão, pela primeira vez em séculos.

Engoliu o arrependimento, pois não tinha tempo a perder. Quando o carro parou, ela saltou e bateu à porta da Biblioteca de Hanwell. A bibliotecária estava ali, digitando algo no computador, os livros da cliente irritada já empilhados ao lado. Encomendados, como ela imaginara, à biblioteca errada.

Após mais 26 minutos no carro, com mais piadinhas de Zac, além do trânsito e do calor úmido da North Circular, Aleisha por fim deixou os livros com a mulher, bem na porta da casa dela.

– Finalmente – bufou a cliente.

– De nada – devolveu Aleisha, na esperança de que a mulher captasse o sarcasmo.

– Achei que não chegariam nunca. – A mulher pegou os livros e bateu a porta sem deixar qualquer rastro de gratidão.

Aleisha revirou os olhos. Queria tanto dar uma resposta desaforada, gritar pelo buraco da correspondência... Mas pensou em Marmi, a mãe das irmãs March, sempre educada com toda e qualquer pessoa. Por mais que não existisse no mundo real, ela estava certa. Não valia a pena.

Ao voltar para dentro do carro, indicou o caminho olhando o celular e resmungando, torcendo para que Zac não se importasse em fazer mais uma parada antes do programa a dois.

– Bem ali, depois daquela placa.

– Ok, chefe.

– No fim da rua, pega a esquerda e segue as placas pra Wembley High Road.

– Entendido, chefe.

– Aí é a próxima à esquerda e depois a terceira à direita.

– Calma, calma, você está indo rápido demais. – Ele desligou o rádio, subiu os vidros e ligou o ar-condicionado. – Assim é melhor. Finalmente consigo pensar.

Aleisha revirava os olhos. Já os de Zac estavam focados na rua.

– Esquerda, aqui! – gritou ela. – Rápido, senão vai perder.

– Como assim? Sem nem avisar antes?

Ele checou os retrovisores e fez uma curva acentuada à esquerda.

Pararam em frente à casa enquanto o celular de Aleisha dizia: *Você chegou ao seu destino*. Havia um carro na entrada.

– Espera aqui rapidinho – pediu a Zac, pescando outro livro de dentro da bolsa.

Zac deixou o carro em ponto morto enquanto Aleisha aproximava-se da porta, nervosa. Usar o sistema para achar o endereço dele certamente ia contra as regras da biblioteca. Com sorte, o Sr. P não iria se importar.

Tocou a campainha. Aleisha ouvia uma voz lá de dentro, mas não era a do Sr. P. A TV devia estar ligada num daqueles canais indianos. Um pouco depois, quando Aleisha estava a ponto de virar as costas e desistir, a porta se abriu, revelando uma mulher, de 70 e poucos anos talvez, em um conjunto punjabi azul-escuro com lenço branco em volta do pescoço, para dar um contraste.

– Olá, como posso ajudar? – disse a senhora, cujo tom de voz era baixo mas cordial.

– Oi, eu vim entregar um livro para o Sr. Patel. Ele não foi hoje pegar na biblioteca... e aqui era caminho de casa... então pensei em vir entregar.

– Mukeshbhai! – gritou a mulher para dentro da casa.

O Sr. P se esgueirou sob uma soleira de porta. Usava calça de moletom com alguns respingos cor de cúrcuma e uma camiseta outrora branca, agora de um cinza encardido, também manchada de ketchup. Aleisha nunca o vira com algo que não fosse um conjunto alinhado de calça e camisa, mais a indefectível boina.

Logo que a viu, ele fez uma cara de pânico.

– Srta. Aleisha! Não, você não pode me ver assim.

Voltou correndo para o cômodo de onde viera.

– Um segundo, querida. Pode esperar? – disse a mulher.

Aleisha fez que sim. Olhou para Zac no carro. Ele descansava a cabeça no assento, olhando para o teto.

Ela ouviu as vozes abafadas que pareciam vir da sala, mas falavam em outra língua, que Aleisha não entendia.

Quando ela já pensava que o melhor seria ir embora, o Sr. P ressurgiu, com um casaco grosso cobrindo as manchas. Ele suava.

– Pode entrar, por favor. Nilakshiben preparou o jantar. Ela adoraria que você comesse conosco. Preciso botar uma camisa.

A mulher retornou à porta enquanto o Sr. Patel ia lentamente até outro cômodo. Dava para ver que sentia dores no quadril.

– Ele está bem? – perguntou Aleisha.

– Tomou um tombo ontem, mas está bem, sim. Estava correndo atrás das netas e agora se sente meio inútil. Estou cuidando dele hoje.

– Não quero mesmo incomodar. Só vim deixar este livro – disse, mostrando o exemplar a Nilakshiben.

– Não, eu insisto. Vem comer. É hora do jantar.

– Ah, muito obrigada, mas é que meu amigo está no carro esperando.

– Chama o seu amigo também.

A conversa continuou nessa linha por algum tempo, até Aleisha ceder. Aquela senhora não aceitaria um não como resposta. A jovem checou o relógio. Seu pensamento voou até em casa, até Aidan e Leilah – ainda lhe restava algum tempo, mas será que o irmão não precisaria muito dela antes de ir para o trabalho? Se ficasse por uma hora, ainda chegaria em casa conforme o combinado, concluiu Aleisha.

Só lhe restava agora convencer Zac de que essa seria uma boa ideia.

Capítulo 26

ALEISHA

– Odeio socializar!

– Zac, ele tem uns 80 anos... Seja legal! – sussurrou Aleisha, praticamente arrastando Zac para fora do carro.

Ela sentia como se aquela fosse a primeira DR deles.

Nilakshiben e o Sr. P os aguardavam na porta feito um comitê de boas-vindas. Zac parecia um pouco atônito ao entrar na casa. Provavelmente não era o que esperava de seu primeiro encontro romântico com Aleisha.

E era mesmo um encontro romântico?, Aleisha se perguntava. Ou poderia ter sido? Um passeio de carro pelo Richmond Park parecia o tipo de programa que Darcy e Elizabeth Bennet fariam juntos.

Nilakshiben pegou mais dois pratos e alguns talheres para complementar a mesa posta para duas pessoas. Trouxe da sala para a cozinha o grande ventilador portátil, e todos se sentaram. Ela serviu cada um de pão roti (que pronunciava rotli), dhal, legumes e verduras.

– Aleisha, aceita um pouco de dhal? – perguntou ela, já atulhando o prato da garota. – E você, rapaz, quer bhindi nu shaak? – perguntou a Zac, cujo prato já tinha uma porção de quiabo.

Assim que terminaram de higienizar as mãos, Nilakshiben e o Sr. P atacaram a comida. Zac e Aleisha acompanharam o casal, comendo com as mãos como os anfitriões. Os talheres ficaram sobre a mesa, esquecidos. Zac partiu um pedaço de rotli pequeno demais para segurar o recheio. Aleisha notou que o Sr. P o observava, querendo ajudar, mas sem constrangê-lo.

Depois de praticamente raspar o seu prato, o Sr. P foi o primeiro a falar.

– Nilakshiben, estava delicioso. Obrigado.

– Imagina. Fique bem e forte logo.

– O que aconteceu? – perguntou Aleisha, preocupada.

– Tecnicamente, eu tomei um tombo. Mas isso não é verdade, de modo nenhum. O tombo é que me tomou.

O Sr. P riu sozinho da própria piada. Nilakshiben acariciou o ombro dele com o polegar, o cenho franzido numa semicareta.

– Sentimos sua falta na biblioteca – confessou Aleisha.

O Sr. P olhou para ela, sorrindo, com espinafre nos dentes.

– Aí pensei em trazer para o senhor seu próximo livro. Já terminou *Orgulho e preconceito*? Sei que lê rápido.

– Leio rápido para poder ir à biblioteca pegar sua nova indicação! Mas, Srta. Aleisha, esse eu levei mais tempo para terminar. Eu... bem... tive alguns problemas para resolver com a *minha* família – disse ele, rindo e olhando de relance para Nilakshiben, que lhe retribuiu o sorriso. – Também não aguentei muito o dramalhão das Bennet, mas agora tudo está melhor. E sua entrega a domicílio foi incrível.

As palavras saíam com certa dificuldade, e o coração de Aleisha se apertou um pouco.

– O que você faz, meu filho? – perguntou o Sr. P, virando-se para Zac e mudando de assunto abruptamente.

– Estou na faculdade – respondeu ele, um pouco travado. – Quer dizer, de férias no momento.

– Ah, muito bom, muito bom. O que você estuda?

– Direito – disse ele, quase imitando o jeito de falar do Sr. Patel.

Os dois estavam nervosos, e Aleisha queria que o chão a engolisse. A impressão era a de estar apresentando o namorado aos pais.

– Isso é bom! Muito, muito bom! Eu sempre quis que uma das minhas filhas fizesse direito, mas acabaram fazendo administração, que é bom também. Muito, muito bom.

– Sim, estou gostando, Sr. Patel.

– Sabe, a Srta. Aleisha vai ser advogada também. Quando nos conhecemos, você foi tão rude e rabugenta... – contou o idoso, virando-se para Aleisha, o orgulho estampado no rosto. – Como uma legítima advogada!

O Sr. P riu, mas Nilakshiben se mostrou contrariada.

– Mukeshbhai, por que diz isso? Não consigo imaginar essa moça sendo rude de forma alguma.

– Eu fui. Não *queria* ser, e sinto muito por isso. Mas agora estamos bem, não é, Sr. P? Estou perdoada?

– Com certeza! Você me indica livros ótimos.

– Mas é claro! – exclamou Nilakshiben. – É *você* a bibliotecária de quem tanto ouço falar!

– Acho que sim. – Aleisha evitou dizer *E eu ouvi tanto a seu respeito*, pois não ouvira absolutamente nada. – Vocês... é... são amigos faz muito tempo?

– Não muito. Somos amigos agora. Eu era a melhor amiga da esposa dele, Naina. Mas Mukeshbhai e eu fazemos companhia um ao outro. Fico vendo TV enquanto ele lê seus livros.

Aleisha percebia o olhar de Zac em seu rosto, mas sabia que, se olhasse para ele, cairia no riso.

– Que maravilha.

– Algumas pessoas acham que provavelmente somos mais que amigos. Gente do mandir – acrescentou o Sr. P, as orelhas coradas.

– Mandir é o templo – esclareceu Aleisha, ao ver a expressão confusa de Zac.

– E minhas filhas intrometidas *também* – continuou o Sr. P. – Não conseguem entender que um homem e uma mulher podem ser só amigos. Mas, enfim, família é família. E vocês dois, também são só amigos?

Ele ergueu uma sobrancelha de forma maliciosa. Tanto Aleisha quanto Zac ficaram olhando para os pratos.

– Ah, não! Que velho tonto eu sou! – Seus olhos brilhavam. – Vocês, jovens, não gostam de "rótulos"! Só se consideram um casal quando estão entrando na igreja, se é que ainda fazem isso.

Zac caiu na gargalhada.

– Isso é muito bizarro! – desabafou ele. – Eu só queria sair com ela hoje, e não faço ideia do que está acontecendo.

Aleisha cobriu o rosto com as mãos. Todos riram.

– Rapaz, você fez uma excelente escolha! – disse o Sr. P. – A Srta. Aleisha é uma boa moça, muito querida.

Nilakshiben assentiu. Aleisha queria morrer.

Depois do primeiro prato havia outro, com arroz, feijão moyashi (que o Sr. P disse ter feito sozinho) e um molho amarelo-esverdeado, aparentemente à base de iogurte. Zac e Aleisha comeram com colheres, mas Nilakshiben e Mukesh usaram as mãos. Aleisha ficou hipnotizada: como os dois eram eficientes naquilo... Nunca passavam a impressão de desleixo ou falta de modos.

Após o jantar foram para a sala. Nilakshiben ligou a TV num dos canais indianos, em volume baixo, e eles se sentaram um pouco para digerir a comida. Mukesh pôs um dos pés em cima de uma cadeira e, de vez em quando, soltava um "Ui".

Ouviu-se até um pequeno pum, mas ninguém se acusou. O Sr. P não parecia nada constrangido, mas Zac aparentava pânico, provavelmente com medo de Aleisha achar que havia sido ele o autor do despudor.

– Geralmente nos sentamos aqui pra passar o tempo, não é, Mukeshbhai? – disse Nilakshiben.

– *Ha*, isso mesmo! – Mukesh abriu um grande sorriso. Parecia orgulhoso de si mesmo. – Ela me deu fones com cancelamento de ruído para eu poder ler enquanto ela assiste à Zee TV. Não vejo mais documentários.

– Isso que é dedicação, Sr. P. – Aleisha sorriu para Zac, que enfim parecia menos desconfortável. – Nilakshiben, o que a senhora costuma ver na Zee TV?

– Vejo mais novelas. Minha favorita é *Bhabiji Ghar Par Hai*, mas andei assistindo recentemente a *Sa Re Ga Ma Pa*, que é como um *X Factor* indiano! E, *beti*, pode me chamar só de Nilakshi. *Ben* significa irmã e, ainda que eu me *sinta* jovem como você, não somos exatamente irmãs!

O Sr. P e Nilakshi começaram a rir, e Aleisha e Zac também.

– Acho que o senhor vai gostar muito do próximo livro, Sr. P. É *Mulherzinhas*.

Mukesh se animou.

– Minha neta Priya leu! Ela disse que ganhou da minha Naina.

– Sim, lembro que o senhor me contou. É brilhante, mas um pouco triste, aviso logo.

– Eu aguento um livro triste. Li *O caçador de pipas*!

O sol se punha e lançava um fraco brilho alaranjado pela janela.

– Alguém poderia acender a luz? – perguntou Mukesh. – Não consigo ver o rosto bonito de vocês.

Zac se levantou, apertou o interruptor da luz e, em seguida, fechou as cortinas sem que ninguém pedisse.

Aleisha finalmente prestava a devida atenção ao cômodo. À exceção de uma almofada de estampa paisley chamativa, que não combinava com o restante da decoração, tudo se encaixava em caótica harmonia.

– Que fronha linda – disse Aleisha, pegando a tal almofada. – Onde o senhor comprou?

– Era o sári da minha esposa. Dipali, minha caçula, costura muito bem. Ela fez para mim, logo depois da Naina partir. Eu nem reparo mais. Sabe quando as coisas se tornam familiares a esse ponto? Fico feliz de você ter reparado. Naina está sempre aqui – sussurrou Mukesh, quase que só para si.

O olhar de Aleisha se voltou para o retrato de uma mulher emoldurado na parede, com uma guirlanda que pendia de um lado a outro. Parecia jovem e era linda. Mukesh seguiu seu olhar e ficou cabisbaixo, as bochechas caídas.

– O senhor está bem? – perguntou Zac.

– Sim, sim. Estou bem.

Nilakshi assentiu, olhando a fotografia.

– Naina era incrível, Aleisha! Você a teria amado. Era tão generosa...

– Mais que a senhora? – quis elogiar Aleisha, e na mesma hora se arrependeu, pois o ar pareceu subitamente mais pesado.

– Sim, muito mais generosa que eu. Ela sempre foi gentil. Acho que foi ela quem me ensinou a ser gentil também. E as filhas dela. Naina criou cada uma para amar ao próximo, para pensar nos outros antes de pensar em si mesmas.

– Não cheguei a conhecê-las. Elas costumam visitar o senhor, Sr. P?

– Às vezes. São moças ocupadas.

O restante da noite foi tranquilo. Aleisha quase se sentia outra pessoa, habitante de outro mundo. Todo o resto, para além daquelas quatro paredes... simplesmente não existia naquele momento. Ouviram um pouco de música na televisão: eram canções que Nilakshi chamava de bhajans. Delicadas, meditativas. Aleisha teria ficado ali o dia todo.

– Não é melhor a gente ir? Pra você chegar em casa a tempo – lembrou Zac, olhando para Aleisha.

Ela olhou o relógio. Deus do céu, já passava das dez. Aidan precisava sair de casa às nove, então Leilah devia estar sozinha à sua espera. Seu coração começou a bater freneticamente.

– Sinto muito, Sr. P, Nilakshi. Preciso ir. Tenho que voltar pra minha mãe. Obrigada!

Suas palavras foram despejadas em uma torrente, e ela calçou os sapatos o mais rápido que pôde. Zac saiu atrás dela, todo atrapalhado.

– Você está bem? – perguntou ele quando já estavam do lado de fora.

– Minha mãe... Ela não pode ficar sozinha. Prometi ao meu irmão que chegaria em casa às nove.

– Tudo bem, não se preocupa. A gente está a dois minutos de lá.

– Não, eu me atrasei, você não entende!

Aleisha se jogou dentro do carro e Zac a levou para casa em silêncio. Tudo que Aleisha ouvia era o latejar da própria pulsação.

PARTE VIII

AMADA

de Toni Morrison

Capítulo 27

ALEISHA

Toda a casa estava mergulhada na escuridão. Todas as cortinas, fechadas. Aleisha tateou a parede para encontrar o interruptor. Não havia ninguém na sala.

– Mãe!

Felizmente a única resposta foi a do silêncio. Leilah devia estar dormindo, talvez nem tivesse reparado no atraso.

Aleisha deixou suas coisas na sala, tirando da bolsa o mais recente livro da biblioteca, *Amada*, e o levando para o andar de cima. Ouviu um ruído, um ranger de piso. Seria Leilah andando? A porta do quarto dela estava entreaberta.

Aleisha foi até lá na ponta dos pés e ouviu um som abafado de choro. O coração, que já estava apertado, quase saiu pela boca.

– Mãe? – chamou novamente.

Sem esperar resposta, abriu a porta com todo o cuidado. Seus olhos se ajustaram aos poucos ao breu e ela viu uma sombra encolhida num canto, balançando-se para a frente e para trás. Acendeu a luz.

Aleisha pôde então ver o quarto da mãe destruído. Era como se alguém tivesse remexido cada gaveta à procura de algo. Roupas se acumulavam por cada espaço disponível do carpete. O despertador dela, que não era usado havia anos, estava no chão, virado para cima, com o vidro quebrado. As portas de todos os armários estavam escancaradas.

Ali estava Leilah, desabada num canto com o rosto nas mãos. Chorava, os ombros tremiam.

O quarto estava quente, tomado de ar rançoso. Aleisha sentia o cheiro de cada momento do dia de Leilah. Dava para ver que não havia sido feliz.

Ficou paralisada olhando a mãe nesse estado, sem se aproximar um centímetro que fosse, com muito medo de descobrir qual era o problema da vez, mas no fundo ciente de que a culpa era dela.

Por fim, Leilah falou. Baixinho. Tão baixinho que Aleisha precisou se esforçar para captar cada palavra.

– Ele não voltou pra casa.

– Quem não voltou pra casa?

Aquilo já havia acontecido antes. Estava falando de Dean. O dia em que ele foi embora com as malas, com todas as suas coisas em caixas, e nunca mais voltou. E agora Leilah revivia tudo. Recordava o ocorrido como se tivesse sido nesse dia.

– Aidan – sussurrou Leilah. – Ele não voltou pra casa.

– Claro que voltou – protestou Aleisha. – Você devia estar dormindo e não viu. Ele chegou em casa logo depois de eu ter saído para a biblioteca, de manhã. Eu demorei a voltar. É minha culpa. Eu devia ter chegado em casa horas atrás.

– Não, Aleisha. – Leilah ergueu a cabeça, os olhos vermelhos mas alertas. – Depois que você saiu, ele não voltou pra casa. Eu esperei. Passei o dia todo acordada. Não consegui dormir. Pensei em pegar o telefone pra te avisar, mas não quis ligar, porque ele podia tentar me ligar também. E não consegui achar meu celular. Não consegui. Desculpa.

– Mãe, não se preocupa – disse Aleisha com delicadeza, tentando não transparecer o pânico.

– Não sei o que fazer.

O coração de Aleisha voltou a disparar. Sua mente saltava milhões de passos à frente e ela precisava parar e pensar com calma. Tinha certeza de que haveria uma explicação. Tinha que haver. Aidan nunca ficava muito tempo longe de casa. Ou teria sido tudo culpa de Aleisha? Ela provavelmente entendera errado os recados nos post-its ou escutara mal o que ele dissera. Talvez ele estivesse cumprindo um turno extra na oficina. Ou quem sabe esperando uma entrega grande no depósito.

Precisava acalmar Leilah, do contrário acabaria entrando em pânico também. Aquilo só poderia ser um mal-entendido.

Tirou o celular do bolso e ligou para Aidan. O telefone tocou. E tocou. E tocou. Era um bom sinal. Estava ligado, e ele não estava recusando a chamada. *Por favor, deixe sua mensagem após o sinal*, dizia a voz feminina da caixa postal.

– Aidan, cadê você? Mamãe disse que você passou o dia todo fora de casa. Me liga quando ouvir esta mensagem.

Na cozinha, ela pegou um copo com água gelada para Leilah. Quando sua mãe ficava inquieta, assustada, raivosa ou estressada, um copo com água bem gelada sempre funcionava.

Como Leilah não se movia um centímetro, Aleisha depositou o copo com cuidado ao lado da mãe, no chão de madeira.

Leilah estava inalcançável.

Precisando respirar, Aleisha saiu do quarto da mãe e foi para o de Aidan.

Estava um caos. Aidan geralmente deixava tudo arrumado.

Na mesa de cabeceira, havia um energético bebido pela metade. Uma garrafa de cerveja. Uma pilha de romances de Martina Cole acumulando poeira – sempre haviam sido os favoritos dele.

Foi quando ela avistou o celular do irmão, escondido sob uma pilha de recibos na mesa. Estava carregando. Ela acendeu a tela: 100% de bateria, quatro chamadas perdidas: *Al*. Algumas mensagens de texto. Mais algumas chamadas perdidas: *Guy*. *Claris*. Não os conhecia.

Aidan nunca saía de casa sem o celular. Sempre o deixava ligado, contra as regras do depósito, para o caso de a mãe ligar. Ou de Aleisha ligar. Ou de algo acontecer.

Foi tomada pela sensação crescente de que algo estava errado. Sabia que, responsável como era, Aidan nunca teria saído de casa sem o celular se não planejasse voltar logo.

Ele logo estaria de volta. Com certeza logo estaria de volta.

Capítulo 28

MUKESH

Mukesh acordou com os joelhos rígidos, o quadril dolorido e as costas travadas. A dor amanheceu bem pior, como se ele estivesse num inverno congelante. Era para ter se recolhido para dormir bem mais cedo, mas ficara envolvido na história das irmãs March, animado para abrir o livro, entrar no mundo delas, descobrir o que tinha de tão especial. Aquela família era tão carinhosa que ele se sentia acolhido, como um ente querido. Depois de tudo que ocorrera nos últimos dias, o desentendimento com as meninas, a reconciliação, o tombo que machucara seu quadril, a paulada na autoconfiança, aquilo era exatamente o que ele procurava.

Mulherzinhas sem dúvida era *o livro*. Era o livro que ele deveria ter solicitado na biblioteca quando não sabia por onde começar.

Logo que conheceu as irmãs March e Marmi, soube por que Naina e Priya haviam amado tanto aquela obra. As meninas – Jo, Meg, Beth e Amy – eram divertidas, imaginativas, e viviam dentro e fora dos livros. Importavam-se umas com as outras, cuidavam umas das outras. E tudo em *Mulherzinhas* falava de Naina. Cada página borbulhava com o seu legado; sua alma estava salpicada em cada frase. O pai das meninas estava longe de casa, lutando na guerra. A mãe, Marmi, tomava conta de todas sozinha em Massachusetts, nos Estados Unidos – e, além disso, tomava conta de muito mais gente, ajudando com os chamados "esforços de guerra", tratando os vizinhos com gentileza e carinho, levando comida para as famílias necessitadas no Natal, auxiliando conhecidos e amigos. Se Naina ainda estivesse ali, teria sido bem como Marmi: não teria o menor problema em colocar o conforto de outras pessoas à frente do próprio. A cada nova página, imaginava Naina por toda parte, ao redor dele.

Queria contar a ela que ler o ajudara a encontrar um passatempo, uma forma de se conectar com os outros, uma razão para se levantar da cama e sair de casa.

Naina teria seguido com a vida, como a matriarca da família March, mas Mukesh, desde que Naina partira, se fechara. Deixara as filhas cuidarem dele, resignado a uma vida de insatisfação. *Isso é passado*, pensou Mukesh, respirando fundo. Agora se achava mais parecido que nunca com Marmi. Sabia que havia mudado. Estava muito melhor.

Seu estômago roncava. As descrições do grande banquete de Natal das March subiam das páginas pela ponta de seus dedos e se espalhavam pelo seu corpo. Sentia o cheiro da comida, batatas assadas aos montes, os doces e bolos também. Tudo o levava de volta aos jantares que Naina costumava preparar para celebrar o festival de luzes Diwali, com pilhas de doces, gulab jamun, barfi, mithai, tudo que ele poderia desejar. Desde que ela partira, a família não havia feito mais nenhum jantar para o Diwali. Quando celebravam a data juntos, geralmente pediam comida. *Nesse dia*, porém, ele iria fazer um banquete para sua família – Priya e Rohini vinham jantar com ele. Iria cozinhar para *três*. Ele pensou nas irmãs March, em Marmi, que emanavam positividade apesar de tudo que sofriam. Elas provavam repetidas vezes que, quando havia vontade, sempre se dava um jeito.

Respirou fundo e se ergueu da poltrona. Iria fazer dosa. Ele conseguiria. E o melhor de tudo era que acreditava nisso.

Estou tão orgulhosa de você, Mukesh, sussurrou Naina. *Agora, acho melhor você ir fazer compras!*

Ela nem precisava pedir duas vezes.

Mukesh subiu a rua até o fim – levou mais tempo que o normal, mas não tanto quanto imaginava, considerando as dores. Na rua de cima, havia hordas de torcedores de futebol com camisas azuis e lenços azuis e brancos ao redor do pescoço. Só em dia de jogo ou de show se viam tantos rostos brancos em Wembley, andando por toda parte – e carros buzinando para que saíssem da frente. Mukesh manteve-se o mais perto possível dos prédios e lojas à sua esquerda, tentando se afastar ao máximo da multidão, embora parecessem apenas cantar alegremente e agitar latas de cerveja, o que indicava uma vitória do time azul e branco. Quando enfim se refugiou na loja, Nikhil o cumprimentou.

– Vai querer o que hoje, Mukesh?

– Vou fazer algo diferente! Dosa!

– Dosa! Tem certeza de que sabe preparar?

– Sim.

Mukesh soava mais confiante do que realmente estava. Dosa era sua refeição favorita. Naina costumava preparar para ele em algumas sextas-feiras do mês. Quando as meninas eram adolescentes, sempre zanzando pelas ruas à noite, ela fazia dosa só para os dois. Quando fazia para toda a família, nunca tinha a chance de se sentar para comer, pois só conseguia preparar um dosa por vez.

– Naina fazia os melhores dosas que alguém já provou na vida, e quero fazer também. Não vai ser o melhor de todos, mas espero conseguir fazer direitinho.

– Sim, Nainafoi fazia pra mim às vezes, pra colocar na marmita.

– Fazia? – Mukesh ficou radiante.

– Quando ela tinha sobras. E se mamãe precisasse de ajuda quando estava trabalhando à noite.

Naina sempre dizia que preparar dosa era fácil, mas Mukesh sabia que não era bem assim. O que era fácil para ela era como escalar o Everest para ele.

– Vou pegar todos os ingredientes pra você. Aguarda um pouquinho.

Nikhil deixou seu posto atrás do balcão e começou a percorrer a loja inteira. Só de olhar a rapidez com que se movia, Mukesh já se sentia cansado e ofegante. Seu coração estava acelerado e ele não sabia se era pelo estresse de ver um jovem se mover tão rápido ou se pelo nervosismo total e absoluto de fazer dosa para Priya e Rohini.

Tentou repassar em sua mente o passo a passo. Será que saberia fazer dosa? Saberia prepará-lo? Percorreu a loja com os olhos e, de repente, era como se os produtos saíssem dançando das prateleiras e se aproximassem dele, as cores vivas das diferentes embalagens, vermelho, rosa, azul, todas se misturando em sua visão.

– Nikhil! – chamou Mukesh.

– Sim?

– *Mane paani joie che?*

– Sim, um segundo. Quer água agora?

– *Ha*, por favor, *beta*.

Mukesh levou a mão fechada ao peito, respirando com dificuldade. Nikhil surgiu com uma cadeira que estava escondida atrás do balcão e, com a mesma rapidez, lhe trouxe um copo de aço inoxidável cheio de água gelada.

– *Bas*.

Mukesh bebeu devagar.

Tentou uma das técnicas de respiração da ioga em que Vritti acreditava tão ferrenhamente. Inspirar, reter, soltar, reter, inspirar, reter, soltar.

Aos poucos, a cada tomada de ar, foi se sentindo melhor. Sentiu uma mão em seu ombro. Não era a de Nikhil. Era a de Naina. Lembrando que ele era capaz.

Mukesh viu o relógio marcar cinco da tarde. Elas ainda não haviam chegado.

Mukesh viu o relógio marcar cinco e quinze da tarde. Elas ainda não haviam chegado.

Mukesh viu o relógio marcar...

A campainha tocou. Finalmente estavam ali!

Ele se levantou da poltrona mais rápido do que era fisicamente capaz, ficando lívido feito um fantasma.

Abriu a porta, enxugando na calça o suor das mãos.

Priya entrou correndo com *O sol é para todos* junto ao peito. Ele sentiu o coração mais leve que o ar.

– Eu amo este livro, Dada! Amo tanto a Scout! Queria poder ter essas aventuras que ela tem, às vezes.

– Achei que você gostaria mesmo, *beta* – disse o avô, inclinando-se para beijar a cabeça da menina, que o envolvia com os braços. – Além disso, você tem aventuras de outros tipos. Todos os tipos!

Priya então correu para se acomodar na poltrona de sempre e continuar lendo. Aquilo era algo que Naina havia colocado em marcha, passo a passo, de forma discreta, intangível. Priya estava lendo um livro sobre o qual ele sabia tudo. Conhecia o mundo em que ela se encontrava agora. Havia algo mágico nisso – compartilhar um mundo que ele amara, permitir que alguém visse esse mundo através de suas lentes.

Rohini o abraçou timidamente, trazendo-o de volta à realidade. De canto de olho, ele a percebia vasculhar a casa, à procura de coisinhas que pudesse arrumar e outras para adicionar à sua "lista de implicâncias". Assim que começou a abrir a boca, porém, ela a fechou e suspirou.

– Oi, pai. Como você está? Comprei alguns ingredientes pra fazer o jantar.

Mukesh balançou a cabeça.

– Não, não precisava, *beti*. Eu estou fazendo o jantar. Tenho todos os ingredientes.

Rohini ergueu as sobrancelhas, visivelmente impressionada.

Nikhil havia procurado a receita on-line para ele e anotado no verso de comprovantes usados e esquecidos. Grampeara-os então na ordem correta; estavam agora em cima da bancada da cozinha de Mukesh. Ele já conseguira terminar o recheio, batatas com jeera, methi, hing e raai, tudo preparado com tanta suavidade que havia virado uma só pasta encorpada e deliciosa para despejar no meio. Ele se sentia um chef.

O sambal (ele trapaceara e comprara um saquinho de Nikhil, que lhe prometera não contar para ninguém) estava fervendo, e a massa dos próprios dosas já estava misturada. Mais uma vez, era de saquinho, mas ninguém tinha tempo nem força para moer o urud por conta própria. Foi o que Nikhil dissera, revelando a Mukesh um segredo: até Naina havia começado a usar os saquinhos logo que foram inventados.

– Só preciso fritar os dosas!

– Dosas! – gritou Priya, pulando sem parar como se tivesse voltado a ter 7 anos.

Mukesh conseguira, alcançara o impossível: fizera um prato que não consistia em feijão moyashi ou quiabo. Era verdadeiramente um feito. Rohini estava espantada. Observou, fascinada, Mukesh *quase* acertar no preparo das panquecas (quase, porque ele era um pouco impaciente e ficaram meio disformes, empapadas, quebradiças... mas o sabor era o mesmo).

– Posso ajudar? – perguntou Rohini, arregaçando as mangas.

– Não, não – respondeu Mukesh.

Rohini se acomodou na ponta da cadeira, como quem está a postos para intervir a qualquer momento. Mas não o fez, e Mukesh gostou. Ela também havia crescido, ao que parecia. Estava confiando nele.

Os três sentaram-se juntos. Mukesh se serviu por último. Era algo novo para ele. Estava sendo a mãe, estava sendo Naina, e Marmi também, e estava adorando.

– Está delicioso, Dada – comentou Priya. – Mas acho que eu teria gostado ainda mais se o recheio estivesse *na panqueca* e não do lado de fora. E também se você tivesse sentado com a gente pra comer!

– Eu sou seu garçom e seu chef.

– Papai, está divino. Muito bem. O sambal em particular. Se bem que o gosto é bem diferente do da mamãe…

– Você lembra como era o gosto do sambal dela?

– Como poderia esquecer? Mas o seu é ótimo. Melhor que o meu.

Mukesh meio que desejou contar à filha que trapaceara um pouquinho, mas aquele segredo ele levaria para o túmulo. Tudo bem fazer algo do tipo agora. Não teria que esperar tanto.

Após o jantar, Mukesh imaginava que Priya se recolheria ao seu cantinho de leitura favorito depois de levar o prato para a cozinha, mas em vez disso ela voltou para a mesa e se sentou.

– O rouxinol… Sabe quando Atticus diz que é pecado matar um rouxinol? Será que ele quer dizer que é um crime matar a inocência ou gente inocente? – quis saber Priya.

– Hã… – O coração de Mukesh disparou. Não havia conversado com Aleisha sobre isso. – Creio que sim – disse baixinho, como se subir muito o tom de voz fosse expor sua incerteza.

– Faz sentido! Porque *tanta* gente inocente sofre ou é tratada de forma injusta nesse livro! – O semblante de Priya era indignado. – Me deixou com tanta raiva!

– *Ha*, Priya, você está absolutamente certa.

– Tom Robinson – declarou Priya, ao que Mukesh assentiu com rosto solene. – Boo Radley.

Ele assentiu de novo.

– Dill e Jem! É incrível, Dada – disse ela, ainda agarrada ao livro. – Queria que a gente pudesse conversar com a Ba sobre essa história também. Será que ela leu?

Ao ouvir Priya alongar-se mais sobre o livro, Mukesh percebeu que ela havia prestado bem mais atenção aos personagens secundários, enquanto ele ficara mais absorto na história principal. Lembrou-se de Aleisha. Gente jovem era tão observadora...

– Acho que você pode interpretar qualquer coisa que queira em tudo. Essa é a graça dos livros – disse Mukesh, hesitante, na esperança de canalizar um pouco da sabedoria de Atticus Finch.

E Priya assentiu.

– Dada, você está *muito* certo! A Ba também dizia isso, mas esses livros são bem mais complicados que os que eu lia com ela.

– Ela dizia? Ba era muito sábia.

Rohini os observava enquanto olhava o celular, digitando alguns e-mails. E sorria.

Mukesh sorriu de volta. Aquilo era tudo que ele sempre desejara. Ali estava sua neta, não mais presa aos próprios pensamentos, em seu mundinho. Recordou-se de Naina e Priya rindo de algum personagem e de suas peculiaridades. Nunca as entendera. Agora sabia que Scout, Atticus e Jem eram tão reais para Priya, e para ele, quanto sua própria família. Agora ele entendia.

Capítulo 29

ALEISHA

Ela tinha 5 anos de idade e caminhava ao lado do pai, segurando sua mão sem muita firmeza. Com os dedos macios, apertou sua palma áspera ao quase escorregar no deque coberto de areia. Iam na direção do mar, embora ela ainda não avistasse qualquer sinal de água.

Estavam andando pela mata. Ela só via árvores. Altas, com troncos finos e folhas verdes, longas e pontudas. Abetos, seu pai lhe disse. Estavam numa floresta de abetos. Ela escutava os pássaros e alguns cachorros latindo à distância, embora soassem como se estivessem bem ao seu lado. O tempo todo ela se virava para checar os ruídos. Seu pai lhe dizia para parar quieta ou ele acabaria tropeçando.

Aleisha não queria que o pai tropeçasse. Não queria que ele caísse e a deixasse sozinha no mundo, sem saber como voltar para casa. Sua mãe havia ido até Cromer com Aidan. Seu irmão tinha sido categórico: não queria ir à praia, muito menos a uma praia sem nada de especial. Só queria comer e talvez ir ao fliperama. Queria ver o píer, como os amigos dele tinham feito no verão anterior.

Naquele dia eram só Aleisha e Dean. Ao sentir a mãozinha colada à do pai, bem maior, ela a apertou com uma força exagerada. Estava ansiosa, sem saber o que esperar. Não enxergava muito longe, mas notou uma luz brilhando entre as árvores à sua frente. E então chegaram. Estavam bem no ponto que separava a floresta da praia. A terra do mar. A vida do que lhe parecia o paraíso.

Olhou em volta. Só o que enxergava era a areia branca, dourada de sol. Os arbustos tão altos, talvez mais altos que ela, chegavam a tocar o céu em algumas partes. A areia das dunas parecia quente e a luz se projetava sobre pontos da praia, deixando tudo mais na escuridão.

Continuaram andando e Aleisha finalmente tomou coragem e soltou a mão do pai. Sentia os pés afundarem na areia molhada – em alguns lugares, encharcada como melaço; em outros, mais dura e fácil de caminhar. A areia molhada era mais escura e, num dia melancólico, talvez ela a tivesse chamado de suja. Mas não naquele dia. Tudo estava perfeito demais para haver sujeira.

Sentiu que pisava em caquinhos e, ao olhar para baixo, viu conchas. Milhares, milhões de conchas. Normalmente as teria catado, colecionado quantas pudesse. Mas não queria arruinar o cenário: era perfeito do jeito que estava. Ao contemplar a praia, viu vultos – famílias, cachorros – salpicados em seus próprios horizontes. Não se demorou muito neles. Continuou andando; ela sabia que o mar não estaria longe. Viu uma fina camada de água na superfície da areia, refletindo o sol e o céu.

Virou-se para procurar o pai. Ele estava atrás dela, um pouco afastado, na areia que ela deixara virgem, intocada. Estava parado atrás de um vulto, uma silhueta na paisagem.

Foi saltitando na direção dele, sem se importar com o desvio. Logo ela chegaria ao mar, ainda que provavelmente gelado demais para molhar os pés. Via agora que o pai acenava para ela, o braço levantado, maior que as árvores.

Ao se aproximar, percebeu que a silhueta na paisagem era uma foca. Seu irmão lhe dissera que havia focas por ali, em Norfolk. Mas, ao se aproximar ainda mais, viu que algo estava errado. Tinha um rombo na lateral da foca, com moscas zumbindo ao redor. O sol iluminou o animal por um momento, o suficiente para ela reparar que a carne em torno da ferida começava a se contrair, vazando uma espécie de líquido que não era sangue nem água.

Ela nunca havia visto uma foca até então. E a primeira que via estava morta. Continuou a encará-la, não conseguia desviar o olhar. De onde viera o ferimento? O que significava? Seu pai tinha os olhos grudados na filha, que já sentia a cabeça começar a doer. Uma dor familiar. Aquela que precedia as lágrimas, de tristeza ou de raiva.

Sentiu a mão do pai em seu ombro e quis se aninhar no peito dele, fazer desaparecer a foca, o céu infinito, a praia imensa... e não ver nada além da escuridão, não sentir cheiro algum a não ser o do velho casaco do pai. Suas lágrimas foram silenciosas a princípio, frias e grudentas ao escorrerem pelo rosto. E então vieram os soluços, e ela ficou constrangida, depois nervosa, incapaz de contê-los. Não podia imaginar nada pior do que ver aquela foca naquele momento. Decompondo-se. Morrendo. Já morta. Sem ninguém para cuidar dela, ninguém a não ser dois estranhos, um deles imperturbável.

– Aleisha – dissera Dean à filha de 5 anos –, não precisa ficar tão abalada. As coisas morrem o tempo todo. Não tem nada de mais nisso.

Não estava abalada. Não sentia nada. Olhou para as próprias mãos. A policial ainda estava na cadeira à sua frente, falando algo – sua boca parecia formar palavras como "más notícias", "achado por um estranho", "sinto muito" –, mas o recinto estava em total silêncio. E Aleisha só conseguia pensar naquela foca – a lembrança era tão distante, como palavras escritas por outra pessoa num romance, mas ainda fazia seu coração doer. Como Aleisha podia ter sentido tanto a morte de uma foca e não sentir nada ao saber que seu irmão, seu Aidan, tinha sido atingido por um trem?

Aleisha cruzou o corredor acompanhando a policial, abriu a porta para ela e se despediu, com o rosto petrificado num sorriso surreal, frio, sem emoção.

Perambulou pela cozinha feito um fantasma, foi até a geladeira e deu uma olhada nos post-its de Aidan, à procura de uma pista. Ao ler um deles, puxou o papelzinho, atenta ao delicado som da cola desgrudando, e deixou que flutuasse até o chão. Fez isso com todos, um por um. Até começar a lê-los com mais rapidez. Alguns só diziam uma coisa: "feijão", "sacos de lixo", "detergente", "sanduíches da mamãe". Por fim, surgiu um que dizia: "Volto depois, não me espere. Te amo, Leish. Bj." Ela os descolava cada vez mais rápido; ele não deixara nenhum novo recado. O que diria? "Estou indo. Para sempre. Boa sorte."

Ergueu o pé e pisou forte nos pedaços de papel, como folhas mortas de outono enrugadas junto à calçada. Observou-os por um tempo e os deixou ali, amassados, do jeito que estavam.

Entre os bilhetes, meio oculto sob a geladeira, estava um pequeno caco do prato especial de Aidan: Pedro Coelho com seu eterno sorriso.

Capítulo 30

MUKESH

– Olá, Mukesh!

Era a assistente da biblioteca, Lucy. Só haviam se falado umas poucas vezes, quando Aleisha não estava, mas Mukesh gostava dela assim mesmo. Tinha um belo sorriso.

– Estou de saída, mas que bom ver você! Está virando um cliente cativo. O que é isso aí na sua mão?

Mukesh ergueu o exemplar para ela ver.

– *Mulherzinhas*! – exclamou ela. – É o livro favorito da minha filha até hoje, e ela já tem 28 anos.

– É encantador mesmo. Me fez lembrar minhas três filhas, suas diferenças e semelhanças! Minhas meninas brigavam, batiam boca quando eram novas, mas sempre foram muito unidas.

Mukesh disse tudo numa torrente – tinha seu discurso praticamente ensaiado, pois dissera quase a mesma coisa a Nilakshi na noite anterior.

– Às vezes eu queria que a Naina tivesse escrito um livro sobre a vida delas, sobre as meninas quando eram pequenas.

– Como assim? – perguntou Lucy, a bolsa já no ombro, pronta para ir embora.

– Bom, minha falecida esposa, Naina, era quem ficava a maior parte do tempo com as meninas quando morávamos no Quênia. Era ela que via as três crescerem dia após dia. Às vezes, quando eu chegava em casa do trabalho, todas já estavam na cama, dormindo feito anjos.

– Você sente que perdeu muita coisa?

A expressão no rosto de Lucy era bondosa; ela não fazia esforço algum para ir embora.

Mukesh percebeu que nunca tinha pensado naquilo.

– Às vezes… Mas minha Naina sempre me dizia que éramos um time. Toda noite ela me esperava e me contava o que tinha acontecido durante o dia. Era o meu momento favorito. Eu nunca *sentia* ter perdido nada.

– Que coisa boa, Mukesh! – disse Lucy, dando uma palmadinha amistosa em seu ombro. – Obrigada por me contar. Eu diria que é *você* que vai acabar escrevendo um livro.

– Ah, não! Talvez uma série curta da Zee TV ou algo do tipo, mas não um livro inteiro.

Lucy riu diante da ideia.

– Cadê a Srta. Aleisha? – perguntou ele.

Queria contar a Aleisha o quanto enxergara a própria esposa nas quatro moças do livro e, em particular, em Marmi. E imaginava se Priya se tornaria tão ousada, corajosa e inteligente quanto Jo, a irmã brilhante. Jo amava livros, amava escrever – tornara-se escritora. Seria esse o futuro de Priya também?

– Pois é, não sei. Acho que o Kyle vai assumir o plantão hoje. Ele está lá atrás, é só tocar a campainha. Adorei te ver, Sr. Patel!

Acenando com uma das mãos, ele tocou a campainha com a outra e o jovem Kyle surgiu, carregando uma pilha de livros grossos.

– Sr. Patel, não é? – perguntou ele, suando um pouco devido ao peso.

– Sim, exato. Onde está a Srta. Aleisha hoje?

– Não veio, infelizmente. Eu vim substituí-la. Como posso ajudar?

– Está tudo bem com ela? Indisposta?

– Acho que teve uma emergência familiar – comentou Kyle casualmente.

Sirenes de alerta soaram na cabeça de Mukesh.

– Algo com a mãe dela?

– Senhor, infelizmente não sei.

Mukesh começou a entrar em pânico.

– Eu gostaria de visitá-la, ver se ela está bem. Pode me dizer onde ela está? Em casa? Com a mãe? E o irmão?

– Não posso dar essa informação, senhor.

– Mas sou amigo dela. Só estou preocupado. Posso ajudar em alguma coisa?

– Não, senhor. Não posso dar qualquer detalhe sem autorização dela. É contra o Regulamento Geral de Proteção de Dados.

– Ah... – Mukesh tentou uma nova abordagem. – Ela *certamente* me deu esses detalhes. Ela me visitou dois dias atrás, sabe? Eu é que esqueci. Minha memória, sabe como é... já foi mais afiada. Não precisa se preocupar com o Regulamento Não Sei das Quantas.

Ele tentou se passar por frágil, envelhecido e vulnerável. Às vezes dava certo. Pensou no que Marmi ou Naina fariam.

– Só quero levar alguma comida pra ela, algo assim.

– Não posso ajudar, senhor. – Kyle começou a digitar no computador. – Mas vejo que tem um livro reservado conosco.

– Eu não fiz reserva alguma.

– Nesse caso, imagino que a Aleisha tenha feito para o senhor. É *Amada*, de Toni Morrison.

Sem dizer uma palavra, Mukesh entregou *Mulherzinhas* ao jovem e o deixou fazer seu trabalho. Ao lhe passar o livro, a sensação era de desistir de algo, dizer adeus. A quem? Às irmãs March? A Naina?

Observando Kyle pegar o livro, seu coração voltou a Beth, que ficou doente, e à sua irmã mais velha, Jo, que tanto a amava. Pensou no capítulo em que elas vão até o litoral na esperança de que o ar marinho deixe Beth mais disposta. Na mente de Mukesh, a praia por onde Beth e Jo caminhavam era a mesma para onde ele levava as filhas no Quênia quando eram pequenas. Lembrou-se de dias quentes e úmidos em que voltara cedo para casa e levara as meninas ao farol, onde comiam milho grelhado na espiga e sentavam-se junto ao mar. As meninas se divertiam muito, e Naina ficava em silêncio, só observando a vista, enquanto Mukesh fazia de tudo para entretê-las e mantê-las sorrindo. Imaginou se as meninas se lembravam também.

Anos depois desses passeios, em Londres, num dia quente e úmido de verão, Naina lhe dissera que queria ver o mar, reviver aquelas lembranças. Olhando para trás agora, ele pensava se teria sido na esperança de o ar marinho dar um jeito em tudo, como Jo esperava em *Mulherzinhas*. Naquele dia, pegaram o trem até Brighton com uma marmita cheia de sanduíches de húmus, palitos de cenoura, um pouco de bhajis e tepla. Naina preparara chai e pusera numa garrafa térmica, acrescentando uma garrafa de molho de papaia e algumas latas de refrigerante. Pegaram ainda um potinho de plástico com os remédios dos dois.

A viagem de trem fora *emocionante* – ele lembrava bem. Fazia anos que não via o mar, desde que as meninas ainda eram novas o suficiente para acompanhá-los nos passeios de férias; além disso, como não saíam da Inglaterra, geralmente havia vento e chuva. Naquela viagem, parecia que ele e Naina eram jovens de novo, nos primeiros meses de casamento, ainda se conhecendo, quando os pais dele davam tempo e espaço aos dois, quando não insistiam para que Naina ajudasse na casa nem tentavam ditar todas as regras. Ele segurara a mão de Naina no trem e os dois sorriram, contemplando a paisagem da janela.

Naina amava o litoral. Tê-la visto perto do mar naquele dia, sentada num banco com seu livro, a brisa do mar embaraçando seu cabelo e soltando mechas do coque, o fez ter certeza da sorte que tivera, da vida maravilhosa que levara ao lado dela. Que filhas maravilhosas… Suas mulherzinhas. Com tantos anos de casamento, como ainda ficava tão feliz só de olhar sua esposa virando as páginas de um livro? Como ainda se sentia apaixonado como nos primeiros meses de matrimônio, época em que um ainda tinha tanta novidade a aprender sobre o outro? Quando almoçaram com vista para o píer, fugindo das gaivotas, tendo como trilha sonora crianças rindo, brincando e gritando, ele lhe dissera que a amava com o coração saindo pela boca, como se fosse a primeira vez.

Ele não sabia então, mas Naina só viveria por mais um ano e meio. Não veria o mar de novo depois daquele dia. Hoje ficava feliz por terem ido à praia num impulso. Mas queria ter dito todos os dias que a amava.

Agora Mukesh sabia que, assim como no caso de Beth, o mar não injetara vida nova em Naina. No entanto, lhes dera tempo juntos para refletir e guardar na memória. Ler sobre Jo e Beth na praia partira seu coração. Beth era tão jovem… Naina também.

Ao se despedir de Beth, Jo, Meg, Amy e Marmi, recebeu *Amada*. Pensou no que Aleisha teria dito para acompanhar a indicação. Ela era ótima em animá-lo para uma nova leitura quando ele ainda estava se despedindo da anterior.

– Sobre o que é este aqui? – perguntou a Kyle.

– Sinto muito, não sei bem. Nunca li. Mas Toni Morrison, a autora, é maravilhosa.

Mukesh assentiu.

– Obrigado. Agora eu gostaria do endereço da Srta. Aleisha, por favor. Preciso conversar com ela sobre *Mulherzinhas*. Costumamos conversar sobre os livros que ela me indica. Isso me ajuda a entender. É a biblioteca oferecendo um atendimento completo.

Kyle balançou a cabeça.

– Como disse, não posso dar essa informação.

– Eu sou um homem *idoso* – insistiu Mukesh, severo, tentando uma nova abordagem. – E posso criar caso. Se você não me der o endereço dela, vou fazer um *escândalo*.

Mukesh olhou ao redor. Avistou Chris dos Policiais sentado mais uma vez no canto e acenou para ele, distraído por um momento. Espalhados pela biblioteca, havia mais três visitantes, um número suficiente para causar a Kyle *algum* constrangimento.

Kyle também olhou ao redor, nervoso.

– E então, vai me ajudar? – perguntou Mukesh, ríspido.

A tensão foi aumentando a cada segundo.

– Tudo bem – cedeu Kyle, suspirando e passando a mão no cabelo. – Mas, por favor, não diga que eu dei o endereço ao senhor. Posso perder meu emprego.

Tão fácil, pensou Mukesh. Quem poderia dizer agora que ele não passava de um velho invisível?

Bom trabalho, Mukesh, foi o sussurro brincalhão de Naina ao pé do seu ouvido.

Ele pegou o pedaço de papel oferecido por Kyle.

– Obrigado, obrigado, rapaz! Você não sabe como me ajudou.

Mukesh se virou para ir embora, sem tempo a perder, mas algo o deteve.

– A propósito, antes de eu sair, vocês teriam um exemplar de *A mulher do viajante no tempo*?

Aquele livro lhe trouxera conforto quando ele mais precisava. Esperava que Aleisha estivesse bem, mas o livro poderia ser um bom respiro para qualquer emergência com que ela estivesse lidando.

– Temos, é claro.

Kyle saiu do balcão e logo voltou, trazendo um exemplar do tão especial livro com seu encapamento de plástico.

Mukesh o segurou firme, guardou o pedaço de papel com o endereço de Aleisha dentro do livro e saiu, caminhando em meio ao burburinho de Wembley.

A rua de Aleisha era nova para Mukesh – ele nunca sequer reparara em sua existência antes, ainda que fosse próxima à rua principal. Era uma rua de casas geminadas, como a dele, mas o estilo era completamente diferente. Poderia ser outro mundo.

Ele olhou para a caligrafia de Kyle. Era um garrancho, mas dava para ler o número. Continuou andando. A casa apareceria à sua esquerda. O sol brilhava de novo, alto no céu, após ter voltado a aparecer naquela manhã por trás de nuvens escuras e espessas.

Ele contava os números de cada casa.

Ouvia música alta saindo por algumas janelas, os graves sacudindo as molduras e os vidros.

Via crianças brincando na rua, chutando uma bola de uma calçada para a outra. Mukesh sentia o coração bater forte de novo, com medo de ser atingido pela bola ou precisar chutá-la de volta. Quando afinal deixou a zona de perigo, descobriu que estava em frente à casa certa, a de número 79.

Tinha certeza de que estariam em casa. Aleisha mesma dissera: se não estivesse na biblioteca, estaria em casa. Mas, enquanto todas as demais janelas da rua estavam escancaradas, as de Aleisha estavam fechadas. No jardim da frente, nada havia senão lixeiras e ervas daninhas. A casa era simples, sem cor, a não ser pelo reflexo brilhante de um carro de polícia parado do outro lado da rua.

O caminho que levava à porta era delimitado por ladrilhos em disposição geométrica que agradavam bastante a Mukesh, mas também estavam em péssimo estado de conservação. Dava para perceber que um dia aquele havia sido um lugar amado, concebido com carinho e bem-cuidado. Pensou no próprio jardim, nas cerâmicas rústicas escolhidas pela conveniência e hoje em dia esmaecidas e quebradas.

Encaminhou-se para bater à porta, mas com certo receio de deixar uma marca naquela casa. Esperou, afastando-se um pouco para olhar as janelas do andar de cima, tentar ouvir ruídos ou captar movimentos. Todas fechadas. Cortinas puxadas. Um silêncio pesado e penetrante.

Apesar do calor, Mukesh tremia.

Talvez não houvesse ninguém em casa. Olhou para o papel de novo, temendo não ser a casa certa. Mas não havia como se enganar com um 7 ou se confundir com um 9. Era o número 79.

Seu dedo pairava acima da campainha, mas, por algum motivo, não conseguiu tocá-la. Ninguém parecia estar em casa, de todo modo.

O que Mukesh fez foi pôr *A mulher do viajante no tempo* no buraco da correspondência – se fosse o endereço errado, botaria a culpa em Kyle –, depois caminhou até a rua principal para pegar o ônibus.

Ao se afastar da casa, sentiu-se mais leve a cada passo, feliz de deixar para trás aquelas janelas cerradas, a sensação de algo sinistro abrigado em seu interior, preocupado com o que quer que houvesse lá dentro. Ocorreu-lhe de repente uma imagem da mansão Manderley de *Rebecca*; ao distanciar-se da casa de Aleisha, a sensação era de libertação daquele lugar velho e dos fantasmas do passado, dos segredos e temores que abrigava. Balançou a cabeça, tentando espantar as assombrações do livro. Aleisha estava bem, era óbvio que estava...

Capítulo 31

ALEISHA

A casa estava escura. Ao saírem, a policial e seu parceiro haviam levado junto qualquer nesga restante de luz. Tiveram que passar por cima de um livro caído sobre o tapete da entrada, com a capa virada para baixo: *A mulher do viajante no tempo*. Todos haviam escutado o baque surdo de sua queda e se permitido um momento para ficar olhando para ele, apáticos.

Aleisha sentia o silêncio da casa projetar-se sobre ela. Cada passo seu era calculado, tomado pelo medo de pensar no passo seguinte. Ao chegar ao alto da escada, seu coração quase saiu pela boca. Ao pôr a mão na maçaneta da porta do quarto de Leilah, o frio da superfície pareceu lhe queimar a pele – por um instante, ficou paralisada na entrada. Aleisha não ouvia qualquer som vindo do quarto, mas ao entrar viu Leilah empertigada, como se já a esperasse. Aleisha fechou a porta. Seria melhor que o restante do mundo não participasse daquele momento.

– Mãe, senta.

Aleisha pousou a mão sobre o ombro da mãe, tentando vestir a pele de outra pessoa. Atticus – sábio, imponente e inabalável. Jo March quando descobre que Beth se foi – despedaçada e raivosa. Pi ao se dar conta de ter perdido a família inteira e não ter companhia senão a de um tigre faminto – totalmente à deriva. Nada lhe servia.

Ao olhar nos olhos de Leilah, viu que a mãe já aguardava uma resposta. Analisando seu rosto, Aleisha via a policial sentada na frente dela, tão calma. *Como* havia conseguido ficar calma assim? Acabara de despedaçar o mundo de alguém.

Pontadas agudas percorriam seu corpo, como se ela estivesse sendo tirada de dentro dele. Queria voltar no tempo, arrancar as últimas páginas da história e reescrevê-las.

Aidan entraria pela porta, tropeçaria no livro, lhe daria uma bronca por largar as coisas pelo caminho. Iria até a cozinha, jogaria fora os post-its que não fossem mais relevantes e começaria a procurar algo para comer. Tudo estaria bem, tudo estaria normal.

Só que nada jamais seria normal novamente.

Leilah mantinha os olhos fixos e penetrantes na filha.

Aleisha respirou devagar. Por ora, poderia ser Atticus. Transmitir os fatos. Estabelecer a verdade. Naquela manhã, Aidan havia pulado na frente de um trem. Suicídio. Mas Aleisha sabia que aquilo não podia ser verdade. Ela conhecia aquela sensação de estar de pé na plataforma, vendo o trem se aproximar depressa. E aquele impulso imediato, irracional, de se jogar na frente dele – por um momento, imaginar qual seria a sensação. A de ser atingida por um trem. Mas isso era apenas ficção, não a vida real.

Leilah a olhava e Aleisha não sabia se suas palavras sequer estavam fazendo sentido. Nada daquilo fazia sentido. Aleisha continuou falando até não haver mais nada a dizer.

Por um momento, o mundo parou de girar, fazendo Atticus sumir e deixando Aleisha sozinha. Aleisha, cujo coração estava dormente. Aleisha, incapaz de crer que algo assim tinha acontecido. Ela se inclinou e se sentou ao lado da mãe. Leilah se esquivava, mas ela ignorou os movimentos e segurou sua mão o mais forte que pôde. A mão de Leilah estava frouxa, sem vida. Aidan também.

O quarto se mexia em câmera lenta – mas o ar permanecia inerte. Sem movimento, sem pulsação. Até que Leilah começou a gritar. Leilah, que tivera razão de estar em pânico quando Aidan não apareceu. Leilah e seu instinto. Ela sabia. Sempre soubera.

Leilah começou a bater com as mãos nas coxas até Aleisha pegá-las e colocá-las sobre a cama. O som das batidas era abafado, mas seu silêncio era compensado pelo choro de Leilah. Sua voz cortava a casa, cortava o resto do mundo.

Seu filho estava morto.

Seu filho se fora para sempre.

– Sai daqui! – gritou Leilah para Aleisha, com os olhos focados pela primeira vez. – Sai daqui! Eu não quero te ver! Me deixa sozinha!

Capítulo 32

MUKESH

A casa rangia ao seu redor enquanto ele se sentava no lugar de sempre, com as lâmpadas de leitura iluminando o espaço. Logo depois de chegar em casa, mergulhara em *Amada*, imaginando se o livro traria em suas páginas alguma pista do que acontecera com Aleisha. Será que ela escolhera aquele livro como uma espécie de aviso para ele? Ou não passava de mais uma indicação?

Assim que iniciou a leitura, deparou com outra casa estranha e misteriosa, uma casa assombrada pela tristeza.

Pensou no número 79, a casa de Aleisha – na ocasião lhe parecera Manderley, a mansão agourenta das páginas de *Rebecca*. Agora, porém, estava claro que a casa de Aleisha, com todas as janelas fechadas, as cortinas puxadas, envolta na escuridão, era exatamente como ele imaginava a casa de *Amada* – a de número 124. Sabia não ser plausível que uma casa na Cincinnati dos anos 1870 fosse sequer *parecida* com uma casa geminada em Wembley construída na década de 1940. Mas, quando a autora descreveu a sensação inquietante do 124, Mukesh pensou na casa de Aleisha – as janelas cerradas, jamais abertas, o eco do silêncio. Toni Morrison, no entanto, lhe permitia ver o interior da casa de *Amada* – ele podia *enxergar* o que ocorria lá dentro; não precisava deixar a imaginação correr solta. Dentro do número 124, conheceu Sethe e sua única filha viva, Denver, e o coração dele imediatamente doeu por elas, vivendo numa casa da qual se sentiam prisioneiras. Os filhos de Sethe – Howard e Buglar – haviam deixado a casa assombrada para trás anos antes; até Baby Suggs, a sogra de Sethe, fora salva daquela escuridão partindo para a próxima vida: a morte. Restavam Sethe e Denver, sozinhas. Numa casa que ninguém visitava, numa casa em que ninguém entrava. E Denver nunca ia sozinha a lugar algum além do quintal. Todo o seu mundo era a casa, a mãe e o fantasma que vivia com elas. O fantasma da falecida irmã, Amada.

Página após página, Mukesh queria mergulhar no mundo de Sethe e Denver, mostrar quão vivas e vibrantes elas eram, quão prontas para a vida poderiam estar se não fossem continuamente assombradas por um fantasma que nunca as deixava em paz, que nunca lhes permitia esquecer o passado traumático.

Continuou a ler com o telefone bem ao lado, torcendo por um telefonema de Aleisha. Só queria saber se ela estava bem. Mas a cada página que virava, a cada ruído, a cada carro que passava na rua, Mukesh sentia um calafrio. Estava sentado fazia horas, somente lendo, incapaz de deixar as personagens de lado, o ar ao redor ficando mais frio. Aleisha não havia telefonado. A cada minuto ele ficava mais preocupado.

Se *essa* era uma mensagem de Aleisha, seu coração se afligia só de pensar no que ela estaria tentando dizer. Estaria, assim como Sethe e Denver, prisioneira da casa, incapaz de sair? O que a mantinha lá? Seu próprio fantasma a assombrá-la?

– Alô?

Mukesh pegou o telefone ainda zonzo de sono, meio dormindo. O relógio anunciava claramente que eram onze da manhã, mais tarde do que costumava se levantar, mas ele ficara acordado até de madrugada, lendo, à procura de pistas.

– Pode me encontrar? – perguntou a voz ao telefone.

– Desculpa, quem está falando?

– Aleisha.

Mukesh inspirou fundo. Não havia reconhecido a voz dela. Não parecia estar bem. O número 124 voltou a pairar em sua mente.

– Aleisha, o que eu posso fazer?

– Pode me encontrar? – repetiu ela.

Mukesh assentiu, ainda que Aleisha não pudesse ver.

– Posso, claro. Onde?

– Estou no parque, aquele perto da biblioteca. – A voz dela soava oca.

Mukesh se arrastou até a base do telefone, onde os post-its de Rohini ficavam a postos.

– Sim, espera um pouco, estou só anotando.

Ele não queria esquecer. Não *podia* esquecer. Sua mão tremia.

– Você está bem? Quer que eu ligue para alguém? – quis saber Mukesh.

– Eu já liguei. Pra você.

Mukesh ficou em silêncio. Desligou o telefone e se arrastou para o banheiro o mais rápido que pôde. Nunca se aprontara em tão pouco tempo na vida.

No parque, Aleisha estava sentada num banco, segurando firme *A mulher do viajante no tempo*. Mukesh levara 45 minutos para chegar e pôs a culpa no ônibus – que parava em todos os pontos e deixava entrar gente demais. Ao vê-la, tinha na ponta da língua o pedido de desculpa pela demora, mas a expressão da moça lhe dizia que sua cabeça estava longe dali.

Na certa, tinha a ver com a mãe dela. Mukesh havia reparado no rosto de Aleisha no dia em que ela se abrira com ele, quão triste e *jovem* ela parecera. Uma garota de 17 anos não deveria precisar ser forte o tempo todo.

– Aleisha? – disse, sentando-se ao lado dela, hesitante. – Como você está?

Ela olhava os próprios joelhos e balançava a cabeça. Ele percebia como o corpo dela fazia todo o possível para não se encolher numa bola e desaparecer.

– Srta. Aleisha, o que posso fazer? Pode falar comigo.

– Não – sussurrou ela, a voz falhando.

Aleisha levou a mão ao peito e Mukesh pôs a dele em seu ombro, com cuidado.

– Calma, calma... – disse ele, odiando as palavras assim que saíram de sua boca.

Aleisha olhava o chão; Mukesh, os próprios joelhos. O silêncio se estendeu pelo que pareceram horas.

– Meu irmão – sussurrou ela. – Ele morreu. Disseram que ele pulou na frente de um trem.

Cada palavra a exauria. Mukesh demorou um instante para entender.

– Seu irmão?

Ele disse as palavras com enorme delicadeza, na esperança de que ela nunca precisasse ouvi-las. Na esperança de que ele pudesse mudar tudo. Mas não havia nada que pudesse fazer. Não poderia consertar nada.

Aleisha assentiu.

– Tive que sair de casa. Não dava pra respirar lá dentro. Não consigo...

Ela lutava para manter o fôlego. Até que sua respiração se tornou mais constante, embora rasa.

– Não faz sentido. Ele estava bem. Era tão forte... Cuidava de nós duas.

Mukesh apertou sutilmente o ombro dela. Respirou fundo, sentindo o coração de Aleisha se despedaçar. Imaginou Denver, lutando por sua família, fazendo de tudo para salvar a mãe e a irmã Amada. Mas ele não tinha a força e a inteligência de Denver. Ali e agora, não podia fazer nada. Não poderia se esconder por trás das palavras de outra pessoa em busca de uma resposta. Teria que dizer algo ele mesmo, algo *real*.

– Não sei o que fazer – disse Aleisha.

O tom era de quem implora. Aleisha, que *sempre* lhe dizia o que fazer, o que ler – *ela* estava lhe pedindo ajuda.

– Talvez... Talvez você deva ir para casa. Você deveria estar com sua mãe, com sua família.

Os ombros de Aleisha se contraíram.

– Tanta coisa que eu não notei... – disse ela, a voz escondendo um quê de raiva. – Tanta coisa que a *mamãe* não notou... Onde é que a gente estava? Como a gente deixou isso acontecer? Eu, com a cabeça enfiada naqueles *livros*!

Sua voz se tornou um grito. Mukesh olhou de relance em volta para ver se alguém os observava no parque, mas ninguém prestava a menor atenção neles. Para todas as outras pessoas, a vida continuava – enquanto a de Aleisha havia sido interrompida por completo. Ela esmurrou o livro, abriu a capa violentamente, arranhou as páginas com as unhas. Mukesh reprimiu um lamento.

– Eu lá, *chorando* por gente que não existe, e todo aquele tempo o meu irmão precisava de mim, precisava da minha ajuda e eu não enxergava! Não enxergava nada!

Ela jogou o livro no chão. Mukesh observou a queda, a capa virada para baixo. Seu instinto seria pegá-lo, limpá-lo, colocá-lo de volta em local seguro. Em vez disso, virou-se para Aleisha, cujo rosto estava crispado, os olhos fechados.

– Não é sua culpa – disse ele, percebendo que ela queria discordar, mas sem energia para isso. – Vou ligar para Nilakshiben. Ela vai saber o que fazer.

No fundo, ele não pretendia dizer a última frase, mas Aleisha assentiu. A moça olhava para os próprios pés. Seus dedos apertavam a palma da mão direita, o polegar pressionando o mais forte possível. Queria saber se ainda tinha a capacidade de sentir, de entender o mundo ao redor. Torcia, rezava para que tudo não passasse de um pesadelo.

Nilakshi chegou meia hora depois com petiscos. Havia comprado batata frita e um pouco de dhebra. Ofereceu as batatas a Aleisha, dizendo que o dhebra era "só comida indiana", que ela talvez não gostasse, mas Aleisha experimentou mesmo assim. Comeu muito pouco. Disse que bastava. Mukesh suspeitava que ela não havia se alimentado nos últimos dias.

Nilakshi não disse mais nada a Aleisha, apenas a abraçou com naturalidade, sem pedir permissão. Deu-lhe um abraço apertado, dizendo baixinho "Minha *beta*", até que Aleisha se desvencilhou devagar.

– Melhor eu ir para casa.

Todos assentiram e Nilakshi os levou até o carro dela.

Foram em silêncio até o endereço de Aleisha. Quando o carro parou, a jovem não saiu. Continuou onde estava, claramente morta de medo de entrar em casa e deparar com o que quer que a esperasse lá dentro: tristeza, vazio, desolação. Mukesh não a culpava. Lembrava-se da própria casa quando Naina morrera. Não conseguia ficar lá, não conseguia fazer nada. Rohini se dispusera a arrumar tudo para ele. Guardara todos os pertences de Naina, assegurando que a casa parecesse um lugar onde a mãe ainda estava, mas sem a lembrança constante de que ela partira para sempre. Ele se perguntava agora quem faria isso por Aleisha. Onde estaria o pai dela? Será que voltaria para casa para ajudar?

Uma voz dentro de Mukesh – talvez a de Naina – lhe sugeriu distrair Aleisha, ajudá-la a se concentrar em outra coisa, a encarar o presente.

– Aleisha – começou ele, hesitante. – O que achou de *Mulherzinhas*? Bom, *ne*?

Os olhos dela o fuzilaram e ele percebeu que não deveria ter dito nada.

– Estou me *lixando* para *Mulherzinhas*, Sr. P!

Depois ela levou a mão à boca, querendo que as palavras pudessem ser recolhidas de volta. Num tom mais suave, continuou:

– Já passei tempo demais nos livros. Preciso voltar a viver, senão sabe lá o que vou acabar estragando de novo.

Com um impulso, ela saiu do carro. *A mulher do viajante no tempo* estava no banco de trás. Os dois observaram Aleisha se afastar e esperar um momento antes de entrar em casa. Ao se virar para fechar a porta, ela olhou de relance para os dois uma última vez.

Mukesh sorriu para ela. Esperava que a garota compreendesse que o sorriso era sua tentativa de lhe enviar força, de lhe dizer que ela era muito jovem e ainda tinha muito a aspirar na vida. Era também uma mensagem: *Estarei sempre aqui se quiser conversar* – embora torcesse para que ela tivesse alguém mais próximo.

Após alguns instantes, Mukesh pegou *A mulher do viajante no tempo* no banco de trás e o levou até a porta de Aleisha, depositando-o com todo o cuidado no buraco da correspondência. Talvez ela não o lesse agora. Mas, se em algum momento, dali a alguns minutos, dias, semanas ou meses, o livro pudesse representar um conforto, uma válvula de escape – como havia sido para ele –, já valeria a pena.

Capítulo 33

ALEISHA

– Aleisha, andei tentando te ligar – disse Dean ao telefone, com uma voz carregada de ansiedade.

A tela do celular parecia gelo em contato com a orelha dela.

– Não sei o que fazer, pai – sussurrou Aleisha.

Ela tinha o hábito de falar baixinho ao telefone, sobretudo com o pai, mas sabia que era bobagem – Leilah estava no andar de cima, no quarto, morta para o mundo.

Mais cedo ela havia tentado tirar Leilah da cama, só porque era a coisa certa a fazer. No fundo, porém, não queria estar perto da mãe, não queria estar perto nem de si mesma. As duas eram culpadas.

– Não sei o que fazer – repetia ela, uma lágrima escorrendo pelo rosto, e aquela lhe parecia a primeira vez em anos que era sincera com o pai. – Não sei como resolver as coisas.

– Eu sei, meu amor.

A voz dele falhava, tomada de emoção, e isso a irritava. Ele não a entendia. Não entendia nada.

– Podemos resolver isso juntos. O que eu posso fazer pra ajudar? Vou até aí, ajudo com o que for preciso. É só me dizer. Você não precisa dar conta disso sozinha, ok? Sei o que você deve estar passando. Como está sua mãe?

"Vou até aí." Essas palavras só serviam para reforçar que Dean não morava mais lá. Para ele, aquela sempre seria uma tragédia distante. Ele existia fora do mundo de Aleisha, fora do mundo de Aidan. Após o funeral, ele se afastaria, de volta à própria vida. Já Aleisha não podia se afastar. Já se afastara demais – vitimizando-se, reclamando das amigas que não eram mais amigas, vivendo no mundo fictício de outras pessoas, sem focar no seu próprio mundo, no de Aidan.

– Não, não precisa. Não precisamos de nada de você agora. Tio Jeremy e Rachel vêm na semana que vem. Vão nos ajudar com tudo.

Tio Jeremy e Rachel não haviam perguntado o que podiam fazer – eles simplesmente tinham feito, insistido. *Meu amor, chegaremos aí em poucos dias e vamos ficar enquanto for preciso. Bjs, R.*

Dean não tinha uma resposta para aquilo. Preferiu dizer:

– Ok, melhor eu desligar, então... Mas eu te amo, tá? A gente vai superar isso. Me fala se eu puder fazer algo. A gente vai superar isso, Aleisha.

Ela desligou. Fazia anos que os dois não eram "a gente".

Ao desligar, viu três mensagens de Zac. Estava preocupado. Ela havia lhe contado o que acontecera, em dolorosos detalhes, mas não conseguira dizer mais nada. Ele tinha dito que estava disponível caso ela quisesse conversar e enviava memes bobos de gatos vez ou outra. Ela sabia que ele estava fazendo o melhor que podia, mas nada lhe parecia suficiente.

Aleisha raspava o esmalte da unha. Seus olhos se detiveram numa foto em cima da lareira. Uma foto dos quatro: Aleisha, Aidan, Leilah e Dean. Sua raiva começou a passar, temporariamente. Quando Aidan jogou fora os pertences de Dean, ela ficara surpresa por ele ter mantido aquela foto. O irmão até tirava o pó do porta-retratos. A última lembrança da família, a última prova concreta de que um dia haviam sido quatro. Sem pensar, ela perguntara à mãe se a foto a incomodava. Leilah respondera: "Não. Foi uma época feliz e eu não me arrependo da felicidade." Aleisha jamais se esquecera daquilo.

Ela queria se isolar do mundo, como Leilah, mas havia tanto a fazer, tanto a organizar... Só que agora se sentia ou anestesiada ou com o sangue fervente de ódio por cada sorriso feliz, cada pessoa que estivesse vivendo a vida enquanto o irmão dela, a pessoa mais importante da sua, estava morto.

A foto a encarou de volta e ela viu o rosto de Aidan, seu sorriso infantil lhe fazendo uma pergunta: "O que aconteceu?"

– Você pulou.

Mas talvez eu tenha te empurrado.

Aleisha não conseguiria ficar naquela casa nem mais um segundo. Ruidosa e silenciosa demais. Vazia e cheia demais. Saiu dali, sem se importar com as demandas de Leilah, sem se importar se os chamados da mãe ficariam sem resposta. Nada poderia ficar pior do que já estava. No momento ela só queria caminhar. As pessoas riam na rua. Não sabiam que Aidan estava morto. Crianças brincavam, gritavam, berravam. Não sabiam que Aidan estava morto. Aleisha passou por um grupo de adolescentes; em meio a empurrões e gracinhas, a vida se estendia à frente deles. E caiu a ficha: gente velha vivia falando sobre "a época despreocupada dos tempos de escola"... mas ela nunca saberia o que era isso. Só lhe restava caminhar e caminhar.

Subiu os degraus, muitos degraus, até a plataforma da estação de Stonebridge Park. Quando enfim chegou lá no alto, sentiu-se no topo do mundo. A plataforma estava vazia, quase deserta, naquela tarde escaldante de verão.

Cores berrantes, empilhadas num canto da plataforma, chamaram sua atenção. Ela viu flores, envelopes, recados, cartas agitadas pelo vento.

Chegou mais perto. O último local em que ele vivera. *Aidan – descanse em paz.*

Um trem de Bakerloo surgiu no horizonte. Ela imaginou o irmão se projetando para a frente. Queria saber se ele dera um passo a mais ou se pulara. Queria saber o que outras pessoas fizeram – teriam gritado, pedido a ele que parasse? Teriam meramente continuado sua rotina reclamando do atraso do trem?

Ela contemplou as flores, tão coloridas. Ao menos três ou quatro ramos em tons de vermelho, branco, rosa e azul. Alguns girassóis também. Ele sempre amara girassóis, desde pequeno. No cartão que havia feito para ela no seu aniversário de 5 anos, desenhara os dois ao lado do maior girassol que ela já vira. Dera o título de "Casa".

Enquanto observava o balançar das pétalas, fez um retrato mental daquela cena. Uma espécie de memorial para seu irmão. Em suas caminhadas, já passara várias vezes ao lado de flores amarradas a postes de iluminação. Sempre achara triste, uma vida interrompida cedo demais, mas nunca pensara nisso por mais que um instante. Com aquelas flores, porém, era diferente. Eram infinitamente mais belas, mas também tão, tão pequenas, que não sustentavam o peso da morte de Aidan. Não funcionavam como símbolo. Não eram suficientes para simbolizar a morte dele. Ela queria mais.

Ao chegar em casa, foi direto para o quarto da mãe – Leilah continuava imóvel, toda encolhida na cama. O coração de Aleisha estava petrificado. Ela odiava Leilah, odiava a si mesma, por tudo que haviam e não haviam feito, mas abraçou a mãe, envolveu-a com todo o corpo, querendo desaparecer, querendo sentir-se reconfortada, sentir-se próxima de alguém, de qualquer pessoa, da mãe, um pouco que fosse. Queria estar longe daquele mundo, um mundo que lhe parecia estranho e ao mesmo tempo imperdoavelmente inalterado.

Pegou o exemplar de *A mulher do viajante no tempo* que levara para cima, esperando que servisse como válvula de escape para a mãe. Mas de que adiantavam livros nesse momento? Os personagens que ela havia amado eram falsos, nunca conseguiriam restaurar nada. Não viviam para além das páginas. Mas a pessoa que ela amara, que existira no mundo real, que lutara por ela, que a encorajara, que desistira de tanta coisa por ela – essa pessoa havia partido.

Aleisha jogou o livro no chão ao lado da cama e se aproximou mais de Leilah. Ela esperou, esperou pela resistência ao seu toque. Mas Leilah não se mexeu. Apenas chorou em silêncio, o corpo trêmulo, a respiração rasa e irregular.

Capítulo 34

ALEISHA

Aleisha não pregara o olho. Não pregava o olho havia dias, temendo esse momento, a reação de Leilah.

Estavam paradas ao lado do carro quando tio Jeremy puxou Aleisha e lhe deu um abraço.

– Aleisha – disse ele –, leva o tempo que precisar, meu bem. Estamos com você do início ao fim, ok?

Ela queria berrar, gritar, dizer ao mundo que tudo que desejava fazer era deixar Leilah, largar o funeral do irmão e correr. E continuar correndo. E nunca mais parar.

Sentindo o pânico dela, tio Jeremy a abraçou ainda mais forte, lembrando-a de que poderia contar com ele. Rachel estava ao lado da prima, segurando sua mão, garantindo que não cambaleasse mesmo com a vontade de desmoronar.

– Estou aqui com você, Leish – disse Rachel, sentando-se ao lado dela no banco de trás e apertando o joelho da prima.

Ela ficara aliviada por tio Jeremy e Rachel terem chegado uma semana antes do funeral, para ela não ter que viver aquilo sozinha.

Por fim estavam todos no carro, a caminho, de olhar abatido, incapazes de contemplar o caixão que seguia no carro da frente. Só tio Jeremy mantinha o olhar adiante – vigiando Aidan, sem jamais desviar a atenção. Tentou fazer uma piada, falando baixo, hesitante:

– Nosso menino sempre gostou de viajar com estilo. É um Jaguar.

Ninguém reagiu; ninguém disse nada.

Quando chegaram ao crematório, todos saíram do carro, Jeremy e Rachel caminhando na frente para permitir a Aleisha e Leilah um momento a sós.

– Hoje eu o vi atravessando a rua – sussurrou Leilah, falando pela primeira vez naquele dia.

– Viu quem?

– Aidan.

– Não, mãe, não viu.

Mas Aleisha também vira Aidan. Nesse dia, no anterior, na véspera do anterior – ela o via em toda parte. Ele estava no rapaz ouvindo música alta no ponto de ônibus, no idoso empurrando o carrinho de compras, até mesmo nos olhos da mulher que escolhia verduras no mercado. Aidan estava em todos os lugares.

Toda vez que ela o via, ele estava vivo e bem, mas fora do seu alcance. Então a fantasia se esvaía e nada sobrava além da lembrança.

O crematório estava lotado; pessoas faziam fila do lado de fora, sem conseguir escutar o elogio fúnebre. Mas estavam ali por causa dele, por Aidan. Todos manifestaram pêsames a Leilah. A mãe de Aleisha sorria, dizia "Obrigada", mas seu olhar não tinha expressão alguma. Estava se despedindo do próprio filho.

Aleisha segurava firme a mão da mãe. Apertou com ainda mais força quando Dean se aproximou. Leilah retribuiu o gesto, entrelaçando seus dedos aos da filha – foi o primeiro momento desde a morte de Aidan em que Aleisha realmente sentiu que talvez tivesse restado algum vestígio de amor entre elas. Estavam juntas no mesmo barco, querendo ou não. Dean deu um beijo na bochecha de Leilah.

– Nosso menino... – disse ele, a voz falhando, o olhar abatido.

Aleisha enxergava o luto escancarado no rosto do pai. Parecia envelhecido, cheio de arrependimentos.

Vendo-o naquele momento, ela se deu conta de como Aidan era parecido com o pai. Os olhos e o cabelo eram de outra cor – o cabelo de Dean ficara ainda mais claro, mais loiro, desde que ela o vira pela última vez –, mas as feições, todas as feições de Aidan, lembravam o pai.

Leilah soltou a mão da filha por um momento e tocou o ombro de Dean, encarando-o. Aleisha observou enquanto a mãe o confortava.

Após alguns momentos de silêncio, Dean se afastou para ficar ao lado de sua nova família, todos com cabelo loiro-claro ou castanho-avermelhado. Aleisha os achava tão diferentes dela... Ninguém diria que eram meios-irmãos.

– Que bom que ele veio – comentou Leilah.

Aleisha ouviu aquilo e quis gritar.

Foi quando Mukesh entrou. Compareceu, mesmo jamais tendo conhecido Aidan. Vestia um terno preto ligeiramente apertado, camisa branca e gravata. Ao se dirigir a Aleisha, não tinha palavras. Ela percebia que, se ele tentasse falar, talvez chorasse. Só o que fez foi entregar a Aleisha uma folha de papel, um desenho, um desenho de criança nada simplório – era colorido, havia detalhes. Uma mulher atrás de um balcão. Um senhor e uma menina segurando livros. Ao redor, prateleiras e mais prateleiras.

Aleisha sentiu um nó na garganta. No alto, em uma caligrafia que tentava parecer adulta, as palavras: *Estamos pensando em você, Aleisha.* Embaixo, em duas letras diferentes, a assinatura: *Com amor, Priya e Sr. P.*

Segurando firme o desenho, ela olhou para Mukesh. Não lhe restavam mais palavras.

Aleisha mantinha os olhos fixos na fotografia de Aidan posicionada na frente do crematório, com uma moldura dourada robusta, enquanto Guy, o melhor amigo dele, se aproximava do microfone. Ela não conseguia olhar para ele, cuja voz já começava a falhar. Na foto, tirada havia cerca de um ano, o irmão exibia um sorriso radiante. Aparecia sentado no capô do carro recém-polido, de braços cruzados, uma sobrancelha erguida jocosamente. Não sabia na ocasião que a fotografia seria usada para se despedirem dele, para que familiares e amigos a contemplassem na tentativa de apegar-se à alegria e à esperança que ele transmitia mesmo tendo partido para sempre.

– Eu queria ler um poema, escrito pelo Aidan quando ele tinha 8 anos – disse Guy em voz baixa. – Lembro que ele me deu de presente quando eu estava num dia péssimo. Me disse que eu precisava mais do que ele. Agora quero repassar pra todos vocês.

Às vezes o céu é cinzento
Às vezes o dia também
Mas por trás de todo céu cinza
Algum azul sempre vem

Guy deixou que as palavras do Aidan de 8 anos pairassem no ar por um momento, antes de acrescentar com um sorriso:

– Sabem como é, ele achava superprofundo. – Algumas pessoas riram. – Mas talvez ele esteja certo. Espero que esteja.

Aleisha olhou para o próprio colo e apertou mais forte a mão de Leilah.

Nilakshi se oferecera para organizar uma pequena reunião em sua casa para a vigília pós-cremação. O Sr. P e suas filhas também haviam ajudado.

– Nilakshi, obrigada por... Bem, por tudo isso – disse Aleisha, indicando o aposento cheio de gente. – E obrigada também ao Sr. P, por se encarregar de tudo.

– Não precisa agradecer, Aleisha – respondeu Nilakshi, com firmeza. – Sempre que a gente puder fazer algo, é só falar.

– Obrigada. É... Será que teria algum lugar onde minha mãe possa descansar e ficar um pouco quieta?

– Claro. Vem comigo, Leilah. Eu te mostro.

Da forma mais discreta e silenciosa possível, Nilakshi guiou Leilah até o quarto de hóspedes, enlaçando gentilmente o braço ao dela. Aleisha nunca vira a mãe permitir que qualquer estranho se aproximasse com tanta rapidez. Por um momento, sentiu uma pontinha de esperança.

Ao notar a ausência de Leilah, Dean se aproximou de Aleisha.

– Meu amor, como você está? Como está o trabalho? Você está trabalhando na biblioteca, não é isso?

Ele não queria falar sobre Aidan. Não queria encarar o que quer que o fizesse sentir culpa. Ela também não.

– Está tudo bem – respondeu Aleisha, friamente. – Aidan teria odiado esse alvoroço todo.

Ela apontou para as fotografias ampliadas do rosto do rapaz (a ideia, aparentemente, havia sido do Sr. P). Aleisha adorava vê-las, mas sabia que o irmão teria procurado um canto para se esconder.

– É, também acho – confessou Dean, saboreando seu café.

– Cadê sua família? – perguntou Aleisha, olhando ao redor.

– Ah, foram embora tem um tempinho. As crianças estavam com sono.

Ela não comentou nada. Após alguns minutos de silêncio desconfortável, Aleisha avistou Nilakshi se aproximando do Sr. P, que conversava com tio Jeremy e Rachel. Os dois seguravam bandejas de canapés para oferecer aos convidados, mas o Sr. P estava mesmo era se servindo.

– Tudo bem? – O Sr. P articulou as palavras sem emitir som, olhando de soslaio para ela.

Aleisha sentiu os olhos se encherem de lágrimas, mas assentiu discretamente.

– Quem é aquele velho? Ele foi convidado? – indagou Dean, reparando em Mukesh pela primeira vez. – Está me olhando esquisito o dia inteiro.

– É meu amigo. Da biblioteca – respondeu Aleisha, com um tom surpreendentemente ríspido. – Ele é incrível.

Sem esperar resposta, ela se afastou.

Dean se despediu uma hora depois.

– Me liga sempre que precisar – disse, balançando as chaves do carro.

Aleisha observou o pai se afastar, imaginando se talvez ele desejasse ficar mais um pouco. Ela ajudou Nilakshi a levar os pratos sujos para a cozinha até ser enxotada de lá. O Sr. P já havia ido embora – ela não tivera a chance de se despedir ou mesmo de lhe agradecer devidamente pelo desenho, guardado com carinho na bolsa, ao lado da carinha minúscula de Pedro Coelho. Sentindo-se perdida, subiu as escadas e encontrou Leilah sentada na cama, observando a vista da janela.

O aposento estava arrumado. Um quarto de hóspedes com algumas poucas fotos pessoais e toalhas sobressalentes armazenadas sobre a prateleira aberta de um armário. A roupa de cama era impecável, e havia até mesmo almofadas de formatos variados. As várias opções de cobertores que Nilakshi lhe oferecera continuavam ao pé da cama, intocadas.

– Você está bem? – perguntou Leilah.

Fazia muito tempo que Aleisha não ouvia aquela pergunta da boca da mãe. Não dispunha de palavras para responder.

Permaneceram juntas naquele espaço sob um silêncio de chumbo. As unhas de Leilah haviam feito cortes na palma da mão esquerda, criando talhos visíveis e fundos. As linhas da mão pareciam em carne viva. Aleisha observava a mãe cutucar a própria pele, a princípio devagar, depois freneticamente. Leilah não podia gritar, ou as pessoas ouviriam. Mas se jogou de bruços na cama, num grito sem som, sufocado pelo travesseiro.

Aleisha estava louca para fazer o mesmo. Mas naquele momento precisava ser forte. Ficou só olhando. Em sua mente, via Aidan e Leilah, deitados na cama, contando piadas, rindo, conversando. À sua frente, a mãe gritou até dormir.

Capítulo 35

MUKESH

Mukesh saiu de casa em meio à cacofonia das crianças brincando nas ruas de Wembley e dos carros de capota abaixada a toda pela rua. Após uma pausa tentadora na porta do Dosa Express, o cheiro de limdi e jira a chamá-lo, chegou enfim à biblioteca. Estava quase vazia. Era uma das últimas semanas das férias de verão e todos estavam ao ar livre, aproveitando ao máximo o sol que acabara de retornar.

E lá, sentada em seu posto de sempre atrás do balcão, estava Aleisha.

– Olá – disse ele, formalmente.

Houve um momento de silêncio. Olharam um para o outro, nervosos. Fazia duas semanas que não se viam. Ele tinha o olhar inquieto, à procura de algo para dizer. Por fim, reparou numa pilha de folhetos no balcão da frente, com aquele mesmo slogan sinistro que passara a conhecer tão bem: *Salvem nossas bibliotecas*. Logo desviou o olhar, sem querer pensar em mais nada negativo.

– Estou com a pele tão seca... Será que me queimei de sol?

Mukesh amaldiçoava a própria idiotice. Não conseguira pensar em nada melhor para dizer.

– Mas... você nem está vermelho – disse Aleisha, confusa.

Mukesh apenas assentiu e esticou o braço.

– Pode não estar vermelho, mas a pele está assada. Minha Naina tinha razão.

– Toma, passa isto aqui. É a manteiga de cacau do Kyle. Vai dar um alívio. Está tudo bem?

Os olhos de Aleisha estavam avermelhados e sua pele brilhava com uma fina camada de maquiagem.

Incapaz de responder ou de agradecer, ele esfregou o creme.

– Acho que minha Naina usava também. Estou reconhecendo o cheiro.

– É provável.

– Aleisha, era para você estar aqui? – perguntou ele, delicadamente.

– Preciso trabalhar. Melhor ter uma rotina. Uma rotina normal.

– Ok, se você tem certeza… Como está sua mãe?

Aleisha deu de ombros.

– Meu tio e minha prima, sabe, aqueles que você conheceu, estão lá em casa. Vão ficar por um tempo pra ajudar. Mamãe ficou feliz com isso.

Pareceu a Mukesh que ela queria dizer mais, mas ele não sabia o que perguntar. Estava contente por haver quem ajudasse a aliviar o peso daquela situação. Aleisha tinha 17 anos, nova demais para dar conta de tudo sozinha. Seu irmão tinha… *teve* só 25 anos, também era jovem demais para cuidar de toda uma família.

– Queria que a mamãe buscasse ajuda. Pra *me* ajudar também, sabe? Consultar um profissional. Ela nunca foi a um psiquiatra. Aidan também queria isso. Ela nunca conversou com ninguém. Acho que faria bem pra ela.

Mukesh não estava habituado a pessoas que falavam de assuntos como aquele, sobre ir ao psiquiatra, sobre problemas de saúde *mental*. Ficou constrangido, mas Aleisha precisava de alguém que a apoiasse. Isso ele podia fazer. Talvez não entendesse muito do assunto, mas poderia escutá-la ou falar sobre aquilo de outra forma.

– Eu acho… acho que *Amada* ajudaria – sugeriu ele, com cautela. – O livro. Você leu?

Aleisha o fuzilou com os olhos.

– Não quero mais pensar em livros.

– Srta. Aleisha, eu não imaginava isso antes, mas os livros podem nos ajudar também.

Ela suspirou pesadamente. Ele a viu revirar os olhos e tamborilar as unhas na mesa, denotando impaciência. Por um instante, Mukesh se viu transportado de volta ao dia em que entrara na biblioteca pela primeira vez.

– Veja, por exemplo, *A mulher do viajante no tempo* – insistiu ele, enquanto o olhar de Aleisha vagava pelas estantes. – Quando minha Naina faleceu, aquele livro foi um passatempo, mas também me aproximou dela. E agora acho que, acima de tudo, ele me ajudou a processar certas coisas, sabe?

– Não, Sr. P – cortou Aleisha. – Não sei, não. Passei o verão inteiro vivendo a vida de outras pessoas. Eu me esqueci de viver a minha, de prestar mais atenção nas pessoas *de verdade* à minha volta.

– *Amada* – continuou Mukesh, tentando esconder o tremor na voz. – Você leu? Viu como a Denver ajuda a mãe? – Mukesh aguardou uma resposta, mas Aleisha estava mexendo no celular. – Certo, vou dizer o que acho. Denver percebeu que ficar naquela casa, com a mãe, com o fantasma da Amada, não ajudaria em nada. Então ela recorreu à comunidade, a outras mulheres que queriam ajudar. Pediu ajuda quando a mãe não tinha mais condições de pedir.

Mukesh deixou as palavras pairarem no ar e, por um instante, sentiu uma mão reconfortante em seu ombro. Era Naina.

Aleisha continuava olhando para a própria estação de trabalho. Recusava-se a encará-lo.

– Aleisha – disse Mukesh, baixinho. – Por favor, tenta lembrar que livros nem sempre são uma fuga; às vezes eles nos ensinam coisas. Eles nos *mostram* o mundo, em vez de escondê-lo.

Este foi um momento digno de Atticus, Mukesh, sussurrou Naina em seu ouvido, mais alto que nunca. Ele se aprumou junto ao balcão.

Aguardava a reação de Aleisha. Ela não respondia, mantinha os olhos fixos no celular. Por fim, largou o aparelho no balcão e ficou observando a tela.

De vez em quando o celular largado em frente aos dois apitava e piscava. Normalmente ela o virava para baixo, mas dessa vez estava checando as notificações. Todas as vezes. Sua mente estava longe dali. Era compreensível.

Mukesh não queria incomodá-la, mas achava que seria melhor para ela não olhar o celular. Suas filhas também faziam muito aquilo. Sempre de olho no aparelho no meio de uma conversa, como quem nunca está presente.

– O que houve? – perguntou Mukesh, tentando manter um tom suave.

Aleisha mostrou a tela. Uma fotografia de Aidan ao lado de uma garota, ambos franzindo a testa por causa do sol. Aidan estava de óculos escuros.

– Lindo.

– Não é lindo. Olha o que está escrito embaixo.

Mukesh mal conseguia enxergar o texto, muito menos entender o que dizia.

– Não consigo ler – admitiu.

Aleisha leu em voz alta, as hashtags e tudo mais.

– "Sempre ao meu lado, sempre amado. Saudade, Aid. Nunca te esquecerei. #LembrançasEternas #DescanseNoParaíso #Depressão #HoraDeFalar."

– É um tributo bonito a ele – comentou Mukesh.

– Não, não é – reagiu ela, furiosa. – Fazer um post no Instagram leva cinco minutos, se tanto. Ficam espalhando fotos do meu irmão por toda a internet, como se tivessem direito ao luto. Até o funeral foi parar no story da pessoa!

Mukesh não fazia ideia do que aquilo queria dizer – "story" –, mas o que quer que fosse havia claramente abalado Aleisha.

– Onde já se viu hashtag de depressão? A pessoa não sabe nem *se era* depressão mesmo. E que palhaçada é essa de marcar meu irmão no post? Por acaso ele vai ver, onde quer que esteja? No Paraíso?

– Não sei o que isso significa.

– Olha aqui. – Aleisha entregou o celular a Mukesh. – Vai descendo.

Mukesh fez o que ela mandou, tocando a tela todo atrapalhado até a imagem começar a se mover.

Havia fotografias aos montes de Aidan com diversas pessoas – também algumas fotos do arranjo de flores que soletrava o nome do rapaz, e Mukesh reconheceu ainda a mesa de jantar de Nilakshi, repleta de comida. Tudo. Haviam documentado tudo.

– Pra todo mundo ver! Todo mundo. Gente que nem o conhecia. Queríamos uma cerimônia íntima, *pequena*, para amigos e familiares, e agora todo mundo tem um pedacinho dele.

Uma lágrima, uma só, deslizou pelo rosto de Aleisha. Ela não a secou para não chamar a atenção. Mesmo assim Mukesh viu – tivera três filhas adolescentes e todas já haviam tentado aquele truque alguma vez na vida, fosse como reação ao final de *A felicidade não se compra* (o filme mais triste de todos os tempos) ou porque tinham sofrido bullying na rua devido à cor da pele e precisavam fingir que estava tudo bem.

– Sinto muito, Aleisha. Acho que é só a maneira que essas pessoas encontraram de homenagear seu irmão – disse Mukesh, devolvendo o celular.

Aleisha começou a rolar a tela obsessivamente. Clicou aqui e ali e começou a digitar. Mukesh temia que ela estivesse escrevendo e-mails horríveis para as pessoas. Imaginava se elas entenderiam, se a perdoariam.

– Meu pai colocou uma foto do Aidan bebê no perfil dele no Facebook. Desde que se casou de novo, o Facebook dele não tinha qualquer indício da existência de nenhum de nós. Será que ter um filho morto confere a ele mais respeito ou algo assim?

Mukesh reparou que o tom de voz de Aleisha não estava normal – ela estava enunciando as frases de um jeito que ele jamais ouvira antes.

– Aleisha, acho que você devia se afastar dessas coisas da internet. Por favor. Por algum tempo, não só hoje.

Ela o olhou nos olhos pela primeira vez desde que ele começara a falar sobre *A mulher do viajante no tempo*. Contraiu os músculos do rosto, esfregou os olhos e respirou fundo três vezes.

– Tem razão – disse afinal, virando o celular para baixo na mesa.

Mukesh assentiu. Sim, ele tinha mesmo.

Ficaram sentados a sós em silêncio por algum tempo, refugiados num canto da biblioteca. Mukesh olhava ao redor – o silêncio era total, mas ele se lembrava de ter visto gente, gente que achava que conhecia, uma pequena comunidade da qual se sentia parte.

Andou um pouco pela biblioteca, querendo dar algum espaço a Aleisha, mas sem se afastar demais. Retornou a *Amada* – já havia terminado a leitura, mas não queria pedir um novo livro. Não queria incomodar Aleisha nesse momento com outro pedido de indicação.

Folheou as páginas que descreviam o plano de Denver para escapar dos limites de sua casa, o número 124. Denver, que não saía da propriedade havia doze anos, que morria de medo do mundo exterior – logo *ela* saíra em busca de ajuda. Superara seus medos e trinta mulheres da comunidade haviam aparecido para acudi-la.

Ele observou o interior da biblioteca – de certa forma, os primeiros passos que o levaram até ali haviam sido uma chance para Mukesh pedir ajuda, uma chance para fazer contato com uma comunidade. Ainda que, sim, tivesse saído de casa nos últimos doze anos, não lia um livro fazia muito tempo. E jamais tinha entrado numa biblioteca até aquele verão. Pensou nos folhetos, no slogan gravado em sua mente: *Salvem nossas bibliotecas*. Naina vivia falando sobre aquilo, sobre como era devastador ver o desaparecimento de uma biblioteca. Pensou em tudo que passara a apreciar naquele ambiente: as pílulas de sabedoria dos personagens, os rostos familiares que sorriam quando ele entrava, as dicas de Aleisha, seus conselhos, a sensação de ter assunto com Priya, vê-la se tornar uma leitora... A biblioteca passara a significar algo para ele. Começara a lhe parecer um lar. E um lugar só é o que é graças às pessoas que o frequentam. Era o que Naina dizia sempre a respeito do mandir. E Aleisha sempre dissera que a biblioteca significava algo para Aidan também...

Uma ideia o acometeu, um raio vindo do nada, ou talvez lançado pelo velho e sábio Atticus Finch. Ele se ergueu da cadeira e marchou até o balcão da frente.

– Aleisha?

Seu tom de voz era baixo, não mais que um sussurro. A biblioteca continuava quase vazia, mas na sua mente estava lotada por todas as pessoas que ele conhecera ao longo do verão, fictícias ou reais.

– Pois não?

A resposta foi brusca, e Mukesh percebeu que ela se arrependeu do tom na mesma hora.

– Pois não – repetiu Aleisha, dessa vez com delicadeza.

– Sabe isto aqui? – perguntou ele, mostrando um dos folhetos com a frase *Salvem nossas bibliotecas*.

– O que tem?

– Como vamos conseguir salvar nossas bibliotecas se não pedirmos ajuda?

– Ah, Sr. P, acho que os folhetos servem justamente pra isso.

– Ok, tudo bem, mas... sabe o que mencionei antes, sobre a Denver sair para pedir ajuda? E se nós pedirmos ajuda à comunidade? Porque a biblioteca... Ela tem sido útil pra mim. Me tornou mais corajoso, me trouxe amigos. Imagina o que não faz por outras pessoas.

– Desculpa, não estou entendendo – disse Aleisha, o rosto inexpressivo.

– A sensação de me sentar aqui em silêncio com outras pessoas pode ser bem menos solitária que a de me sentar em casa cercado pela minha família falando pelos cotovelos sem me dar atenção. É bom, é *reconfortante* ver as mesmas pessoas toda semana. E sinto que extraí tanta coisa dessa experiência... Eu, um mero senhor de idade, senti tudo isso só por botar o pé fora de casa, sair da minha zona de conforto, exatamente como a Denver fez. Agora estou aqui, na biblioteca... Um lugar que eu sinto que me *ajuda*. E você sempre me disse que Aidan também amava este lugar. Do que ele gostava?

– Da paz. Acho que ele considerava um lugar tranquilo. Aqui ele podia ficar sozinho. Mas não vinha fazia anos, a não ser de vez em quando pra me dar um "oi". Vivia tão ocupado...

– Entendo. Mas, ainda assim, este lugar era muito importante para ele, *ne*? E tanta gente vem aqui pela paz ou pelos amigos... Como ele se sentiria sobre essa história de *Salvem nossas bibliotecas*?

Aleisha deu de ombros.

– Ele ficaria feliz se o Conselho Municipal fechasse este lugar para sempre? – perguntou Mukesh.

Aleisha deu de ombros novamente.

– Acho que ele não ficaria – disse Mukesh. – Acho que *você* não ficaria.

Aleisha sorriu.

– É, talvez o senhor esteja certo. Mas não vejo o que a gente possa fazer. Todo mundo já viu os folhetos e tem uma página de doações on-line...

– Ok, mas eu tenho uma ideia *melhor*.

Ele esperou Aleisha dizer algo como "Que maravilha, que ideia é essa?", mas, já que ela não disse nada, continuou:

– Eu sei que você faz um monte de outras coisas, como a divulgação do clube do livro. Tenho visto os pôsteres nas paredes. Mas você deve estar precisando se ocupar mais, não está?

Aleisha mais uma vez permaneceu em silêncio.

– Então, eu queria promover um encontro aberto à comunidade aqui na biblioteca num dia pela manhã. Ou à tarde, como você julgar melhor. A profissional é você.

Aleisha revirou os olhos.

– Eu não sou profissional. Como assim um encontro?

– Um evento sem que as pessoas precisem de cartão da biblioteca, sem que precisem retirar livros se não quiserem. Poderíamos usar a área da recepção para oferecer café, bolo... As pessoas sempre aparecem quando tem comida, ainda mais se for de graça... ou se só custar uma doação para uma causa beneficente. Toda quarta-feira, talvez. Uma chance de conhecer gente nova. E essa poderia ser a ideia: a cada encontro, conversar com uma pessoa diferente. Para combater a solidão e talvez ajudar a biblioteca a continuar aberta. Porque as pessoas não *teriam* que se tornar membros, mas quando estivessem aqui acabariam se animando, não acha? Isso tornaria o lugar *popular* de novo!

– O senhor acha que viria bastante gente? O pessoal daqui não é lá de muita conversa, é? Tirando uma senhora que vem de vez em quando às terças e não para de falar.

– Seria só uma chance de pedirmos ajuda, para a biblioteca e uns para os outros. Que tal? Você poderia perguntar na administração? Acho que seria bom. Talvez as pessoas só precisem de um pouco de estímulo para se conectar umas com as outras.

– Não sei se meu chefe concordaria. Não acabariam vindo só as mesmas pessoas de sempre?

– Ele vai gostar porque vai trazer *ainda mais* gente à biblioteca. Uma coisa meio "Vim pelo bolo, mas fiquei pelos livros... e pelos novos amigos"! Poderíamos produzir folhetos. Mas não estes aqui, tão tristonhos – disse ele, erguendo mais uma vez um dos panfletos da campanha *Salvem nossas bibliotecas*.

– Tá, eu pergunto. – Ela suspirou.

– E eu estava pensando... quanto a esse primeiro evento... que talvez fosse uma boa ideia ser promovido em memória do Aidan. Mesmo que ele não tenha tido tempo nos últimos anos para se sentar aqui e ler, este lugar significou muito pra ele. Ele quis que você trabalhasse aqui, não foi? E isso ajudou você também. Não ajudou? Eu acho que ajudou. Talvez seja uma forma de manter a lembrança dele viva, para além daqueles posts no Instagrab.

Aleisha assentiu. Ela escondia um sorriso em algum lugar.

Foi quando Chris dos Policiais entrou, de capuz e jeans como sempre.

– Chris! – chamou Mukesh, com o corpo pulsando de entusiasmo. – O que acha de fazermos um evento aberto à comunidade toda quarta de manhã aqui na biblioteca?

Chris parecia ligeiramente atônito. Mukesh não lhe dirigia tantas palavras em muito tempo, em geral só sorria e acenava.

– É... Sim, esse tipo de coisa é legal. Minha mãe gosta. Estilo café da manhã, né?

– Viu? – Mukesh apontou para Chris enquanto olhava para Aleisha. – Então, pode perguntar ao seu chefe? Chris vai trazer a mãe dele. Vai ser fantástico! Estou muito animado!

Mukesh sorria de orelha a orelha, e Aleisha começou a rir. Chris deu de ombros, sem entender muito bem o que havia acabado de acontecer, e seguiu seu caminho rumo ao cantinho de sempre.

– Naina amaria isso! Ela amava esse tipo de coisa. E agora sou *eu* que estou promovendo. E não é nem no templo.

Mukesh se levantou da cadeira e tocou de leve o ombro de Aleisha, curvando-se bem devagar na direção da moça, pois suas costas estavam mais travadas do que esperava. Por um momento, esquecera que era um velho com dor nas juntas. Por um momento, sentira-se novinho em folha.

Capítulo 36

ALEISHA

Tinha visto aquelas flores na plataforma do trem pelos olhos de outras pessoas, compartilhadas numa rede social e com 45 curtidas. As pétalas estavam perdendo a cor, quase mortas. Não durariam para sempre. Aidan estava agora na mente de todas aquelas pessoas, mas, assim como as flores, um dia não estaria mais.

Um evento na biblioteca em tributo a Aidan... Ele riria da ideia. Teria odiado todo aquele alvoroço. Mas amara a biblioteca – insistira, aliás, para que ela trabalhasse lá. Por tantos anos, aquele havia sido o lugar *dele*. Talvez o Sr. P tivesse razão. E era uma coisa pequena que *ela* poderia fazer, sobre a qual poderia ter controle, para manter a memória do irmão viva – e provar para ele que a biblioteca havia se tornado importante para ela também. Aleisha sabia que era o que ele queria: que ela também encontrasse paz ali.

Não havia tempo a perder – o Sr. P não sossegaria até que tudo fosse organizado. O olhar dele passava algo nítido: determinação. Havia saído da biblioteca quase correndo, com *Amada* junto ao peito, acenando para ela e para Chris dos Policiais.

Ela ligou para Kyle, perguntou quando ele viria à biblioteca, se estaria no próximo turno.

– Sim, vou estar aí.

– Ótimo. O Sr. P teve algumas ideias pra dar uma agitada neste lugar.

– Na biblioteca?

– *Sim*, na biblioteca.

– Tem certeza de que você está bem, Aleisha? – perguntou Kyle.

– Sim, está tudo bem. Me distrair ajuda. *Isso* ajuda – disse ela, apontando para a tela, para o folheto que estava criando –, por mais estranho que pareça.

– O Sr. P sabe o que está fazendo, pelo jeito – comentou Kyle, assentindo. – Dizem mesmo que a idade traz sabedoria... Quantos turnos restam até você voltar às aulas?

Aleisha deu de ombros.

– Só mais uma semana. Devem ser uns cinco ou seis.

– Caramba, passou tão rápido... Vamos sentir sua falta.

– É, até que gostei daqui. Aidan disse que isso iria acontecer. Que *eu mesma* ficaria surpresa.

– O que houve com aquele papo de "isso é só um trabalho besta de verão"? No primeiro dia, você parecia desinteressada em fazer qualquer coisa.

– Estava mesmo. E *é* só um trabalho besta de verão. Mas, sei lá, passei a curtir – admitiu ela, com um esboço de sorriso nos lábios.

Não demorou até Dev da Garrafa Térmica aparecer. Aleisha sentiu um frio na barriga. Ficou grata quando Kyle preparou o terreno, começando com "Aleisha teve uma ótima ideia".

De repente, ela se sentiu sob holofotes. Sua boca ficou seca, como quem se prepara para fazer um discurso, e então Atticus lhe veio à mente. Atticus, no tribunal. Ele não mostrara sinal algum de fraqueza.

Ela respirou fundo e as palavras começaram a sair aos tropeções:

– Queremos propor...

Falar daquela forma soava estranho, mas era a abordagem correta. O Garrafa Térmica estava atento.

– Queremos propor um encontro matinal aberto à comunidade. Queremos trazer mais gente. O clima daqui é familiar, amigável, e podemos aproveitar isso. Ajudar as pessoas a se entrosarem, ajudar a biblioteca a se tornar o *centro* da comunidade, sabe? Um lugar onde as pessoas possam se encontrar, conversar, se abrir, descobrir algo novo...

– Olha só, Aleisha, você tinha que vir hoje? Eu disse que você podia tirar o tempo que precisasse – lembrou o Garrafa Térmica.

– Ter algo pra passar o tempo é bom – murmurou ela, engolindo as palavras, e então continuou em tom mais alto: – Mas, enfim, esse evento seria de graça pra quem quisesse aparecer, conhecer gente nova, curtir a paz e o silêncio, conversar com amigos. Este lugar sempre foi uma referência no bairro, mas ultimamente anda meio quieto. Vamos mudar isso.

Dev assentiu devagar, abrindo a tampa da garrafa térmica.

– Mas será que as pessoas se sentiriam encorajadas a se tornar membros da biblioteca também? Isso é fundamental para nós.

– Sim, com certeza! Talvez a Lucy ou o Benny possam dar uma ajuda e distribuir folhetos, algo assim. A gente quer que as pessoas vejam como este espaço é ótimo. Elas viriam pelo bolo e ficariam pelos livros. E pelos novos amigos.

– Ótimo. É exatamente isso que precisamos fazer. Para ser bem sincero, tem sido uma luta nos manter funcionando por todo esse tempo. O Conselho Municipal vive reclamando do orçamento, ainda mais ao comparar a frequência daqui com a do Centro Cívico. – Dev fez uma pausa para um longo gole. – O clube de tricô foi uma ótima ideia, mas agora só umas duas pessoas continuam vindo. E a organização fica toda na mão da Lucy, que mal tem tempo. O clube do livro também não é mais popular como um dia foi. Mas isso... isso pode funcionar. A biblioteca não tem a ver *só* com livros.

Kyle e Aleisha olharam um para o outro, unidos por um fio de esperança.

– Vamos fazer uma tentativa, então, numa manhã de quarta-feira? É nosso horário menos movimentado!

Kyle e Aleisha fizeram que sim.

– Perfeito. Amei. Aqui é um lugar de conexão. Essa ideia, Aleisha... tem tudo a ver – elogiou ele. – Acho que a gente deve tentar. Semana que vem fazemos e vemos quanta gente aparece. Sempre dá pra começar aos poucos, uma vez por mês ou a cada dois meses...

– Uma semana é pouco tempo pra divulgar.

– Bem, então é melhor começarem logo.

Aleisha olhou para Kyle, que estava sentado ao fundo, assistindo à conversa. Ela sorriu e ele ergueu as sobrancelhas e os dois polegares.

Aleisha mal podia esperar para contar ao Sr. P.

Capítulo 37

MUKESH

BIP. "Rohini, por favor, você pode me trazer umas travessas de comida para quarta-feira que vem? Entrega aqui em casa até a noite da véspera e, se der, traz também um pouco daquelas samosas que você faz? Agradeceria muito. É para a biblioteca. Vai ter um evento gratuito lá. *Eu* estou ajudando a organizar."

BIP. "Vritti? Preciso da sua ajuda na cozinha. Você tem uns petiscos que possa trazer para uma recepção na biblioteca na quarta que vem? Por favor, deixa na minha casa na noite da véspera. Alguma coisa *hi-po-a-ler-gê-ni-ca*."

BIP. "Dipali, *beta*, por favor, pode trazer seu ponche especial para um evento na biblioteca, na quarta-feira? Você está convidada, mas aparece aqui em casa na terça à noite também, pra me ajudar."

Ele desligou o telefone, riscando da lista o nome de cada filha. Virou-se para Nilakshi, que estava sentada na sala, assistindo à Zee TV.

– Nilakshiben... – chamou, cautelosamente.

– Oi – disse ela, desviando o olhar da TV por um momento, ainda de ouvidos atentos à novela.

– Aleisha precisa de mim para distribuir uns folhetos da biblioteca – comentou ele, exibindo as folhas recém-impressas, coloridas, cheias de vida. – Foi o Zac quem fez. Muito bons, *ne*? O que acha de eu divulgar no mandir? Vão rir de mim? Achar que sou um viúvo velho e solitário?

– Mukeshbhai – respondeu Nilakshi, delicadamente –, você não é um viúvo velho e solitário. Todos sabem o quanto a biblioteca significava para Naina e vão entender que você está fazendo isso por ela, e também por aquele rapaz adorável, Aidan. Ela teria ficado muito orgulhosa de você.

Olhando para Nilakshi, Mukesh percebeu que havia feito as pazes com tudo. Ela era sua amiga. De certa forma, fora Naina que a enviara, fazendo os caminhos dos dois se cruzarem. Ela os unira para que um fizesse companhia ao outro, da mesma forma que o guiara até o mandir e que deixara *A mulher do viajante no tempo* como um sinal. Estivera bem ali com ele, desde o início.

Ele imaginava o que as pessoas diriam ao vê-lo distribuindo folhetos no mandir, algo nada comum para Mukesh Patel. Mas também não era tão estranho assim. A causa era justa. A cidade era um lugar tão solitário... Até mesmo em Wembley, onde muita gente se conhecia, as pessoas ainda se sentiam sozinhas.

Pensou inclusive em depositar os folhetos na caixa de correio das pessoas. Será que um gesto tão inocente quanto esse o deixaria em lençóis sujos?

Em maus lençóis, corrigiu a voz de Naina. *A expressão é "em maus lençóis"*.

No templo, devidamente munido de coragem, Mukesh passava o dia numa das tão disputadas cadeiras de rodas, sendo empurrado para lá e para cá pelo filho mais novo de Harishbhai.

– Preciso das duas mãos livres para agilizar o processo, entende? – pedira ele.

– Certo, Mukesh, por dez contos eu faço! – barganhara o garoto.

Mukesh era empurrado de um lado a outro do corredor, passando pela loja de presentes, pelos escaninhos de calçados e pelos banheiros. Até o momento, só entregara três folhetos. Teria que tentar outra abordagem.

O filho de Harishbhai estava escutando um podcast ou algo assim, e só se dava conta da direção que Mukesh queria seguir se ele a apontasse ou agitasse os braços. Mukesh sentia alívio por não ter que puxar muito papo com ele. Ainda que odiasse se encaixar no "estereótipo de velho", estava adorando a cadeira de rodas e se perguntava por que não a havia experimentado séculos antes, ainda mais se havia a chance de arranjar alguém como o filho de Harishbhai para empurrá-lo. Circulava tão rápido!

Buscando inspiração, Mukesh pensava nos personagens de novela que gritavam em tom ensurdecedor "Leia! Leia!" na banca de jornais ou "Promoção do tomate!" na barraca do mercado. Ele tossiu um pouco e começou a anunciar – não muito alto para não ser expulso, mas alto o suficiente para ser ouvido –, agitando os folhetos acima da cabeça.

– A Grande Confraternização na Biblioteca! Não percam! Todos os seus amigos vão estar lá e contam com a sua presença também! Traga seus filhos e netos!

Foi milagroso. Duas mulheres se aproximaram na mesma hora, curiosas. Ele lhes entregou os folhetos enquanto passava chispando por elas, torcendo para que o papel não lhes cortasse o dedo.

Nos corredores da loja de presentes, simplesmente não havia espaço bastante para Mukesh, sua cadeira e o filho de Harishbhai. Sentindo que aquela talvez não fosse a melhor tática, ele pediu ao rapaz que desse ré o mais rápido possível e saísse da loja, e acabaram trombando com Rohini e Nilakshi... juntas.

– Nossa! – exclamaram Rohini, Nilakshi e Mukesh, os três ao mesmo tempo.

– Oi, eu sou o filho do Harishbhai.

– O que vocês duas estão fazendo aqui? – perguntou Mukesh.

– Viemos passar um tempo no mandir – respondeu Rohini. – Vamos a um satsang. Tirei o dia de folga. – Prevendo a pergunta, ela acrescentou: – A Priya está com o Robert.

– Sua filha e eu estamos nos conhecendo ainda melhor! – comentou Nilakshi, radiante.

Mukesh fez sinal para Rohini se curvar à altura da cadeira e sussurrou no ouvido dela:

– Você é igualzinha à sua mãe. Sempre acolhedora.

Rohini abriu um enorme sorriso, que era sua forma de dizer: "Se ela é parte da sua família, também é parte da minha."

– Aqui, podem pegar – disse ele, entregando folhetos às duas. – Estamos pedindo que levem comida caseira para a biblioteca também, portanto façam-me o favor de levar algo! Receberam minhas mensagens? A gente precisa garantir comida vegetariana. Talvez eu faça até o meu famoso panir.

Rohini e Nilakshi se entreolharam.

– Famoso? – questionou Rohini. – Pra mim você só tinha conseguido não queimar o queijo uma vez...

– Filho do Harishbhai – chamou Mukesh, perguntando-se se o rapaz teria um nome, mas admirando a forte marca que Harishbhai estabelecera. – Vamos! Ali na frente tem umas pobres almas de aparência solitária que precisam de um folheto. Comida, por favor, na quarta-feira. Sem falta!

E assim Mukesh e o rapaz se afastaram a toda sobre o piso liso de madeira, subindo a rampa acarpetada e alcançando a superfície de mármore que levava ao coração do mandir.

Quando a noite de terça-feira finalmente chegou, Mukesh era adrenalina pura. Rohini, Dipali e Vritti preparavam os petiscos na cozinha da sua casa enquanto as gêmeas disparavam pelos corredores. Quando Zac tocou a campainha, Mukesh foi transportado de volta para muitos anos antes, para uma das noites de planejamento de eventos beneficentes de Naina, nas quais sempre havia petiscos e comida "para manter a energia de todos". Ele nunca organizara nada parecido. Ainda bem que Zac estava trazendo um pacote de Doritos para compartilhar e um pouco de molho. Mukesh ficou incrivelmente grato.

– Minha mãe sempre diz pra nunca aparecer na casa de alguém de mãos vazias! – explicou ele.

– Bom menino!

Sem Aleisha, Zac parecia deslocado na casa de Mukesh. Para tudo pedia permissão, com perguntas como:

– Sr. Patel, posso usar esses pratos pra pôr Doritos?

Mukesh fez que sim.

– Sr. Patel, posso pegar um copo com água?

Mukesh assentiu.

– Sr. Patel, posso ir ao banheiro?

– É claro, Zac – respondeu Mukesh. – Minha casa também é sua agora. Fique à vontade.

Zac abriu um sorriso largo, mas ainda assim hesitava ao caminhar pela casa, como se não quisesse deixar rastros de sua passagem. Mukesh dava risada enquanto descascava grão-de-bico numa tigela para usar no kachori. Logo Jayesh apareceu, tentando usar o avô e sua tigela como apoio para escalada.

Nikhil chegou logo depois, vindo da loja e carregado de hortaliças. Assim que sua cabeça apareceu à porta, foi convocado por Rohini:

– Nikhil, precisamos de você! Vem aqui.

Ele obedeceu a contragosto. Rohini tinha um caderno à mão.

– Pois bem – disse ela, com autoridade. – Traga mais ingredientes amanhã de manhã, que eu frito tudo antes de sairmos. Nilakshimasi disse que posso usar a panela de pressão dela também.

Ao mencionar o nome de Nilakshi, ela olhou para o pai e sorriu. Ele retribuiu o sorriso, assentindo apesar da dor dos soquinhos que levava dos pequenos punhos de Jaya. Rohini deu bronca na menina.

– Jaya, seja boazinha com o Dada. Pega leve.

A menina obedeceu por um segundo, até sua *masi* dar as costas.

Em meio à confusão na sala, Mukesh avistou Priya, encolhida num canto com um livro na mão. Ele conseguiu se esquivar de Jaya e Jayesh e foi descascar grão-de-bico perto da menina.

Ao se aproximar, viu que Priya lia *Mulherzinhas*. De novo.

– *Beta*, você já não tinha lido esse?

Priya fez que sim.

– É que me lembra a Ba. Fico ouvindo a voz dela. Além disso, Dada, a Ba sempre me disse que às vezes, quando a gente gosta muito de um livro, precisa ler de novo! Pra reviver o que a gente adorou e descobrir coisas novas. Livros sempre mudam, porque a pessoa que está lendo muda também. Era isso que a Ba dizia.

Mukesh assentiu. E entendeu.

Zac entregou a Mukesh uma caneca de chá e perguntou a Priya se não queria também. Ao fundo, Rohini disse que a filha não bebia chá, mas Priya aceitou e ele lhe passou uma caneca.

Priya sorriu, largando o livro e segurando a caneca com ambas as mãos. Olhou para a mãe e pôs a língua para fora, zombeteira.

Mukesh voltou para sua poltrona e se sentou. Observou a sala, tão cheia de movimento, e as gêmeas zunindo pelos corredores. Não havia tanta gente naquela casa desde que Naina era viva.

Ele pensou em Aleisha e Leilah na casa delas, naquele lar silencioso.

PARTE IX

UM RAPAZ ADEQUADO

de Vikram Seth

Capítulo 38

ALEISHA

– Aleisha, você parece acabada.

– É, estou mesmo.

– Vem cá, por que você não tira um cochilo antes de ir para o trabalho? – perguntou Rachel, pondo a mão no ombro da prima.

– É, pode ser.

Tudo que Aleisha queria era afundar na cama e não sair mais de lá. Mas sua mente se voltou para a mãe, que fizera exatamente isso na véspera. Na véspera não, nos últimos *anos*.

– Vou ver como ela está – disse Aleisha e, enfiando a cabeça pela fresta da porta, sussurrou: – Mãe... O tio Jeremy e a Rachel estão aqui, e eu vou dormir um pouco, tá? Eles vão almoçar no jardim. O dia está lindo. Não quer se juntar a eles?

Ela falava o mais suavemente possível. A mãe estava sentada, encarando a parede à sua frente.

– Vou ficar aqui – respondeu Leilah. – Durma bem.

– Ela está bem? – perguntou tio Jeremy, posicionado bem ao lado da porta.

– Não quer sair. Sinceramente, nem faz sentido tentar.

– Não, minha menina, faz todo o sentido – intercedeu tio Jeremy. – Leilah, como você está? O dia lá fora está lindo.

O evento em memória de Aidan na biblioteca seria no dia seguinte e Aleisha não se sentia nem um pouco preparada. Estava exausta. Tentou se distrair e foi caminhando pelo corredor, rumo ao quarto de Aidan. Estava quieto, silencioso. Intocado. Ninguém mexeu nos pertences dele; Aleisha não se atrevia a tocar em nada. Aproximou-se da cama, impecavelmente feita. Mesmo que o restante do quarto estivesse um caos – o que não era do feitio de Aidan, aliás –, seu irmão nunca deixava a cama bagunçada. Ela se deitou por cima das cobertas, sem querer deixar nenhuma marca. Sua cabeça caiu sobre o travesseiro e sua atenção foi atraída por uma pilha de livros ao lado da cama, agora com uma fina camada de poeira cobrindo as capas e lombadas.

Ela se virou e fixou o olhar no teto, querendo que o sono a dominasse. De repente, seu celular começou a apitar na mesa de cabeceira: *Kyle*. Óbvio. Ela o veria mais tarde na biblioteca, por isso virou o aparelho para baixo. Seu olhar foi atraído de novo pela pilha de livros de Aidan.

Como ela não tinha reparado antes? Aninhado entre os romances policiais, entre os livros de Martina Cole, ali estava.

A mulher do viajante no tempo.

Ela se lembrou do seu exemplar, do exemplar do Sr. P, largado ao lado da cama dela – esquecido e ignorado.

Sentiu um nó na garganta. Relembrou-se do Sr. P falando para ela do livro, de como o havia ajudado. "Os livros nos *mostram* o mundo, em vez de escondê-lo." Imaginou Aidan, sentado naquele mesmo lugar, lendo. Será que ela o teria visto ler? Será que tinha sido há pouco tempo?

Respirou fundo e retirou o livro da pilha, segurando-o com delicadeza. Tivera tanta certeza de estar se escondendo da vida... Mas talvez o Sr. P estivesse certo – ela *aprendera* com os livros também. Vira como as pessoas sofriam. Será que não poderia usar aquilo para lidar com o próprio sofrimento? E ali estava o livro no quarto de Aidan, na mesa de cabeceira. Se ele o lera, ela queria ler também.

Abriu na primeira página de *A mulher do viajante no tempo*, silenciou a própria mente à força e leu a primeira frase. Uma palavra por vez.

Horas mais tarde, na biblioteca deserta, Aleisha se viu sozinha em sua mesa – *A mulher do viajante no tempo* repousado a seu lado. Só lera algumas páginas, mas fora como adentrar o mundo de outra pessoa, deixar que suas emoções e as dela se fundissem, permitir que alguém a ajudasse a descobrir a melhor maneira de guiar a si mesma. Também estivera procurando pistas de Aidan nas páginas. O que ele teria achado de Henry e da capacidade dele de viajar pela própria vida? O que teria achado da história de amor, e de Clare? Os pais dela eram particularmente ricos e esnobes. Aidan sempre odiara gente assim.

– Ei! – gritou Kyle do refeitório. – Não se esquece de dar um último gás na divulgação pra gente atrair o maior público possível amanhã. Dev acabou de me mandar mensagem dizendo que a filha da Lucy deu umas sugestões, tipo postar nas redes sociais, essas coisas.

Aleisha suspirou. Queria agradar o Sr. P e Aidan.

Olhou para a grande pilha de folhetos da campanha *Salvem nossas bibliotecas* ao seu lado, prontos para serem descartados, seu espaço usurpado pelos folhetos da *Grande Confraternização na Biblioteca.*

Checava tão rápido os stories no Instagram que só ouvia um milésimo de segundo de cada vídeo enquanto tentava se inteirar da vida dos outros. Luzes piscando, gente fazendo exercício, pernas à beira da piscina, pernas na praia apoiando um livro, o rabo do gato de alguém todo serelepe ao som de J.Lo e Iggy Azalea. *Big big booty.* Tão engraçado! Um colega da escola fazendo biquinho sem camisa em Pisa, descolado demais para fazer a pose de quem finge estar segurando a torre.

Já estava entediada de ver os outros curtirem a vida. Será que algum dia seria capaz de postar em redes sociais sem se preocupar com o que as pessoas iriam achar, se a rotulariam como a "irmãzinha de luto"? Antes que tivesse tempo de pensar, fez um rápido vídeo da biblioteca – vazia – e digitou sobre a imagem: VENHA FAZER ESTE LUGAR FERVILHAR DE GENTE AMANHÃ ÀS ONZE!

Com uma careta, clicou em PUBLICAR. Aidan balançaria a cabeça de vergonha. Ela era tudo, menos descolada.

Na palma da mão de Aleisha, o celular tocou: Rachel.

– Que confraternização na biblioteca é essa? É *amanhã*? Só fiquei sabendo agora. Por que não contou pra gente?

– Oi?

– Acabei de ver seu story.

– Que rapidez!

– Eu trabalho com redes sociais. Ser rápida é meu ganha-pão.

– Ah, é tipo uma festinha comunitária. O Sr. P, aquele da biblioteca, foi quem sugeriu fazer isso para o Aidan.

– *Amei* a ideia. Quer contar pra sua mãe? Ela está aqui.

Aleisha ficou em silêncio. Não sabia o que dizer, não sabia o que Leilah iria achar. Será que riria? Pior, será que não diria absolutamente nada?

– Pode ser – disse Aleisha, o coração batendo mais forte.

Ela respirou fundo.

– Mãe?

Silêncio do outro lado da linha.

– Mãe?

– Leish, desculpa, sua mãe teve que voltar para a cama. Depois eu conto pra ela, tá?

A voz de Rachel tremia. Aleisha ouvia seu nervosismo.

– Claro, valeu, Rachel.

Aleisha não esperava muito mais que isso. Nunca esperava.

– Consegui distribuir 99 folhetos, Aleisha! – tagarelava o Sr. P ao telefone.

– Uau, que legal, Sr. P! – Aleisha tentava injetar entusiasmo na voz. – Achei que o senhor acabaria se entediando e jogando tudo no lixo.

– De jeito nenhum! Até peguei um e prendi na janela da frente de casa. Aliás, às vezes esqueço que está lá. Aí, quando os velhotes enxeridos do bairro passam e tentam ler, quase morro de susto vendo um rosto colado na minha janela!

Ela jamais o vira tão elétrico.

– O senhor é muito engraçado.

– Não, estou falando sério! Por pouco não grito "Saiam da minha propriedade"! Enfim, acho que é um bom lugar para fazer propaganda. Estou muito orgulhoso! Você ainda tem folhetos sobrando?

– Sim, alguns. Acho que é melhor me livrar de tudo hoje – disse ela, mordendo o lábio.

– Com certeza! Já é *amanhã*. Não há tempo a perder.

Ao desligar, Aleisha sentou-se de volta no sofá ao lado da prima e ficou observando tio Jeremy com Leilah. Não haviam voltado a mencionar a Grande Confraternização na Biblioteca naquela tarde. Quando ela voltara do trabalho, Rachel murmurara: "Desculpa, não quis tocar no assunto. Sabe como é. Não quis arriscar."

Tio Jeremy fizera o seu famoso ensopado de cordeiro, muito embora estivesse fazendo calor demais para comê-lo. Aleisha o devorara mesmo assim, e agora estavam todos sentados no mesmo cômodo tentando digeri-lo.

Fazia tempo demais desde a última vez que haviam estado todos juntos em família. Aidan teria amado estar ali. Mas, se estivesse, teria fingido não dar importância e talvez saísse com os amigos para tomar um drinque.

Não, disse Aleisha a si mesma, aquela era uma lembrança equivocada. Para Aidan, a família sempre vinha em primeiro lugar.

– Tenho que distribuir os últimos folhetos – disse Aleisha à prima, dando um tapinha na pilha entre as duas no sofá. – Quer vir?

Rachel respondeu com um tapinha no próprio estômago.

– Gata, de verdade, acho que eu não consigo nem me levantar daqui.

Aleisha revirou os olhos.

– Ah, vai, é só caminhar um pouco.

O que seus olhos realmente diziam era: *Eu preciso muito sair desta casa.*

– Sim, boa ideia, Aleisha. Vai lá, Rach – encorajou tio Jeremy, num tom carinhoso.

Leilah sorriu de leve, concordando.

As duas jovens caminhavam, em silêncio a princípio.

– Você está bem? – perguntou Rachel por fim, e Aleisha percebia lágrimas nos olhos da prima.

Esperou um pouco antes de responder. Tinha os olhos focados nos folhetos. *A Grande Confraternização na Biblioteca*, era o que diziam, na fonte chamativa e arredondada de Zac.

– Estou legal, sim – murmurou ela. – Sinto saudade dele, mas é normal.

Rachel também esperou um pouco antes de comentar:

– Ele era incrível. Nem dá para acreditar no que aconteceu.

– Não faz sentido – disse Aleisha no piloto automático, relembrando as conversas que tivera no dia do funeral, isolando o cérebro da emoção por quanto tempo conseguisse.

Voltaram a caminhar em silêncio, até Aleisha sentir o coração acelerar de novo. Vinha ocorrendo bastante ultimamente. Sabia que logo sentiria falta de ar.

– Toma – disse ela, entregando a Rachel um maço de folhetos. – Põe nas caixas de correio deste lado. Eu fico com o outro lado da rua. Pode colocar em todas as caixas, a menos que a casa pareça abandonada.

Rachel assentiu e Aleisha atravessou a rua, aliviada, respirando profundamente. Diminuiu a marcha, tendo a sensação de que podia desabar a qualquer momento.

Numa das casas, ouviu um cachorro latir e deu meia-volta às pressas, quase tropeçando na cerca. A respiração voltou a ficar acelerada e ela olhou para o outro lado da rua. Rachel estava distraída, depositando alguns folhetos nas caixas de correio, sem nem notar a prima se afogando no ar quente do verão.

Aleisha respirou fundo. Não sabia o que fazer. Pensou em Leilah, escondida do mundo, escondendo a verdade de todos. Estava assustada, não desejava revelar demais a respeito de si mesma. Mas sabia que precisava de ajuda, que Aidan precisara de ajuda, que todos precisavam. E Rachel... Rachel um dia fora sua melhor amiga. E ela sentia falta da prima. Queria tê-la de volta. Atravessou a rua mais uma vez, o coração agora batendo mais devagar, o suor da testa evaporando quase de imediato no calor, e entrelaçou o braço ao dela.

Rachel olhou para Aleisha e deu um tapinha de leve em sua mão.

– Estou aqui – assegurou, como se tivesse escutado cada pensamento de Aleisha do outro lado da rua.

– Aleisha – disse Rachel, quando as duas entraram. A casa murmurava com uma atividade silenciosa. Leilah tinha voltado para a cama e Jeremy estava lavando a louça. – Aquele post que você fez mais cedo no Instagram... Seria bom você compartilhar com os amigos do Aidan. Pra eles saberem.

– Acho que eu não consigo – respondeu Aleisha, desanimada.

– Posso tentar? – perguntou a prima, estendendo a mão para pegar o celular de Aleisha, que o entregou com alívio. – É a última chance de animar o pessoal.

– É tarde demais – murmurou Aleisha, esparramando-se no sofá.

Em poucos minutos, porém, Rachel apontou para o celular de Aleisha. O feed estava repleto de gente compartilhando o anúncio do evento.

– Viu? Te falei! – Rachel sorria para a prima, que só conseguia prestar atenção ao celular piscando à sua frente, uma notificação nova a cada poucos segundos. – As pessoas se importam de verdade, Aleisha. Elas se importam.

Aquele era o dom de seu irmão – reunir as pessoas, como sempre fizera enquanto era vivo. Ajudá-las a se sentirem um pouco menos sozinhas.

Capítulo 39

MUKESH

BIP. "Oi, pai, é a Dipali. Estamos saindo de casa. Te vejo na biblioteca, ok? Jaya e Jayesh estão indo comigo. Estou levando o ponche."

BIP. "Oi, papai! Priya está animadíssima com o evento de hoje! Vou deixá-la na sua casa primeiro, depois vou pegar a panela de pressão com Nilakshimasi para os preparos finais. Priya fez uns cupcakes extras e vou levar também."

BIP. "Oi, papai. Precisa que eu leve mais alguma comida, bebida ou outra coisa? Posso levar cadeiras também, se for o caso. Me fala. Ah, e parabéns... Mamãe teria orgulho de você, sabia? Ela sempre comentava que seria bom ter um evento assim na biblioteca."

Era o dia da Grande Confraternização e, assim que acordou, Mukesh mal pôde acreditar na tranquilidade da manhã. Suas filhas haviam separado em potes todas as samosas, todos os rolinhos primavera e vadas de sabores diversos na noite anterior, de modo que era só pegá-los e sair de casa.

– Não é pra comer nenhum antes da hora! Muito menos os vadas. Tem poucos, e eu carreguei na pimenta. *Você vai se arrepender!* – dissera Dipali na véspera ao vê-lo se aproximar da bandeja na mesa da cozinha.

– Você quer que eu leve tudo e não coma nada?

– Exato.

Logo que Dipali foi embora, ele *teve* que comer um. E ela estava certa: o vada deixou até seus lábios ardendo, sinal do estrago que faria no restante do corpo. Para amenizar, ele recorreu a um copo de leite e várias colheres de iogurte.

Estava curioso para ver quem apareceria logo mais – rostos novos e conhecidos, pessoas simpáticas... E torcia para que a mãe de Aleisha fosse também, mas era improvável. Leilah estava sofrendo. Ele nem era capaz de imaginar como se sentiria caso – Deus o livrasse – uma de suas filhas ou netas morresse. Não conseguia se imaginar acordando, levantando da cama e saindo de casa normalmente. O mundo seria muito mais sombrio sem elas.

Ele havia encomendado um cartão infantil na biblioteca e retirado *As aventuras de Pi*, *Amada* e *Orgulho e preconceito* para dar a Priya antes do evento. Agora só precisava esperá-la chegar.

Enquanto aguardava, Mukesh tentou ler – mas, de tão agitado, percebeu que não conseguiria começar uma nova leitura. Preferiu revisitar as primeiras páginas de *A mulher do viajante no tempo* – e na mesma hora as palavras o transportaram até Naina. Ele se lembrou da primeira vez que as lera. De como ficara arrasado. Mas como se sentia diferente agora – tão vivo! E Naina estava ali, naquela história de amor. Estava ali em seu coração, acompanhando-o por todo o caminho.

Quando a campainha tocou e o arrancou da narrativa, Mukesh teve um sobressalto repentino. Por um instante pensou que Naina estivesse batendo à porta.

– Dada! – gritou Priya, entrando na casa. – Você comeu um vada?

Rohini entrou logo atrás, foi direto para a cozinha e ficou andando de um lado a outro, checando cada canto, cada compartimento da geladeira, atrás de qualquer petisco que pudesse ter sido esquecido.

– E aí, papai, comeu?

– Não!

– Comeu, sim – dedurou Priya, com um risinho. – Dipalimasi disse que tinha 21. Agora eu contei e só tem vinte!

Priya estava ao lado da bandeja de vadas, o dedo erguido numa postura acusatória. O rosto de Mukesh ficou vermelho.

– Tá bom, me dá isso aqui – disse Rohini, pegando a bandeja. – Estou indo ali na casa da Nilakshimasi. Vocês dois conseguem ir até a biblioteca sozinhos? Vão como?

– Acho que vamos a pé – respondeu Mukesh, resoluto.

Rohini assentiu e saiu porta afora. Uma mulher com uma missão.

– Mas então, Priya – disse Mukesh –, eu tenho uma surpresa!

– Uma surpresa? – reagiu ela, com certa cautela.

– Sim. – Mukesh puxou do corrimão sua sacola de lona e retirou um pequeno cartão e três livros, que depositou nas mãos da neta.

No cartão estava escrito *Priya Langton*, na caligrafia arredondada de Aleisha.

– É meu? – perguntou a menina, examinando o cartão. – É da biblioteca da Aleisha? – acrescentou, olhando cheia de esperança para seu dada.

– É, e foi ela quem escreveu seu nome no cartão, especialmente pra você!

– Estes livros… são todos pra eu ler? – Priya os colocou lado a lado na escada.

– Se você quiser. *Amada* talvez seja mais pra sua mãe, mas eu quis te dar para você saber que é bom. Apesar de assustar um pouco.

– Eu li *A mulher de preto*. É bem assustador – disse Priya, orgulhosa.

– Esse eu não conheço.

– Ba me disse que leu uma vez e tomava cada susto…

Priya levou a mão à boca para reprimir um risinho, mas Mukesh viu os olhos da menina brilharem com uma discreta camada de lágrimas.

– Ah, *beti* – disse ele, abraçando-a –, sua ba amaria ver a mocinha maravilhosa que você se tornou. Você enche a Ba de orgulho. – As palavras saíam trêmulas da boca de Mukesh. – E me enche também.

Os dois ficaram abraçados por um momento, Mukesh repousando a cabeça na de Priya. Toda a casa, que por tanto tempo lhe parecera tão silenciosa, de repente parecia de novo um lar.

– Dada – disse Priya, por fim. – Vamos para a biblioteca?

Mukesh olhou o relógio: 10h20.

– Ó, Bhagwan! – exclamou. – Sim, vamos! Estão me esperando lá para ajudar!

Quando os dois chegaram à biblioteca, vinte minutos antes do início do evento, Aleisha já estava lá com alguém que se parecia muito com ela.

– Oi, Aleisha! Lembra de mim? Sou a Priya – disse a menina, indo toda animada na direção dela, sem nem sinal de nervosismo dessa vez.

– Claro, Priya. – Aleisha sorriu, com uma tristeza no fundo do olhar. – Tudo bem?

– Obrigada pelo meu cartão da biblioteca – disse a menina, erguendo o cartãozinho. – Gostei *muito* da sua letra.

– De nada. Assim você pode fazer companhia ao seu avô de vez em quando na biblioteca, não é?

Priya fez que sim, vigorosamente.

– Oi, Sr. P – cumprimentou Aleisha, chamando-o para mais perto. Ele estava aguardando a certa distância para que Priya pudesse ter seu momento. – Essa é minha prima Rachel.

Mukesh sorriu e apertou a mão da outra jovem.

– Sim, nos conhecemos naquele dia – respondeu ele, notando que o nervosismo crescente tornava seu sotaque mais forte.

Dois carros estacionaram na porta da biblioteca e deles saíram Rohini, Dipali, Nilakshi e Vritti, carregando bandejas de comida. Elas levaram os quitutes até as mesas especialmente montadas do lado de fora.

– Por que tudo foi arrumado assim? – perguntou Mukesh a Aleisha, mas foi Kyle quem respondeu:

– Veja bem, senhor, esse formato é mais propício para estimular a conversa. As pessoas podem petiscar alguma coisa ao ar livre e depois entrar para olhar as estantes... e curtir um pouco de paz!

– Foi o *Sr. P* quem quis que hoje fosse um dia de portas abertas, aliás – disse Aleisha, piscando para Mukesh.

Priya riu exageradamente, segurando a mão do avô.

Aos poucos, as pessoas foram chegando. Alguns visitantes antigos, amigos e familiares, e pessoas que claramente nunca haviam estado ali antes, todos trazendo pratos de comida. Não havia *centenas* de pessoas, como na imaginação de Mukesh, mas ao menos trinta ou quarenta. Tiveram que trazer muito mais mesas para acomodar toda a comida. Havia samosas de todo tipo, frango jamaicano, batatas fritas com chili, aipim, salsichas envoltas em bacon, salsichas vegetarianas com alecrim que se tornariam o novo prato favorito de Mukesh, cupcakes feitos por Priya, quiches com algo suspeito dentro (seria carne ou plástico?), espetinhos de queijo e chutneys variados. Um banquete.

Em dado momento, a barulheira das conversas e das risadas se tornou insuportável e Mukesh se retirou para o interior da biblioteca por um tempo, acomodando-se numa cadeira. Observou o ambiente com o olhar de todas as pessoas do lado de fora. Pilhas e mais pilhas de livros em prateleiras reluzentes e amareladas, que um dia podiam ter sido brancas. E cadeiras – algumas novas e confortáveis, outras nem tanto. Sentiu-se tomado por uma sensação de calma. Mal podia esperar para voltar ali no dia seguinte e relaxar em sua cadeira favorita, lendo um novo livro. Esperava que muitos dos novos visitantes também voltassem mais vezes. E aninhada entre as estantes, acomodada em seu pufe, estava Priya. Ela flagrou o avô a observá-la e sorriu para ele. Mukesh nunca poderia ter imaginado, algumas semanas antes, que aquilo pudesse acontecer. Sabia que muita coisa havia mudado, para melhor e para pior... Mas aquele era um momento especial, um dos mais adoráveis.

Mukesh beliscava salsichas vegetarianas quando viu Rohini com um prato de papel numa das mãos e uma caneca cheia até a borda na outra.

– Trouxe mais salsichas pra você! – disse ela, quase gritando para ser ouvida em meio ao falatório. – E um pouco de chai caseiro da Indiramasi!

– Indira está aqui?

– Está. *Aparentemente*, é frequentadora há algum tempo. Nem acredito que você nunca comentou que ela vinha aqui. Está uma matraca hoje.

– Indira, uma matraca? Isso pra mim é novidade! Nesse caso, vou ficar aqui dentro um pouco mais... – Mukesh riu, sussurrando depois: – Sabe como é... Da última vez que conversamos, levei duas horas para conseguir me livrar.

– Papai! – repreendeu a filha, rindo. – Seja gentil... Ela é uma pessoa solitária. Não é essa a ideia do evento de hoje? Mamãe gostava muito da Indiramasi, sempre a acolheu.

Mukesh olhou para sua salsicha vegetariana, girando o palito.

– Tem razão.

Rohini lhe deu um tapinha leve mas firme na perna e Mukesh pediu desculpa.

– Enfim, papai, eu queria pedir perdão também. Não andei tratando você da melhor forma, sempre tomando decisões no seu lugar... Mas olha em volta: você está se saindo bem demais. – Ela apontou com a cabeça para Priya. – E ela me falou que adorou passar um tempo com você nestas férias.

Mukesh não sabia o que dizer.

– E tudo o que fez pela Aleisha... Você tem sido um ótimo amigo.

De tão constrangido, Mukesh não conseguia olhar para a filha.

– Pelo jeito, sua mãe me fez ter alguma serventia, no fim das contas.

– Depois que a mamãe morreu, achei que teríamos que arrumar alguém pra tomar conta de você. Não acreditei que fosse capaz de se cuidar sozinho. E, quando tentei cuidar de você, não fui a melhor companhia. Desculpa.

Mukesh sorriu gentilmente e apertou a mão da filha.

– Vou dar um pulo ali fora e ajudar a Dipali a escapar da Indira, mas espero que a gente possa se ver, passar tempo de verdade juntos, com mais frequência. Esse teria sido o desejo da mamãe. Hoje eu entendo.

Antes que Mukesh pudesse dar qualquer resposta, Rohini se afastou. Só ficou para trás um nó que se formava na garganta dele. Mukesh tentou se recompor antes que precisasse falar com mais alguém.

Olhou pela janela, para o aglomerado de gente segurando pratos descartáveis, comendo e conversando. Ficou muito feliz de ver que as pessoas do templo não conversavam só com outras pessoas do templo, mas com toda e qualquer pessoa. Os convidados que supunha serem de Aleisha – amigos dela, amigos de Aidan – estavam se misturando até com a velha guarda, e Mukesh se sentia eufórico.

E então outro carro encostou na calçada e dele saiu Zac.

Mukesh sorriu. Aleisha ficaria contente.

Foi quando ele avistou uma silhueta no assento do carona, espiando pela janela. Seria possível? Ele tinha que encontrar Aleisha e contar logo para ela. Leilah viera!

Capítulo 40

MUKESH E ALEISHA

Aleisha estava enchendo a jarra de ponche. Os cubos de gelo haviam derretido rapidamente com o calor e ela temia não haver muito mais no congelador da biblioteca.

– Sabia que ponche vem do híndi *panch*? – perguntou a ela uma senhora vestida com um sári tremendamente enfeitado, o cabelo preso num coque firme, envolto por uma redinha.

Aleisha já a vira pela biblioteca. Vivia de papo com alguém num canto, em conversas sussurradas em tom de segredo. Já tivera até que lhe chamar a atenção uma ou duas vezes.

– Não sabia – respondeu Aleisha, sorrindo.

– *Panch* significa "cinco", e cinco é o número de ingredientes que se usa no ponche. Quantos você usou?

Aleisha deu de ombros. Não fazia ideia. Dipali era quem havia feito o ponche. Naquele momento, uma moça de boina e blusa listrada se meteu na conversa. Aleisha sabia que também já a tinha visto na biblioteca antes.

– Indira! – disse a moça. – Como você está? Não te vejo há séculos.

– Oi, Izzy. – A senhora sorriu de orelha a orelha. – Eu sei, meu ciático não me deixa em paz, por isso ando meio de cama, mas voltei para o grande dia! Você chegou a descobrir alguma coisa na biblioteca sobre sua lista de livros? Igualzinha à que eu encontrei. Há tanto tempo que penso nisso, *beti*...

Aleisha observava a mulher falar a mil por hora. Lista de livros? Ela passou a prestar mais atenção.

– Não, nada ainda. É um grande mistério. Assim... Talvez a gente nunca descubra. Mas olha só tudo que a lista já nos trouxe. Talvez eu e você não tivéssemos nos conhecido, Indira! – disse Izzy, com um sorriso exagerado. – Quer experimentar um pouco do meu kombucha? É caseiro. Adoçado com mel.

Aleisha sentiu o cheiro do kombucha, que fedia no calor, e aproveitou a oportunidade para sair de fininho. Guardou na mente o que acabara de ouvir a respeito da lista, disposta a investigar depois. Foi nessa hora que avistou o carro de Zac.

– Aleisha! – disse Mukesh, esbaforido, vindo em sua direção. Ele apontava para Zac. – Alguém veio te ver!

Ela ficou paralisada ao ver Zac se aproximando com uma caçarola nas mãos e, com o coração na boca, tentou identificar a pessoa que o acompanhava.

– Está muito legal aqui! – falou ele, em voz alta. – Vem conhecer minha mãe.

Aleisha sentiu um frio na barriga. Uma mulher saía do carro, com outro prato nas mãos. Uma mulher que ela queria que fosse a mãe *dela*. Não achava que Leilah fosse aparecer, mas no fundo tinha esperança.

– Oi – cumprimentou Aleisha quando a mãe de Zac chegou até ela. – É um prazer conhecer a senhora.

Era uma mulher jovial e estilosa, com cabelo loiro elegante. Usava sandálias de salto alto e uma blusa meio transparente que não pareciam a melhor escolha para um evento ao ar livre.

– Igualmente, minha querida. Sinto muitíssimo pelo seu irmão. Zac me contou. Mas essa ideia foi linda. Espero que seu avô goste do meu tagine vegetariano – disse ela, apontando com a cabeça na direção de Mukesh, que acenava animadamente para Zac.

– Ah, ele não é meu avô – esclareceu Aleisha, com um sorriso. – É só meu amigo e um dos frequentadores da biblioteca. Mas obrigada, obrigada por ter vindo. Significa muito pra mim.

Aleisha estava feliz por conhecê-la, mas teve que engolir a decepção. Queria ir para casa e trazer Leilah para fora, ainda que arrastada.

O Garrafa Térmica surgiu na porta da biblioteca, chamando todos para se reunirem ali. Gradualmente, as pessoas foram interrompendo suas conversas.

– Samuel! Não puxa o vestido da moça. Vem pra cá! – gritou uma mãe para o filho no instante exato em que todos os presentes fizeram silêncio. – Merda! Desculpa, gente! Desculpa!

Aleisha ouviu risinhos abafados enquanto se permitia um momento para observar o local. Talvez agora fossem *cinquenta* pessoas, gente de todas as idades. Viu a moça de blusa listrada de novo, bem como a cliente cativa de cabelo rosa e o cara que curtia livros de ciência para leigos... Uau, esse ela não via fazia séculos. Benny e Lucy estavam escondidos lá atrás, com suas famílias. Algumas pessoas ela reconhecia das fotografias no celular de Aidan ou das redes sociais do irmão, mas a maioria era composta por rostos novos. Alguns claramente amigos de Mukesh, mas havia muitos outros que Aleisha não conseguia categorizar com tanta facilidade. Avistou então o Cara dos Policiais com a mãe e o pai, ambos iguaizinhos ao filho. Todos ligeiramente curvados, com as mãos nos bolsos. Quando ela o viu, ele sorriu e acenou com um livro nas mãos. *O sol é para todos.*

A lembrança lhe parecia tão distante... O Cara dos Policiais, que fizera chegar às mãos dela o primeiríssimo livro, com aquela lista misteriosa entre as páginas. Até hoje Aleisha ainda se perguntava se teria sido ele quem organizara aquela lista para ela. Ele teria conhecimento da lista?

– Obrigado a todos por terem vindo – disse Dev, olhando com atenção para o público.

Ao avistar Aleisha, fez sinal para que se aproximasse.

Ela foi devagar até a frente, relutante, passando por sáris, casacos e camisetas e já se sentindo muito constrangida. Chegou com o rosto corado e brilhando de suor – seu brilho natural, era o que esperava que todos pensassem – enquanto Dev chamava outra pessoa: Mukesh.

O Sr. P deu dois passos à frente e se postou ao lado deles.

– Eu gostaria de agradecer à Aleisha, nossa brilhante bibliotecária, e ao Mukesh Patel, nosso visitante assíduo, por terem tido a ideia de abrir nossa pequena biblioteca para todos esta manhã. Estamos muito felizes de ter vocês aqui e esperamos que continuem aparecendo para nos visitar às quartas-feiras. Venham pelo bolo e voltem pelos livros! Sabemos que esta provavelmente não é a maior biblioteca do bairro, mas nos esforçamos para oferecer um lugar tranquilo e acolhedor para a comunidade local. Adoraríamos contar com o apoio de vocês para manter a biblioteca aberta. Ela é parte importante da história e do futuro de Wembley.

Mukesh se inclinou para chegar perto do microfone e disse "Livros são ótimos!" com a voz trêmula. Algumas pessoas riram, entre elas Dipali, Rohini e Priya. Ele travou por um momento, à procura do que dizer, até que avistou Naina em meio aos presentes – sorrindo, assentindo de forma encorajadora.

– Sou grato à Aleisha, ao Dev e ao jovem Kyle por terem me ajudado a achar um lugar onde me sentisse em casa. Queremos promover este encontro às quartas-feiras sempre que for possível. E vocês sabem que quarta-feira é mesmo dia de fazer compras... Vão estar na rua de qualquer jeito. Por que não dar uma passadinha aqui?

Aleisha percebia que ele estava nervoso, que gaguejava de leve, mas Mukesh certamente estava apreciando os holofotes. Uma vez ele dissera que odiava ser o centro das atenções – ela apostava que era mentira.

– Minha Naina, minha falecida esposa... – continuou, procurando-a em meio às pessoas, com os olhos marejados e um vazio no coração. – Ela amava livros. Nunca entendi os livros até vir aqui, mas a biblioteca me ajudou a me sentir mais próximo dela. É muito importante se sentir parte de um lugar e de uma comunidade, e eu gostaria que todo mundo desfrutasse desse ambiente, exatamente como eu.

Aleisha assentiu.

– E, por favor, não se esqueçam de fazer um brinde ou de retirarem um livro em memória do Aidan Thomas, um rapaz que amava muito a biblioteca!

Mukesh devolveu o microfone e deu um passo para o lado. Já dissera o que tinha a dizer e o silêncio ao redor era absoluto. Rohini segurava um lenço de papel junto ao nariz, cobrindo a boca. Mukesh percorreu o ambiente com os olhos mais uma vez e, por um breve instante, enquanto o sol iluminava os carros no estacionamento e as janelas da biblioteca, enxergou todos os personagens que conhecera ao longo da jornada. Ali estavam Pi e o tigre, tão assustador quanto deslocado. Elizabeth Bennet ainda bancando a difícil, com Darcy alguns passos atrás. Marmi e suas mulherzinhas, todas de braços dados. Amir e Hassan, jovens de novo, sem preocupações, correndo pelo estacionamento com uma pipa. E em meio a todos estava Naina – ainda sorrindo. Com as mãos unidas sobre o peito.

Aleisha e Mukesh estavam sentados no lugar de sempre, próximos à janela, a biblioteca já de volta ao silêncio habitual, tendo como únicas evidências do dia as bandejas empilhadas junto às latas de lixo reciclável, todas vazias.

– Aleisha? – começou Mukesh, hesitante. – O que você achou? Aidan teria gostado?

Ela se fazia a mesma pergunta. Vira tantas pessoas, todas rindo, conversando com gente nova, até mesmo pegando folhetos da biblioteca. Mais que tudo, desejava que o irmão pudesse ter estado ali para ver.

– Acho que sim – respondeu ela, se corrigindo em seguida: – Não, quer saber? Ele teria amado.

Mukesh suspirou de leve, satisfeito.

– Ele teria se orgulhado muito de você, *beta* – disse, olhando diretamente para Aleisha. – Você se esforçou tanto...

Aleisha sentiu a emoção se apossar de seu peito, ameaçando explodir em lágrimas e escorrer pelo seu rosto. Ela se levantou da cadeira e foi guardar uma toalha de mesa esquecida num canto da biblioteca. Enfiou-a numa sacola, ainda incapaz de olhar nos olhos de Mukesh.

– Posso perguntar qual será o próximo livro? Quero ler – disse ele, percebendo o constrangimento de Aleisha, desesperado para socorrê-la e sugerir uma mudança de assunto.

Ela assentiu – por um momento, achou ter avistado Aidan, sentado numa cadeira próxima à de Mukesh, lendo *A mulher do viajante no tempo*.

– Por que o senhor não passa aqui amanhã e aí eu sugiro algo?

– Obrigado, Aleisha.

Passado um momento, ele se ergueu da cadeira devagar, com todo o cuidado.

– Parabéns por hoje, *beti*. Parabéns! – disse ele, com um sorriso contagiante.

– Obrigada, Sr. P – respondeu Aleisha delicadamente, agora limpando mais algumas mesas sem necessidade alguma.

O Sr. P saiu pela porta de vidro após apertar o botão, como se tivesse feito aquilo a vida inteira. Como ele chegara longe...

– Ah, espera! – gritou Aleisha. Cauteloso, Mukesh se virou. – Desculpa, é que me pediram pra lembrar o senhor: pode devolver *O Código de Trânsito*?

O Sr. P enrubesceu e assentiu apressadamente antes de sair.

E então a mente de Aleisha retornou mais uma vez à mulher que saíra do carro de Zac. Nunca imaginara que fosse Leilah. Aquele era um sonho distante, para ser sincera. Mas o dia fora em homenagem a Aidan, e ela havia se permitido sonhar.

Capítulo 41

ALEISHA

Quando Aleisha virou a esquina de sua rua, esperou ver as janelas de casa fechadas como sempre, a escuridão lá dentro, as cortinas cerradas em cada aposento. Rachel e Jeremy ainda não haviam voltado, o carro deles não estava na porta – tinham ido ao mercado –, e o corpo dela começou a ferver de pânico. Será que Leilah estaria bem? Por quanto tempo a teriam deixado sozinha? Aleisha estivera tão preocupada planejando o evento que mal pensara na mãe sem assistência.

Começou a caminhar mais rápido, no fim estava quase correndo. Ao se aproximar da casa de número 79, no entanto, olhou para o degrau da entrada e, sentada nele, estava Leilah, diante da porta escancarada.

– Aleisha, desc... – balbuciou ela, a voz desaparecendo.

Estava vestida de azul-marinho dos pés à cabeça, usando um casaco com capuz que era de Aidan e também a calça de corrida dele. Ela começou a fazer esforço para se levantar assim que Aleisha se aproximou, mas não conseguiu. Aleisha se inclinou para a frente e apoiou a mãe nos braços.

Permaneceram naquela posição por somente alguns instantes, mas Aleisha os absorveu intensamente. Não sentia mais raiva. Não tinha energia para isso. E não era o que Aidan esperaria dela. Agora só queria a mãe de volta. Respirou fundo, sentindo os aromas do xampu de coco de Leilah e do casaco empoeirado de Aidan.

– Tudo bem, mãe.

– Não, Aleisha. – Leilah se soltou delicadamente do abraço. – Eu sinto muito. Eu queria ir. Eu tentei. Mas não consegui.

– Mãe, não tem problema.

Aleisha queria que Leilah tivesse visto o evento, a quantidade de gente, as pessoas que foram por Aidan.

– Aqui – disse Leilah, afastando-se novamente e puxando do bolso um pedaço de papel.

A folha vinha da poderosa impressora de Leilah. Aleisha percebia por causa da gramatura do papel, dos detalhes das letras. Era um e-mail.

– Eu fiz ficha na biblioteca – disse Leilah, sorrindo. – Sei que parece bobagem, mas amei quando você leu pra mim. Espero que a gente possa fazer isso mais vezes. Sei que talvez ainda demore até eu ser capaz de me levantar e ir até lá sozinha, mas... estou decidida. Sei quanto seu irmão amava aquele lugar também. Desde pequeno. E olha isto aqui.

Leilah apontou para o final do e-mail, na parte de baixo da página: "1 livro reservado: *O sol é para todos*, de Harper Lee."

Aleisha não sabia o que dizer. Abraçou a mãe ainda mais forte. Sabia que aquele não era o fim, que era tão somente o início, mas tinha consciência de que Leilah estava do lado de fora da casa, sozinha. Estava ali, sem tremer, respirando normalmente, fazendo contato visual, tentando.

– Quem sabe vamos juntas na semana que vem? – sugeriu Leilah.

– Claro.

– Depois da minha consulta com o médico. – Leilah beijou a bochecha da filha. – Talvez eu precise da sua ajuda pra isso também.

Aleisha parou, respirou fundo e tentou evitar que a voz falhasse.

– Mãe, que maravilha! Estou tão orgulhosa!

E cada palavra era sincera. Queria que Aidan estivesse ali para ver.

Naquela noite, Aleisha e Leilah sentaram-se na penumbra da sala, uma brisa cálida entrando pela fresta da janela.

Haviam passado a tarde olhando fotos antigas de Aidan e Aleisha e cada foto deixava Leilah mais leve, tomada pelas memórias. Férias chuvosas na praia; Aidan bebê tomando banho com espuma na cabeça; Aidan aprendendo a surfar; a primeira foto dos irmãos juntos na escola.

Quando acabaram as fotos e a dor voltou, engatilhada pela lembrança de que *ele* jamais voltaria, Aleisha abriu o último livro da lista: *Um rapaz adequado*. Começou a ler em voz alta.

Imediatamente, Leilah e Aleisha foram jogadas numa cerimônia de casamento na qual a Sra. Rupa Mehra dizia à filha solteira, Lata, que arrumaria um pretendente para ela.

O livro era vibrante, imersivo, e o casamento ganhava vida na sala delas. Aleisha observava Leilah acompanhar com um sorriso a severidade de Rupa Mehra.

– Eu não sou assim, sou?

– Nem sempre – respondeu Aleisha, rindo.

Por algum tempo se deixaram levar por aquela história, centrada numa mãe em busca de um rapaz adequado para a jovem filha.

– É tão *intenso* – disse Leilah. – Tantos personagens, com passados e crenças diferentes... E todos esses fios são tecidos de um jeito muito inteligente. É lindo. Me dá vontade de registrar numa pintura.

Aleisha arregalou os olhos. Havia meses que Leilah não mencionava sua produção artística. Sem querer arruinar o momento criado pelas palavras do autor, a garota continuou a ler.

Ficou se perguntando por que aquele livro era o último da lista, se a ordem obedecia a alguma razão em particular. Pensou na jornada através da qual os livros a haviam levado, os lugares para os quais a haviam transportado – Alabama, Cornualha, Cabul, o meio do oceano Pacífico, algum condado na Inglaterra, Massachusetts, Cincinnati e, por fim, Brahmpur, na Índia. Por meio dos personagens da lista de leitura, ela vivenciara a injustiça e a inocência infantil, o terror e o desconforto, a culpa e o arrependimento, amizades poderosas e duradouras, um flerte com o Sr. Darcy (que *sempre* lhe lembrava Zac), a resiliência, a independência e a determinação encontradas entre jovens mulheres, as repercussões de um trauma e o poder da esperança, da fé e da comunidade. E agora, com *Um rapaz adequado*, uma nova jornada estava apenas começando.

– O que é isso? – perguntou Leilah, espiando entre as páginas.

Aleisha ergueu os olhos.

– O quê?

– No livro.

– Estão saindo agora do casamento de Savita e Pran.

– Não, quis dizer no fim do livro. Tem alguma coisa aí.

Aleisha parou de ler e abriu a última página.

Leilah estava certa: havia um envelope guardado dentro do encapamento de plástico, achatado pelo peso de *Um rapaz adequado*.

Aleisha o pegou com a ponta dos dedos, como se fosse um tesouro escondido.

– O que é? – perguntou Leilah.

– Um envelope. Uma carta, acho.

Aleisha a virou para ver se era endereçada a alguém.

Mukesh.

– Mãe... Acho que é para o Sr. P.

– O quê?

– A carta.

Ela a ergueu. Leilah cerrou os olhos.

– Você acha que a letra é a mesma da lista?

Aleisha tirou a lista de leitura de dentro da capa do celular, mas nem precisava. A imagem já estava praticamente gravada em sua memória: cada título, cada ondulação da caligrafia caprichada.

Ela entregou a lista e a carta para Leilah. Artista que era, sua mãe saberia identificar esse tipo de coisa.

– Com certeza é a mesma letra. É... é para o *seu* Mukesh? O Sr. Patel?

– Bom... vamos descobrir – respondeu Aleisha, tocando gentilmente a folha de papel.

– Ok, mas vê se não se perde.

Aleisha fez cara de quem não estava entendendo.

– No livro – explicou Leilah. – Quero saber o que acontece depois.

Capítulo 42

MUKESH

Mukesh abriu a porta e um sorriso dividiu seu rosto em dois quando a viu.

– Aleisha! Eu convidei você para vir aqui? Mil perdões, me esqueci. Não preparei o jantar, ainda estou entupido até o pescoço com o bufê! Prefere vir amanhã? Priya vai estar aqui. Ela adoraria te ver de novo, tenho certeza – disse ele, checando os cantos de sua casa para ver se o lugar estava apto a receber visitas. – Ou você veio buscar *O Código de Trânsito*?

– Não, não, não se preocupe, Sr. P. Não tínhamos marcado jantar algum. Eu só vim... É... Trouxe uma coisa, acho que é para o senhor.

Ela levantou a mão, exibindo *Um rapaz adequado*.

– Ah, não! Aleisha, eu sei que sou um leitor muito melhor do que antes, mas, sinceramente, esse livro é grande *demais* pra mim no momento. Vai me botar pra dormir.

– Em primeiro lugar, Sr. P, o que eu li até agora dele é incrível. Acho que o senhor vai gostar e, quando conseguir terminar, Priya provavelmente já vai ter idade para ler também – disse Aleisha, rindo. – Olha aqui.

Ela virou o livro, revelando um envelope no verso. Tirou-o de dentro do encapamento e o entregou a Mukesh.

– Encontrei isso. Acho que é para o senhor. Mas, antes de ler, acho que o senhor precisa saber o seguinte... – Ela engoliu em seco, subitamente nervosa. – Olha, eu achei essa lista... Uma lista de leitura. Com os livros que a gente vem lendo.

– Você anotou todos os livros? Você é uma ótima bibliotecária, Aleisha. Fez o serviço completo. Que maravilha.

– Não, Sr. P. São indicações feitas por outra pessoa. Eu trapaceei um pouco. Lembra que eu falei que não entendia nada de livros?

– Sim, você é muito modesta.

– Não, eu realmente não entendo nada, ou melhor dizendo... não *entendia* nada. Mas encontrei essa lista quando o senhor foi à biblioteca pela primeira vez. E pensei... Sei lá. Pensei que, se eu lesse esses livros e fossem bons, eu poderia indicar para o senhor.

Ele olhou de novo para o envelope.

– Mukesh – disse o próprio nome como se nunca o tivesse lido antes.

– Eu acho que é da...

– Naina. É a letra dela.

– A lista... acho que também foi a Naina quem fez.

Ela entregou a lista a Mukesh, cujas mãos tremiam.

– E esta carta... esta carta é para o senhor.

Mukesh encarou Aleisha como se fosse a primeira vez, como quem absorve seu rosto centímetro por centímetro, o envelope numa mão, a lista na outra. Aleisha sorriu, deu um tapinha no ombro do amigo e foi embora.

Ao atravessar a rua, viu um rapaz à sua frente, encostado num muro. Por um breve instante, achou que fosse Aidan, com o rosto transformado em sorriso – especialmente para ela.

A lista de leitura

NAINA

2017

Naina havia deixado a última lista dentro do exemplar de *O sol é para todos*. Esperava que Chris o lesse – era totalmente diferente dos romances policiais que ele costumava ler, mas ela achava que algo novo poderia ajudá-lo. Ele estava passando por um momento difícil e os livros têm o poder da cura.

Os exemplares da biblioteca estavam empilhados em sua mesa de cabeceira. Sua derradeira lista de leitura. Todos eram os seus livros favoritos, aqueles com os quais ela crescera, que a haviam encontrado na hora certa, que haviam lhe trazido conforto quando ela mais precisava, proporcionado uma fuga, uma oportunidade de viver para além da própria vida, de amar com mais intensidade, de se abrir e deixar as pessoas se aproximarem. E agora ela havia lido todos de novo, pela última vez.

Deixar uma lista de leitura havia sido sugestão de Priya.

– Ba, um dia quero uma lista dos seus livros favoritos. Você é a melhor fã de livros que eu conheço – dissera ela com a despretensão típica das crianças, mas a ideia acabou ficando na mente de Naina.

Ela sabia que estava partindo, mas queria deixar algo. Para Wembley. Para as pessoas que a amavam. E os livros lhe haviam dado tanto... Era hora de passá-los adiante. Ela esperava que as listas fossem parar em mãos e corações abertos – no supermercado, no ponto de ônibus, na biblioteca, no estúdio de ioga, no jardim comunitário – e que os iluminassem, mesmo que apenas por um momento. No caso de Indira, ela sabia que não poderia simplesmente lhe entregar a lista em mãos – Indira era orgulhosa, riria da ideia e jogaria a lista fora assim que estivesse sozinha. A ideia de deixá-la no escaninho de sapatos, toda amassada, talvez fosse boba, mas ela confiava no destino e em sua capacidade de fazer o serviço por ela. Esperava que Indira encontrasse seu caminho até os livros ou mesmo, quem sabe, até a biblioteca.

Só faltava entregar uma lista, e Naina sabia para quem seria: Mukesh. Ele nunca fora um leitor, mas ela imaginava que, após a partida dela, ele começaria a se perguntar que tipo de encanto os livros exerciam sobre a esposa. Ela não queria que o marido ficasse só, e ele tinha uma tendência a se isolar do mundo quando estava triste. Se de fato se isolasse, pensou ela, talvez encontrasse companhia em outro lugar. Nas páginas. Talvez encontrasse algo que o inspirasse a conhecer gente nova, a tentar coisas novas, e quem sabe encontraria também algumas palavras de sabedoria.

Ela pegou um papel de carta para mais uma tentativa. Apesar de todos os livros que lera ao longo da vida, encontrar as palavras para dizer *eu te amo* à pessoa com quem passara seus anos mais felizes parecia a mais difícil das tarefas.

Respirou fundo e começou, as lágrimas já manchando o papel.

Mukesh,

Já comecei esta carta dez, vinte vezes e nunca sei bem o que dizer. Obrigada. Obrigada por me amar, por ser meu amigo, minha alma gêmea, por esses cinquenta anos. Sou muito grata por termos nos encontrado e formado uma família. Tenho orgulho da vida que construímos, pequena mas cheia de amor. Graças a você.

Quero que saiba que você vai ficar bem sem mim. Mas se esforce, Mukesh, desafie a si mesmo todos os dias. Faça amizades, tente algo diferente. Conte às nossas filhas como era a nossa vida antes delas. Cuide das três e não tenha medo de deixar que elas cuidem de você. A pequena Priya é tímida, mas descobri que ler livros com ela nos aproximava. Adoraria que você também tentasse. Ela quer se aproximar mais de você. E é o que desejo para os dois.

Encontre a paz dentro de si. Sei que você está com raiva, sofrendo. Mas meu câncer não é culpa de ninguém. A vida às vezes tem dessas coisas. Se você está lendo esta carta, é porque já parti e a próxima par-

te da sua vida está só começando. Aproveite. Que ela seja tão especial quanto o tempo que passamos juntos.

Seja gentil, seja atencioso, seja você mesmo, Mukesh. Você é a pessoa mais maravilhosa que eu poderia ter conhecido. Não tenha medo de amar de novo se o amor te encontrar. Saiba que ficarei feliz se acontecer, e lembre-se: é possível encontrar uma família nos lugares mais inesperados, e a sua família sempre te encontrará.

Com todo o meu amor,
Naina

P.S.: Estes foram os livros que me ajudaram a entender quem eu sou e a construir meu mundo – espero que lhe tragam luz e alegria. Quando sentir minha falta, vai me encontrar nas páginas deles. Te amo.

P.P.S.: Acho que a Priya vai amar os livros também – mas talvez só quando estiver um pouquinho mais velha.

Ao guardar a lista dentro do envelope, junto com a carta, ela ouviu os passos de Mukesh descendo as escadas com esforço. Sentou-se com pressa em cima do envelope e escondeu a caneta na mesa de cabeceira.

– Naina – chamou Mukesh, e sua cabeça surgiu à porta. – Quer um pouco de chai?

– *Ha*, adoraria – respondeu ela.

Enquanto Mukesh se afastava lentamente, Naina se apressou em pegar o envelope de novo. Estava todo amassado e cheio de vincos. Ela suspirou e o enfiou dentro do encapamento de plástico de *Um rapaz adequado*. Se havia um livro capaz de desamassar uma carta, era aquele.

– Pode ser chai de pacotinho? – perguntou Mukesh.

– Claro. Meu favorito.

NOTA DA AUTORA

Embora a lista de leitura que permeia esta obra pertença a uma personagem, há muitos outros títulos que eu adoraria ter incluído. Livros que mudaram minha forma de pensar sobre a escrita, as pessoas e o mundo. Livros que me inspiraram, me comoveram e me ensinaram mais do que qualquer lição escolar jamais poderia ter feito. Livros que me fizeram querer ser uma leitora e, depois, uma escritora.

Esta é a minha lista de leitura:

O xará, de Jhumpa Lahiri

O deus das pequenas coisas, de Arundhati Roy

Dentes brancos, de Zadie Smith

Americanah, de Chimamanda Ngozi Adichie

Standard Deviation, de Katherine Heiny

Um delicado equilíbrio, de Rohinton Mistry

A valise do professor, de Hiromi Kawakami

The Magic Toyshop, de Angela Carter

Eu sei por que o pássaro canta na gaiola, de Maya Angelou

Sunlight on a Broken Column, de Attia Hosain

Suíte em quatro movimentos, de Ali Smith

Esses livros me encontraram no momento certo da vida. As lembranças que tenho de cada um são muito intensas. Eu me lembro dos personagens como se fossem meus amigos, às vezes até familiares. Lembro exatamente onde estava e como me senti ao virar a última página. Permanecerão sempre comigo.

AGRADECIMENTOS

Este livro habitava meu coração havia muito tempo, mas não existiria se não fosse por algumas pessoas incríveis. Obrigada à minha agente, Hayley Steed, que sempre me deu todo o apoio que eu poderia desejar. Obrigada por acreditar no projeto antes mesmo de ele estar plenamente desenvolvido. Obrigada por seus conselhos editoriais, seu conhecimento e seu entusiasmo inabalável e por conduzir meu cérebro ansioso ao longo de todo o processo. Um enorme agradecimento à equipe da Madeleine Milburn Literary Agency, especialmente a Liane-Louise, Georgina e Sophie, as superestrelas dos direitos autorais. Vocês são a família literária perfeita – e, com vocês, a obra não poderia estar em melhores mãos.

Charlotte Brabbin, minha editora brilhante, este livro não seria o que é sem você. Muito obrigada pela sua paixão, sua criatividade, sua atenção aos detalhes, sua visão e sua fé. Obrigada a toda a equipe da HarperFiction, em especial a Nancy Adimora, Jen Harlow, Becca Bryant, Lynne Drew, Hannah O'Brien e Katy Blott, Grace Dent, Isabel Coburn, Ammara Isa, Alice Gomer, Sarah Munro e Laura Daley. Fico impressionada com o talento de vocês e incrivelmente grata pelo cuidado que tiveram com o livro!

Rachel Kahan, minha fantástica editora na William Morrow, e toda a sua equipe: obrigada por cuidarem tão bem deste livro nos Estados Unidos.

Agradeço a Hannah Wann, Amanda Preston e Niki Chang, minhas primeiras leitoras. Seus conselhos e sua perspicácia me levaram adiante. Rosie Price, obrigada pela amizade, pelo carinho e por me ajudar a transpor os obstáculos da caminhada.

Obrigada a Ifey Frederick, por ser meu porto seguro e manter meus pés no chão.

Noor Sufi, minha parceira para todas as horas, você me apoiou o tempo todo. Obrigada por ser minha amiga fabulosa e a maior entusiasta deste livro – sua paixão me sustentou em muitos momentos e significou tudo para mim.

Obrigada a Liz Foley e Kate Harvey, por todas as palavras sábias.

Agradeço a todas as minhas amigas, por serem a melhor torcida do mundo e por segurarem minha barra quando eu precisei, em especial Abi, Mary, Rachael, Christina, Monica, Kitty, Radiya e Katie; e a Isobel Turner, por ser uma colecionadora de listas e permitir que eu desse vida a Izzy!

Aos meus colegas e a todos os autores incríveis com quem trabalhei na Headline, na Vintage e na Hodder. Obrigada pela orientação e pelo apoio que me deram ao longo dos anos.

A todos os bibliotecários e livreiros que fazem do mundo dos livros o que ele é – vocês melhoram a vida das pessoas e das comunidades. Obrigada!

E finalmente à minha família. A empolgação de vocês com este livro foi tudo para mim e fez valer a pena todas as noites maldormidas e as poucas horas de sono. Obrigada, Dada, por sempre me perguntar o que eu estava lendo e por ser o início desta história. Obrigada, Ba, pelo amor e pela generosidade sem fim. Obrigada, Jaymin e Jigar, por serem ótimos primos mais novos e me ensinarem a ser descolada hoje em dia. Obrigada, tia, por *tanta* coisa, mas em especial por ler este livro em voz alta para a vovó, pulando os palavrões. Serei eternamente grata!

Agradeço aos meus pais por *tudo*. Pai, obrigada por sempre acreditar em mim e por nunca me deixar desistir. Você leu todas as historinhas, todos os romances meia-boca que escrevi, a não ser este, porque quer comprá-lo numa livraria antes. Espero que aprove e que a espera tenha valido a pena. Mãe, receba meu amor por ter lido esta história e por falar dos meus personagens como se fossem de verdade. Saber que você adorou o livro é a melhor sensação do mundo. Ver você orgulhosa me enche de orgulho também.

Vovó, é tão bom e reconfortante saber que a senhora leu este livro… Obrigada por sempre me perguntar: "Como vai a escrita?" Como nunca quis responder "Não vai", o livro enfim saiu. Saudade sua, todos os dias.

E, Will Handysides, eu literalmente não teria conseguido escrever este livro sem você. Obrigada por tudo que você fez para torná-lo possível – aturar meu estresse, ler e editar o manuscrito tantas vezes, ser brutalmente franco e megagentil também. Agradeço por me deixar fazer as mesmas perguntas inúmeras vezes, por ser uma inspiração constante e aguentar meu caos "criativo". Você é único. Obrigada por ser você.